Vom gleichen Autor erschienen außerdem
als Heyne-Taschenbücher

Charlie Chan und der chinesische Papagei · Band 02/1952
Charlie Chan und das schwarze Kamel · Band 02/2008
Charlie Chan und die verschwundenen Damen · Band 02/2020

EARL DERR BIGGERS

CHARLIE CHAN VOR VERSCHLOSSENEN TÜREN

Ein klassischer Kriminalroman aus dem Jahre 1932

Deutsche Erstveröffentlichung

WILHELM HEYNE VERLAG
MÜNCHEN

HEYNE-BUCH Nr. 02/2056
im Wilhelm Heyne Verlag, München

Titel der amerikanischen Originalausgabe
THE KEEPER OF THE KEYS
Deutsche Übersetzung von Dr. Dietlind Bindheim

Herausgegeben
von Bernhard Matt

Copyright © 1932 by Earl Derr Biggers
Copyright © 1983 der deutschen Übersetzung
by Wilhelm Heyne Verlag GmbH & Co. KG, München
Printed in Germany 1983
Umschlagfoto: Bayerischer Rundfunk, München
Umschlaggestaltung: Atelier Heinrichs & Schütz, München
Gesamtherstellung: Elsnerdruck GmbH, Berlin

ISBN 3-453-10662-8

1

Der Zug hatte Sacramento ein Stückchen hinter sich gelassen und begann sich nun tapfer die lange Steigung emporzukämpfen, die auf die Sierra Nevada hinauf und zu dem Städtchen Trukkee führte. In der späten Nachmittagssonne glitzerten am Wegesrand kleine Schneeflächen, und in der Ferne ragten schneebedeckte Gipfel in den bläßlichen Himmel empor.

Zwei Schaffner – sie kamen aus Sicherheitsgründen zu zweit – schwankten den Korridor des Waggons entlang und blieben vor dem offenen Abteil Nummer 7 stehen.

»Die Fahrkarten von Sacramento ab!« verlangte der Zugführer, einer der beiden Männer.

In dem Abteil saß ein hübsches blondes Mädchen von höchstens zwanzig Jahren. Sie gab dem Kontrolleur die kleinen, grünen Kontrollabschnitte. Er blickte drauf und gab dann einen an seinen Begleiter weiter.

»Reno«, sagte er laut.

»Reno«, echote der Pullman-Schaffner mit fast noch lauterer Stimme.

Sie setzten ihren Weg fort.

Das blonde Mädchen schaute sich teils schüchtern, teils trotzig herausfordernd, um. Seit sie am Tag zuvor ihr Zuhause verlassen hatte, war sie zum erstenmal so direkt mit dem Namen ihres Reiseziels etikettiert worden. Die fremden Gesichter im Waggon wandten sich ihr zu und betrachteten sie mit flüchtiger Neugier. Einige lächelten wissend, andere Mienen wirkten eher abweisend und reserviert.

Nur einer der Mitreisenden zeigte keinerlei Interesse. Im Abteil 8, quer über dem Gang, bemerkte das Mädchen den Rücken und die breiten Schultern eines Mannes in einem dunklen Anzug. Er saß ganz dicht am Fenster und starrte hinaus. Obwohl sie ihn nur von hinten sah, war deutlich zu erkennen, daß er total mit sich selbst beschäftigt war. Das junge Mädchen, das sich auf dem Weg nach Reno befand, war ihm irgendwie sehr dankbar dafür.

Doch plötzlich drehte der Mann sich um, und das Mädchen sah, daß es ein Chinese war. Er gehörte also einer Rasse an, die sich nur um ihre eigenen Sachen kümmerte. Bewundernswert!

Der Chinese wirkte plump und war in mittleren Jahren. Seine kleinen schwarzen Augen leuchteten, so, als wäre er innerlich erregt; seine Lippen waren zu einem leichten Lächeln geöffnet und schienen sein ungeheures Entzücken widerzuspiegeln. Ohne dem Mädchen auch nur einen Blick zuzuwerfen, erhob er sich und ging rasch den Mittelgang des Waggons entlang.

Als er die vordere Plattform erreicht hatte, blieb er einen Moment dort stehen und atmete tief die kühle, frostige Luft ein. Doch gleich drauf wurde er wieder mit unwiderstehlicher Macht ans Fenster getrieben. Der Zug kletterte jetzt viel langsamer die Steigung empor. Die Landschaft ringsum war weiß.

Plötzlich spürte er, daß jemand hinter ihm stand. Er drehte sich um. Die Zug-Kellnerin, eine kleine Chinesin, deren scheue Blicke ihm im Laufe des Nachmittags immer wieder aufgefallen waren, sah ernst und feierlich zu ihm auf.

»Hallo!« sagte er. »Und danke vielmals! Sie sind in sehr passendem Augenblick gekommen. Worte drängen fürchterlich aus mir heraus. Muß die Begeisterung herausfluten lassen oder würde sonst platzen. Sie müssen wissen, daß ich in diesem Moment zum erstenmal in meinem Leben Schnee sehe.«

»Oh – wie ich mich freue!« rief das Mädchen enthusiastisch aus.

Der Chinese war offensichtlich zu aufgeregt, um zu bemerken, wie seltsam die Antwort war.

Eifrig fuhr er fort: »Kann mich nur erinnern, mein ganzes Leben lang Palmen wippen zu sehen. Tropische Passatwinde und sich tummelnde Wellenreiter am Korallenstrand . . .«

»Honolulu«, sagte das Mädchen.

Er hielt inne und starrte sie an. »Kennen Sie vielleicht Hawaii?«

Sie schüttelte den Kopf. »Nein. Ich bin in San Francisco geboren. Aber ich habe die Werbung in Zeitschriften gesehen und außerdem . . .«

»Sie sind kluges Mädchen, und Ihre Schlußfolgerung ist überaus korrekt. Honolulu ist viele Jahre lang meine Heimat gewesen. Es stimmt, ich habe Kalifornien schon mal gesehen und von der Wüste aus in weiter Ferne Schnee auf Bergen. Auch das war ein Traum. Doch jetzt fahre ich in ein richtiges Schneeland. Überall auf dem Boden liegt Schnee, und bald schon werde ich in köstliches Naß Füße versenken.« Er seufzte. »Leben ist mächtig gut.«

»Manche Menschen finden Schnee langweilig«, bemerkte das Mädchen.

»Ohne Zweifel betrachten manche auch Sterne als Schönheitsfehler am Himmel. Aber Sie und ich – wir sind für die Schönheiten der Welt nicht so unempfänglich. Wir reisen gern, um Neues und anderes zu sehen. Ist es nicht so?«

»Ich auf jeden Fall.«

»Sie sollten meine Inseln besuchen. Dürfen nicht glauben, daß ich in meiner Ekstase den Charme meines eigenen Landes vergessen habe. Habe Tochter, die etwa im gleichen Alter wie Sie. Sie würde Ihnen Honolulu zeigen, die blühenden Bäume, die . . .«

»Die neue Polizeiwache vielleicht?« stieß das Mädchen plötzlich hervor.

Der plumpe Mann starrte sie an und bemerkte: »Habe begriffen, daß ich bekannt bin.«

»Aber natürlich!« Das Mädchen lächelte. »Jahrelang sind Sie für mich der Held aller Zeitungen gewesen. Ich war zu jener Zeit noch ein kleines Kind; aber ich habe die Geschichte, wie sie die Phillimore-Perlen in die Wüste brachten, mit rasendem Interesse verschlungen. Und auch als Sie in San Francisco den Mörder des berühmten Scotland-Yard-Mannes festnahmen, habe ich täglich atemlos die Berichte darüber verfolgt. Und erst vor drei Wochen sind Sie erneut mit einem grausamen Mörder in San Francisco angekommen.«

»Trotzdem . . .« Er hob die Schultern.

»Ihr Foto war in allen Zeitungen. Haben Sie das vergessen?«

»Habe es versucht«, erwiderte er bescheiden. »Waren Fotos mir ähnlich?«

»Und außerdem habe ich Sie auch persönlich gesehen – als vor zwei Wochen der Chan-Familien-Clan für Sie in San Francisco ein großes Bankett gab. Meine Mutter war auch eine Chan, und wir waren alle da. Als Sie das Gebäude betraten, stand ich nur wenige Meter entfernt. Allerdings habe ich so weit weg gesessen, daß ich Ihre Rede nicht hören konnte, doch man hat mir erzählt, daß sie brillant gewesen sei.«

Er hob abermals die Schultern. »Chan-Familie sollte mehr Respekt vor Wahrheit haben.«

»Ich bin Violet Lee«, fuhr sie fort und streckte ihm eine winzige Hand entgegen. »Und Sie – wenn ich Ihren Namen nennen darf...«

»Aber warum nicht?« Er ergriff ihre Hand. »Ich sitze in der Falle. Inspektor Charlie Chan von der Polizei von Honolulu.«

»Mein Mann und ich haben Sie erkannt, als Sie in Oakland zustiegen. Er heißt Henry Lee und ist Steward im Salonwagen«, erklärte sie stolz. »Er hat mir streng verboten, Sie anzusprechen. Deshalb habe ich ausgerufen: ›Ich freue mich so‹, als Sie mich ansprachen. Mein Mann hat gesagt, der Inspektor ist vielleicht mit einem neuen Mordfall beschäftigt und will nicht, daß man weiß, wer er ist. Er hat oft recht – mein Mann.«

Chan nickte. »Aber diesmal er hat nicht recht.«

Ein Anflug von Enttäuschung huschte über das Gesicht des Mädchens. »Dann sind Sie also nicht auf den Spuren eines Missetäters?«

»Bin nur auf meinen eigenen Spuren.«

»Wir haben gedacht, daß vielleicht vor kurzem ein Mord geschehen ist...«

Charlie lachte. »Dies ist das Festland. So es gab natürlich viele Morde in letzter Zeit. Doch ich bin glücklich – keiner von allen geht mich etwas an. Bin nur mit Betrachtung von schneebedeckten Berggipfeln beschäftigt.«

»Dann – dann darf ich meinem Mann sagen, daß es ihm erlaubt ist, Sie anzusprechen? Die Ehre wird ihn überwältigen.«

Chan legte eine Hand auf einen Arm des Mädchens. »Ich werde es ihm selbst sagen. Und ich werde Sie noch einmal sehen, bevor ich Zug verlasse. Unterdessen freundliche Worte von Ihnen waren wie Nahrung für Verhungernden, wie Ruhepause für Ermatteten. Aloha!«

Er verschwand durch die Tür des nächsten Waggons und ließ seine kleine Landsmännin errötet und heftig atmend auf der kalten Plattform zurück.

Als er den Salonwagen erreichte, beugte sich der Steward im weißen Jackett soeben eifrig bemüht über den einzigen Fahrgast. Nachdem er die Bestellung aufgenommen hatte, richtete er sich auf und warf einen Blick zu Charlie Chan. Er war ein kleiner, dünner Chinese, und nur ein Angehöriger seiner Rasse hätte das kurze Aufflackern von Interesse unter seinen schweren Lidern bemerken können.

Charlie ließ sich auf einen Stuhl fallen und musterte, da er nichts Besseres zu tun hatte, seinen Mitreisenden – einen hageren, äußerst distinguiert aussehenden Ausländer; wahrscheinlich ein Romane, glaubte Chan. Sein Haar war genauso schwarz und glänzend wie das des Detektivs, nur über den Ohren war es leicht ergraut. Sein Blick schweifte flink und unruhig umher, seine mageren Hände fuchtelten nervös in der Gegend herum, und er saß nur auf der Kante seines Stuhles, als wäre sein Aufenthalt hier im Zug nur eine kurze Unterbrechung in einem aufregenden Leben.

Als der Steward mit einem Päckchen Zigaretten auf einem Silbertablett zurückkehrte und sein Geld, einschließlich Trinkgeld, von dem anderen Fahrgast entgegengenommen hatte, winkte Chan ihn zu sich.

Der junge Mann war augenblicklich bei ihm.

»Orangensaft, wenn Sie so freundlich sein wollen«, bestellte Charlie.

»Mit dem größten Vergnügen«, erwiderte der Steward und flitzte davon.

Überraschend schnell kehrte er zurück und stellte das Getränk auf die Armlehne von Charlies Stuhl. Widerstrebend wollte er sich zurückziehen, als der Detektiv ihn ansprach.

»Ausgezeichneter Trank!« sagte er und hielt das Glas hoch.

»Ja, Sir«, antwortete der Steward und sah Chan genauso an wie das chinesische Mädchen kurz zuvor auf der Plattform.

»Hilfreich, den Leibesumfang zu verringern«, fuhr Chan fort. »Ein Umstand, der Sie – ich sehe – nicht betrifft. Aber ich ... Schauen Sie nur, wie kompakt ich mich in diesem breiten Stuhl ausnehme!«

Die Augen des anderen wurden schmal. Er erklärte: »Der auf Menschenjagd gehende Tiger ist manchmal zu plump, trotzdem schlägt er mit bewundernswerter Präzision zu.«

Charlie lächelte. »Derjenige, der von Natur aus vorsichtig ist, ist sicherer Gefährte beim Überqueren einer Brücke.«

Der Steward nickte. »Wenn du ins Ausland reist, dann sprich so, wie die Menschen des Landes sprechen.«

»Möchte lobend Ihre Diskretion hervorheben, doch wie ich soeben zu Ihrer Frau gesagt habe, glücklicherweise sie ist dieses Mal unnötig. Tiger auf Menschenjagd ist ohne Beschäftigung. Sie können ihn ruhig mit Namen ansprechen.«

»Oh – danke – Inspektor! Es ist eine große Ehre, Sie kennenzulernen, unter welchen Umständen auch immer. Meine Frau und ich sind schon lange Zeit Bewunderer Ihrer Arbeit. Sie scheinen den Gipfel Ihres Ruhmes erklommen zu haben.«

Charlie seufzte und leerte sein Glas. »Wer auf dem Gipfel steht, kann nur noch abtreten.«

»Es mag keine Notwendigkeit bestehen, sich zu bewegen«, gab der Steward zu verstehen.

»Sehr wahr.« Der Detektiv nickte beifällig. »So viel Weisheit und Tüchtigkeit. Als ich Ihre Frau traf, gratulierte ich Ihnen, jetzt lerne ich Sie kennen und beglückwünsche sie.«

Der jüngere Mann lächelte entzückt.

»Eine Bemerkung, die in unser Familienarchiv eingehen wird«, sagte er. »Geruhen Sie noch etwas zu trinken?«

»Nein – danke.« Chan blickte auf seine Uhr. »Truckee nur noch fünfundzwanzig Minuten entfernt, glaube ich?«

»Vierundzwanzig und eine halbe Minute«, verbesserte Henry Lee. Die aufflackernde Überraschung in seinen schwarzen Augen war kaum bemerkbar. »Sie steigen in Truckee aus, Inspektor?«

Charlie nickte. Sein Blick ruhte auf dem anderen Fahrgast, der plötzlich interessiert wirkte.

»Sie deuteten an, daß Sie zum Vergnügen reisen«, setzte der Steward die Unterhaltung fort.

Chan lächelte und erwiderte leise: »Teilweise.«

»Oh – teilweise«, wiederholte Henry Lee und sah, wie Chans Hand in die Hosentasche wanderte. »Tut mir leid – es kostet einen halben Dollar.«

Charlie nickte und zögerte einen Moment. Dann legte er präzise einen halben Dollar auf das Silbertablett. Die Einrichtung des Trinkgeldes war ihm nicht unbekannt; doch er kannte auch das empfindsame Wesen eines Chinesen. So würden sie sich jetzt als Freunde trennen. Das Leuchten in Henry Lees Augen verriet ihm, daß der junge Mann sein Zartgefühl zu schätzen wußte.

»Ich danke Ihnen vielmals«, sagte er und verbeugte sich tief. »Es war eine große Ehre und ein besonderes Privileg, Inspektor Charlie Chan zu bedienen.«

Zufälligerweise schaute der Detektiv in diesem Moment zu dem fremdländisch aussehenden Fahrgast hinüber. Der Mann wollte sich gerade eine Zigarette anzünden, aber als er den Namen des Detektivs hörte, hielt er inne und starrte so lange herüber, bis das Streichholz bis zu den Fingerkuppen herabgebrannt war. Er warf es weg, zündete ein neues an und kam dann den Gang entlang, um sich auf den Platz neben Charlie fallen zu lassen.

»Entschuldigen Sie«, sagte er, »ich – ich möchte nicht stören, aber ich habe zufällig gehört, daß Sie sagten, Sie würden den Zug in Truckee verlassen. Ich auch.«

»Ja?« erwiderte Chan höflich.

»Ja. Um diese Jahreszeit ein trostloser Ort, hat man mir gesagt.«

»Schnee ist wunderschön«, bemerkte Charlie.

»Bah!« Der Mann hob angewidert die Schultern. »Ich habe genug Schnee gesehen. Zwei Winter hindurch habe ich mit der italienischen Armee im Norden gekämpft.«

»Unangenehme Aufgabe für Sie«, kommentierte Chan.

»Was meinen Sie damit?«

»Verzeihung – keine Kränkung. Aber jemand mit Ihrem Temperament .. Ein Musiker ...«

»Dann kennen Sie mich?«

»Hatte nicht das Vergnügen. Aber habe abgeflachte, schwielige Fingerkuppen bemerkt. Sie haben Violine gespielt?«

»Oh – ich habe nicht nur Violine gespielt. Ich bin Luis Romano, Dirigent an der Oper. Ah – ich bemerke, das sagt Ihnen nichts. Aber in meiner Heimat – an der Scala in Mailand oder in Neapel und auch in Paris, in London, sogar in New York ... Doch das ist jetzt alles vorbei.«

»Tut mir so leid.«

»Beendet durch eine Frau. Eine Frau, die ... Doch was soll's? Wir steigen beide in Truckee aus und danach ...«

»Ja – danach?«

»Wir reisen im selben Zug, Signor Chan. Verzeihen Sie – ich habe Ihren Namen gehört. Zum Glück, denn mir war aufgetragen worden, nach Ihnen Ausschau zu halten. Das glauben Sie nicht? Lesen Sie das hier!«

Er reichte Charlie ein leicht fleckiges und zerknülltes Telegramm. Der Detektiv las es.

Mr. Luis Romano, Kilarney Hotel, San Francisco.
Hocherfreut über Ihren Besuch am Lake Tahoe. Aufgrund des sehr späten Frühlingsbeginns ist die Straße um den See herum in schlechtem Zustand. Verlassen Sie Zug in Truckee! Werde Garage dort anrufen und veranlassen, daß ein Wagen Sie erwartet. Sie werden zur Tahoe-Taverne gefahren. Am Pier der Taverne wird mein Mann Sie mit einer Motorbarkasse abholen und Sie zu mir, nach Pineview, bringen. Andere Gäste mögen sich in Truckee zu Ihnen gesellen, darunter Charlie Chan aus Honolulu.
Danke fürs Kommen!
Dudley Ward.

Chan überließ das Schreiben wieder den eifrigen Händen des Italieners.

»Jetzt verstehe ich«, sagte er.

Mr. Romano machte eine verzweifelte Geste. »Dann sind Sie glücklicher dran als ich. Ich verstehe es nur bis hin zur Pforte von diesem Pineview – weiter nicht. Sie indessen sind möglicherweise ein alter Freund von Mr. Dudley Ward? Ist die ganze Geschichte vielleicht klar für Sie?«

Charlies Miene war ausdruckslos.

»Dann tappen Sie also im dunkeln?« fragte er.

»Absolut«, bestätigte der Italiener.

»Mr. Dudley Ward ist kein Freund von Ihnen?«

»Ganz und gar nicht. Ich habe ihn bisher noch nicht gesehen. Natürlich weiß ich, daß er aus einer berühmten Familie in San Francisco kommt, einer sehr wohlhabenden. Den Sommer verbringt er in seinem Haus an jenem Bergsee, dem Lake Tahoe, das heißt, er zieht sich schon ziemlich früh im Jahr dorthin zurück. Vor wenigen Tagen nun erhielt ich einen höchst verblüffenden Brief von ihm, in dem er mich bat, ihn hier oben in den Bergen zu besuchen. Er wünschte eine bestimmte Angelegenheit mit mir zu besprechen, schrieb er, und versprach, mich für meine Unannehmlichkeiten gut zu entschädigen. Da ich finanziell in ziemlicher Verlegenheit war – und noch bin, Signor, aufgrund sehr unvorhergesehener und widerlicher Umstände –, willigte ich ein, zu kommen.«

»Sie haben keinerlei Ahnung, was für ein Thema Mr. Ward zu besprechen wünscht?«

»Nun – nur eine dunkle Ahnung. Sie sollten wissen, daß Mr. Ward einst der Mann meiner Frau war.«

Chan nickte leicht, kaum wahrnehmbar.

»Doch die Verbindung kann nicht sehr groß sein. Zwischen uns beiden liegen zwei andere Ehen meiner Frau. Er war der erste Mann, ich bin der vierte.«

Charlie war bemüht, sich seine Überraschung nicht anmerken zu lassen. Was würde wohl seine eigene Frau auf dem Punchbowl Hill von dieser Situation halten? Aber er befand sich jetzt auf dem Festland und war nur wenige Meilen von Reno entfernt.

»Vielleicht verstehen Sie die ganze Geschichte besser«, fuhr der Italiener fort, »wenn ich Ihnen verrate, wer meine Frau ist. Ihr Name, Signor, ist der ganzen Welt ein Begriff, sicher auch Ihnen – pardon. Es ist die Opernsängerin Landini. Ellen Landini.« Aufgeregt rutschte er auf der Kante seines Stuhles herum. »Was für ein hinreißendes, großartiges Talent! Was für eine überwältigende Stimme! Und was für ein Herz! Es ist so kalt wie diese schneebedeckten Steine.«

Er deutete hinaus auf die vorbeifliegende Landschaft.

»Tut mir so leid«, sagte Chan. »Dann Sie sind nicht glücklich mit Ihrer Frau?«

»Glücklich mit ihr, Signor? Glücklich mit ihr!« Er erhob sich, um besser deklamieren zu können. »Kann ich mit einer Frau glücklich sein, die in diesem Augenblick in Reno ihre Scheidung von mir einreicht, um ihren letzten Angebeteten zu heiraten – einen dummen Jungen, der ein ganz kalkweißes Gesicht hat? Und das nach allem, was ich für sie getan habe, nach all der liebevollen Sorge, mit der ich sie umhätschelt habe! Jetzt schickt sie mir nicht einmal die erste Zahlung der abgemachten Vereinbarung. Sie überläßt mich . . .«

Er sank wieder auf den Stuhl.

»Aber was kann ich auch schon von ihr erwarten? Sie war immer so. Der Mann, den sie gerade hatte, war niemals der richtige.«

Chan nickte. »Ingwer aus eigenem Garten ist nicht so prikkelnd.«

Mr. Romano wurde wieder ganz aufgeregt. »So ist es! Das drückt es exakt aus. So war es immer mit ihr. Schauen Sie sich nur ihre Lebensgeschichte an! Verheiratet mit Dudley Ward, als sie noch ein junges Mädchen war. Hatte alles, was sie sich wünschte – außer einem neuen Ehemann. Doch auch den bekam sie rechtzeitig. John Ryder war sein Name. Er hielt nicht lange durch. Es folgte ein anderer. Er hieß ... Was spielt es schon für eine Rolle? Ich habe es vergessen. Danach kam ich. Ich, der ich jede wache Minute ihrer Stimme weihte, sie unterrichtete. Ich war es, Signor, der sie nach alter italienischer Schule zu atmen lehrte – eine Technik, ohne die eine Sängerin ein Nichts ist. Nichts. Und wenn Sie mir das glauben wollen – sie kannte sie nicht, als ich sie kennenlernte.«

Er vergrub theatralisch den Kopf in seinen Händen.

Charlie schwieg respektvoll.

»Und jetzt dieser Junge«, fuhr Romano fort. »Dieser Sänger, dieser namenlose! Wird er ihr verbieten, Torten zu essen, um ihre Figur zu erhalten, die einst so glorios war? Wird er ihr Gurgelwasser zubereiten und sie daran erinnern, es auch zu benutzen? Ah – jetzt erinnere ich mich an den Namen ihres dritten Mannes! Es war Dr. Frederic Swan, ein Rachen-Spezialist. Seit der Scheidung lebt er in Reno. Sicher flirtet sie jetzt wieder mit ihm. Wenn sie den Jungen erst mal an der Angel hat, wird sie auch mit mir flirten. So ist es immer. Aber im Augenblick kann sie mir nicht einmal das vereinbarte ...«

Henry Lee näherte sich. »Pardon, Inspektor, noch drei Minuten bis Truckee«, teilte er mit.

Mr. Romano stürzte los, offensichtlich um sein Gepäck zu holen.

Charlie wandte sich an seinen Landsmann.

»So glücklich, Sie kennengelernt zu haben!« sagte er.

»Ganz meinerseits«, antwortete Henry Lee. »Und ich hoffe, Sie haben viel Vergnügen an Ihrer Reise. Teilweise«, setzte er grinsend hinzu. »Ich werde die Zeitungen studieren.«

»Nichts davon in Zeitungen«, versicherte ihm Charlie.

»Verzeihen Sie, wenn ich das sage – ich werde trotzdem die Zeitungen studieren«, entgegnete Henry Lee.

Charlie kehrte zu seinem Abteil zurück. Draußen vor den Fenstern war sehr rasch die Dunkelheit hereingebrochen. Die Schneelandschaft war den Blicken entzogen. Er sammelte seine Gepäckstücke ein, übergab sie einem Träger und zog sich dann den schweren Mantel an, den er extra für diese Reise gekauft hatte – das erste Kleidungsstück dieser Art in seinem Leben.

Als er auf die Plattform hinaustrat, erwartete ihn bereits Mrs. Lee.

»Mein Mann hat mir von dem glücklichen Augenblick mit Ihnen erzählt«, rief sie aus. »Das ist ein bemerkenswerter Tag in unser beider Leben. Ich werde meinem kleinen Jungen, der jetzt elf Monate alt ist, viel zu erzählen haben.«

»Bitte darum, ihn freundlich zu grüßen«, sagte Charlie.

Er taumelte leicht, da irgendein schwerer Gegenstand von hinten gegen seine Beine schlug. Als er sich umdrehte, bemerkte er einen großen Mann mit blondem Bart hinter sich, der soeben eine Reisetasche ergriffen hatte – ganz offensichtlich der Gegenstand, mit dem er Chan einen so heftigen Schlag versetzt hatte. Charlie wartete auf die unumgängliche Entschuldigung. Aber der Fremde warf ihm nur einen kalten Blick zu, stieß ihn rücksichtslos beiseite und drängte sich an ihm vorbei.

Im nächsten Augenblick hielt der Zug. Charlie gab dem Träger ein Trinkgeld, winkte den Lees noch einmal zu und kletterte auf den schneebedeckten Bahnsteig hinunter. Der Platz vor dem Bahnhof war hellerleuchtet. Er machte ein paar Schritte. Zum erstenmal in seinem Leben hörte er den gefrorenen Schnee unter seinen Schuhsohlen knirschen und sah seinen Atem sichtbar werden.

Romano trat zu ihm. »Ich habe unseren Wagen ausfindig gemacht«, verkündete er. »Kommen Sie rasch! Wie ich mit einem Blick feststellen konnte, lohnt es sich nicht, auch nur eine Nacht in dieser Stadt zu verbringen.«

Als sie das Automobil erreichten, das neben der Bahnstation auf sie wartete, sahen sie den Fahrer in eine Unterhaltung mit einem Mann verwickelt, der offensichtlich auch gerade dem Zug entstiegen war. Es war der Mann mit dem blonden Bart. Er wandte sich ihnen zu.

»Guten Abend!« sagte er. »Sind Sie die anderen Gäste von Dudley Ward? Mein Name ist John Ryder.«

Ohne ihre Antwort abzuwarten, schlüpfte er auf den bevorzugten Vordersitz neben dem Fahrer.

John Ryder!

Charlie warf Romano einen Blick zu und entdeckte in dem lebhaften Gesicht des Italieners einen ungeheuer erstaunten Ausdruck.

Sie krochen wortlos auf die Hintersitze, und der Fahrer fuhr los.

Die Fahrt ging durch die Hauptstraße einer kleinen Stadt, die in dem düsteren Schummerlicht des winterlichen Abends an eine Filmszene aus alten Wildwestzeiten erinnerte. Eine Reihe Backsteingebäude, die wie Klubs aussahen, hinter dessen gefrorenen Scheiben es jedoch nicht fröhlich zuzugehen schien, Restaurants, die nur für alkoholfreie Getränke Reklame machten, eine Bank, eine Post, und hie und da eine schemenhafte Gestalt, die durch die Dunkelheit rannte.

Der Wagen überquerte Eisenbahngleise und entschwand dann im weißen Nichts. Zum erstenmal sah Charlie Kiefern aus der Nähe; finster und streng ragten sie hoch in den Himmel empor, tief verwurzelt in der Erde, einen stechenden, belebenden Duft verbreitend. Ein Bild huschte vor seinem geistigen Auge vorüber: Palmen, weit entfernt und auf unglaubliche Weise verwandt mit diesen stolzen, edlen Bäumen.

Die Ketten an den Reifen rumpelten über den Pfad zwischen den hohen Schneebänken, und Charlie lauschte verwundert dem unaufhörlichen Geräusch. Rechts von ihnen befand sich jetzt eine gewaltige Felswand, eine Klippe, zu ihrer Linken ein halb zugefrorener Fluß.

Der Mann auf dem Vordersitz neben dem Fahrer drehte sich nicht ein einziges Mal um und sagte kein einziges Wort; die beiden auf dem Rücksitz folgten seinem Beispiel.

Nach einer Stunde etwa erreichten sie die Lichter einiger verstreut liegender Häuser, ein wenig später bogen sie auf das Grundstück der Taverne ab.

Ein gewaltig großes, mit Schindeln gedecktes Gebäude stand einsam in der Winternacht. Nur im Erdgeschoß brannten ein paar Lichter.

Der Fahrer hielt in der Nähe des Piers. Ein Mann mit einer Schiffermütze kam auf sie zu.

»Hast du sie, Bill?« fragte er.

»Drei – das stimmt doch, oder?« erkundigte sich der Mann von der Garage.

»In Ordnung. Ich nehm' ihre Sachen.«

Bill sagte gute Nacht und verschwand, seltsam darauf erpicht, in die Stadt zurückzukommen.

Der Fährmann führte sie auf den Pier. Chan verharrte einen Moment, von der Schönheit des Panoramas überwältigt. Der See lag wie ein großer dunkler Saphir vor ihm, knapp zweitausend Meter über dem Meeresspiegel und von schneebedeckten Bergen umgeben.

Sie gingen weiter den dunklen Pier hinunter.

»Aber – der See! Friert er denn nicht zu?« rief Romano aus.

»Tahoe friert niemals zu«, erklärte ihr Führer verächtlich. »Zu tief. Ich schaffe Ihre Sachen schon aufs Boot, aber wir müssen noch eine Minute warten. Es kommt noch jemand.«

Noch während er sprach, kam ein Mann den Pier entlanggerannt. Atemlos gesellte er sich zu ihnen.

»Tut mir leid«, sagte er entschuldigend. »Hoffentlich haben Sie nicht auf mich warten müssen, Gentlemen. Ich habe kurz in die Taverne 'reingeschaut. Schätze, wir sollten uns miteinander bekannt machen. Ich heiße Swan. Dr. Frederic Swan.«

Er schüttelte ihnen nacheinander die Hand und erfuhr von jedem den Namen.

Als der Neuankömmling und der Mann mit dem blonden Bart ins Boot kletterten, wandte sich Romano Charlie zu und flüsterte leise: »Wie nennt man das? Was ist los, wenn man in eine Stadt kommt, und alle Hotelzimmer besetzt sind?«

»Bedaure sehr«, murmelte Charlie.

»Es ist mir so oft passiert. Eine – eine Tagung. Ja, das ist es. Eine Tagung. Mein Freund, wir sind auf dem Wege, an einer solchen teilzunehmen. Wir sind dabei, an einer Tagung der verlorengegangenen Lieben der Landini teilzunehmen.«

Chan und er folgten den anderen ins Boot, und im nächsten Moment glitten sie über die eisige Wasseroberfläche auf die ›Smaragdbucht‹ zu.

2

Die Berge unter dem nachtschwarzen Himmel hielten den Atem an. Von den Schneehängen blies ein eisiger Wind herab. Charlie Chans breites Gesicht brannte, wenn die Gischt hochspritzte, was gelegentlich geschah. Mit tiefer innerer Freude genoß er die neue Situation, in die ihn das Schicksal versetzt hatte. Viel zu lange hatte er nur die Subtropen gekannt, fand er. Sein Blut war dünn geworden – er mußte sich deshalb fester in den großen Mantel einhüllen – und seine Tatkraft war geringer. Ja, es gab keinen Zweifel – er war verweichlicht. Das hier war die Medizin, die ihn neu beleben würde. Neue Energie pulsierte in seinen Adern, neuer Ehrgeiz brodelte in seinem Innern. Er sehnte sich nach einer Chance, seine Fähigkeiten einzusetzen, um zu zeigen, was er vermochte.

Ganz allmählich begann er zu bedauern, daß ihn eine so offensichtlich simple Angelegenheit an den Lake Tahoe gebracht hatte. Die Affäre schien so einfach und unkompliziert, daß er – wie sein Sohn Henry es vielleicht ausgedrückt hätte – nur um der schönen Fahrt willen hierher gekommen war.

Obschon der Mond noch nicht aufgegangen war, konnte er das Ufer an der Steuerbordseite klar ausmachen. Ein riesiges Sommerhaus nach dem anderen glitt an ihnen vorbei; in keinem brannte Licht; nirgends das geringste Lebenszeichen.

Bald darauf sah er in einiger Entfernung eine Lampe am Ufer brennen, aus der ein klein wenig später eine ganze Kette aus Lämpchen wurde, die sich am Pier entlang erstreckte.

Das Boot schwenkte jetzt herum und fuhr auf das Ufer zu. Sie mußten gegen den Wind ankämpfen. Als sie den Landungssteg erreicht hatten, blickten die Fahrgäste im Boot zu einem Mann hinüber, der einen Mantel trug und keinen Hut auf hatte. Der Mann winkte, dann eilte er herbei, um dem Fährmann zu helfen, das Boot zu vertäuen.

Augenscheinlich war dies ihr Gastgeber Dudley Ward, trotz der steifen Brise charmant und freundlich. Er begrüßte sie, während sie nacheinander an Land gingen.

»John, alter Knabe!« sagte er zu Ryder. »Wie nett von dir, zu kommen! Dr. Swan, ich weiß Ihre Freundlichkeit zu würdigen.

Und das hier ist zweifellos Mr. Romano. Es ist mir ein großes Vergnügen, Sie in Pineview willkommen zu heißen. Die Sicht ist im Moment ein bißchen trübe, aber ich kann Ihnen versichern, die Kiefern sind da.«

Das Boot schaukelte heftig, als Charlie – allzeit höflich – als letzter mit einem beachtlichen Sprung auf dem Pier landete. Ward empfing ihn buchstäblich in seinen Armen.

»Inspektor Chan!« rief er aus. »Seit Jahren habe ich mir gewünscht, Sie kennenzulernen.«

»Verlangen war beiderseitig«, erwiderte Chan und japste ein klein wenig.

»Ihre angeborene Höflichkeit.« Ward lächelte. »Es tut mir leid, Sie daran erinnern zu müssen, daß Sie erst – eh – kürzlich von mir gehört haben. Gentlemen, wenn Sie mir, bitte, folgen wollen . . .«

Er führte sie über einen breiten, vom Schnee geräumten Weg zu einem großen Haus, das inmitten der unsterblichen Kiefern stand. Als ihre Schritte auf der großen Veranda hallten, stieß ein alter chinesischer Dienstbote die Tür auf. Der Duft brennenden Holzes schlug ihnen entgegen; sie sahen sich von Lichtern und einer freundlichen Atmosphäre empfangen und traten über die Schwelle in das große Wohnzimmer von Pineview.

»Sing, nimm den Gentlemen die Mäntel ab!«

Der Gastgeber war wachsam und herzlich. Charlie betrachtete ihn mit Interesse. Er war um die Fünfzig, vielleicht auch ein wenig älter, hatte graues Haar und ein verdammt angenehmes Gesicht. Der Schnitt seiner Kleidung als auch das Material, aus dem sie geschneidert war, ordneten ihn sofort an der richtigen Stelle ein; nur ein Gentleman konnte die Namen solcher Schneider kennen.

Er führte sie zu dem ungeheuer großen Kamin am anderen Ende des Raumes.

»Ist heute nacht ein bißchen kalt hier am Lake Tahoe«, bemerkte er. »Ich persönlich liebe das. Komme jedes Jahr früher hier herauf. Doch das Feuer dürfte nicht schlecht sein – noch das hier.« Er zeigte auf ein Tablett mit Cocktails. »Ich habe sie eingießen lassen, als wir Sie sichteten, damit wir keine Zeit damit verlieren.«

Er reichte selbst das Tablett herum. Ryder, Romano und Swan

griffen mit offensichtlichem Vergnügen zu. Charlie schüttelte indessen den Kopf und lächelte, und Ward drängte ihn nicht. Es folgten ein paar Augenblicke peinlichen Schweigens, bis der unbezähmbare Romano, der mit weit gespreizten Beinen vor den lodernden Flammen stand, sein Glas erhob.

»Gentlemen«, verkündete er, »ich werde einen Toast aussprechen. Ich glaube, es gibt keinen passenderen für diesen Moment. Wie wenig sie Ihnen auch immer in diesem Augenblick bedeuten mag, was immer Sie auch zu diesem Zeitpunkt von ihr denken mögen . . .«

»Einen Moment!« unterbrach ihn Ryder in seiner üblichen ungehobelten Art. »Ich schlage vor, Sie nehmen Ihren Toast zurück, denn zufälligerweise würde ich diesen Cocktail gern trinken.«

Romano war verblüfft. »Nun – ja, natürlich. Es tut mir sehr leid. Ich – ich bin zu impulsiv. Ich bin sicher, es gibt niemanden, der mehr zu vergeben hätte, denn ich.«

»Das ist ganz unerheblich«, sagte Ryder und leerte sein Glas.

Swan trank ebenfalls und lachte dann leise.

»Ich nehme an, wir haben alle viel zu verzeihen«, bemerkte er. »Und zu vergessen. O ja, die Landini hat stets als erstes an sich gedacht. An ihre eigenen Wünsche – an ihr Glück. Aber das ist – selbstverständlich – ihre Genialität. Wir gewöhnlichen Sterblichen sollten nachsichtig sein. Ich selbst habe viele Jahre lang angenommen, daß ich allein schon den Namen von Ellen Landini hassen würde – und trotzdem –, als ich sie vor wenigen Augenblicken sah . . .«

Dudley Ward war dabei, die Gläser nachzufüllen, und hielt mitten in der Bewegung inne.

»Vor wenigen Augenblicken?« wiederholte er.

»Ja. Ich fuhr von Reno zu der Taverne, in die ich einkehrte, um kurz mit meinem Freund, Jim Dinsdale, dem Manager, zu plaudern. Als ich die Eingangshalle betrat, dachte ich erst, ich wäre allein, aber dann sah ich einen grünen Damenschal auf einem Tisch liegen. Ich blickte hinüber zum Kamin und da entdeckte ich sie – die Frau, die dort saß. Ich trat näher – die Beleuchtung war sehr schummrig –, doch noch ehe meine Augen es mir verraten konnten, wußte ich, daß es Ellen war. Natürlich war mir bekannt gewesen, daß sie sich in Reno aufhält, aber ich hatte nicht direkt den Wunsch gehegt, ihr zu begegnen. Als wir uns vor Jahren trennten ... Nun, ich brauche das nicht näher zu erklären. Auf jeden Fall bin ich ihr aus dem Weg gegangen. Und jetzt trafen wir uns wieder – der Rahmen war perfekt, als ob sie alles arrangiert hätte, wir beide allein in der düster beleuchteten Lobby eines praktisch verlassenen Hotels. Sie sprang auf. ›Fred!‹ rief sie aus ...«

Romano kam näher an ihn heran. Sein Gesicht glühte vor Erregung. »Wie hat sie ausgesehen, Signor? Nicht zu korpulent? Und ihre Stimme – welchen Eindruck machte ihre Stimme auf Sie?«

Swan lachte. »Nun – sie machte einen guten Eindruck auf mich. In der Tat – und das ist es, was ich sagen wollte – trotz all dem, was sie mir angetan hat, spürte ich in jenem Moment den alten Zauber, das alte Entzücken. Sie wirkte charmant, wie immer. Sie streckte ihre beiden Hände aus ...«

»Das sieht ihr ähnlich!« knurrte Ryder. »Kann ich noch etwas zu trinken haben?«

»Sie war reizend«, fuhr Swan fort. »Genau in diesem Augenblick kam Dinsdale herein und mit ihm ein junger Bursche namens Beaton ...«

»Hugh Beaton!« rief Romano aus. »Das Kind, das sie sich aus der Wiege geschnappt hat. Das unreife Kind, das sie an den Schaltern von Reno gegen mich eintauschen will. Bah! Ich muß auch noch was trinken.«

»Ja, er scheint ihre letzte Leidenschaft zu sein«, bestätigte Swan. »Jedenfalls hat sie ihn mit ihrer altbekannten Arroganz so vorgestellt. Und mich dann mit seiner Schwester bekannt gemacht, einem ziemlich hübschen Mädchen. Damit war unserem Treffen die romantische Note entschieden genommen.«

»Was hat die Landini in der Taverne gemacht?» fragte Ward.

»Ich nehme an, sie ist eine Freundin von Dinsdale und war zum Dinner herübergefahren. Sicher übernachtet sie dort nicht. Sie hat vier Wochen ihrer Kur in Reno abgesessen und sich nie länger als ein paar Stunden außerhalb der Staatsgrenzen aufgehalten. Natürlich bin ich nicht geblieben, sondern rasch wieder gegangen.« Er schaute von einem zum anderen. »Aber entschuldigen Sie, ich wollte die Unterhaltung nicht an mich reißen.«

»Es war Ellen, die das getan hat – nicht Sie.« Dudley Ward lächelte. »Sie arbeitet wieder mit ihren alten Tricks. Das Dinner, Gentlemen, wird um sieben Uhr serviert. In der Zwischenzeit wird Sing Ihnen Ihre Zimmer zeigen. Ihr Gepäck müssen Sie jedoch wohl allein oben in der Halle aussortieren. Dr. Swan, ich habe auch Ihnen ein Zimmer zugeteilt, obgleich Sie – zu meinem Bedauern – nicht über Nacht bleiben wollen. Sing! Wo steckt der alte Gauner?«

Der Dienstbote erschien. Er führte die Prozession nach oben an.

Ward legte eine Hand auf Charlie Chans Arm.

»Viertel vor sieben in meinem Studio oben an der Frontseite des Hauses«, wisperte er leise. »Nur auf ein paar Minuten.«

Chan nickte.

»Noch etwas, Gentlemen!« rief Ward ihnen nach. »Niemand braucht sich umzuziehen. Es ist ein reines Herrendinner.«

Er stand da und blickte ihnen nach, ein ironisches Lächeln im Gesicht.

Gleich darauf betrat Charlie ein warmes und gemütliches Schlafzimmer. Ah Sing folgte ihm unterwürfig. Er schaltete die Lampen ein, setzte Chans Gepäck ab und blickte dann zu seinem jüngeren Landsmann aus Honolulu auf. Sein Gesicht war hager und hatte die Farbe einer gedörrten Zitrone, und seine Schultern waren gebeugt. Seine Augen zeugten jedoch für seine Rasse, und in ihnen entdeckte Chan so etwas wie Humor.

»Polizist?« fragte Ah Sing.

Charlie bestätigte es ihm mit einem Lächeln.

»Manche Menschen sagen, ziemlich weiser Mann«, fuhr Sing fort. »Vielleicht.«

»Vielleicht«, erwiderte Charlie.

Sing nickte grimmig und ging hinaus.

Charlie trat ans Fenster und blickte auf eine Allee hoher Kiefern, auf schneebedeckte Berge und ein Eckchen des winterlichen Himmels. Das Neue, Ungewöhnliche dieser Szenerie fesselte ihn so, daß er zu der Verabredung mit seinem Gastgeber drei Minuten zu spät kam.

»Das macht doch nichts«, sagte Dudley Ward, als Chan sich entschuldigte. »Ich werde hier nicht die ganze Geschichte ausbreiten – da ich das ohnehin bei Tisch tun muß. Ich wollte Ihnen nur sagen, daß ich mich freue, daß Sie gekommen sind, und ich hoffe, daß Sie mir helfen können.«

»Werde möglichstes versuchen«, versicherte Charlie ihm.

»Für einen Mann mit Ihren Fähigkeiten ist es ein ziemlich kleiner Fisch«, fuhr Ward fort. Er saß hinter einem breiten Schreibtisch, auf den eine Alabasterlampe ihren Schein warf. »Aber für mich ist die Sache sehr wichtig. Ich habe Sie hergebeten, um sicherzugehen, daß Sie wissen, warum ich diese drei Männer heute abend hierher eingeladen habe – aber nun habe ich das Gefühl, Ihre Intelligenz zu beleidigen.«

Chan lächelte. »Zweiter Gedanke ließ Sie ursprünglichen Plan ändern?«

»Ja. Als ich Ihnen schrieb, dachte ich, mit den anderen nur brieflich in Kontakt zu treten. Aber Angelegenheiten auf diese Weise zu regeln, erscheint mir schrecklich unbefriedigend – zumindest habe ich das immer gefunden. Wenn ich einem Mann Fragen stelle, möchte ich sein Gesicht sehen. Dann hörte ich, daß dieser Romano sich in San Francisco aufhielt, und ich wußte, daß Geld ihn hierher bringen würde. Swan war bereits in Reno, und Ryder – nun, er und ich sind von Kindheit an Freunde, und auch die Tatsache, daß er Ellens zweiter Ehemann war, hat niemals etwas an unserem Verhältnis geändert. So beschloß ich also, sie alle heute abend hier zu versammeln.«

Charlie nickte. »Vielversprechender Plan.«

»Ich werde allen Fragen stellen. Keiner von ihnen liebt die Landini allzusehr, glaube ich, doch aus dem einen oder anderen Grund mag es trotzdem schwierig sein, die gewünschte Information zu bekommen – vielleicht aufgrund einst abgegebener Versprechen. Ich verlasse mich auf Sie, daß Sie jeden intensiv beobachten und spüren, wenn einer nicht die Wahrheit sagt. Ich vermute, daß Sie auf diesem Gebiet eine reichhaltige Erfahrung haben.«

»Ich fürchte, Sie überschätzen meine armseligen Fähigkeiten«, protestierte Charlie.

»Unsinn! Wir sind entschlossen, irgendeinen Hinweis zu bekommen. Möglicherweise erfahren wir sogar alles, was wir wissen wollen. Doch wie auch immer es ausgehen mag, Sie sollen das Gefühl haben, daß Sie nicht nur als Ermittlungsperson hier sind, sondern auch als mein Gast, und zwar als ein geehrter.« Vor ihm auf dem Schreibtisch standen zwei Schachteln, die sich nur farblich unterschieden; die eine war leuchtendgelb, die andere von einem satten Karminrot. Er öffnete die ihm näher stehende und schob sie Chan hin. »Möchten Sie eine Zigarette vor dem Dinner?«

Charlie lehnte höflich ab. Ward nahm sich eine, erhob sich und zündete sie an.

»Gemütliches kleines Zimmer«, bemerkte er.

»Antwort erübrigt sich.« Chan nickte. Er blickte sich um und kam zu dem Schluß, daß eine weibliche Hand hier am Werk gewesen sein mußte. Bunte Kretonnevorhänge hingen vor den Fenstern, die verschiedenen Lampenschirme bestanden aus kostbarer Seide, und der Teppich war tief und weich.

»Bitte, sehen Sie es als das Ihre an«, sagte sein Gastgeber. »Was immer Sie zu tun haben – Briefe zu schreiben oder dergleichen –, kommen Sie hierher! Sollen wir nun nach unten gehen?«

Charlie sah erst jetzt, daß die Hände des Mannes zitterten und auf seiner Stirn kleine Schweißperlen glänzten.

»Das ist ein verdammt wichtiges Dinner für mich«, erklärte Ward, und seine Stimme brach mitten im Satz.

Als sie sich jedoch zu der Gruppe unten am Kaminfeuer gesellten, war ihr Gastgeber wieder liebenswürdig unbefangen und lächelte selbstsicher. Er führte seine Gäste durch einen kurzen Gang in das Speisezimmer und teilte ihnen ihre Plätze zu.

Das große eichengetäfelte Zimmer und das schimmernde Silber auf dem Tisch zeugten davon, welches Ansehen die Familie Ward genoß. Ihr Name war im Westen seit den Tagen von Virginia City und Comstock Lode bekannt und hochgeehrt. Der erste Dudley Ward war nicht etwa mit einem Schiff ums Kap Horn gesegelt, sondern im Zeichen des Goldfiebers mit einem Treck ins Land gekommen. Er war ein Mitglied jener tapferen Bande gewesen, von der gesagt wurde: »Die Feigen haben sich nie auf den Weg gemacht, und die Schwächlinge sind unterwegs gestorben.«

Nun war die berühmte Familie auf den höflichen grauhaarigen Gentleman am Kopfende des Tisches zusammengeschrumpft. Charlie dachte an seine eigenen elf Kinder zu Hause in Honolulu und seufzte, während seine Blicke über die festliche Tafel schweiften. Wie nutzlos das alles war!

Zu Anfang schien das Dinner ein wenig mühsam und anstrengend, trotz des kultivierten Geplauders des Gastgebers. Nur Charlie wußte, warum er hier saß, die anderen waren auf Spekulationen angewiesen. Ward war augenscheinlich noch nicht bereit, sie aufzuklären.

Als Ah Sing mit dem Hauptgang hereinkam, sagte Charlie ein paar Worte in Cantonesisch zu ihm und erhielt eine kurze Antwort in demselben Dialekt.

»Bitte vielmals um Verzeihung!« Chan verneigte sich vor seinem Gastgeber. »Habe mir Freiheit genommen, Ah Sing nach seinem Alter zu fragen. Antwort ist völlig unklar.«

Ward lächelte. »Ich glaube kaum, daß der alte Knabe das wirklich weiß. Ich nehme an, er ist Ende Siebzig. Ein langes Leben, und die meiste Zeit davon verbrachte er in unseren Diensten. Ich weiß, man spricht nicht über seine Dienstboten, doch Ah Sing ist schon vor Jahren dieser Kategorie entwachsen. Solange ich mich erinnern kann, wurde er zur Familie gerechnet.«

»Habe schon gehört – und mein Herz zerspringt vor Stolz – von Loyalität und treuer Ergebenheit alter chinesischer Dienstboten in diesem Staat«, sagte Chan.

Plötzlich beteiligte sich Ryder an der Unterhaltung.

»Was Sie gehört haben, entspricht vollkommen der Wahrheit«, sagte er und wandte sich Ward zu. »Ich denke daran, als wir noch Kinder waren, Dudley. Du meine Güte, wie gut ist Sing in jenen Tagen zu uns gewesen! Was er alles für uns gekocht hat, während er die ganze Zeit vor sich hinbrummte! Riesige Schüsseln voll Reis mit Bratensoße. Ich träume jetzt noch davon. Er war damals schon seit einer Ewigkeit bei euch, habe ich nicht recht?«

»Mein Großvater hat ihn in Nevada aufgelesen«, erwiderte Ward. »Ich war gerade drei Jahre alt, als er in unser Haus kam. Ich erinnere mich so genau daran, weil draußen im Garten eine Geburtstagsparty für mich gegeben wurde und Sing uns bediente. Es war sein erster Tag. Die Wiese wimmelte von Bienen, und ich kann mir vorstellen, daß sie von Sings Kochkünsten angelockt worden waren, so wie wir Kinder auch. Nun, auf jeden Fall sehe ich es noch vor mir, wie Sing – damals ein junger Mann – auf uns zukommt, stolz den Kuchen vor sich hertragend, als ihn plötzlich eine Biene ins Bein sticht. Er ließ den Kuchen fallen, stieß einen Schrei aus und schaute anklagend meine Mutter an. ›Amerikanische Schmetterlinge verdammt zu heiß‹, beklagte er sich. Wenn ich meine Memoiren schreiben müßte, ich glaube, ich würde damit beginnen. Das erste, woran ich mich bewußt erinnere.«

»Ich glaube, diese Party habe ich versäumt«, sagte Ryder. »Sie war ein paar Jahre zu früh für mich. Doch ich erinnere mich an viele spätere, in Sings Küche. War für uns Jungens immer ein Freund in der Not, dieser Sing.«

Ward machte eine ernste Miene. »Sie sterben aus. Die ›Sings‹, meine ich. Jemand sollte im Golden Gate Park eine Statue aufstellen – für die besten Freunde, die Kalifornien je gehabt hat.«

In diesem Moment kam Sing wieder herein, und das Thema wurde fallengelassen. Langes Schweigen folgte. Romano und Swan schienen über das lange Hinausschieben des eigentlichen Anlasses für ihr Kommen ziemlich ungeduldig zu werden. Ellen Landini war nicht mit einem einzigen Wort mehr erwähnt worden, seit der Diskussion ganz zu Anfang. Romanos Wangen waren gerötet, seine weißen Hände flatterten nervös, er rutschte unruhig auf seinem Stuhl herum. Auch Swan war seine Unruhe deutlich anzumerken.

Schließlich wurde der Kaffee serviert und danach ein Tablett mit geschliffenen Glaskaraffen vor Dudley Ward abgesetzt.

»Ich habe hier einen Benediktiner, Pfefferminzlikör, Pfirsichlikör und auch noch etwas Portwein, Gentlemen«, erklärte er. »Alles stammt aus der Vor-Prohibitionszeit – Sie brechen also kein Gesetz in meinem Haus. Was möchten Sie gern? Einen Moment! Sing! Wo, zum Teufel, steckt der Junge?« Er läutete, und der alte Chinese kehrte rasch zurück. »Sing, nimm die Wünsche der Gentlemen entgegen und füll ihre Gläser! Und nun ...«

Er unterbrach sich, und alle sahen ihn erwartungsvoll an.

»Nun, Gentlemen, Sie überlegen sich, warum Sie hier sind. Und Sie wundern sich, warum Inspektor Chan von der Polizei von Honolulu hier ist. Ich habe Sie unerträglich lange warten lassen, ich weiß, doch um die Wahrheit zu sagen: Es ist mir verhaßt, dieses Thema anzuschneiden. Denn um es richtig vorzutragen, muß ich mich in ein anderes vertiefen, von dem ich gehofft hatte, es sei für immer tot und vergessen: mein Leben mit Ellen Landini.«

Er stieß seinen Stuhl zurück und schlug die Beine übereinander.

»Sing, hast du die Zigarren vergessen? Ah – ja, Gentlemen, bedienen Sie sich!

Ich – ich habe Ellen Landini vor fast zwanzig Jahren in San Francisco geheiratet. Sie war gerade von den Inseln gekommen, ein junges Mädchen von achtzehn mit einer Stimme ... Selbst damals schon hatte sie ein magisches Timbre. Aber sie hatte noch mehr als die Stimme, sie war eine Schönheit, frisch und feurig ... Doch ganz gewiß brauche ich in dieser Gesellschaft nicht ihren Charme zu beschreiben. Sie gab ein kleines Konzert. Ich sah sie, hörte sie. Die Werbung war kurz. Wir heirateten und verlebten unsere Flitterwochen in Paris.

Dieses Jahr in Paris werde ich niemals vergessen. Ich möchte fair sein. Sie war wundervoll damals. Sie lernte bei einem der besten Lehrer in Europa, und wie dieser ihre Stimme beurteilte, machte sie über die Maßen glücklich. Auch mich machte es glücklich – eine Zeitlang.

Erst allmählich wurde mir klar, daß dieses wundervolle Jahr meine Träume vernichtet hatte. Meine Hoffnungen auf ein Heim und auf Kinder. Ein häusliches Familienleben war unmöglich für uns geworden. Sie war entschlossen, Berufssängerin zu werden. Mich selbst sah ich als den Ehemann der Primadonna bereits einen Hund in Europa herumschleppen, an Bühneneingängen warten und für alle Zeiten die Launen einer Künstlerin ertragen. Die Karriere gefiel mir ganz und gar nicht. Das sagte ich auch.

Vielleicht war ich unvernünftig. In jenen Tagen war den Männern die Karriere ihrer Frauen nicht so angenehm. Auf jeden Fall begann eine Serie von endlosen Streitereien. Ich brachte sie heim, nach San Francisco und – da es Frühling war – hier herauf in dieses Haus. Deutlich wurde mir bewußt, daß sie sich niemals mit dem Leben, das ich mir wünschte, anfreunden würde.«

Er schwieg einen Augenblick lang.

»Ich bitte untertänigst um Entschuldigung«, fuhr er fort, »daß ich Sie in Angelegenheiten mit hineinziehe, die privat sein sollten. Unsere Streitereien wurden täglich verbitterter. Wir warfen uns unverzeihliche Dinge an den Kopf und begannen, uns gegenseitig zu hassen. Ich konnte den Haß in ihren Augen funkeln sehen, wenn sie mich anblickte. An einem Junitag – wir waren in diesem Zimmer – erreichten unsere Streitereien ihren Höhepunkt, und sie verließ das Haus. Sie kehrte nie mehr zurück.

Ich weigerte mich, mich von ihr scheiden zu lassen, aber als sie fast ein Jahr später in irgendeinem Staat im Mittelwesten die Scheidung beantragte, mit der falschen Angabe, ich hätte sie böswillig verlassen, habe ich den Lauf der Dinge nicht mehr aufgehalten. Ich liebte sie noch immer – oder vielmehr ich liebte das Mädchen, das ich zu heiraten geglaubt hatte –, aber ich begriff, daß ich sie für immer verloren hatte.«

Er wandte sich dem Doktor zu. »Dr. Swan – möchten Sie nicht noch etwas von dem Brandy? Bedienen Sie sich, bitte, selbst! Nun, Gentlemen, bis zu diesem Punkt sehen Sie sicher keinen Grund für meine Geschichte. Aber da ist noch etwas, auf dessen Spur ich erst in den letzten zehn Tagen gestoßen bin.

Jemand, der es wissen müßte, hat mir erzählt, daß Ellen Landini, als sie mein Haus verließ, ein Geheimnis mit sich herumtrug, das mir zu enthüllen sie nicht für angebracht hielt. Aus verläßlicher Quelle weiß ich, daß sie weniger als sieben Monate, nachdem sie dieses Haus verlassen hatte, in einem Krankenhaus in New York einem Kind das Leben schenkte. Einem Sohn. Ihrem und meinem Sohn.«

Sämtliche Männer an der Tafel starrten ihn an, einige mitleidig, einige erstaunt.

»Ich hatte bereits gesagt«, fuhr Ward fort, »daß Ellen mich haßte. Vielleicht hatte sie Grund. Oh, ich möchte gerecht sein. Augenscheinlich haßte sie mich so sehr, daß sie beschloß, mich niemals wissen zu lassen, daß ich einen Sohn habe. Vielleicht fürchtete sie, die alten Auseinandersetzungen würden wieder von vorn beginnen. Oder es war einfach nur Haß. Ich – ich finde, es war jedenfalls ziemlich grausam.«

»Sie ist immer grausam gewesen«, sagte Ryder schroff und legte teilnahmsvoll eine Hand auf Dudley Wards einen Arm.

»Sie ließ das Kind von irgendwelchen wohlhabenden Freunden adoptieren. Das heißt, es war natürlich keine gesetzlich geschützte Adoption. Aber sie willigte ein, ihn für immer aufzugeben, ihn unter einem anderen Namen aufwachsen zu lassen und niemals zu versuchen, ihn zu sehen. Es machte ihr nichts aus. Karriere bedeutete alles für sie.

Das, Gentlemen, ist das Ende meiner Geschichte. Bedenken Sie meine Lage. Ich bin nicht mehr so jung – wie ich einmal war. Mein Bruder und meine Schwester sind beide tot und waren kinderlos. Doch falls die Geschichte wahr ist, und der Junge lebt, existiert irgendwo auf dieser Welt ein Sohn von mir, der jetzt fast achtzehn sein muß. All das hier gehört ihm. Ich bin wild entschlossen, ihn zu finden.« Seine Stimme wurde lauter. »Bei Gott, ich werde ihn finden! Und was die Landini betrifft – das Vergangene ist vergangen. Ich empfinde keinen Haß mehr. Aber ich möchte meinen Jungen haben.

Das ist auch der Grund, warum ich Inspektor Chan eingeladen habe«, fuhr er leise fort. »Ich werde ihn bei seiner Suche voll und ganz unterstützen. Bisher hatte ich erst zehn Tage zur Verfügung. Ich . . .«

»Warum erzählst du uns das alles?« wollte Ryder wissen.

»Nun, irgendwie hat Ellens Rückkehr in diesen Teil der Welt die Sache ans Tageslicht gebracht. Als Ellen vor acht Jahren nach Nevada kam, um sich von – eh – Dr. Swan scheiden zu lassen –, wie es schien, war sie zu jener Zeit an jemandem interessiert, der . . . Sie verzeihen mir doch, Doktor . . .«

Swan lächelte. »Oh, machen Sie sich keine Gedanken! Wir sind alle Opfer. Wir können ganz offen hier miteinander reden. Sie wollte sich von mir scheiden lassen, weil sie sich in ihren Chauffeur verliebt hatte, einen hübschen Jungen namens Michael Ireland. Ich habe gegen die Scheidung angekämpft, aber sie hat sie trotzdem durchgesetzt. Michael hat sie indessen nicht bekommen. Es war eine ihrer wenigen Niederlagen auf diesem Gebiet. Einen Tag vor der Scheidung machte sich der junge Michael mit Ellens Mädchen aus dem Staub, einer Französin namens Cecile. Das Mädchen schnappte ihn ihr einfach weg. Es war äußerst amüsant. Michael und seine Frau leben immer noch in Reno. Er ist jetzt dort Pilot bei einer Passagier-Flugzeuggesellschaft.«

Ward nickte. »Genau. Als ich vor zwei Wochen hier hochkam, forderte ich in Reno Dienstboten an – eine Köchin und ein Stubenmädchen. Das Mädchen war zufälligerweise Michaels Frau. Wie es scheint, sind sie nicht sehr begütert, und sie hat sich entschlossen, vorübergehend zu arbeiten. Natürlich war ihr, als sie herkam, meine Verbindung mit Ellen Landini bekannt, aber eine Zeitlang äußerte sie sich nicht dazu. Ich hatte die Frau weder zuvor gesehen, noch von ihr gehört. Während ihres Aufenthaltes in Reno ergab es sich nun, daß Ellen eine Menge herumflog, und selbstverständlich wurde ihr bevorzugter Pilot Michael Ireland.

Cecile ist gräßlich eifersüchtig, und zweifellos ist das der Grund, weshalb sie mir schließlich die Geschichte von meinem Sohn erzählte. Sie behauptet, daß sie kurz vor der Geburt des Babys Ellens persönliches Mädchen gewesen wäre, sie aber geschworen hätte, über diese Tatsache bis in alle Ewigkeit zu schweigen.«

Ryder schüttelte den Kopf. »Die Geschichte einer eifersüchtigen Frau. Tut mir leid, Dudley, aber verläßt du dich nicht ein bißchen zu sehr darauf? Nicht gerade die beste Zeugenaussage.«

Ward nickte mehrmals. »Das weiß ich. Trotzdem kann ich etwas von solcher Wichtigkeit nicht einfach ignorieren. Außerdem hatte ich das Gefühl, als sagte sie die Wahrheit. Ich erinnerte mich an gewisse kleine Vorfälle und an Bemerkungen von Ellen während dieser letzten verrückten Wochen in diesem Haus und kam zu dem Schluß, daß es sehr gut möglich ist, daß die Geschichte stimmt. Auf jeden Fall will ich herausfinden, ob sie wahr ist oder nicht.«

»Haben Sie die Landini danach gefragt?« wollte Dr. Swan wissen.

»Nein«, antwortete Ward. »Zwar habe ich im ersten Moment der Erregung in ihrem Hotel in Reno angerufen, doch hatte ich genug Verstand, aufzulegen, noch ehe die Verbindung zustande kam. Falls Inspektor Chan es für angebracht hält, kann er sich später immer noch mit ihr unterhalten, aber ich glaube nicht, daß etwas dabei herauskommt. Ich kenne sie zu gut.

Nein, Gentlemen, auf Sie habe ich bei dieser Jagd meine Hoffnungen gesetzt. Wie ich, waren Sie alle mit der Landini verheiratet. Ich glaube kaum, daß sie einem von Ihnen jemals etwas über das Kind erzählt hat, aber manchmal kommt so etwas ungewollt ans Tageslicht. Ein Telegramm wird versehentlich geöffnet, oder es erfolgt ein Anruf in irgendeine fremde Stadt – auf die eine oder andere Weise mag einer von Ihnen hinter ihr Geheimnis gekommen sein. Ich verlange keine Illoyalität von Ihnen, doch wenn Ellen mich in dieser Sache hintergangen hat, war sie ungerechtfertigt grausam, und ich bitte Sie daher von Mann zu Mann, mich von dieser schrecklichen Ungewißheit zu befreien, sofern Sie dazu in der Lage sind. Der Landini wird nichts geschehen, und dem Jungen wird es nur zum Vorteil gereichen. Wie Sie sehen, bin ich außer mir wegen dieser Sache. Ich muß es wissen – ich *muß* es wissen!«

Seine Stimme war in fast hysterischer Weise schrill geworden, während er sich flehentlich in der Runde umsah.

John Ryder ergriff als erster das Wort.

»Dudley, niemand wäre glücklicher, dir helfen zu können, als ich. Aber ich kann es nicht. Gott weiß, daß ich keinerlei Interesse hege, die Gefühle der Landini zu schonen. Doch wie dir ja bekannt ist, war mein Leben mit ihr von äußerst kurzer Dauer – und das war mein einziges Glück, was sie anlangt. So kurz und so hektisch, daß ich natürlich nichts von dieser Geschichte gehört habe. Noch hätte ich jemals im Traum an so etwas gedacht. Es – es tut mir leid.«

»Das hatte ich schon befürchtet.« Ward blickte Swan und Romano an. »Bevor wir fortfahren, möchte ich noch hinzufügen, daß ich für jede Information, die hilfreich für mich ist, großzügig bezahlen werde – was keine Beleidigung sein soll. Dr. Swan, Sie waren mehrere Jahre mit der Landini verheiratet ...«

Swans Augen verengten sich. Er spielte mit seiner Kaffeetasse, holte seine Brille heraus, setzte sie auf und verstaute sie dann wieder in einer seiner Taschen.

»Bitte, mißverstehen Sie mich nicht«, sagte er schließlich langsam. »Ellen Landini bedeutet mir nichts, ungeachtet dessen, was ich vorhin über ihren Charme gesagt habe. Es ist nicht gerade sehr angenehm, wegen eines Chauffeurs verstoßen zu werden.« Über sein sonst freundliches Gesicht zog ein feindseliger Ausdruck, der überraschend und unerwartet war. »Nein«, setzte er barsch hinzu, »ich habe nicht den Wunsch, diese Frau zu beschützen, aber ich muß leider gestehen, daß dies alles – nun, eine totale Neuigkeit für mich ist.«

Wards Gesicht war grau und wirkte müde, als er sich Romano zuwandte. Der Operndirigent sammelte sich und setzte zum Sprechen an.

»Die Höhe – eh – die Höhe der Summe, die Sie zu zahlen wünschen, Mr. Ward – überlasse ich voll und ganz Ihnen. Ich verlasse mich auf Ihren Ruf als Gentleman.«

»Ich glaube, das können Sie auch beruhigt tun«, erwiderte Ward grimmig.

»Ellen Landini – ist zwar immer noch meine Frau, aber was zählt das schon? Was bedeutet sie mir noch? In New York waren die Bedingungen meiner Abfindung festgelegt worden. Doch hat sie auch nur eine einzige Zahlung vorgenommen? Sie hat es nicht. Ich muß schließlich leben. Einst hatte ich selbst eine Karriere vor mir. Großer Erfolg war mir vorausgesagt. Das ist alles nun dahin. Sie ist schuld daran. Sie hat mein Leben ruiniert. Und jetzt wirft sie mich weg.«

Er ballte die Hand auf dem Tisch zur Faust, und seine dunklen Augen funkelten plötzlich feurig.

»Sie waren dabei, mir etwas zu sagen«, erinnerte ihn Ward.

»Ja, Sir, ein Telegramm wurde aus Versehen geöffnet. Ich habe es geöffnet. Es enthielt ein paar Neuigkeiten über ihren Sohn. Sie hat mir nur wenig erzählt, aber ausreichend. Es existiert ein Sohn, so viel kann ich bestätigen. Natürlich kann ich mich nicht daran erinnern, welcher Name unter dem Telegrammtext stand.«

»Aber – aber doch an die Stadt, wo es aufgegeben wurde?« rief Ward laut aus.

Romano sah ihn an. Es war der verschlagene, ängstliche Blick eines Mannes, der Geld braucht; der es so dringend braucht, daß er dafür vielleicht auch lügt.

»Im Augenblick kann ich mich an die Stadt nicht erinnern«, sagte Romano. »Aber ich werde nachdenken, ich werde angestrengt nachdenken, und dann fällt sie mir bestimmt ein, ich bin sicher.«

Ward sah verzweifelt Charlie Chan an. Er seufzte. In diesem Moment wurde die Tür des großen Raumes auf der anderen Seite des Durchgangs zugeschlagen, und gleich darauf war scharf und deutlich das Bellen eines Hundes zu hören. Die vier Gäste von Dudley Ward sahen verblüfft drein, als wäre dieses Bellen etwas Bedrohliches, Beunruhigendes.

Sing schlurfte ins Zimmer und beugte sich zu dem Gastgeber. Er sprach leise. Ward nickte und gab eine Anweisung. Dann erhob er sich mit einem ironischen Lächeln.

»Gentlemen, ich hoffe, Sie sind über meinen besonderen Sinn für Humor nicht zu verärgert«, sagte er. »Ich habe impulsiv gehandelt, und es mag vielleicht falsch gewesen sein. Die Idee kam mir, als Dr. Swan von seiner Begegnung in der Taverne sprach. Nur eine Person fehlte, um unsere kleine Gesellschaft vollständig zu machen. Und da sie so in unserer Nähe war ...«

»Landini!« stieß Ryder aus. »Du hast die Landini hierher eingeladen?«

»Zu einem kurzen Besuch – ja.«

»Ich will sie nicht sehen«, protestierte Ryder. »Ich habe vor Jahren geschworen, daß ich sie niemals mehr wiedersehen will.«

»Ach komm, John, sei nicht so!« bat ihn Ward. »Ellen wird es als einen Spaß ansehen. Ich habe ihr nicht gesagt, daß Sie alle hier sind, aber ich weiß, daß ihr das nichts ausmachen wird. Dr. Swan hat sie bereits gesehen, Mr. Romano hat keine Einwände . .«

»*Ich*?« schrie Romano. »Ich *will* sie sprechen!«

»Ganz recht. Und ich bin bereit, die Vergangenheit zu vergessen. Komm, John!«

Ryder starrte auf den Tisch.

»Also gut«, gab er nach.

Dudley Ward lächelte.

»Gentlemen, sollen wir uns zu der Lady gesellen?« fragte er.

3

Doch als sie ins Wohnzimmer traten, war die Lady nicht dort. Zwei Männer wärmten sich vor dem Kamin auf: ein rundlicher, kleiner Mann mit einem fröhlichen rotbäckigen Gesicht und ein bleicher Jüngling mit schwarzem, gelockten Haar und weichlichen, aber hübschen Gesichtszügen.

Der ältere der beiden kam auf sie zu.

»Hallo, Dudley!« rief er aus. »Das ist ja wie in alten Zeiten. Ellen wieder hier und – eh – all das.«

»Hallo, Jim!« begrüßte Ward den Mann.

Dann stellte er Jim seinen Gästen vor. Wie es schien, war es der Manager der Taverne, Mr. Dinsdale. Als Ward geendet hatte, wandte er sich dem Jungen zu, der ihn begleitete.

»Das hier ist Hugh Beaton«, erklärte er. »Ellen und Mr. Beatons Schwester sind nach oben gegangen, um ihre Sachen abzulegen und . . .«

Mr. Romano war an die Seite des Jungen getreten und schüttelte ihm die Hand.

»Ah, Mr. Beaton!« rief er aus. »Ich hatte mir gewünscht, Sie zu treffen. Es gibt so viel, was ich Ihnen sagen muß.«

»Ja-a?« erwiderte der Junge bestürzt.

»Oh – ja. Sie übernehmen eine sehr große Verantwortung. Das muß man Ihnen – da Sie selbst Musiker sind – wohl kaum sagen. Das Talent – das Genie – von Ellen Landini muß beschützt, bewahrt und gefördert werden. Das ist Ihre Pflicht im Namen der Kunst. Wie verhält sie sich den Torten gegenüber?«

»Den – den was?« stammelte der Junge.

»Den Torten. Sie ist verrückt danach. Und diese Leidenschaft muß man drosseln. Das ist keine einfache Aufgabe, aber sie muß mit strenger Hand an die Kandare genommen werden. Sonst wird sie aus dem Leim gehen. Sie wird fett werden. Und was ist mit den Zigaretten? Wie viele Zigaretten erlauben Sie ihr pro Tag?«

»Ich – ihr – erlaube?« Beaton starrte Romano an, als wäre er wahnsinnig. »Das ist doch nicht meine Sache.«

Romano blickte gen Himmel.

»Ah! Es ist so, wie ich befürchtet habe. Sie sind zu jung, um das zu begreifen. Zu jung für diese immense Aufgabe. Nicht Ihre

Sache? Mein Lieber, in diesem Fall ist sie verloren. Sie wird so lange rauchen, bis sie auf ewig verstummt. Sie wird ihre große Karriere für immer ...«

Eine Bewegung oben an der Treppe unterbrach seinen Redeschwall.

Ellen Landini begann ihren Abstieg. Die langgestreckte Treppe auf der einen Seite des Raumes ermöglichte ihr einen exzellenten Auftritt. Was ihr durchaus bewußt war. Deshalb hatte sie auch ihre Begleiterin mit einem nichtigen Auftrag noch mal zurückgeschickt; sie wollte die Bühne ganz für sich allein haben. Ein Zug, der Ellen Landini bereits charakterisierte. Einst war sie jung, unschuldig und entzückend gewesen, jetzt war sie ein bißchen zu plump, ein wenig zu blond und etwas zu gerissen bei ihren angewandten Tricks.

Sie hatte sich also für einen dramatischen Einstieg entschieden. In ihren Armen hielt sie einen kleinen Bostoner Terrier, der lebensmüde und alt aussah.

Dudley Ward erwartete sie am Fuß der Treppe. Sie sah nur ihn, ihn ganz allein.

»Willkommen zu Hause, Ellen!« sagte er.

»Dudley!« rief sie aus. »Lieber, alter Dudley – nach all diesen Jahren. Aber« – sie hielt den Hund in die Höhe – »der arme Trouble ...«

»Trouble?« wiederholte Ward verwirrt.

»Ja – so heißt er. Aber das weißt du ja nicht. Nach dem Baby in ›Madame Butterfly‹. Mein Baby, mein süßes, armes Baby – ist erkältet. Ich wußte, ich hätte ihn nicht herbringen sollen. Es ist bitterkalt auf diesem See – so wie immer. Wo ist Sing? Ruf sofort Sing!«

Der alte Mann erschien hinter ihr auf der Treppe.

»O Sing – bring Trouble in die Küche und gib ihm ein bißchen heiße Milch! Sieh zu, daß er sie trinkt!«

»Werd' ihn nehmen«, entgegnete Sing stumpfsinnig.

Ellen Landini folgte ihm mit zahlreichen Ermahnungen. Indessen war ein junges Mädchen in einem feschen Dinnerkleid unauffällig die Stufen heruntergestiegen. Ward begrüßte sie und wandte sich dann den anderen zu.

»Das ist Miß Leslie Beaton«, stellte er vor. »Ich bin sicher, daß wir alle glücklich sind, sie hier zu haben ...« Die Landini kehrte ins Zimmer zurück, alle durch ihre überschäumende Energie und ihren Charme fesselnd.

»Der liebe alte Sing!« rief sie aus. »Immer noch derselbe. Wie oft habe ich an ihn gedacht! Er war immer...«

Plötzlich hielt sie inne, während ihre Blicke ungläubig über die kleine Gruppe schweiften.

Dudley Ward gestattete sich ein ergötzliches Lächeln.

»Ich glaube, du kennst bereits all diese Herren, Ellen«, sagte er.

Sie brauchte offensichtlich einen Augenblick, um wieder Luft zu bekommen, und faßte sich, als ihr Blick auf Charlie Chan fiel.

»Nein – nicht alle«, sagte sie.

»Oh – ja, verzeih! Darf ich dir Inspektor Charlie Chan von der Polizei von Honolulu vorstellen? Auf Urlaub, muß ich hinzusetzen.«

Charlie trat auf sie zu und neigte sich über ihre Hand.

»Überwältigt«, murmelte er.

»Inspektor Chan, ich habe von Ihnen gehört«, erwiderte sie.

»Es hieße, eine Lilie vergolden, zu bemerken, habe gehört von Ihnen«, versicherte ihr Charlie. »Um weiter beim Thema zu bleiben: Habe einst mit großer Schwierigkeit Sie singen gehört.«

»Mit – großer Schwierigkeit?«

»Ja. Vielleicht Sie erinnern sich. An Nacht, in der Sie in Ihrer Heimatstadt Honolulu zwischenlandeten, um dort Konzert zu geben. Im ›Royal Hawaiin Opera House‹. Man hatte erst kürzlich neues Blechdach montiert...«

Die große Landini klatschte in die Hände und lachte.

»Und es hat geregnet!« rief sie aus. »O ja, ich erinnere mich! Es war mein einziger Abend – das Schiff legte um zwölf Uhr ab – und so sang und sang ich. Dort in dieser Siedekesselfabrik – als solche erschien sie mir mit dem Platzregen auf dem Blechdach. Was für ein Konzert! Aber das ist schon ein paar Jahre her.«

»War damals von Ihrer außergewöhnlichen Jugendlichkeit beeindruckt«, bemerkte Charlie.

Sie schenkte ihm ein hinreißendes Lächeln. »Eines Tages werde ich noch einmal für Sie singen. Und dann wird es nicht regnen.«

Sie hatte ihre Gelassenheit wiedergewonnen, war wieder

selbstsicher und wandte sich nun der seltsamen Gesellschaft zu, in die sie Dudley Ward gebracht hatte.

»Was für ein Spaß! Was für ein wundervoller Spaß!« rief sie begeistert aus. »All meine Lieben an einem Fleck versammelt. John – so finster dreinblickend wie ehedem –, Frederic – ich vermisse das Spiegelteleskop auf deiner Stirn. Ich sehe dich immer damit, wenn ich an dich denke. Und Luis – du hier! Von allen Menschen...«

Mr. Romano trat in seiner prompten Art auf sie zu.

»Ja – und ob ich hier bin!« erwiderte er, und seine Augen schossen Blitze. »Ich, genau ich werde an ziemlich vielen Plätzen, zu denen du in Zukunft reisen wirst, zugegen sein – es sei denn, dein Gedächtnis verbessert sich in rasanter Weise. Muß ich dich an eine Abmachung erinnern, die in New York...«

»Luis – nicht hier!« Sie stampfte mit dem Fuß auf.

»Nein, vielleicht nicht hier. Aber irgendwo – bald – je nachdem. Schau dir deine Schuhe an!«

»Was stimmt mit meinen Schuhen nicht?«

»Naß! Triefend naß.« Er wandte sich hitzig an den jungen Beaton. »Gibt es denn keine Gummigaloschen auf dieser Welt? Ist der Vorrat an wasserdichten Überschuhen erschöpft? Ich habe Ihnen bereits gesagt, daß Sie nichts von Ihrem Job verstehen. Sie lassen sie in ihren Abendschuhen im Schnee herumspazieren. Was für ein Mann für Ellen Landini!«

»Oh, sei still, Luis!« brüllte die Landini. »Du warst schon immer so langweilig. Eine Krankenschwester. Glaubst du vielleicht, ich möchte eine Krankenschwester haben? O nein! Und das genau mag ich an Hugh.« Sie ging auf den Jungen zu, der ein klein wenig zurückzuweichen schien. »Hugh interessiert sich mehr für Romantik als für Gummischuhe – nicht wahr, mein Lieber?«

Sie fuhr zärtlich mit ihren Fingern durch das schwarze Haar des jungen Mannes; eine theatralische Geste, die alle Anwesenden ein bißchen verstimmte. Dudley Ward, der rasch weggeblickt hatte, entdeckte im Gesicht von Hugh Beatons Schwester einen derartig bitterbösen Ekel, daß er die Aufmerksamkeit des Mädchens zu zerstreuen versuchte.

»Ist das Ihr erster Besuch im Westen, Miß Beaton?« fragte er.

»Ja, mein erster«, antwortete sie. »Es gefällt mir auch sehr. Alles – außer...«

»Reno?«

»Natürlich mag ich Reno nicht. Der Ort ist eine Art Pestbeule für das Auge – finden Sie nicht? Nachdem man Reno gesehen hat, fragt man sich, welche Chancen die Romantik überhaupt noch hat.«

»Das ist schade, daß Sie so empfinden«, sagte Ward und betrachtete sie bewundernd.

Hugh Beatons Schwester war noch hübscher als er; aber in ihren braunen Augen lag ein gequälter Ausdruck, und ihr Mund, der immer hätte lachen sollen, war schmerzverzerrt und verdrossen.

»Dudley, es ist fantastisch, wieder hier zu sein!« Ellen Landini bezog ihn in die allgemeine Unterhaltung mit ein. »Es ist nur gut, daß du mich eingeladen hast, denn ich wäre ohnehin gekommen. Schon mehrere Male war ich drauf und dran, dich zu überfallen.«

»Ich wäre entzückt gewesen«, erwiderte Ward.

»Und überrascht.« Sie lachte. »Heruntergehen wollte ich auf dich – und das meine ich wörtlich. Ich bin nämlich oft hier herübergeflogen und habe die Landebahn hinter deinem Haus gesehen.«

»Ja.« Ward nickte. »Sehr viele meiner Freunde haben Flugzeuge, und ich selbst fliege auch gern ein bißchen.«

»Mein Pilot hat mir versichert, daß er jederzeit hier landen würde. Aber irgendwie war die Zeit nie passend – entweder war es zu spät oder zu früh, oder wir hatten es eilig.«

»Du fliegst gern, wie ich höre?«

Dr. Swan hatte diese Frage gestellt, und in seinen Zügen spiegelte sich sowohl Bosheit wie Verachtung.

»Oh – ich schwärme dafür! Es ist der größte Nervenkitzel, den es für mich gibt auf der Welt. Das ist wenigstens Leben! Besonders hier über den schneebedeckten Berggipfeln und den zauberhaften Seen. Und ich habe ein Wunder von einem Piloten gefunden . . .«

»Das hat man mir berichtet«, sagte Swan. »Aber wie ich mich erinnern kann, hast du ihn schon vor einigen Jahren aufgerissen.«

Die Landini steuerte rasch auf John Ryder zu, der – so weit es nur ging – von den anderen entfernt stand.

»John, ich freue mich so, dich wiederzusehen«, behauptete sie. »Du siehst gut aus.«

»Leider sehe ich besser aus, als ich mich fühle«, erwiderte er. »Dudley, ich fürchte, du mußt mich entschuldigen. Gute Nacht!«

Er machte eine Verbeugung in den Raum hinein und stieg dann hastig die Stufen nach oben.

Ellen Landini zuckte mit ihren breiten Schultern und lachte.

»Der arme John!« sagte sie. »Er nimmt das Leben immer noch so schwer. Was gewinnt er schon dadurch? Wir sind nun mal, wie wir sind. Wir können uns nicht ändern.«

»Ellen, macht es dir Freude, das alles hier wiederzusehen?« fragte Dudley Ward.

»Ich bin ganz verrückt vor Freude. Ich finde es toll!« schwärmte sie und sprühte Funken.

Er sah sie erstaunt an. Immer noch dieses sprühende Funkeln, nach all den Jahren. Seit sie hereingekommen war, hatte sie nicht eine einzige Minute die Fassung verloren. Er dachte an die Zeiten ihrer Ehe zurück. Das hatte mit zu den Dingen gehört, die ihn verrückt gemacht hatten. Mit der Landini war jeden Tag Weihnachten, hatte er verärgert festgestellt.

»Dann möchtest du vielleicht einen Rundgang durchs Haus machen?« fragte Ward. »Es gibt ein paar Veränderungen, die ich dir gern zeigen würde. Wenn meine Gäste so gut sein wollen, mich zu entschuldigen...«

Ein höfliches Gemurmel war die Antwort.

Dinsdale hob sein Glas. »Diese Cocktails hier entschuldigen alles, Dudley.«

Er lachte.

Ward lächelte. »Gut. Ellen, ich möchte, daß du dir das alte Studio anschaust. Ich habe es gerade von einem Innendekorateur neu herrichten lassen. Wahrscheinlich ganz verkehrt. Nun, da wir uns keinen Skandal leisten können, werden wir eine Anstandsdame mitnehmen. Inspektor Chan – kommen Sie mit uns mit?«

»Mit großem Vergnügen.« Charlie lächelte. »Jedermann weiß, Polizisten fallen immer zur Last, wenn am wenigsten gebraucht.«

Ellen Landini lachte zusammen mit den anderen, aber in ihren blauen Augen war ein höchst verwirrter Ausdruck.

Dinsdale blickte auf seine Uhr und ging auf sie zu.

»Ich möchte dich nur erinnern, Ellen«, sagte er. »Du mußt bald aufbrechen, wenn du um Mitternacht wieder in Reno sein willst.«

»Wie spät ist es, Jim?«

»Es ist fünf nach halb zehn.«

»Ich mache mich um zehn Uhr auf den Weg und werde noch vor elf in Reno sein.«

Er schüttelte den Kopf. »Nicht bei diesen Straßen heute nacht.«

»Heute nacht.« Sie lachte. »Nicht bei diesen Straßen. Das gilt nicht für die kleine Ellen.«

Hugh Beaton sah sie an. »Ellen, wovon sprichst du?«

Sie warf ihm einen liebevollen Blick zu. »Sei ein guter Junge, ja? Du und Leslie – ihr beide fahrt von der Taverne aus mit dem Wagen zurück. Es ist eine häßliche alte Karre, und zudem muß man befürchten, daß du wieder – wie auf der Herfahrt – eine Reifenpanne hast. Für dich spielt das ja keine Rolle. Ich muß nur ein bißchen schneller da sein. Als Dudley mich anrief und mich zu einem kurzen Besuch hierher einlud, kam mir dazu eine Idee. Ich habe in Reno meinen Lieblingspiloten telefonisch angefordert. Er wird in zehn Minuten hier sein. Ist das nicht einfach fantastisch? Ein prachtvoller Mond steht am Himmel. Ich zittere schon vor Aufregung.« Sie wandte sich Ward zu. »Michael hat mir gesagt, du könntest deinen Flugplatz beleuchten, stimmt das?«

Ward nickte. »Ja. Ich werde die Lampen gleich einschalten. Das war eine großartige Idee von dir. Aber wann hattest du keine großartigen Ideen?«

Romano, der sich in einer Ecke heftig mit Hugh Beaton unterhalten hatte, erhob sich rasch.

»Ich gehe in mein Zimmer«, verkündete er, »und werde eine Liste für Sie anfertigen, die alles enthält, was sie tun muß und was sie nicht tun darf. Es könnte ja vielleicht nützlich . . .«

»Oh – bitte, bitte keine Umstände!« protestierte Beaton.

»Es ist meine Pflicht«, erklärte Romano streng.

Ward trat zur Seite und ließ seine Gäste vorangehen, die Treppe hoch.

Romano hielt sich ganz dicht neben der Landini. Als sie die

obere Halle erreichten, wirbelte er zu ihr herum. »Wo ist mein Geld?«

»Luis – ich weiß nicht... Hat man es dir nicht...«

»Du weißt sehr wohl, daß man es mir nicht überwiesen hat. Wie soll ich leben...«

»Luis – es – es hat Schwierigkeiten gegeben... Meine Investitionen... Oh, bitte, bitte, laß mich jetzt in Ruhe damit!«

»Mr. Romano, ich schlage vor, daß Sie Madame Landinis Wünschen nachkommen«, sagte Ward. »Ich glaube, das hier ist die Tür zu Ihrem Zimmer.«

»Wie Sie meinen.« Romano hob die Schultern. »Aber wir sind noch nicht fertig, Ellen. Bevor wir uns trennen, müssen wir zu einer Einigung kommen.«

Er entschwand, und die andern drei gingen weiter ins Studio. Ward knipste die Stehlampen an, und die Landini ließ sich in den Stuhl neben dem Schreibtisch fallen.

Beide Männer stellten fest, daß ihr Gesicht plötzlich erschöpft und abgehärmt aussah. Nichts war mehr von der sprühenden Lebendigkeit übriggeblieben. Dann ließ also auch sie manchmal nach und sackte zusammen.

»Oh, dieses kleine Biest!« stieß sie aus. »Ich hasse ihn. Dudley, da siehst du, wie mein Leben verlaufen ist – in einem Sturm voller Aufregungen, Verrücktheiten und lärmenden, geräuschvollen Nichtigkeiten. Ich bin so müde. Todmüde. Wenn ich nur Frieden finden könnte!«

Charlie Chan beobachtete, daß sich in Wards Gesicht echtes Mitleid und Zärtlichkeit spiegelten.

»Ich weiß, meine Liebe«, sagte der Gastgeber, während er die Tür schloß. »Aber Frieden war dir noch nie zugedacht. Das war uns damals klargewesen. Du mußtest immer im strahlenden Rampenlicht stehen, es mußte immer eine glänzende Vorstellung sein. Komm – reiß dich zusammen!« Er hielt ihr eine der farbigen Schachteln hin, die auf dem Schreibtisch lagen. »Rauch eine Zigarette! Oder vielleicht bevorzugst du die andere Sorte?«

Er griff nach der anderen Schachtel. Sie nahm sich eine aus der letzteren und zündete sie sich an.

»Dudley, mein Besuch hier hat mich in meine Jungmädchenzeit zurückversetzt«, sagte sie und sah Charlie Chan an. »Ich bin tief ergriffen.«

Plötzlich kam ein harter Blick in Wards Augen. »Tut mir leid, aber Mr. Chan bleibt. Ich habe mir überlegt, weshalb du meine Einladung angenommen hast. Jetzt begreife ich, daß du nur diese tolle Flugzeugnummer abziehen willst. Du brauchst ein spektakuläres Schauspiel. Hast du dich überhaupt gefragt, warum ich dich eingeladen habe?«

»Nun – natürlich habe ich gedacht . . . Schließlich hast du mich mal geliebt, und ich glaubte ganz einfach, du würdest mich gern wiedersehen. Doch als ich John und Frederic und Luis sah, war ich etwas verwirrt.«

»Das kann ich mir denken. Ich habe dich eingeladen, Ellen, weil ich dir zeigen wollte, daß ich mit deinen verschiedenen Ehemännern Kontakt aufgenommen habe. Außerdem wollte ich, daß du Inspektor Charlie Chan kennenlernst, der, wie du weißt, Kriminalinspektor ist. Inspektor Chan und ich haben heute nacht mit Nachforschungen begonnen, die uns vielleicht viele Wochen beschäftigen werden – oder auch gleich hier auf der Stelle beendet sein können. Es steht in deiner Macht, sie zu beenden. Ellen, ich bin nicht verbittert und ich will dir nichts Böses nach all den Jahren. Ich habe so lange darüber nachgedacht und vielleicht habe ich auch ganz unrecht. Also – ich habe dich nach Pineview gebracht, weil ich dich ganz einfach fragen wollte: Wo ist mein Sohn?«

Charlie Chan, der die Szene beobachtete, überlegte, daß hier entweder eine große Schauspielerin agierte oder eine höchst arglistige Frau. Jedenfalls veränderte sich ihre Miene um keinen Deut.

»Was für ein Sohn?« fragte sie.

Ward zuckte mit den Schultern.

»Na schön«, sagte er, »lassen wir das. Es bringt nichts.«

»O doch!« protestierte Ellen Landini. »Dudley, sei kein Dummkopf! Offensichtlich hat dir irgend jemand eine Lüge aufgetischt. Weißt du denn nicht, daß sie seit Jahren Lügen über mich verbreiten? Ich weiß es, und es macht mir nichts mehr aus. Aber wenn du etwas gehört hast, daß dich unglücklich macht und dich in ein fruchtloses Unterfangen stürzt, dann würde ich dir gern helfen. Wenn du mir nur erzählst . . .«

»Es hat keinen Sinn, wozu also?«

»Wenn du diesen Ton anschlägst, ist es allerdings hoffnungslos«, erwiderte sie. Sie wirkte erstaunlich kühl und ruhig. »Übrigens – solltest du jetzt nicht die Lichter auf dem Flugfeld einschalten? Ich hätte auch gern eine kleine Decke für Trouble. Er wird sie brauchen – zusätzlich zu den Decken im Flugzeug. Ich werde sie dir zurückschicken. Natürlich kommt er mit mir mit. Er fliegt so gern!«

Ward nickte. »Ich werde mich darum kümmern. Und dann schalte ich unten die Lichter für das Flugfeld ein.« Er steuerte auf die Tür zu und rief laut: »Cecile! Oh, Sing, schick doch, bitte, Cecile zu mir!«

Er kam ins Zimmer zurück.

»Cecile?« wiederholte Ellen Landini.

»Ja«, bestätigte Ward. »Eine ehemalige Angestellte von dir, glaube ich. Die Frau deines Pilotenwunders. Wußtest du nicht, daß sie hier ist?«

Die Landini zündete sich noch eine Zigarette an. »Ich wußte es nicht. Aber in den letzten Minuten hätte ich es eigentlich erraten sollen. Eine Lügnerin war sie schon immer, Dudley, und sie hat das Naturell eines Teufels. Sie hat mich auch bestohlen, aber das erwartet man natürlich. Auf jeden Fall hat sie noch nie viel von der Wahrheit gehalten. Ich weiß nicht, was für ein Ammenmärchen sie dir aufgetischt hat, aber was auch immer sie . . .«

»Wie kommst du darauf, daß sie es mir erzählt hat?«

»Ich habe festgestellt, daß in diesem Haus eine Lüge erzählt wurde, Dudley, und jetzt entdecke ich, daß Cecile hier ist. Wirkung und Ursache nennt man das, mein Lieber.«

»Sie haben mich gerufen, Sir?«

Die Französin, die in der Tür stand, war etwa um die Dreißig. Sie hatte wunderschöne Augen, sah aber ansonsten unzufrieden und unglücklich aus. Lange starrte sie die Landini an.

»Ah – Madame«, murmelte sie schließlich.

»Wie geht es Ihnen, Cecile?« fragte die Sängerin.

»Danke, mir geht es gut.« Sie wandte sich mit fragendem Blick Ward zu.

»Cecile«, sagte ihr Arbeitgeber, »bitte, treibe für Madame Landini irgendeine kleine Decke auf – irgend etwas, worin man einen Hund einwickeln kann.«

»Einen Hund?«

Die Augen der Französin verengten sich. Einen Moment lang

war es still, dann hörten alle ganz plötzlich ein noch entferntes, aber unverkennbares Geräusch – das Brummen eines Flugzeuges.

Ward riß die Balkontüren auf. Der Balkon war in Wirklichkeit nichts weiter als das Dach der Terrasse an der Frontseite des Hauses. Die anderen umdrängten Ward. Weit draußen über dem See erblickten sie am mondhellen Himmel das sich nähernde Flugzeug.

»Ah, ich verstehe!« rief Cecile aus. »Madame kehrt mit dem Flugzeug nach Reno zurück.«

»Geht Sie das irgend etwas an?« fragte die Landini kühl.

»Zufällig ja, Madame«, antwortete die Französin.

»Wollen Sie jetzt die Decke holen?« fragte Ward.

Wortlos verließ die Französin das Zimmer.

Ward blickte auf seine Uhr. »Dein Pilot kommt zu früh«, stellte er fest. »Ich muß mich beeilen, um die Lampen...«

»Dudley – würdest du etwas...« rief die Landini hinter ihm her.

»Zu spät. Wenn das Flugzeug gelandet ist.«

Er eilte davon.

Die Sängerin wandte sich Charlie zu. »Sagen Sie, wissen Sie, welches Zimmer Mr. Ryder hat?«

Charlie verneigte sich. »Ich glaube.«

»Dann gehen Sie, bitte, zu ihm! Schicken Sie ihn sofort zu mir! Sagen Sie ihm, ich müßte ihn sprechen! Er muß kommen. Lassen Sie sich nicht abweisen! Sagen Sie ihm, es ginge um eine Sache auf Leben und Tod!«

Sie schob den Detektiv aus dem Raum. Dieser lief den Korridor hinunter und klopfte an die Tür des Zimmers, in das Ryder vor dem Dinner geführt worden war. Ohne eine Antwort abzuwarten, öffnete er die Tür und trat ein.

Ryder saß neben einer Stehlampe und las in einem Buch.

»Tut mir so leid«, bemerkte Charlie. »Eindringen ist unerwünscht, wie ich sehe. Aber Madame Landini...«

»Was ist mit Madame Landini?« fragte Ryder grimmig.

»Sie muß Sie sofort sprechen – im Studio. Sie fordert es heftig. Geht um Leben und Tod, hat sie gesagt.«

Ryder hob die Schultern. »Quatsch! Wir haben uns nichts zu sagen. Das weiß sie.«

»Aber...«

»Ja – um Leben und Tod, ich weiß. Lassen Sie sich von ihrem theatralischen Getue nicht narren! Sie ist schon immer so gewesen. Sagen Sie ihr, bitte, daß ich mich weigere, sie zu sprechen.«

Chan zögerte.

Ryder erhob sich und führte ihn zur Tür. »Sagen Sie ihr, daß ich sie unter gar keinen Umständen jemals wiedersehen will!«

Charlie fand sich auf dem Korridor wieder. Die Tür hinter ihm wurde geschlossen. Als er ins Studio zurückkehrte, saß die Landini am Schreibtisch und schrieb wie verrückt.

»Tut mir so leid...« begann der Detektiv.

Sie blickte auf. »Er will mich nicht sehen? Das habe ich erwartet. Macht nichts, Mr. Chan. Ich habe eine andere Lösung gefunden. Danke!«

Chan drehte sich um und ging den Korridor hinunter auf die Treppe zu. Als er an der offenstehenden Tür von Romanos Zimmer vorbeikam, sah er, daß der Dirigent unruhig auf und ab ging. Ryders Tür blieb geschlossen. Das Dröhnen des Flugzeuges wurde von Sekunde zu Sekunde lauter.

Dinsdale und Hugh Beaton waren allein im Wohnzimmer. Augenscheinlich waren sie an dem spektakulären Anflug von Landinis Piloten total uninteressiert. Charlie war noch nicht so abgestumpft. Er trat durch die Haustür ins Freie, schritt über die Terrasse und spazierte ein Stück weit den Weg entlang, der zum Pier führte. Während er zu den Lichtern des Flugzeuges hinaufblickte, näherte sich jemand vom See her.

Es war Dr. Swan.

»Bin auf den Pier hinausgegangen, um besser sehen zu können«, erklärte Swan. »Ein herrlicher Anblick in einer Nacht wie dieser. Ich wünschte, ich könnte selbst damit zurückfliegen.«

Der Pilot flog jetzt auf das Haus zu.

»Sollen wir Landebahn suchen?« schlug Charlie vor.

»Ist nichts für mich.« Swan schauderte. »Sie ist irgendwo hinterm Haus. Ich werde inzwischen meine Sachen holen. Sobald Ellen ihren großen Abgang gehabt hat, mache ich mich auf den Weg zur Taverne zurück.«

Er lief die Stufen hoch und ins Haus.

Michael Ireland wollte anscheinend ein paar Kunststückchen

vorführen. Trotz der hohen Kiefern fegte er gefährlich tief auf das Haus herunter, wie im Sturzflug.

Charlie hastete durch den Schnee zur Rückseite des Hauses, während das Flugzeug über dem Dach von Pineview kreiste. Flieger brauchten offensichtlich den spektakulären Auftritt.

Gleich darauf kam Chan auf einen großen, freien, lichtüberfluteten Platz. Der Pilot brachte schließlich nach vollendeter Vorstellung seine Maschine herunter und setzte zu einer gekonnten Landung an.

»Eine saubere Leistung«, brüllte eine Stimme neben Charlie. Es war Dudley Ward. »Bei Gott, dieser Bursche weiß, wie er seinen alten Zweisitzer zu lenken hat!«

Er eilte davon, um Ireland auf dem Flugfeld zu begrüßen, und kam dann mit ihm zurück zu Charlie. Gemeinsam gingen die drei den schmalen Pfad entlang zur Hintertür. Sie betraten einen langen Korridor, der zur Vorderseite des Hauses führte. Als sie die offene Küchentür passierten, bemerkte Chan eine große Frau, offensichtlich die Köchin. Sie hatte Ellen Landinis Hund bei sich, der winselte und immer noch vor Kälte zitterte.

Ward ging weiter in das Wohnzimmer.

»Die Nacht ist schön für so etwas«, sagte er zu Ireland, einem kräftigen, rotwangigen Mann um die Dreißig. »Ich beneide Sie. Wie Sie das gemacht haben – wie Sie sie heruntergeholt haben!«

Dinsdale und Beaton erhoben sich zur Begrüßung, und der Pilot, der einen riesigen Handschuh auszog, schüttelte ringsherum Hände.

»Setzen Sie sich eine Minute!« bat ihn Ward. »Sie möchten bestimmt etwas trinken, ehe Sie wieder starten.«

»Danke, Sir«, erwiderte Ireland. »Und vielleicht empfiehlt es sich, wenn ich mit meiner Frau kurz spreche.«

Ward nickte und lächelte. »Das sollten Sie tun, glaube ich. Doch zuerst einmal – was darf es sein? Ein Highball?«

»Hört sich nicht schlecht an«, antwortete Ireland. Er wirkte ein bißchen ängstlich und schien sich unbehaglich zu fühlen. »Nicht zu viel, bitte, Mr. Ward!«

Ryder erschien oben an der Treppe. Er zündete sich eine Zigarette an. Auf halbem Weg nach unten blieb er stehen.

»Ist die Landini weg?« fragte er.

»Komm herunter, John!« sagte Ward jovial. »Kommst gerade

richtig für einen kleinen Drink. Ist das recht so für Sie, Ireland?«

»Danke, genau richtig«, erwiderte der Flieger.

Von irgendwo oben kam ein scharfer Knall, der unangenehm an einen Pistolenschuß erinnerte.

»Was war das?« fragte Ryder, der jetzt am Fuße der Treppe stand.

Ward setzte die Flasche, die er in der Hand hielt, ab und blickte Charlie Chan an.

»Ich muß überlegen«, murmelte er.

Charlie indessen nahm sich keine Zeit zum Überlegen. Er stieß Ryder beiseite und rannte die Stufen hoch. Unbewußt nahm er auf dem oberen Gang Gestalten wahr, an denen er jedoch vorbeilief, ohne sie zu identifizieren. Chinesen sind sehr für übersinnliche Einflüsse empfänglich, hatte er stets behauptet, aber in diesem Fall brauchte er nicht besonders hellseherisch veranlagt zu sein, um die richtige Tür zu finden. Sie war geschlossen. Er stieß sie auf.

Die Lampen im Studio waren ausgeschaltet, doch das Mondlicht reichte aus.

Ellen Landini lag genau vor den Flügeltüren, die auf den Balkon hinausführten. Charlie stieg über sie hinweg und starrte hinaus. Er sah jedoch niemand.

Schwarze Silhouetten drängten sich im Türrahmen.

»Machen Sie Licht an!« forderte Charlie sie auf. »Und kommen Sie nicht zu nahe, bitte!«

Die Lampen flammten auf. Dudley Ward stürmte herein.

»Ellen!« schrie er auf. »Was ist hier passiert?«

Chan hielt ihn auf und legte eine Hand auf den Arm des Gastgebers. Hinter Ward entdeckte er erschrockene Gesichter – Romano, Swan, Beaton, Dinsdale, Ireland, Cecile.

»Sie sind Hellseher, Mr. Ward«, sagte Charlie ernst. »Ganz wie Chinesen. Drei Tage vor dem Verbrechen fordern Sie Detektiv an.«

»Verbrechen?« wiederholte Ward.

Er versuchte, neben der Sängerin niederzuknien, aber wieder hielt Chan ihn zurück.

»Erlauben Sie, bitte!« fuhr der Chinese fort. »Für Sie bedeutet es Qual – für mich ist es nur gewohnte Pflicht, leider.«

Er hatte einige Mühe, sich auf den Boden niederzuknien. Sanft legte er seine Finger auf das Handgelenk der Landini.

»Wir haben Dr. Swan hier«, sagte Ward. »Vielleicht... Kann man nichts mehr tun?«

Chan kämpfte sich wieder hoch auf die Füße.

»Kann abgefallene Blüte wieder an den Zweig zurückkehren?« fragte er leise.

Ward drehte sich rasch um. Es war still im Zimmer.

Charlie starrte einen Moment lang auf den Leichnam hinab. Ellen Landini lag auf dem Rücken. Die Abendschuhe, deren Feuchtigkeit Romano so bekümmert hatten, lagen nur wenige Zentimeter von der Schwelle der offenen Balkontür entfernt. Ihre erstarrten Hände hielten locker einen Chiffon-Schal; er war von einem leuchtenden Rosa und kontrastierte höchst sonderbar mit ihrem grünen Kleid. Und direkt an der Innenseite der Flügeltür, ganz nahe bei ihren Füßen, entdeckte er einen zierlichen, stubsnasigen Revolver.

Charlie holte sein Taschentuch aus der Tasche, beugte sich vornüber und nahm die Waffe auf. Er spürte durch das Taschentuch, daß sie noch warm war. Eine Patrone war abgefeuert worden.

Er trug die Waffe zum Schreibtisch und legte sie dort ab.

Ziemlich lange stand er da und starrte nur vor sich hin, hinter sich das Gemurmel von Stimmen. Er schien in Gedanken verloren, und das stimmte tatsächlich. Etwas Seltsames war ihm aufgefallen. Als er die Landini hier an diesem Schreibtisch hatte sitzen sehen, hatten die beiden Schachteln mit den Zigaretten ganz dicht neben ihrem einen Ellbogen gelegen, und beide waren offen gewesen. Jetzt waren sie wieder an ihren ursprünglichen Platz zurückgestellt worden, weiter hinten auf dem Schreibtisch, und auf der karmesinroten Schachtel lag der gelbe Deckel und auf der gelben Schachtel der karmesinrote.

4

Während Charlie stumm die beiden Schachteln betrachtete, deren Deckel so seltsam verwechselt worden waren, spürte er plötzlich deutlich, daß ein Neuankömmling den Raum betreten hatte. Er wirbelte herum und gewahrte die geschrumpfte Gestalt von Ah Sing. Der alte Chinese hielt ein blaues Bündel unter dem Arm, das er jetzt allgemein feilbot.

»Decke!« verkündete er, und seine hohe, schrille Stimme klang in diesem Moment seltsam fehl am Platze. »Decke für kleinen Hund!«

Chan beobachtete Sing genau, als dessen kleine, runde Augen die starre Gestalt am Fenster fixierten.

»Was los hier?« fragte der alte Mann, ohne daß sich seine Miene veränderte.

»Sie können sehen, was los ist«, erwiderte Charlie scharf. »Madame Landini ist ermordet worden.«

Die trüben alten Augen sahen Chan mit einer fast anmaßenden Unverschämtheit an.

»Polizist gekommen«, murmelte er nörgelnd, »dann sehr bald auch Arbeit für Polizisten da.« Er blickte Ward anklagend an. »Was habe ich gesagt, Boß? Sie verrückt, Polizisten hierher einzuladen. Vielleicht eines Tages Sie hören auf Ah Sing.«

Chan deutete gereizt auf die Decke. »Was wollen Sie damit? Wer hat Sie gebeten, das zu bringen?«

»Missie hat mich gebeten.« Der alte Mann deutete mit dem Kopf auf die am Boden liegende Gestalt. »Missie hat gesagt, sie Cecile nach Decke geschickt. Die nicht gebracht. Sie gesagt, Sing, du holst sie, sei guter Junge.«

»Wann war das?«

»Vielleicht halb zehn – zehn.«

»Wo war Flugzeug zu jener Zeit? Über dem Haus?«

»Nicht überm Haus. Nicht mehr. Vielleicht auf Flugfeld.«

Chan nickte. »Decke wird nicht mehr gebraucht. Bringen Sie sie weg!«

»In Ordnung, Polizist.« Der alte Mann nickte und verzog sich.

Charlie wandte sich Dinsdale zu.

»Habe an diesem Ort keine Machtbefugnis«, bemerkte er.

»Jene, die nicht im Amt sind, sollten sich nicht einmischen. Ich nehme an, es gibt Sheriff hier?«

»Bei Gott, ja«, antwortete Dinsdale. »Der junge Don Holt. Das wird ein riesiger Fisch für ihn sein. Er ist vor knapp einem Jahr gewählt worden. Sein Dad, der alte Sam Holt, ist fünfzig Jahre lang Sheriff in diesem County gewesen, aber vor einiger Zeit ist er blind geworden, und da haben sie den jungen Don eingesetzt, gleichsam als eine Art Anerkennung seiner Person. Für Don wird das hier eine harte Nuß sein. Pferde sind seine Spezialität.«

»Zufälligerweise er lebt in der Nähe?« fragte Charlie.

»Er wohnt in der Kreishauptstadt«, erwiderte Dinsdale, »aber während des Sommers hat er die Betreuung der Reitställe bei der Taverne und zufällig ist er heute abend drüben. Ich werde ihn anrufen. Mit dem Boot kann er innerhalb von zwanzig Minuten hier sein.«

»Bitte freundlichst darum«, sagte Charlie.

Dinsdale ging rasch aus dem Zimmer.

Charlie starrte einen Augenblick lang die Gruppe an, die sich in dem Raum versammelt hatte. Wie bedauerlich, daß er ihnen nicht überraschend den Mord hatte verkünden und bei der Neuigkeit ihre Gesichter hatte beobachten können. Leider waren sie ihm im Dunkeln gegenübergetreten; sie hatten von der Tragödie fast genauso rasch erfahren wie er; und wie auch immer sie reagiert hatten, würde nunmehr ein Geheimnis für ihn bleiben.

Trotzdem waren ihre Gesichter interessante Studienobjekte. Das von Romano, dem Empfindsamen, war bleich und schmerzverzerrt; Tränen standen in seinen braunen Augen. Dr. Swan wirkte angespannt und erregt. Dudley Ward hatte sich in einen Stuhl neben dem Kaminfeuer fallen lassen; er schirmte seine Augen mit einer Hand ab. Beaton und seine Schwester hatten sich, so weit es nur irgend möglich war, von dem Leichnam entfernt; das Mädchen weinte, und der junge Mann tröstete sie. In Ceciles Miene mischten sich Furcht und Verdrossenheit, während Michael verstört und durcheinander schien, was für eine aufrichtige, doch langweilige, schlichte Natur zeugte. John Ryders blaue Augen blickten indessen so kalt drein wie gewöhnlich, und er betrachtete die Frau, die einst seine Frau gewesen war, ohne das geringste Anzeichen von Mitgefühl oder Bedauern.

»Halte es für besser, wenn Sie alle ins Wohnzimmer unten zurückkehren«, sagte Chan. »Sie verstehen sicher, daß traurige Umstände nicht erlauben, daß Sie jetzt abreisen.«

»Aber ich muß unbedingt nach Reno zurück!« rief Swan aus.

Charlie hob die Schultern. »Sie dürfen Schuld nicht mir zuschreiben. Schieben Sie auf Schultern des Schuldigen, der vor kurzem diesen Schuß abgefeuert!«

Dinsdale kehrte zurück.

»Ich habe den Sheriff erreicht«, berichtete er. »Er ist auf dem Weg hierher.«

»Danke vielmals«, sagte Charlie. »Mr. Dinsdale, Sie bleiben hier mit Mr. Ward und mir, aber andere bitte ich höflichst nach unten. Bevor Sie gehen«, setzte er rasch hinzu, als sie sich formierten, um seiner Aufforderung nachzukommen, »muß ich fragen – obgleich es besteht keine Notwendigkeit, zu antworten, da ich bin selbst ein Fremder hier –, hat irgend jemand den hier schon zuvor gesehen?«

Er nahm den stubsnasigen Revolver vom Schreibtisch und hielt ihn mit dem Taschentuch hoch.

»Ich«, erwiderte Dinsdale prompt. »Ich habe ihn schon mal gesehen – heute abend erst.«

»Wo war das?« fragte Charlie.

»In der Taverne«, erklärte der Hotelier. »Ellen Landini und ich hatten ein kleines Finanzgeschäft zu erledigen. Als sie ihre Handtasche öffnete, fiel der Revolver heraus. Ich hob ihn auf und gab ihn ihr zurück.«

»Sehr richtig«, bemerkte Luis Romano. Er kam näher heran und starrte auf die Waffe. »Sie ist Ellens Eigentum. Vor einigen Jahren hat man in einem Hotelzimmer versucht, sie auszurauben. Seitdem bestand sie darauf, immer das da mit sich herumzutragen. Ich habe sie angefleht – denn ich konnte es nicht gutheißen –, und nun ist sie mit ihrem eigenen Revolver getötet worden.«

»Andere müssen somit gewußt haben, daß sie ihn bei sich trug«, folgerte Chan. »Mr. Beaton?«

Der junge Mann nickte. »Ja, ich habe ihn häufig gesehen. Es stimmt, es war ihrer.«

Plötzlich wandte sich Charlie zu dem Mädchen an Beatons Seite. »Und Sie, Miß Beaton?«

Sie wich vor ihm zurück, als er ihr die Waffe unter die Nase hielt. »Ja – ja – ich habe sie auch gesehen.«

»Sie haben gewußt, daß sie sich immer in Madame Landinis Tasche befand?«

»Ich habe es gewußt – ja.«

»Wie lange?«

»Seit ich ihr begegnet bin – vor einer Woche.«

Charlie dämpfte seine Stimme und sprach in seinem üblichen Tonfall weiter.

»Wie bedauerlich«, sagte er. »Sie zittern. Ist zu kalt für Sie hier mit der offenen Balkontür.« Er legte den Revolver wieder auf den Tisch zurück. »Sie sollten Schal haben«, fuhr er fort. »Hübschen rosa Schal, der zu Ihrem Kleid paßt.«

»Ich – ich habe einen«, antwortete sie und war schon auf dem Weg zur Tür.

»Vielleicht diesen?« rief Charlie ihr nach.

Er trat neben die Tote und hob eine Ecke des Chiffonschals, der in ihren leblosen Händen lag, an.

»Dieser vielleicht gehört Ihnen.«

Fasziniert hatte das Mädchen ihn beobachtet. Ein spitzer Schrei entrang sich jetzt ihrer Kehle und hallte durch den Raum.

Ihr Bruder legte einen Arm um sie.

»Mein Schal!« schrie sie. »Was macht er hier?«

Chans Brauen hoben sich. »Sie haben ihn nicht bemerkt zuvor?«

»Nein – nein, ich habe ihn nicht bemerkt. Es war dunkel, als ich reinkam, und nachdem das Licht angegangen war, habe ich nicht mehr direkt in diese Richtung geblickt.«

Chan ließ die Ecke des Schals fallen und richtete sich auf. Sein Blick wanderte zu den Schachteln auf dem Tisch. »Tut mir so leid – kann Ihnen Ihr Eigentum nicht sofort zurückgeben. Später – vielleicht –, wenn Sheriff des County ihn gesehen hat – in Händen einer toten Frau. Sie dürfen jetzt alle gehen. Danke vielmals.«

Als der letzte gegangen war, schloß er die Tür und wandte sich Dinsdale und Ward zu. Letzterer hatte sich erhoben und ging unruhig auf und ab.

»Verdammt, Inspektor!« rief er aus. »Diese junge Frau ist mein Gast. Sie glauben doch nicht einen Augenblick lang...«

»Ich glaube«, erwiderte Chan langsam, »daß einer von Ihren Gästen sich heute abend hat auf Mord eingelassen.«

»Augenscheinlich. Aber eine Frau – ein charmantes Mädchen...«

Chan hob die Schultern. »In keinem Schlangenmaul solches Gift wie in Herz einer Frau.«

»Ich weiß nicht, von wem das stammt, aber ich stimme nicht damit überein. Nein – nicht einmal nach allem, was ich durchgemacht habe.« Er starrte einen Moment auf die Tote am Boden. »Arme Ellen – sie hätte etwas Besseres verdient. Ich werde mir niemals verzeihen, daß ich sie hierher eingeladen habe. Aber ich hatte geglaubt, wir könnten sie dazu bewegen, zu erzählen...« Er hielt kurz inne. »Beim Himmel – daran habe ich bis jetzt noch gar nicht gedacht! Werden wir jemals noch die Wahrheit über meinen Jungen herausfinden – nach dem hier? Ellen war unsere größte Chance – im Grunde vielleicht sogar unsere einzige.«

Verzweifelt starrte er Charlie an.

»Nicht verzweifeln!« Charlie klopfte ihm mitleidvoll auf die Schulter. »Wir werden fortfahren – und werden Erfolg haben. Ich bin sicher. Dieses Ereignis beschleunigt eigentlich unsere Suche. Vielleicht finden wir zwischen Papieren und Effekten dieser Lady eine Antwort. Jedoch drängt sich jetzt Angelegenheit von noch brennenderer Wichtigkeit auf. Wer hat Ellen Landini getötet?«

»Was glauben Sie, Mr. Chan?« fragte Dinsdale.

Charlie lächelte. »Glauben ist billig, aber falscher Glaube teuer. Kann ihn mir nicht leisten.«

»Nun, ich bin ein Verschwender. Schnüffeln Sie herum, soviel Sie wollen – ich kann Ihnen bereits jetzt sagen, daß Romano sie getötet hat.«

»Sie haben Beweis, wahrscheinlich.«

»Ich habe meine Augen als Zeuge. Ich habe bemerkt, daß er wegen irgend etwas böse auf sie war. Ich vermute, es ging um Geld. Er ist ein Italiener, leicht erregbar...«

Charlie schüttelte den Kopf. »Italiener sind nicht so erregbar, daß sie vergessen, wo finanzieller Vorteil zu suchen. Lebendig hatte die Landini Geldwert für ihn, aber die tote Landini... Es sei denn... Es sei denn...«

»Es sei denn was?«

»Ohne Bedeutung. Werden später Blick drauf werfen. Haben langen, gewundenen Weg zu erklimmen, und der weise Mann beginnt langsam, spart seine Kraft auf für einen raschen Endspurt. Übrigens – Sie haben gesprochen von Augenblick, als Landini heute abend in Taverne Handtasche geöffnet, um Ihnen Geld zu geben.«

»Ja, das stimmt«, bestätigte Dinsdale. »Letzte Woche habe ich Ellen in Reno aufgesucht, um sie zum Dinner in der Taverne einzuladen. Während ich dort war, kam ein Nachnahme-Päckchen für sie. Es folgte die übliche wilde Suche nach Bargeld, die damit endete, daß sie sich zwanzig Dollar von mir borgte. Heute abend bestand sie nun darauf, sie mir zurückzuzahlen. Dabei fiel der Revolver aus ihrer Handtasche.«

»Sie hat sie zurückgezahlt?«

»Ja. Mit einem brandneuen Schein, den sie aus einem großen Bündel herauszog, das sich in ihrem Portemonnaie befand.«

»Seltsam«, bemerkte Charlie. »Keine Scheine mehr jetzt in ihrem Portemonnaie.«

»Guter Gott!« rief Ward aus. »Nicht nur ein Mörder, sondern auch noch ein Dieb. Ich fürchte, ich habe meine Gastfreundschaft übertrieben.«

»Was habe ich Ihnen gesagt?« mischte sich der Hotelier ein. »Romano.«

Charlie steuerte auf die Tür zu. »Als ich aufs Festland kam, war ich tief in rätselhaften Fall verwickelt. Rest dieser Anstrengung habe ich in meinem Gepäck: Lampenruß und eine Kamelhaarbürste. Selbiges ist nützlich für Fingerabdrücke, und solange wir Sheriff erwarten, kann ich ebensogut sie abnehmen.«

Er ging in sein Zimmer. Während er sein Gepäck nach dem Handwerkszeug durchsuchte, hörte er Schritte die Treppe heraufkommen. Gleich darauf fand er, wonach er suchte, und kehrte ins Studio zurück.

Ein großer, schwarzhaariger junger Westernheld in Reitstiefeln, Reithosen und Ledermantel stand in der Mitte des Raumes.

»Inspektor Chan – das ist Don Holt«, sagte Dinsdale.

»Hallo, Inspektor!« rief der junge Mann fröhlich aus und ergriff die Hand des Chinesen so stürmisch, daß dieser fast in die Luft gehoben wurde. »Bin sehr erfreut, Sie kennenzulernen – und ich kann Ihnen versichern, daß ich das in all den verflossenen Tagen meines Lebens noch nie so von Herzen gemeint habe.«

»Sie haben Situation erfaßt?« erkundigte sich Charlie.

Er setzte seine Last ab und streichelte mit seiner linken seine rechte Hand, um die Blutzirkulation wieder zu normalisieren.

»Nun – in gewisser Weise. Zumindest habe ich gefolgert, daß es eine Situation gibt. Der Coroner wohnt drüben in der Kreisstadt. Also wird er nicht in der Lage sein, sich diese Lady vor morgen anzuschauen. Aber ich habe auf dem Weg hierher einen Tahoe-Doktor aufgetrieben, der die erste Voruntersuchung vornehmen kann. Danach können wir sie wohl in die Stadt runterfahren. Ist das richtig soweit?«

»Soweit scheinen Sie mit höchst löblicher Schnelligkeit zu handeln«, versicherte ihm Chan.

»Ich weiß – aber dies ist mein erster Fall dieser Art, und ich muß Ihnen sagen, Inspektor, ich zittere am ganzen Körper, wie ein mit dem Lasso eingefangener Jährling. Mr. Ward hat mir soeben erzählt, daß Sie hier bei ihm auf Besuch sind. Er sagte, er hätte einen kleinen Auftrag für Sie, aber der könnte warten, wenn Sie mir und dem County unterdessen helfen. Wie hört sich das für Sie an?«

Charlie schaute zu Ward hin.

»Selbstverständlich sind wir alle sehr froh, in der Lage zu sein, die Dienste des Inspektors in Anspruch nehmen zu können«, sagte sein Gastgeber jovial. »Meine Affäre hat Zeit.«

»In diesem Fall meine sehr unbedeutenden Talente Ihnen zur Verfügung stehen, Mr. Holt«, erklärte Charlie.

»Gut«, erwiderte Holt. »Ich könnte Bänder darüber vollsprechen, wie ich mich fühle durch dieses Angebot, aber nicht Worte, sondern Handlungen sind meine Spezialität. Wollen wir zur Sache kommen. Zuerst: Was ist heute abend hier überhaupt geschehen? Und wer sind all die Leute dort unten? Wo fangen wir an?«

Alle blickten auf Charlie, der geduldig die Ereignisse des Abends schilderte – bis hin zum Fallen des Schusses und der Entdeckung von Ellen Landinis Leichnam.

Der junge Mann nickte. »Habe verstanden. Wer fehlte zu dem Zeitpunkt, als der Schuß fiel?«

»Einige«, teilte ihm Charlie mit. »Von den Gästen Miß Leslie Beaton, deren Schal – höchst sonderbarerweise – von Händen der toten Frau umklammert wird, und Dr. Frederic Swan und Mr. Luis Romano. Vom Personal Cecile und – eh, Ah Sing.«

»Also fünf«, kommentierte der Sheriff. »Nun, es hätte noch schlechter stehen können. Tatsächlich sind es eigentlich nur vier, denn ich kenne Ah Sing, seit ich ein paar Zentimeter groß war. Er würde nie ...«

»Bitte um Verzeihung«, sagte Chan.

Mr. Holt lachte. »Ich weiß. So darf ein Sheriff nicht vorgehen. Im vorhinein festgelegte Ansichten zu haben – dadurch kann alles mögliche passieren. Das ist die Lektion Nummer eins. Erteilen Sie sie mir nur immer wieder zwischendrin! Und jetzt, Inspektor, fahren Sie einfach fort und lösen Sie diesen Fall! Achten Sie nicht auf mich!«

»Aber ich muß auf Sie achten. Sie sind eingesetzte Autorität an diesem Ort, und alles, was ich tue, muß geschehen mit Ihrer Billigung und Erlaubnis.«

»Im voraus zuerkannt.« Holt nickte. »Was ich wünsche, sind Resultate, und ich glaube, Sie können sie bringen. Sie müssen wissen, daß ich eine Art Familien-Ruf zu bewahren habe und ...«

Chan nickte. »Ja. Habe gehört von Ihrem ehrenwerten Vater. Vielleicht ziehen wir ihn auch zu Rate. Es heißt sehr richtig: In Zeiten schwerer Krankheit rufe drei Ärzte herbei. Einer könnte gut sein.«

»Dad war gut«, erwiderte der junge Mann sanft. »Aber jetzt ist er blind.«

»Entsetzlich schade«, sagte Charlie. »Aber selbst ein Blinder kann Weg zeigen, wenn er vorher Straße entlanggegangen ist. Doch jetzt sind erst mal Sie und ich verantwortlich. Sie haben von Lektion Nummer eins gesprochen. Darf ich – mit aller Bescheidenheit – nun Lektion Nummer zwei offerieren?«

»Schießen Sie los!« bat Holt.

»Hatte Glück, berühmte Detektive zu kennen – einige von Scotland Yard. Alle sagen: Im Falle von Mord ist erste Pflicht von Detektiv, Lage von Leichnam zu überprüfen. Wie ist Körper gefallen? Welchen Schluß läßt derartige Prüfung zu?«

Der Junge dachte nach. »Ich würde sagen – nun, sie könnte

vom Balkon aus erschossen worden sein. Oder zumindest von jemandem, der in der Balkontür gestanden hat.«

»Genau. Leichnam ist so arrangiert, um diesen Eindruck hervorzurufen. Lassen Sie uns jetzt das Zimmer untersuchen. Bitte freundlichst, diesen Schreibtisch zu inspizieren. Sie nehmen darauf feine Partikel wahr von – ja, von was?«

»Tabak«, antwortete Holt.

»Korrekt. Sehr feiner Tabak, solcher, wie ist in Zigaretten enthalten. Bitte diese zwei Schachteln anzuschauen, in denen zwei Zigarettensorten aufbewahrt werden. Was fällt auf?«

»Jemand war so durcheinander und hat jeweils den falschen Deckel auf die Schachteln getan.«

»So scheint es.« Chan nickte. »Jemand war in großer Eile, zweifellos. Zeit, um zu fliehen, war kurz, denn Schuß war unten gehört worden. Wir wollen Schachteln öffnen.« Er benützte dazu sein Taschentuch, das er unter der Waffe hervorzog. »Sehen Sie! Zigaretten sind nicht ordentlich übereinandergeschichtet, sondern liegen durcheinander. Wurden hastig zurückgeworfen. Was sollen wir dazu sagen? Hat hier an diesem Schreibtisch ein Kampf stattgefunden? Als ich Madame Landini zum letztenmal sah, hat sie hier gesessen. Fand Kampf hier statt, und wurde sie dann zum Fenster gezerrt, in der Hoffnung, es so aussehen zu lassen, Mord erfolgte von Balkon aus? Warum sonst diese wilde, verzweifelte Anstrengung, Schreibtisch in Ordnung zu bringen? Die Zeit war knapp – also war große Eile nötig, so große, daß falsche Deckel auf Schachteln kamen. Killer könnte so vorgegangen sein, daß er durch offene Balkontür floh und durch anderen Raum, der auf Balkon hinausführt, entkam. Hätte jene Zimmer sofort untersuchen sollen. Könnte sein, daß Mörder sich dort versteckte, bis alle in diesem Studio versammelt waren, und schlich dann weg – oder drängte vielleicht selbst ins Studio. Sie werden erkennen, daß Ihr neuer Assistent hat beklemmende Perioden von Dummheit.«

»Haben wir das nicht alle?« Holt grinste. »Was Sie da gesagt haben, ist höchst interessant. Ich schließe daraus, daß Sie demnach glauben, daß die Lady nicht vom Balkon aus erschossen wurde, sondern vom Zimmer aus?«

Chan hob die Schultern. »Lasse nur Tatsachen aufmarschieren. Finde es weise, nicht zu rasch Schlüsse zu ziehen. Wenn wir Antwort zu rasch bekommen, haben wir vielleicht unrecht – wie meine Kinder in Algebra. Für den Augenblick lasse ich Antwort offen. Lady ist vielleicht, trotz allem, was ich sage, von Balkon aus erschossen worden. Sie kann sogar auf Balkon erschossen worden sein und Schritt zurück ins Zimmer gemacht haben, bevor sie fiel. Doktor kann uns das vielleicht sagen. Wir werden uns jetzt zum Balkon hinbewegen, wenn ich bitten darf.«

Alle vier traten durch die Balkontür, vorbei an der toten Landini, und wurden von der frischen Nachtluft umfangen. Ruhig und eisig lag der See unter dem Vollmond; die Sterne blinkten nur schwach und schienen weit weg, wie Chan bemerkte; ihnen fehlte die strahlende Freundlichkeit der Sterne am Himmel von Hawaii.

Charlie atmete tief durch.

»Bedauere sehr, daß hier kein Schnee ist«, sagte er zu Ward.

»Unglücklicherweise nicht«, erwiderte sein Gastgeber. »Ich hatte den Balkon säubern lassen, als wir hier ankamen, und Sing hat seitdem dafür gesorgt, daß er immer gefegt wurde. Der Schnee würde sich sonst an den Fenstern hoch auftürmen und so die Zimmer auskühlen.«

»Nach vielen Jahren begegne ich Schnee, doch Fußspuren bleiben mir versagt. So ist das Leben.« Er sah sich um. »Zwei weitere Räume führen auf diesen Balkon hinaus, wie ich bemerke. Dieser hier...«

»Das ist das Wohnzimmer der Landini gewesen«, erklärte Ward gedehnt. »Ich habe es genauso gelassen, wie es war, als sie wegging.«

Charlie hantierte an dem Flügelfenster herum. »Von innen verschlossen. Natürlich. Wenn Mörder diesen Weg genommen hat, wird er – oder sie – darauf geachtet haben. Wir wollen Türschwellen am Morgen untersuchen.« Er ging voran zu den Balkontüren auf der anderen Seite des Studios. »Und dieser Raum?« fragte er.

»Ist mein Schlafzimmer«, teilte ihm Ward mit. »Ich glaube, Sing hat die Damen hier ihre Garderobe ablegen lassen.« Er spähte durch die Scheiben. Im Zimmer brannte schummriges Licht. »Ja – da liegen Mäntel auf dem Bett.«

»Und Schal einer Frau«, bemerkte Chan, der an seiner Seite

stand. »Grüner Schal. Der, den die Landini mit ihren Händen hätte umklammern sollen. Ihren eigenen.«

Ward nickte. »Vermutlich.«

Chan untersuchte auch diese Tür und kam zu demselben Ergebnis wie zuvor. Dann kehrten sie ins Studio zurück.

»Nächster Schritt – Fingerabdrücke«, erklärte Chan dem Sheriff. »Sache, über die wir hören so viel und die uns so wenig bringt.«

»Vermutlich«, entgegnete der junge Mann. »Ich habe einen Mord-Spezialisten – aber er liegt krank im Bett. Fingerabdrücke gehören in sein Ressort. Ich frage mich, ob er das weiß. Dad hat nie in seinem ganzen Leben einen Fingerabdruck abgenommen.«

»Aber wir sind nicht so glücklich dran. Wir leben in Zeitalter von Wissenschaft.« Chan lächelte. »Große Wunder passieren laufend, und Welt wird mit jeder Minute weniger menschlich. Tut mir so leid, sagen zu müssen, ich besitze Werkzeuge, um hier und jetzt wissenschaftlich zu werden. Werde mich jetzt daranmachen, verhängnisvolle Pistole zu untersuchen und vielleicht keinen Fingerabdruck darauf entdecken. Spannung wird schrecklich sein. Schlage bescheiden vor, Sie beruhigen sich mit gründlicher Durchsuchung von Zimmer.«

Er setzte sich an den Schreibtisch und beschäftigte sich mit seinem Lampenruß und der Bürste.

Don Holt inspizierte unterdessen sorgfältig das Zimmer.

Dudley Ward nahm einen Holzklotz auf und wollte ihn gerade ins Feuer legen, als ein Aufschrei von Chan ihn erschreckte.

»Bitte!« rief Charlie. »Nur einen Moment – wenn Sie so gut sein wollen!«

»Warum – eh – was ...« Ward war verwirrt.

»Bitte um Verzeihung – der Holzklotz. Nicht gerade jetzt«, erklärte ihm Chan.

Ward nickte und legte den Klotz in den Korb zurück. Gleich darauf erhob sich Charlie.

»Spannung nun vorüber«, verkündete er. »Nirgends ein Fingerabdruck auf der Pistole. Handschuhe, ein Taschentuch oder abgewischt – treffen Sie Ihre ehrenwerte Wahl. Etwas vielsagender jedoch ... Gibt auch keine Abdrücke auf den Deckeln von hübsch bemalten Schachteln. Ich denke, wir können nach unten gehen.«

Holt näherte sich ihm und streckte ihm seine große Hand entgegen. Darin entdeckte Chan eine billige, kleine, goldene Nadel mit Halbedelsteinen besetzt.

»Ah – Sie haben Entdeckung gemacht!« rief Charlie aus.

»Steckte tief im Teppich«, erklärte der Sheriff. »Ich vermute, jemand ist draufgetreten.«

»Viele Ladys hier«, bemerkte Charlie. »Sie gehörte nicht der Landini – so viel wissen wir. Hat nicht das kostbare Aussehen eines Primadonna-Schmucks. Wir wollen sie nach unten mitnehmen – und ich schlage vor, daß Sie jetzt rosa Schal entfernen, dann können wir auch ihn mitnehmen. Doch etwas bleibt noch zu tun hier. Gentlemen – wenn Sie mir Gunst erweisen wollen, einen Augenblick zu warten ...«

Er ging rasch hinaus und dann die Treppe halb hinunter bis zu einem Punkt, von wo aus er den Raum unter sich gut überblicken konnte.

Die stumme kleine Gruppe blickte mit Interesse zu ihm hinauf. Die Augen des Detektivs fixierten jemanden, der weit von den anderen entfernt saß.

»Mr. Ryder!« sagte er.

Er erhielt nicht sofort eine Antwort.

»Ja?« murmelte Ryder schließlich.

»Wenn ich untertänigst bitten darf – wollen Sie so freundlich sein und ins Studio zurückkehren?«

Ryder erhob sich mit betont unangenehmer Langsamkeit. Chan wartete geduldig. Als der bärtige Mann schließlich bei ihm anlangte, verneigte sich der Chinese tief.

»Sie haben ganz recht«, sagte er. »Derjenige, der hastig geht, kann nicht würdevoll schreiten. Bitte, voranzugehen!«

Sie kamen erneut in das Zimmer, in dem die Landini lag.

»Ich verstehe nicht ganz, warum mir die Ehre einer Einzelbefragung zuteil wird«, sagte Ryder.

»Sie werden gleich erfahren«, versicherte ihm Chan. »Haben Sie schon Mr. Don Holt, Sheriff dieses County, kennengelernt?«

»Ich hatte noch nicht das Vergnügen«, erwiderte Ryder und schüttelte Holt die Hand.

»Mr. Ryder«, begann Charlie, »es ist nicht meine Absicht, Sie lange aufzuhalten. Vor tragischem Dahinscheiden dieser Lady besuchte ich Ihr Zimmer mit dringender Botschaft von ihr an Sie.

Sie haben mich rausgedrängt, mir die Tür fast in Rücken geknallt. Und dann . . .«

»Was dann?«

»Bitte freundlichst, Handlungen von diesem Moment an bis hin zur Ermordung der Lady zu detaillieren.«

»Eine einfache Aufgabe«, erklärte Ryder leichthin. »Ich setzte mich wieder und nahm meine Lektüre auf. Kurz danach hörte ich das Flugzeug näherkommen. Ich las weiter. Dann hörte ich es über dem Haus . . .«

»Sie haben weitergelesen?«

»Genau. Nach einer gewissen Zeit dachte ich, das Flugzeug müßte wohl gelandet sein. Ellen Landini verließ uns also mit dem Flugzeug. Ich – ich fuhr fort, zu lesen.«

»Ein interessantes Buch.« Chan nickte. »Aber früher oder später – haben Sie es aus der Hand gelegt.«

»Ja. Ich ging zur Tür, öffnete sie und lauschte. Es war ziemlich still. Ich konnte Ellens Stimme nicht mehr hören und kam daher zu dem Schluß, daß sie schon auf das Flugfeld hinausgegangen war. So schlenderte ich weiter . . .«

»Einen Moment, bitte! Von Zeitpunkt, da ich Sie verlassen habe, bis zu Augenblick, da ich Sie oben auf der Treppe wiedersah, haben Sie nicht irgendeinen anderen Teil des Hauses besucht? Dieses Zimmer, vielleicht?«

»Nein.«

»Sie sind ganz sicher?«

»Natürlich bin ich das.«

»Mr. Holt, wollen Sie hierher kommen, bitte?« fragte Chan und schritt auf den Kamin zu.

Der Sheriff folgte seiner Aufforderung.

»Erlauben Sie, daß ich Sie auf bestimmte Tatsache hinweise«, fuhr Charlie fort. »Wir haben hier« – er nahm den Feuerhaken zur Hand – »die Asche eines Briefes, geschrieben auf gleichem Papier wie dem auf Schreibtisch. Das steht fest. Und in der Ecke hier haben wir nur teilweise verbrannten Umschlag, nur leicht angekohlt am oberen Teil. Wollen Sie so freundlich sein und denselben retten?«

Holt fischte die Reste des Umschlags mit den Fingern heraus.

»Wie lautete Adresse auf Umschlag, Sheriff?«

Der junge Mann musterte den Umschlag. »He! Da steht drauf:

Mr. John Ryder. Dringend. Persönlich. Große, kühne Schriftzüge. Aber ehrlich gesagt – sieht nicht wie die Schrift eines Mannes aus.«

»Mr. Ryder wird sagen, wessen Handschrift es ist«, schlug Chan vor.

Ryder blickte auf den Umschlag. »Es ist die Handschrift von Ellen Landini.«

»Genau«, bestätigte Chan. »Briefumschlag war an Sie adressiert. Persönlich – dringend. Er wurde verschlossen. Und wurde aufgerissen, und Brief wurde entfernt. Wer konnte das tun, Mr. Ryder?«

»Ich bin sicher, daß ich es nicht weiß«, erwiderte Ryder.

»Nicht viele in diesem Haus«, sagte Chan. »Kein Gentleman – gewiß keine Lady. Eine solche würde nicht Brief eines anderen aufreißen, mit Vermerk *persönlich*. Scheint mir, Mr. Ryder, es gibt nur eine einzige Person, die Brief geöffnet haben könnte – *Sie*.«

Ryder starrte ihn kalt an. »Eine natürliche Schlußfolgerung, Mr. Chan. Doch selbst wenn Sie recht hätten – allerdings muß ich Ihnen sagen, daß dem nicht so ist –, was soll das Ganze? Sicher haben Sie doch nicht vergessen, daß ich zum Zeitpunkt, als die Landini getötet wurde, am Fuße der Treppe gestanden habe, unten im Wohnzimmer.«

Charlie wandte sich dem Sheriff zu und bemerkte: »Sie und ich – wir beide haben lange, gemeinsame Reise vor uns. Oft wird es so aussehen: bergauf keine Straße, bergab keine Tür. Aber Mann mit einer Zunge im Kopf kann immer Weg finden. Gehen wir hinunter und trainieren unsere Zungen.«

5

Die fünf Männer gingen ins Wohnzimmer hinunter. Ein Blick auf die formidable Gesellschaft, die sie erwartete, ließ Charlies Herz sinken. Er sah den Sheriff an. Der junge Mann räusperte sich nervös.

»Zweifellos ist das hier sehr schlimm«, begann er. »Vermutlich wird es für uns alle ziemlich unangenehm werden. Ich bin Don Holt, der Sheriff des County, und ich habe nicht vor, irgendeiner unschuldigen Person irgendwelche unnötigen Schwierigkeiten zu verursachen. Aber ich muß dieser Sache auf den Grund gehen, und je kürzer der Weg ist, um so besser ist es für uns alle – jedenfalls für die meisten von uns. Ich habe Inspektor Chan, der auf diesem Gebiet mehr Erfahrung hat als ich, darum gebeten, mir zu helfen, und ich möchte jetzt gleich sagen, daß Sie zu antworten haben, wenn er Sie etwas fragt. Das ist alles, glaube ich.«

Eine Unterhaltung an der Tür unterbrach den Fortgang der Dinge. Sing gewährte einem kleinen grauhaarigen Mann mit einer schwarzen Mappe Einlaß, der sich als der Doktor erwies, von dem Holt gesprochen hatte. Der junge Mann nahm ihn kurz beiseite und rief dann nach Sing, der den Neuankömmling nach oben führte.

»Ich denke, wir können jetzt fortfahren«, sagte Holt und sah hilflos auf Charlie.

Charlie nickte. »Beginnen wir mit unwichtigster Person. Als verhängnisvoller Schuß abgegeben wurde – brillante Karriere von einer, die viel geliebt worden, beendend –, waren sechs Menschen in diesem Raum anwesend. Einer – Mr. Ryder – hat bereits Aussage gemacht. Möchte nun von fünf verbleibenden alle Handlungen kurz vor Zusammentreffen hier erfahren – was sie getrieben, ihre Standorte und wann sie die Landini zuletzt gesehen. Da Uhren ungenau, können wir vielleicht Zeitpunkt durch Lokalisierung von Flugzeug über uns fixieren. Ich selbst war einer von den fünfen. Beantworte meine Fragen, ohne dieselben zu stellen: Habe die Landini zum letztenmal oben im Studio gesehen, während Flugzeug noch über dem See war. Sie hat mich gebeten, ich soll Mr. Ryder zu ihr rufen, und ich habe ihr zurückgemeldet, er hat abgelehnt, zu kommen. Sie hat dann in großer Eile am Schreibtisch geschrieben. Ich verließ sie, kam hier herunter und ging nach draußen, wo ich schließlich Mr. Ward und Mr. Ireland am Rand von Flugfeld traf.« Er wandte sich dem Flieger zu. »Mr. Ireland, wir können Sie vollständig übergehen. Sie können kaum in das hier verwickelt sein oder irgendeine Information dazu haben.«

Der große Ire nickte. »Ich weiß nur, daß Ellen Landini mich angerufen hat. Ich sollte kommen und sie holen. Und ich bin gekommen.« Er sah kurz in die Augen seiner Frau. »Ich mußte«, setzte er hinzu. »Es ist mein Job. Ich arbeite für andere.«

»Stimmt.« Charlie sah seinen Gastgeber an. »Mr. Ward – Sie haben die Landini zuletzt gesehen ...«

»Sie waren bei mir, Inspektor«, entgegnete Ward. »Erinnern Sie sich? Ich ging die Lichter auf dem Flugfeld einschalten, sobald wir die Maschine über dem See entdeckt hatten. Die Lichter werden von einem kleinen Schuppen hinter dem Flugzeughangar aus eingeschaltet. Der Schuppen ist stets abgesperrt. Ich mußte die Schlüssel holen, und das Schloß klemmte auch noch ein bißchen. War vermutlich etwas rostig. Ich mußte mich ziemlich beeilen, aber ich habe es noch rechtzeitig geschafft.«

Chan wandte sich Ireland zu. »Wann gingen die Lichter an?«

»Ich glaube, während ich über dem Haus kreiste. Vielen Dank, übrigens«, sagte er zu Ward. »Doch der Mond schien hell genug, ich hätte es auch so geschafft.«

»Damit bleiben zwei von den fünf übrig«, fuhr Charlie fort. »Mr. Dinsdale und Mr. Beaton. Habe den Eindruck, daß keiner von beiden Zimmer verlassen hat, bis Schuß abgegeben wurde. Ist das richtig?«

»In meinem Fall, ja«, sagte Dinsdale. »Ein schönes Feuer und ein guter Drink – kein Flugzeug auf der Welt, das im Hof hinten landet, hätte mich nach draußen locken können. Ja – ich saß hier, seit wir ankamen, bis wir den Schuß hörten und alle nach oben liefen.«

»Und Mr. Beaton – was war mit Ihnen?«

»Nun – nicht die ganze Zeit ...«

»Nein – nein, ich war nicht die ganze Zeit hier. Das ist wahr.« Der junge Beaton stand auf. Er sah zart und bleich aus und schien offensichtlich sehr nervös. »Ich ging auch nach draußen. Sie erinnern sich, Mr. Chan, daß Sie hier durch das Zimmer liefen. Dann hörten wir Sie mit jemandem draußen sprechen, und eine Minute später kam Dr. Swan herein. Er sagte, das Flugzeug sei ein herrlicher Anblick – oder irgend etwas dergleichen, und ich erwiderte: Dann muß ich es mir wohl auch ansehen. Ich ging nach draußen. Es war gerade im Anflug auf das Haus. Ich stieg die Stufen hinunter, und plötzlich hörte ich eine Stimme über mir.«

»Ah – Sie haben Stimme gehört«, wiederholte Charlie eifrig.

»Ja. Es – es war Ellen. Da kann ich mich nicht irren. Und ich hörte sie sagen – das heißt, eigentlich hat sie jemandem etwas zugerufen – ich hörte sie rufen: ›Oh, du bist es! Ich friere. Hol mir meinen Schal! Er liegt auf dem Bett im Zimmer nebenan. Der grüne!‹«

Charlie begriff plötzlich und lächelte. »Ah – höchst interessant! Sie haben Landini nach ihrem Schal fragen gehört?«

»Ja, ja«, bestätigte der Junge eifrig. Er hatte etwas fast rührend Naives an sich. »Es ist wahr, Mr. Chan. Wirklich! Ich weiß, es klingt...«

»Wollen wir uns nicht darüber Sorgen machen, wie es klingt. Bitte, fahren Sie fort!«

»Ich ging den Weg ein Stück entlang und sah die Landini allein auf dem Balkon stehen, direkt über der Eingangstür. Sie blickte nach oben und winkte mit einem Taschentuch. Dann sackte das Flugzeug schrecklich tief ab und begann das Haus zu umkreisen. Ich fing zu husten an und bemerkte, daß ich ohne Mantel und Hut war. Deshalb ging ich rasch wieder nach drinnen. Das Bild hat mich irgendwie angewidert – ich meine Ellen, wie sie dort stand und wie eine Verrückte winkte.«

»Das stimmt, Inspektor«, sagte Dinsdale. »Er war nur ein paar Minuten draußen.«

»Aber lange genug, um Landini nach Schal verlangen zu hören«, bemerkte Chan. »Ihrem grünen Schal. Sehr viel besser, Mr. Beaton, Sie hätten letzteres nicht hinzugefügt.«

Die Miene des Jungen verzerrte sich. »Aber es ist die Wahrheit! Ich erzähle es genauso, wie es gewesen ist. Jemand kam in das Zimmer, und sie bat um ihren Schal. Und...«

»Und Person, die Mord beabsichtigte und unschuldiges Mädchen belasten wollte, kehrte mit Schal Ihrer Schwester zurück. Sie wollen, daß ich das glaube?«

»Ich will überhaupt nichts!« schrie der Junge fast. »Ich habe Ihnen nur erzählt, was passiert ist. Ich versuche Ihnen zu helfen – und Sie wollen mir nicht glauben – Sie wollen mir nicht glauben . . .«

»Schon gut, Hughie.« Seine Schwester stand auf und streichelte ihm über den Rücken. »Bitte, reg dich nicht so auf!«

»Es ist so gewesen, ich schwör's dir!«

»Ich weiß, ich weiß.«

»Danke vielmals, mein Junge«, sagte Charlie sanft. »Habe nicht gesagt, daß ich Ihnen nicht glaube. Doch damit eigentlich . . .«

Er hielt inne und sah den Sheriff an. Mr. Holt starrte auf Leslie Beaton, und Chan konnte sich nicht erinnern, in seiner langen Karriere je einen so unsheriff-gemäßen Blick gesehen zu haben. Er seufzte. Eine neue Komplikation, wahrscheinlich.

»Doch damit eigentlich«, fuhr er fort, »treten Sie, Mr. Ireland, unerwartet ins Rampenlicht zurück. Obgleich Sie noch nicht hier gelandet waren – Sie müssen trotz alledem eine der letzten Personen gewesen sein, die Landini lebend gesehen haben.«

Ireland rutschte auf seinem Stuhl herum. »Vielleicht war ich das. Habe bisher noch nicht daran gedacht. Als ich Kurs auf das Haus nahm, blickte ich nach unten und sah eine Dame auf dem Balkon zu mir heraufwinken. Ich drückte die Maschine nach unten, um zu sehen, wer es war . . .«

»Du wußtest nur zu gut, wer es war«, zischte seine Frau.

»Wie hätte ich sollen, meine Liebe? Ich dachte, vielleicht bist du es. Also flog ich so tief, wie ich es nur wagen konnte, und da sah ich, es war Ellen Landini.«

»Und daraufhin hast du deine Kunststückchen gemacht und deinen Hals riskiert, um ihr den Nervenkitzel . . .«

»Aber meine Liebe, ich bin nur ein paarmal über dem Haus gekreist, um mich zu orientieren und die Landebahn auszumachen.«

»Hast du vielleicht geglaubt, sie befände sich auf dem Dach?« höhnte Cecile.

Ihr Ehemann hob die Schultern. »Ich wußte, wo sie war, und ich wußte auch, was ich tat. Ich brauche keine Besserwisser . . .«

»Bitte um Entschuldigung«, mischte Chan sich ein. »Wie oft sind Sie über Haus gekreist?«

»Dreimal.«

»Und dreimal haben Sie Landini auf Balkon gesehen?«

»Nein – nur beim erstenmal. Dann muß sie nach drinnen gegangen sein.«

»Und konnten Sie sehen, ob Fenster offenstanden?«

»Das könnte ich nicht mit Sicherheit sagen.«

»Danke vielmals.« Charlie spazierte mit dem Sheriff in eine Ecke des Zimmers. »Was Schlußstrich zieht für all jene, die in diesem Raum waren, als Schuß abgegeben wurde«, sagte er leise. »Jetzt rücken wir vor zu wichtigerem Abschnitt unserer Attacke.«

»Aber sollten wir nicht all das irgendwo notieren?« fragte Holt.

Chan schüttelte den Kopf. »Nicht meine Methode. Anblick von Papier und Bleistift hat manchmal verderblichen Einfluß auf Sprecher. Behalte das alles im Kopf und bei erster Gelegenheit mache ich mir oberflächliche Notizen.«

»Donnerwetter – das können Sie? Ich habe es schon jetzt vergessen«, gestand Holt.

Charlie lächelte.

»Großer leerer Raum gibt gutes Lager ab«, bemerkte er und tippte an seine Stirn. »Jetzt fahren wir fort.«

»Noch eine Minute!« Holt legte dem Detektiv eine Hand auf den Arm. »Wer ist jenes Mädchen in dem rosa Kleid?«

»Die Besitzerin von rosa Schal«, antwortete Chan. »Und ich möchte Sie für die nächsten paar Minuten bescheiden an harte Realität von Lektion Nummer eins erinnern.«

Sie kehrten ans andere Ende des Zimmers zurück, und Chan trat erneut der kleinen Versammlung gegenüber.

»Wir kommen jetzt zu Mitgliedern dieser Gesellschaft, die, als unglückselige Lady oben Tod ereilte, nicht in Sicht waren. Einer von diesen hat bereits zumindest Teil-Aussage gemacht. Sing hier war wahrscheinlich letzte Person, die die Landini lebend gesehen hat. Er ist, wie er sagt, nach Decke geschickt worden, nachdem Flugzeug gelandet. Was haben Sie bis zu diesem Zeitpunkt gemacht, Sing?«

»Ich nicht wissen.« Sing hob die Schultern.

»Sie *müssen* es wissen«, sagte Chan unerbittlich.

»Vielleicht ist meine Sache«, bemerkte Sing verschlagen.

Charlie musterte ihn. Er fand seinen Landsmann ein bißchen nervenaufreibend.

»Hören Sie – das hier ist Mordfall«, wies er ihn zurecht. »Verstehen Sie – Mordfall. Sie beantworten meine Frage, oder der Sheriff hier sperrt Sie möglicherweise in großes Gefängnis ein.«

Sing starrte den jungen Mann an.

»Wer – der?« fragte er ungläubig.

»Ganz recht, Sing«, sagte Holt. »Antworte jetzt! Verstanden?«

»In Ordnung«, gab Sing klein bei. »Warum Sie nicht gleich sagen? Habe mich einfach um eigene Sachen gekümmert.«

»Was war das? Was haben Sie getan?« fragte Chan geduldig weiter.

»Boß hat mich in Korridor gesehen. Sagt: ›Hol Cecile!‹ Ich sie holen. Dann ich geh' nach unten. Geh' raus Hintertreppe, beobachte Landebahn. Boß kommt heraus, sagt zu mir: ›Sing, Landini wünscht etwas. Du holst es.‹«

»Einen Moment!« Chan wandte sich Dudley Ward zu.

»Das stimmt«, bestätigte Ward. »Ich hatte auf der Hintertreppe gerade Cecile getroffen und begriffen, daß sie nicht die Absicht hatte, die Decke zu holen. Da ich wegen der Lichter auf dem Flugfeld zu sehr in Eile war, um zu streiten, trug ich einfach Sing auf, sich darum zu kümmern.«

»Ich gehe in Haus«, fuhr Sing auf Drängen hin fort. »Ihr kleiner Hund bellte in Küche. Bleib' stehen, lausche. Ziemlich bald gehe nach oben, erinner' mich an Missie. Geh' zu Zimmer, sage: ›Was Sie wünschen, Missie?‹ Sie sagt: ›Sing, du holst mir Decke, wie guter Junge, deckst Hund zu.‹ Hund, Hund, Hund – die ganze Zeit, wenn sie hier. Ich geh' raus und . . .«

»Flugzeug war inzwischen gelandet auf Flugplatz?« fragte Chan.

»Ja.«

»Woher wissen Sie das?«

»Verdammter Lärm, jetzt ruhig. Ich geh' mein Zimmer . . .«

»Im zweiten Stock?«

»Ja. Ich hol' Decke. Ziemlich bald höre Krach. Vielleicht Pistole. So ich komm' runter mit Decke . . .«

»Sehr langsam, vermute ich«, bemerkte Chan.

»Was is' los?« fragte Sing. »Was macht schon? Viel Zeit. Sehe ziemlich bald, Missie erschossen worden. Sehr schlimm«, setzte er hinzu, ohne die geringste Gefühlsregung.

»Danke vielmals«, sagte Chan, ganz offensichtlich erleichtert.

»Das genügt im Moment.« Er blickte Holt an. »Offensichtlich die letzte Person, die Landini lebend gesehen. Spreche später mit ihm allein.« Er wandte sich dem Dirigenten zu. »Mr. Romano, tut mir so leid – aber habe irgendwie glühendes Interesse für Ihre Handlungen halbe Stunde vor diesem traurigen Ereignis.«

»Meine?« Romano sah ihn mit unschuldigem Blick an.

»Ja – so ist es. Als ich Sie letztes Mal gesehen habe, war Flugzeug noch über dem See, und Sie schlichen wie Panther durchs Zimmer. Was war danach?«

»Ah – ich erinnere mich«, erwiderte der Musiker langsam. »Ich war damit beschäftigt, eine Liste von Verhaltensregeln für diesen jungen Mann zusammenzustellen – eine Liste, die – leider – jetzt nicht mehr benötigt wird. Zweifellos überlegte ich in diesem Moment, ob ich nun alles erfaßt hatte oder nicht. Ich sah Sie an meiner Tür vorbeikommen . . .«

»Und fuhren mit Ihrer Liste fort – vielleicht?«

»Nein. Ganz und gar nicht. Mir kam der Gedanke: Jetzt muß die Landini ganz allein sein. Ich eilte ins Studio. Sie hat einen Brief geschrieben, ihn in einen Umschlag gesteckt und die Lasche versiegelt. ›Jetzt‹, sage ich, ›ist die Zeit gekommen, über die Abmachung zu sprechen. Ich bin – wie sagt man – bankrott. Ich bin – sagt man so? – völlig pleite.‹ Ellen schreibt die Adresse auf den Umschlag. ›Es tut mir sehr leid‹, sagt sie, ›aber, Luis, ich bin auch in finanziellen Schwierigkeiten. Meine Investitionen werfen keine besonderen Dividenden ab.‹ ›Dann, Ellen‹, sagte ich leidenschaftlich, ›kannst du dir zu diesem Zeitpunkt keinen neuen Mann leisten. Warum bleibst du nicht bei dem alten? Ich mag dich immer noch gern‹ – aber Mr. Chan« – seine alte Stimme brach – »muß ich diese Szene wiederholen?«

»Keineswegs«, entgegnete Chan, »außer ihre Antwort.«

»Sie war« – Romano neigte den Kopf – »sie war nicht sehr schmeichelhaft für mich. Stellen Sie sich nur vor – falls Sie das können –, nach allem, was ich für sie getan hatte! Wie ein Bambino habe ich sie umsorgt. Das Flugzeug näherte sich jetzt dem Haus. Sie sprang hoch und riß die Flügelfenster weit auf. ›Komm mich in Reno besuchen!‹ schrie sie mir zu. ›Ich werde tun, was ich kann.‹ Und sie rannte hinaus auf den Balkon.«

»Und Sie – Mr. Romano?«

»Ich – ich war verzweifelt. Ich starrte sie an, wie sie so auf dem

Balkon stand. Es war das letzte Mal, daß ich sie lebend gesehen habe, obschon ich das natürlich da nicht wußte. Dann kehrte ich in mein Zimmer zurück und schloß meine Tür. Ich saß am Fenster und starrte in den Schnee hinaus, auf die dunklen Bäume, hinaus in die traurige Nacht. Weggeworfen wie ein alter Mantel, dachte ich traurig. Aber ich war auch aufgebracht. Ich erinnerte mich an alles, was ich für sie getan hatte ...«

»Ach – ja. Und Sie brüteten vor sich hin – bis Sie hörten Schuß.«

»Das stimmt! Ich hörte den Schuß, und einen Moment lang überlegte ich ... Dann hörte ich Schritte, Stimmen und folgte Ihnen an den Ort Ihrer traurigen Entdeckung.«

Chan beobachtete ihn scharf. »Sie waren immer noch Ehemann von Ellen Landini – zumindest zwei Wochen noch. Werden Sie – als solcher – irgendwelches Vermögen erben, das sie vielleicht hinterläßt?«

Romano schüttelte den Kopf. »Leider nein. Als die Vereinbarung getroffen wurde – die sie dann so grausam ignorierte –, erzählte sie mir, sie würde ein Testament machen, in dem sie alles, was sie besaß, ihrem zukünftigen Ehemann vermachen – Mr. Hugh Beaton hier.«

Überrascht wandte sich Chan dem jungen Mann zu. »Wußten Sie davon, Mr. Beaton?«

Beaton blickte erschöpft drein. »Ja – sie hat mir davon erzählt. Natürlich wollte ich nicht, daß sie das tat.«

»Wissen Sie, ob Testament gemacht wurde oder nicht?«

»Sie hat mir eines Tages mitgeteilt, es wäre abgefaßt. Ich vermute, auch unterzeichnet. Ich stellte keine Fragen. Mir war die ganze Idee verhaßt.«

Charlie sah zu Miß Beaton hin. »Auch Sie hatten von der Sache gehört?«

»Ja«, bestätigte das Mädchen leise. »Aber ich schenkte dem keine Beachtung. Es spielte keine Rolle.«

Chan wandte sich wieder Romano zu. »Was für eine traurige Situation für Sie! Frau – Geld – alles verloren. Erlauben Sie, daß ich frage, ob Sie Liste, die Sie aufstellten für Mr. Beaton, zufällig hier haben?«

»Sie ist in mei ...« Er hielt plötzlich inne. »Sie ist in meinem Zimmer. Ich werde sie holen für Sie.«

»Tut mir so leid.« Chans Augen verengten sich. »Ich glaube, Sie wollten sagen, daß sie in Ihrer Tasche ist.«

»Sie irren sich«, widersprach Romano, aber sein bleiches Gesicht war plötzlich noch bleicher geworden. »Was spielt es ohnehin für eine Rolle?«

»Spielt große Rolle«, sagte Chan sanft. »Wenn Sie Taschen nicht hier und jetzt leeren, dann ich muß selbiges widerstrebend für Sie tun. Glauben Sie mir, solch ungehobeltes Benehmen würde mir Qualen bereiten.«

Romano stand einen Moment nachdenklich da.

»Die Wiedergabe der Unterredung mit meiner Frau war nicht ganz vollständig«, sagte er schließlich. »Ich . . . Ein Mann spricht nicht gern freiwillig über so etwas. Aber . . .« Er griff in eine seiner Hosentaschen und zog ein Bündel brandneuer Zwanzig-Dollar-Scheine heraus, das er Chan aushändigte. »Kurz bevor Ellen auf den Balkon hinausstürmte, holte sie dies aus ihrer Tasche und schmiß es auf den Schreibtisch. Ich – ich nahm es an. Meine Lage – war – verzweifelt.«

Er ließ sich in einen Stuhl fallen und bedeckte sein Gesicht mit den Händen.

Chan blickte mitleidig auf ihn herab.

»Bin so froh, daß Sie Möglichkeit sahen, eigene Geschichte zu berichten. Unglücklicherweise muß das hier im Moment als Beweis bei Sheriff bleiben. Aber inzwischen – wir werden sehen – Weg wird gefunden werden. Keine Sorge, Mr. Romano!« Mit unerwartet grimmiger Entschlossenheit wandte er sich plötzlich Dr. Swan zu. »Und jetzt, Doktor, sind Sie an der Reihe. Wo sind Sie hingegangen, nachdem Sie mich auf Weg vor Haus verlassen hatten?«

»Ich habe nicht viel zu sagen«, erklärte Dr. Swan. »Ich kam hier herein, sprach ein paar Worte mit Dinsdale und Beaton und ging dann nach oben in das Zimmer, das mir vor dem Dinner zugewiesen worden war. Ich plante, sobald wie irgend möglich aufzubrechen.«

»Ah! Und Sie hatten etwas in dem Raum zurückgelassen?«

»Nein – ich hatte nichts dort oben. Mein Mantel und mein Hut befanden sich hier unten im Schrank. Ich hatte kein Gepäck, denn ich hatte nicht die Absicht gehabt, die Nacht hier zu verbringen.«

»Sie hatten nichts dort oben – warum sind Sie dann hoch?«

Swan zögerte. »Die Fenster des Zimmers gingen nach hinten raus. Ich rechnete mir aus, daß ich die Landung des Flugzeuges von dort aus verfolgen konnte und ..«

Charlie und der Sheriff wechselten einen Blick.

»Nun ja – ich will offen zu Ihnen sein«, fuhr Swan fort. »Tatsächlich war mir der Gedanke gekommen, daß Ireland nach der Landung seines Flugzeuges wahrscheinlich auf einen Sprung hereinkommen würde. Und ich wollte ihm nicht begegnen. Er weiß, was ich von ihm halte.«

»Und Sie wissen, was ich von Ihnen halte«, höhnte Ireland.

»Kein Mann kann sich auf ein geselliges Beisammensein mit einem schmierigen Chauffeur freuen«, sagte Swan, »zumal dieser einst heimlich mit seiner Frau im Bett gelegen ist.«

Ireland war aufgesprungen. »Ist es ...«

»Setzen Sie sich!« forderte Don Holt ihn auf. »Setzen Sie sich, Ireland, und halten Sie den Mund!«

Der Pilot hatte keine Lust, mit dem Sheriff herumzustreiten. Er setzte sich, und der Sheriff sah etwas enttäuscht drein.

»Wir wollen fortfahren«, sagte Chan. »Friedlich. Sie sind nach oben, um Mr. Ireland aus dem Weg zu gehen, Dr. Swan?«

»Ja. Ich ging in mein Zimmer und schloß die Tür. Es war nicht meine Absicht, es wieder zu verlassen, bevor Ellen mit dem Flugzeug abgeflogen war. Ich beobachtete, wie es landete, und wartete am Fenster, um es auch wieder abfliegen zu sehen. Dort also stand ich, als der Schuß abgefeuert wurde. Das ist kein sehr tolles Alibi, ich weiß, aber ...«

»Weiß Gott, das ist kein tolles Alibi«, brummte Ireland. »Reichlich wenig Aussichten, damit jemanden reinzulegen und durchzukommen. Besonders wenn man herausfindet, daß Sie die arme Landini sieben Jahre lang erpreßt haben.«

»Das ist eine Lüge!« brüllte Swan und zitterte vor Wut.

»Erpreßt?« wiederholte Chan und sah Dudley Ward an.

»Ja – erpreßt«, bestätigte Ireland noch einmal. »Sie hat mir alles erzählt. Sieben Jahre lang jeden Monat zweihundertundfünfzig Piepen, und erst neulich hat sie mir gesagt, daß sie nicht mehr zahlen könnte. Ich riet ihr, den alten Gauner zum Teufel zu schikken. Hat sie mit Ihnen gesprochen, Doktor? Ich glaube schon – nach dem, was heute abend passiert ist.«

»Sie sollten lieber vorsichtig sein«, quetschte Swan zwischen den Zähnen hervor. »Sie sind selbst noch nicht überm Berg.«

»Ich?« fragte Ireland. »Ich bin am Himmel herumgekreist – unschuldig wie ein Vögelchen. Ich habe nichts mit dem hier zu tun.«

»Und – Ihre Frau?« schrie Swan. »Was ist mit Ihrer Frau? Oder ist Ihnen das egal, was mit ihr passiert? Arme Cecile! Ist oben herumgetigert, fast wahnsinnig vor Eifersucht. Und wohl mit gutem Grund, wie ich mir vorstelle. Wo war denn Cecile, als jener Schuß abgegeben wurde? Das würde mich mal interessieren.«

»Zuständige Autoritäten werden, wenn Sie nichts dagegen haben, Befragung wieder aufnehmen, Dr. Swan«, warf Chan ein. »Cecile – bitte um Verzeihung, Mrs. Ireland –, wir kommen nun, mit freundlicher Hilfe des Doktors, zu Ihnen. Sie haben bemerkt, nicht Höflichkeit hat uns regiert. Es scheint Angelegenheit, wo Ladys zuletzt drankommen.«

»Ich – ich weiß nichts«, sagte Cecile.

»Wie ich befürchtet hatte. Aber wollen wir trotzdem Fragen vorantreiben. Als ich Sie letztes Mal sah, Sie waren geschickt worden, Decke für Hund zu holen. Sie haben sich nicht mit auferlegter Aufgabe beschäftigt?«

Ihre Augen blitzten. »Nein. Ich hatte nicht die Absicht, mich damit zu beschäftigen.«

»Heftiger Zorn brannte in Ihrem Herzen?«

»Warum auch nicht? Ich hatte soeben Michaels Flugzeug entdeckt und ich wußte, daß diese Frau nach ihm geschickt hatte, damit er sie im Mondschein nach Hause brachte. Und er – wie ein Dummkopf . . .«

»Es ist mein Job«, behauptete Ireland störrisch.

»Und wie verhaßt ist er dir, hm? Egal. Ich dachte jedenfalls: Soll sie sich doch selbst für ihren verfluchten Köter eine Decke suchen. Ich ging gerade die Hintertreppe hinunter, als Mr. Ward hinter mir hereilte. Er fragte nach der Decke. Ich sagte ihm frei heraus, daß ich sie nicht holen würde. ›Wo mag Sing wohl sein‹, murmelte er und hastete an mir vorbei.«

»Und Sie?«

»Ich – ich ging in die Küche zur Köchin. Dann hörte ich, wie Michael über dem Haus sein Leben riskierte. Ich wartete. Ich würde mit ihm ein Wörtchen reden, nahm ich mir vor. Das Flugzeug landete, und Michael kam, wie ich erwartet hatte, durch die Hintertür herein. Aber er war nicht allein. Mr. Ward und Mr. Chan waren bei ihm. Ich war zu unglücklich. Ich will keine Szene hier, sagte ich mir und ließ ihn vorbei. Dann stieg ich erneut die Hintertreppe hoch – mein Platz war oben – und malte mir aus, wie ich Sing schicken würde, mir Michael herbeizuholen. Aber auf der Treppe . . .«

»Ja – auf der Treppe?« Charlie nickte.

»Blieb ich stehen, um zu weinen, Monsieur. Ich war so schrecklich unglücklich. Ich hatte gehört, wie nahe Michael an das Haus herangekommen war – fahrlässig, ein Dummkopf –, nur um diese Frau zu beeindrucken, die ihn immer betört hat . . .«

»Quatsch!« unterbrach sie ihr Mann.

»Du warst es – das weißt du. Aber ich will nichts mehr über die Tote sagen. Ich weinte still einen Moment vor mich hin, dann trocknete ich mir die Augen und stieg weiter nach oben. Genau da hörte ich den Schuß – laut, deutlich, unerwartet. Das – das ist alles.«

Chan wandte sich Holt zu. »Den kleinen Gegenstand, bitte, den Sie eingegraben in Teppich im Studio gefunden.«

»Oh! Oh – ja.« Der Sheriff überreichte ihn ihm.

Chan hielt ihn der Frau entgegen. »Haben Sie zufällig jemals diese Nadel gesehen?«

Sie starrte drauf. »Niemals, Monsieur.«

Chan zeigte sie ihrem Mann und beobachtete dabei scharf dessen Gesicht. »Sie – Mr. Ireland – haben Sie sie zuvor gesehen?«

»Ich? Nein. Weshalb sollte ich?«

Charlie steckte sie in eine seiner Taschen.

»Langwierige Routine-Arbeit«, bemerkte er. »Aber kommt jetzt bald zu einem Ende. Nur noch eine Person . . .«

Leslie Beaton erhob sich und baute sich vor ihm auf. Sie war groß, schlank und anziehend. Auf den ersten Blick wirkte sie ziemlich hilflos und verloren. Aber in diesen unergründlichen Augen spiegelte sich durchaus so etwas wie Kompetenz und Tüchtigkeit, dachte Chan. Nicht umsonst hatte sie sich um ihren rückgratlosen Künstler-Bruder gekümmert; mittlerweile hatte sie auch gelernt, auf sich selbst achtzugeben.

»Das hier tut mir schrecklich leid«, sagte Don Holt; und er sah tatsächlich auch so aus.

»Machen Sie sich keine Gedanken«, erwiderte das Mädchen und lächelte ihm freundlich zu. »Vermutlich passiert so etwas selbst den nettesten Sheriffs. Sie möchten also wissen, was ich heute abend alles getan habe, Mr. Chan. Ich werde mich so kurz wie nur möglich fassen.«

»Aber Sie müssen dabei nicht stehen!« protestierte Holt.

Er packte mit einer Hand einen Stuhl und stieß ihn lässig in ihre Richtung.

»Danke«, sagte sie. »Nun, Mr. Chan, als wir das Flugzeug über den See kommen hörten, war ich die erste, die aus dem Zimmer lief. Ich ergriff den Mantel meines Bruders, zog ihn über und rannte auf den Pier hinaus. Ich ging bis ans Ende des Piers und beobachtete, wie das Flugzeug sich langsam näherte. Es war herrlich! Wenn ich nicht – wie Cecile – ein bißchen unglücklich gewesen wäre, hätte ich es schrecklich aufregend und spannend gefunden. Dann kreuzte Dr. Swan auf, und wir verfolgten gemeinsam das Schauspiel. Wir schwatzten auch ein wenig, bis er zum Haus zurückkehrte. Ich glaube, er traf Sie direkt davor. Ich – ich blieb noch auf dem Pier.«

»Ah – ja.« Chan nickte. »Für wie lange?«

»Ich sah, wie das Flugzeug über dem Haus kreiste . . .«

»Vielleicht haben Sie auch Landini auf Balkon gesehen?«

»Nein. Die Bäume stehen dort zu dicht beieinander. Ich konnte nicht den Balkon des Studios sehen. Aber ich sah Mr. Ireland kreisen und dann irgendwo hinter dem Haus herunterkommen. Inzwischen war ich gründlich durchgefroren. Also rannte ich zurück ins Wohnzimmer. Hier traf ich Hugh und Mr. Dinsdale an. Ich glaubte, wir würden, sobald Ellen weg war, aufbrechen und zur Taverne zurückfahren, deshalb lief ich hoch in das Schlafzimmer, in dem unsere Garderobe lag.«

»Eines der Zimmer neben dem Studio, wo Landini starb?« bemerkte Chan.

Sie schauderte leicht. »Ja – natürlich. Ich setzte mich vor die Frisierkommode, um mir die Nase zu pudern, mich zu kämmen – als ich plötzlich im Zimmer nebenan den Schuß hörte.«

»Einen Moment! Entschuldigen Sie vielmals! Aber Sie hörten vielleicht zuerst – ja, was? Einen Kampf?«

»Nein – nichts.«

»Aber Stimmen – vielleicht?«

»Überhaupt nichts, Mr. Chan. Die beiden Räume sind nicht durch eine Tür verbunden.«

»Ah – verstehe«, erwiderte Chan. »Bitte fortzufahren!«

»Nun, ich hörte ganz einfach nur diesen Schuß. Und – ich saß da. Ich begriff nicht so ganz, was passiert war. Dann hörte ich Leute den Gang entlanglaufen und sich ins Studio drängeln. Ich folgte ihnen. Das – das ist alles.«

»Leider«, bemerkte Charlie. »Und ich wünschte vielmals, daß es so wäre. Aber – Mr. Holt – jener rosa Schal, von dem ich ein Ende aus Ihrer Tasche hängen sehe . . .«

»Oh – tut mir leid«, sagte Holt. »Ich fürchte, ich habe das hier recht fürchterlich zerknittert. Wissen Sie – als ich ihn einsteckte – da hatte ich Sie noch nicht gesehen . . .«

»Ist schon in Ordnung«, wehrte das Mädchen ab.

»Pardon – ist nicht in Ordnung«, sagte Charlie streng und nahm den Schal an sich. »Bitte um Verzeihung, daß ich auf Tatbestand aufmerksam mache, aber wir erfreuen uns nicht geselliger Zusammenkunft zur Teestunde. Dies ist Ihr Schal, Miß Beaton?«

»Wie ich Ihnen oben bereits bestätigt habe.«

»Er wurde in erstarrten Händen von Ellen Landini gefunden. Wie erklären Sie sich das?«

»Ich kann es nicht erklären, Mr. Chan.«

Er holte die Anstecknadel aus seiner Tasche. »Haben Sie die hier zuvor gesehen?«

»Sie gehört mir.«

»Sie gehört Ihnen. Sie wurde neben toter Frau gefunden.«

»Es ist eine kleine alte Nadel, mit der ich meinen Schal festzustecken pflege. Als ich den Schal oben auf das Bett legte, steckte ich gedankenlos die Nadel hinein. Mehr kann ich dazu nicht sagen.«

»Sie sind allein im Raum neben Mordzimmer. Ihr Schal und Ihre Nadel liegen in unmittelbarer Nähe der Toten. Und Sie können nicht erklären . . .«

»Vielleicht – wie mein Bruder gesagt hat . . .«

»Ihr Bruder hat sich ritterlich bemüht, Erklärung auszudenken. Das reicht nicht, Miß Beaton. Habe langjährige Erfahrung auf diesem Gebiet. Niemals zuvor ist mir so nachteiliges Beweismaterial ...«

»Aber« – plötzlich spiegelte sich Angst im Gesicht des Mädchens – »Sie glauben doch nicht, daß ich – daß ich die Landini getötet haben könnte? Welches Motiv sollte ich denn ...«

»Welches Motiv?« schrie Dr. Swan. »Sie fragen, welches Motiv?«

Einmütig sahen alle den Doktor an.

»Es tut mir leid, Miß Beaton«, sagte dieser. »Es ist ziemlich peinlich – zumal bei so einem charmanten Mädchen. Aber unter den gegebenen Umständen würde ich mich schmählich vor meiner Pflicht drücken, wenn ich mich nicht an unsere kleine Unterhaltung auf dem Pier erinnern würde – an das, was Sie sagten und ...«

»Na schön, was habe ich denn gesagt?« fragte das Mädchen leise.

»Ich meine unsere kleine Unterhaltung über die Landini«, fuhr der Doktor in verbindlichem Tonfall fort. »Wie ich mich erinnere, lauteten Ihre letzten Worte zu mir: ›Ich hasse sie! Ich hasse sie! Ich wünschte, sie wäre tot!‹«

6

Angespannte Stille folgte diesen Worten, die schließlich durch das Knacken eines brennenden Holzklotzes unterbrochen wurde, der in hundert Teilchen zerfiel, in alle Richtungen Funken und glühende Asche versprühend. Sing machte ein paar Schritte auf den Kamin zu, um das Feuer zu überwachen, und in diesem Moment sah der junge Hugh Beaton Dr. Swan an. Sein Gesicht war aschgrau vor Wut; in seinem Körper schien eine äußerst überraschende Verwandlung stattgefunden zu haben.

»Sie nichtswürdiger Lügner!« krächzte er laut.

»Einen Moment!« widersprach Swan kühl. »Zufälligerweise habe ich die Wahrheit gesagt. Ist es nicht so, Miß Beaton?«

Der Blick des Mädchens war auf das Taschentuch, das sie nervös zwischen ihren Händen zerknüllte, gerichtet.

»Ja, es ist so«, sagte sie endlich leise.

»Tut mir so leid«, begann Charlie, »aber nun, Miß Beaton, wird es notwendig, daß wir erfahren ...«

»Ja – vermutlich«, unterbrach ihn der Sheriff. »Aber hören Sie, es besteht keine Notwendigkeit, das Verhör in Gegenwart der anderen weiterzuführen. Mr. Ward – gibt es hier ein Zimmer ...«

Ward erhob sich. »Ja. Sie können das Eßzimmer benutzen, wenn Ihnen das recht ist. Wollen Sie mir, bitte, folgen?«

Holt stimmte zu. »Die übrigen bleiben hier, verstanden? Miß Beaton – ja, Ihr Bruder auch – und auch Dr. Swan –, Sie kommen mit mir und dem Inspektor mit.« Und während sie Ward folgten, wisperte er dem Mädchen zu: »Ich möchte Ihnen jegliche öffentliche Zurschaustellung ersparen. Manche Dinge sind privat.«

»Sie sind sehr freundlich zu mir«, erwiderte das Mädchen.

Ward geleitete sie in das Eßzimmer, schloß die Tür und verschwand.

Dr. Swan machte ein ziemlich einfältiges Gesicht.

»Miß Beaton, glauben Sie mir – es tut mir sehr leid, daß ich einer so unangenehmen Pflicht nachkommen mußte«, sagte er. »Doch Sie verstehen sicher meine Lage ...«

»O ja, wir verstehen sie nur zu gut«, schrie ihr Bruder hitzig. »Versuch, wenn du kannst, die schreckliche Geschichte jemand anderem anzuhängen. Ihre eigene Situation ist ziemlich zweifelhaft. Aus dem Fenster geschaut und den wundervollen Schnee bewundert, während der Schuß fiel! Haben Sie vielleicht den Schal meiner Schwester ins Studio getragen? Hat Ellen *Sie* gebeten, ihr . . .«

»Hughie«, unterbrach ihn seine Schwester, »bitte, sei still!«

»Überaus bewundernswerter Vorschlag!« Chan lächelte. »Miß Beaton sollte jetzt sprechen. Tut mir so leid, meine liebe junge Lady . . . Warum haben Sie ausgerufen, daß Sie Landinis Tod wünschen?«

Das Mädchen setzte sich in den Stuhl, den Don Holt für sie in die Nähe des Feuers gerückt hatte.

»Ja, es stimmt, ich habe das gesagt«, begann sie. »Auch daß ich sie hasse. Ich habe sie gehaßt. Um das zu erklären, muß ich weit ausholen, und selbst dann bezweifle ich, daß Sie mich ganz verstehen werden. Sie begreifen nicht, was es heißt, arm zu sein – schrecklich arm –, und jemanden mit einer großen Begabung in der Familie zu haben – einer Begabung, an die sie glauben, so sehr, daß sie für die Ausbildung und Erziehung dieser Person schuften und kämpfen. Genau das hat sich bei uns abgespielt.«

»Mußt du das alles hier erzählen?« fragte ihr Bruder.

»Ich muß es, Hughie. Wir hatten ziemlich früh erkannt, daß Hugh eine Stimme hatte – und von da an wurde alles dafür geopfert. Mein Vater trug Jahr für Jahr denselben alten Mantel, meine Mutter ging ohne Mantel, knauserte, sparte, hatte nie irgendeinen Spaß, irgendwelche Freude am Leben – immer nur für Hughs Ausbildung zu bezahlen. New York – dann Paris, und schließlich gab Hugh nach Jahren dieser Art von Leben hier und da ein Konzert, verdiente ein bißchen Geld, stand am Beginn einer großen Karriere, so schien es. Der Moment, von dem wir alle immer geträumt hatten. Und dann stürzte sich diese Frau auf ihn und drohte, alles zu verderben, alles . . .«

»Du tust ihr Unrecht, meine Liebe«, sagte der Junge.

»Ich ihr Unrecht? Sie war fünfzehn Jahre älter als du. Hatte sie irgendein Interesse an deiner Karriere? Hätte sie dir zum Erfolg verholfen? Natürlich nicht. Das wissen wir alle. Und du weißt es auch. Erst neulich hast du gesagt . . .«

»Laß es! Sie ist jetzt tot.«

»Ich weiß.« Das Mädchen nickte. »Ich will auch nur meine Gefühle ihr gegenüber deutlich machen.« Sie wandte sich Chan und dem Sheriff zu. »Es war einfach so: Ich konnte nicht zulassen, daß sie heirateten. Ich durfte es nicht. So kam ich hierher und versuchte, sie daran zu hindern. Ich sprach mit ihr. Sie lachte mich aus. Ich verzweifelte, wollte Hugh vor diesem schrecklichen Fehler bewahren. Für sie war er nur ein vorübergehender Liebhaber, das spürte ich, eine Laune. Ich wurde wütend, als sie mit Ireland herumzuziehen begann ...«

»Hör auf!« warf der Junge ein. »Da steckte nichts dahinter. Das war – einfach Ellens Art.«

Er war ganz weiß im Gesicht.

»Nicht gerade sehr großartig, diese Art«, meinte das Mädchen. »Sie hat mich angewidert. Als sie ihn heute nacht herbeorderte und uns allein nach Hause schicken wollte, war ich wütend. Hughie ist vielleicht so schwach, daß er ein derartiges Verhalten verteidigt ...«

»Fahr nur fort!« höhnte der Junge. »Erzähl ihnen, daß ich schwach bin, nichts tauge, kein Rückgrat habe! Sag ihnen, daß ich es immer gewesen bin! Daß du immer für mich hast sorgen müssen – mich bemuttern ...«

»Habe ich das gesagt?« fragte das Mädchen sanft. »Sei nicht böse, Hughie! Ich versuche nur zu erklären, in welcher Stimmung ich mich befand, als ich draußen auf dem Pier war. Sehr bald gesellte sich Dr. Swan zu mir. Ich war ihm zuvor schon in Reno begegnet. Wir kamen ins Gespräch, über die Landini, und ich – ich glaube, ich geriet etwas außer mir. Ich sagte ihm, was ich von ihrer Heirat mit meinem Bruder hielt, und als das Flugzeug näher kam, brach ich in Tränen aus, und ich – ich sagte, ich würde sie hassen und ich wünschte, sie wäre tot. Aber ich – ich habe sie nicht getötet!« Sie weinte. »Ich – ich weiß, es sieht schlimm aus«, fuhr sie fort. »Ich hielt mich im angrenzenden Zimmer auf, mein Schal war in ihren Händen, und meine Nadel lag neben ihr. Ich verstehe das nicht. Ich kann es nicht erklären. Jemand hat die Sachen dort hingebracht. Jemand, der gewußt hat, welche Empfindungen ich ihr gegenüber hegte. Aus welchem Grunde sonst?«

Sie hielt plötzlich inne und starrte Dr. Swan an. Auch Charlie und der Sheriff sahen den Doktor an. Landinis dritter Ehemann betastete nervös seinen Kragen und errötete leicht.

»Ja-a.« Don Holt nickte. »Die Theorie könnte was für sich haben, Miß Beaton. Gut, wir wollen Sie hier nicht länger festhalten. Ich möchte Ihnen nur jetzt gleich schon sagen, daß ich genau verstehe, wie . . .«

»Sehr richtig, sehr richtig«, warf Charlie ein. »Ja, Miß Beaton, Sie können in anderes Zimmer zurückkehren. Aber ich würde Tatsachen verfälschen, wenn ich Ihnen verheimliche, daß Sie im Augenblick in gefährlicher Lage sind. Spätere Entdeckungen mögen selbige aufklären. Kann mit großer Aufrichtigkeit sagen: Ich hoffe so.« Er lächelte. »Ich mag den Sheriff.«

Holt starrte ihn an.

»Was hat das hiermit zu tun?« wollte er wissen.

»Noch ein Geheimnis, das die Zeit, ich bin sicher, lösen wird«, erwiderte Charlie. »Mr. Holt, wollen Sie so gut sein und noch Augenblick mit mir in diesem Zimmer bleiben?«

Nachdem die anderen gegangen waren, setzte Charlie sich und dirigierte Holt auf einen Stuhl in der Nähe.

»Nun?« sagte Holt ziemlich trübsinnig.

»Fühle mich irgendwie genauso.« Chan nickte. »Doch jetzt der Reihe nach Fazit zu diesem Moment. Wir haben nun alle jene befragt, die nicht in meinem Blickfeld waren, als Schuß gehört wurde. Was haben wir erfahren?«

»Nicht viel, wenn Sie mich fragen.« Holt seufzte. »Swan und Romano waren in ihren Zimmern und schauten aus den Fenstern. Cecile stieg die Hintertreppe hoch, Sing suchte in seinem Zimmer nach einer Decke, und Miß Beaton hielt sich direkt in dem Zimmer neben dem Studio auf und puderte sich die Nase. Verdammt noch mal, ich wünschte, sie wäre woanders gewesen! Das sind also die Aussagen der fünf. Und wo ist die Lösung?«

»Jemand lügt«, sagte Chan.

»Sicher. Ganz bestimmt lügt jemand. Aber wer? Romano?«

»Romano hatte das Geld aus ihrer Handtasche. Hat *sie* es ihm gegeben? Oder ist er heimlich zu ihr hineingeschlüpft, um über finanzielle Abmachung zu streiten, hat Nervern verloren, sie getötet und selbst Geld an sich genommen? Möglich. Kein Alibi.«

»Diesen Swan, diesen Burschen«, sagte Holt nachdenklich, »kann ich nicht leiden.«

Charlie schüttelte den Kopf. »Noch einmal – bitte, neutrale Haltung zu bewahren! Doch – Swan . . . Kann nicht sagen, daß ich sein Aussehen bewundere. Hat er Lady getötet? Möglich. Kein Alibi.«

»Cecile hat ein mächtig gutes Motiv«, überlegte der Sheriff laut.

»Bisher verbindet Cecile absolut nichts mit Mord«, erinnerte ihn Charlie. »Und doch gehört sie durchaus zu möglicher Auswahl. Sie hat kein . . .« Er hielt inne, und ein Lächeln breitete sich langsam auf seinem Gesicht aus. »Beachten Sie besondere Situation!« fuhr er fort. »Vielleicht für Sie nicht so seltsam, aber ich, mit meiner Erfahrung, habe von so etwas bis zu dieser Minute nicht gehört. Fünf Menschen können für Zeitpunkt des Schusses keine Rechenschaft ablegen. Und von den fünfen hat nicht einer Alibi angeboten. Ich überlege . . .«

»Was?« fragte Holt eifrig.

Chan hob die Schultern. »Spielt keine Rolle. Erleichtert Arbeit. Haben keine Alibis zu überprüfen. Aber es vermehrt auch Last. Wir haben – o weh! – fünf ausgewachsene Verdächtige. Ich habe Sie hier zurückgehalten, um Sie an eine Sache zu erinnern: Wir befinden uns in Nähe der Staatsgrenze. Es ist Ihre Pflicht, daß keiner der fünf heute nacht über jene Staatsgrenze entschwindet.«

»Ich weiß. Vermutlich wird es Debatten deswegen geben. Vielleicht könnten wir einige von ihnen in der Taverne unterbringen.«

»Es ist schon sehr spät«, entgegnete Charlie. »Romano, Cecile und Sing bleiben selbstverständlich hier. Sie müssen den guten Doktor und Miß Beaton überreden – für heute nacht wenigstens. Es gibt viele Zimmer hier. Ich werde Verantwortung tragen.«

»Und wenn einer bei Nacht verduftet?«

»Nur der Dieb ölt seinen Schubkarren«, bemerkte Chan, während sie sich erhoben. »Und nur der Schuldige flieht. Wäre eine glückliche Lösung. Werde ganze Nacht direkt hinter meiner Tür sitzen und versuchen, nicht einzunicken, aber ich kann nicht garantieren. Denn plötzlich geht mir auf, daß ich ganzen Abend geschlafen habe.«

»Wie das?« wollte Holt wissen.

»Es waren sechs, nicht fünf, die zu Zeitpunkt des Schusses nicht anwesend waren.«

»Sechs? Guter Gott, noch jemand? Wer denn?«

»Ich habe Köchin vergessen«, erklärte Chan. »Höchst unhöflich von mir, denn sie ist sehr gute Köchin. Vielleicht auch sehr gute Zeugin. Wenn Sie Übernachtung arrangieren, werde ich der Küche Besuch abstatten. Wenn möglich, können Sie mir vielleicht dorthin folgen.«

»Sicher«, sagte Holt. Und nach kurzem Nachdenken: »Ireland kann ich nach Reno zurückkehren lassen, oder?«

»Warum nicht?« Chan hob die Schultern. »Er kann nichts mit Mord zu tun haben. Ja, Ireland, Dinsdale und der junge Beaton, wenn er will – die drei können gehen.«

Er trennte sich von Holt und ging den langen Gang entlang zum hinteren Trakt des Hauses. Als er durch die Küchentür blickte, bot sich ihm eine traute Szene.

Neben einem altmodischen Herd hockte in einem großen, bequemen Stuhl die füllige Köchin, in tiefen Schlaf versunken. Zu ihren Füßen lag auf einem alten Teppichfetzen Trouble, der Hund, ebenfalls – glücklicherweise – schlummernd.

Chan lächelte und ging weiter zur Hintertreppe. Er lief mit der Taschenlampe, die er zusammen mit seinen Fingerabdruck-Utensilien aus seinem Gepäck geholt hatte, eine Zeitlang draußen herum und untersuchte den Weg, der zum Hangar führte; doch der Schnee war zu hartgefroren, so daß keine klaren Fußspuren erkennbar waren. Die Lampen auf dem Flugfeld brannten immer noch, und Michael Irelands Flugzeug stand wie ein Schauspieler im Scheinwerferlicht.

Chan verharrte einen Moment reglos und starrte auf die entfernten Berge, dann ging er wieder ins Haus.

Holt erwartete ihn vor der Küchentür.

»Schläft, wie?« Er deutete auf die Köchin.

»Schlaf der Unschuld.« Chan lächelte. »Vorkehrungen für Nacht getroffen?«

Holt nickte. »Alles erledigt. Swan hat Widerstand geleistet – müßte nach Reno zurück, hätte schon früh am Morgen eine Menge Verabredungen –, aber er wird bleiben, bestimmt. Dieser Kerl legt mich nicht rein. Ich kann ihn nicht ... O ja, Lektion Nummer eins. Auf jeden Fall ist mir sein Anblick verhaßt. Miß Beaton bleibt. Cecile versorgt sie mit dem nötigen weiblichen Krimskrams. Auch ihr Bruder hat beschlossen, die Nacht hierzubleiben.«

»Wir werden große Gesellschaft sein«, sagte Chan.

Die Köchin bewegte sich in ihrem Stuhl, und die beiden betraten die Küche.

»Tut mir leid, Sie zu stören«, entschuldigte sich Charlie.

»Ich sollte in meinem Bett sein«, erwiderte die Frau. »Warum bin ich hier . . . O ja, die arme Lady! Habe danach ganz vergessen . . .«

»Lassen Sie sich erklären, Mrs. . . .« setzte Holt an.

»O'Ferrell«, half sie ihm aus.

»Mrs. O'Ferrell, ich bin Don Holt, Sheriff des County.«

»Herr erbarme dich unser!« rief sie aus.

»Und das hier ist Inspektor Chan, von der Polizei von Honolulu.«

»Honolulu? Er hat's schnell hierher geschafft.«

Charlie lächelte. »Große Ehre, wenn ich so sagen darf. Früher an diesem Abend hatte ich großes Vergnügen, Ihre Kochkünste zu testen, und ich verneige mich vor Ihnen mit bescheidenen Glückwünschen.«

»Sie reden sehr hübsch«, antwortete sie angetan.

»Aber jetzt beschäftigt uns abschreckendes Thema«, fuhr er fort. »Offensichtlich ist Ihnen klar, was vor kurzer Zeit passiert ist?«

»Mord«, sagte sie. »Ich billige das nicht.«

»Keiner von uns billigt das«, versicherte er ihr. »Deshalb suchen wir den Mörder. Es ist notwendig, ein paar Fragen zu stellen. Weiß, Sie werden sie gern beantworten.«

»Das werde ich. Ich werde keine Ruhe mehr finden in diesem Haus, wenn der Mörder die Flucht daraus ergriffen hat. Aber ich fürchte, ich kann Ihnen nicht viel helfen. War den ganzen Abend hier in diesem Raum, denn ein solches Dinner ist kein Spaß, noch ist es das Geschirrabspülen nach so einem Mahl. An sich sollte mir Sing helfen, doch der ist heute abend wie ein Irrlicht mal hier und mal da aufgetaucht und wieder verschwunden.«

»Er war gelegentlich drinnen, dann wieder draußen?«

»Ja, drinnen und draußen.«

»Mrs. O'Ferrell, wollen wir bei Zeitpunkt beginnen, da Sie Flugzeug hörten. Wo war das Flugzeug da?«

»Das könnte ich Ihnen nicht genau sagen, Mr. Chan, aber es muß noch ein Stück weit entfernt gewesen sein, über dem See, würde ich meinen. Ich hörte es brummen und fragte mich: na, was kann das denn sein? Und dann taucht Cecile – nein, warten Sie – Mr. Ward selbst erscheint in jener Tür und fragt mich, ob ich Sing gesehen hätte. Ich sage, ich glaube, Sing ist auf der hinteren Veranda, und Mr. Ward ist kaum weg, da schwirrt Cecile herein, ganz außer sich, wie eine Hornisse, brabbelt etwas über ihren Mann und eine Decke und diese Opernsängerin und was weiß ich noch. Und dann kommt das Flugzeug über das Haus, und von der Minute an hab' ich alle Hände voll zu tun – mit dieser tobenden Cecile, und das arme Lämmchen zu meinen Füßen« – sie deutete auf den Hund – »hat bei dem Lärm vor Angst fast den Verstand verloren.«

»Ah – das Flugzeug hat Trouble Angst gemacht?«

»O ja, Sir. Worauf Sie sich verlassen können. Hat geheult und gewinselt und sich wie wild aufgeführt, bis ich ihn auf den Schoß nehmen mußte und trösten. Hat am ganzen Körper wie Gelatine gezittert.«

»Und Cecile . . .«

»Cecile ging raus in den Korridor, als ob sie auf jemanden warten würde. Ich seh' Mr. Ward und Sie und den Lederfritzen reinkommen, aber hab' Cecile nicht reden hören. Ich war zu sehr mit dem Hund beschäftigt, um zur Tür zu laufen. Seh'n Sie ihn sich nur an, den armen kleinen Waisen, schläft da so friedlich und weiß nichts von seinem Verlust.«

Chan lächelte. »Wir werden ihn – im Moment – in Ihrer Obhut lassen, Mrs. O'Ferrell. Bin sicher, er könnte nicht in besseren Händen sein. Schlage vor, Sie begeben sich zur Ruhe, für die Nacht.«

»Danke herzlichst, Sir, aber ich werde mich nicht eher ins Bett zur Ruhe begeben, bevor der verrückte Mörder nicht geschnappt ist. Ich hoffe, Sie machen so schnell Sie nur können.«

Charlie schüttelte den Kopf. »Wir müssen mit Muße sammeln, was wir vielleicht in Eile anwenden. Der Dummkopf trinkt in großer Eile seinen Tee mit einer Gabel.«

Chan und Holt gingen in den Korridor hinaus. Am Fuße der Hintertreppe blieb Holt stehen.

»Das hat uns eine Menge eingebracht«, murrte er verdrießlich.

»Glauben Sie?« fragte Chan.

Der Sheriff sah ihn überrascht an. »Wir haben nichts dadurch gewonnen, oder?«

Charlie hob die Schultern. »Derjenige, der im trüben Wasser fischt, kann nicht großen Fang vom kleinen unterscheiden.«

»Ja-a. Ich glaube, das hier ist die Hintertreppe. Ich habe dem Doktor gesagt, er sollte oben auf mich warten. Er wird denken, ich habe ihn vergessen. Gehen wir rauf!«

Sie trafen den Doktor im Studio an. Offensichtlich hatte er seine Untersuchung beendet; seine Tasche stand geschlossen auf dem Schreibtisch, er selbst saß mit professionaler Ruhe neben dem Feuer. Als sie eintraten, erhob er sich.

Nachdem er Chan vorgestellt worden war, erklärte er: »Ich habe den Leichnam untersucht. Natürlich wird der Coroner am Morgen noch eine weitere Untersuchung vornehmen wollen. Die arme Landini! Ich habe sie als junge Braut in diesem Haus kennengelernt. Nun kam sie hierher zurück, um zu sterben. Hm – eh ... Natürlich gehört das nicht zur Sache. Es ist nicht viel zu sagen. Die Kugel ist etwa zehn Zentimeter unterhalb der Schulter in den Körper eingedrungen und verfolgte dann, wie ich annehme, einen nach unten führenden Kurs. Vielleicht hat die Person, die geschossen hat, über ihr gestanden, und sie hat gekniet.«

Er blickte Chan an.

»Vielleicht«, antwortete Chan und wirkte sehr schläfrig und nicht überaus scharfsinnig.

Der Doktor wandte sich daraufhin Holt zu. »Morgen werden wir mehr darüber wissen. Auch die Frage nach dem Kaliber der Waffe kann erst morgen beantwortet werden.«

Holt hielt ihm die kleine, am Griff mit Perlen besetzte Pistole hin. »Die da haben wir gefunden.«

»Eine Frage, Doktor«, fuhr Charlie dazwischen. »Trat Tod auf der Stelle ein? Oder könnte Lady noch ein oder zwei Schritte gemacht haben?«

Der Doktor dachte kurz nach. Schließlich meinte er: »Darüber kann ich erst, wenn wir das Geschoß untersucht haben, genauere Auskunft geben. Vorläufig kann ich nur sagen: Es besteht die Möglichkeit, daß sie sich nach dem Schuß noch bewegt hat. Aber Sie müssen verstehen ...« Er wurde durch das laute Surren eines Flugzeuges unterbrochen, doch dann entfernte sich das gleichmäßige Brummgeräusch allmählich.

»Das ist Ireland«, erklärte der Sheriff Charlie. »Ich habe ihm gesagt, er könnte abhauen.«

»Natürlich.« Chan nickte.

Dann trat er auf den Balkon hinaus und beobachtete, wie das Flugzeug über dem saphirblauen See verschwand. Viel war passiert, seit die Maschine zum erstenmal am friedlichen Nachthimmel gesichtet worden war.

»Ich würde auch gern verschwinden«, sagte der Doktor. »Hatte gestern eine harte Nacht.«

»Aber natürlich«, entgegnete Holt. »Ich glaube, wir können diese arme Lady mitnehmen. Ich habe Gus Elkins angerufen und ihm aufgetragen, auf uns zu warten. Wir werden ein paar Decken brauchen. Ich hoffe, es ist niemand mehr unten im Wohnzimmer – vor allem keine Frau mehr.«

Charlie kramte seine Fingerabdruck-Utensilien auf dem Schreibtisch zusammen.

»Während Sie mit trauriger Aufgabe beschäftigt sind«, sagte er, »werde ich oberflächlich Raum nebenan inspizieren – das einstige Wohnzimmer von Ellen Landini –, durch den ihr Mörder entkommen sein muß. Bitte freundlichst, mich dort zu besuchen, bevor Sie Abschied nehmen für heute nacht.«

»Ganz bestimmt«, versprach Holt.

Etwa fünfzehn Minuten später öffnete er die Tür zu jenem Zimmer. Chan stand in der Mitte. Sämtliche Lichter – sowohl die beiden an den Wänden als auch die an der Decke – brannten.

Der Raum hatte etwas Altmodisches an sich, denn das Mobiliar stammte aus der Zeit von vor zwanzig Jahren. Doch Holt registrierte das wahrscheinlich gar nicht.

»Glück gehabt?« fragte der junge Mann.

»Ein bißchen«, erwiderte Charlie.

Holt trat an die Flügeltür und untersuchte den Schließhaken, mit dem sie verriegelt war.

»Befinden sich irgendwelche Fingerabdrücke drauf?« fragte er.

»Nirgends welche«, erwiderte Chan. »Sind auch keine Fingerabdrücke auf Türknauf – auf keiner Seite.«

»Aber dort müßten doch welche sein, oder nicht? Ich meine, wenn alles in Ordnung wäre, stimmt's?«

»Dutzende müßten drauf sein«, stimmte Charlie ihm zu. »Aber leider lesen zu viele Menschen jetzt Detektivgeschichten und

Kriminalromane und haben Fingerabdruck-Komplex bekommen. Sind alle weggewischt worden.«

»Dann hat Landinis Mörder also diesen Weg genommen«, sann Holt laut vor sich hin. »Und wahrscheinlich ist er auch auf diesem Weg gekommen und hat die Flügelfenster offengelassen, um durch diese Tür wieder fliehen zu können.«

Chan nickte. »Sie lernen sehr schnell. Ziemlich bald wird Ihr Lehrer bei Ihnen Stunden nehmen müssen. Ja – Pistole muß vorsätzlich abgefeuert worden sein. Killer hätte sonst nicht hier durchkommen können, ohne Fensterglas zu zerschmeißen.«

»Noch irgend etwas, weshalb Sie denken, er . . .«

»Oder sie«, warf Chan ein.

»*Sie* flüchtete durch diesen Raum?«

Chan deutete auf einen Frisiertisch, der an einer Wand des Zimmers stand; direkt davor war eine schwere Sitzbank umgekippt.

»Jemand ist hereingekommen und hat es eilig gehabt in Dunkelheit«, sagte er. »Knie stieß gegen scharfe Kante der sehr stabilen Bank, die zur Seite umkippte. Vielleicht hat jemand hübsche wunde Knie.«

Holt nickte. »Hoffentlich. Dieses Zimmer ist mit keinem anderen irgendwie verbunden?«

»Nein. Das da drüben ist Schranktür«, teilte ihm Chan mit.

»Alsdann – ich sollte mich jetzt auf den Weg machen«, erklärte Holt. »Werde früh aufstehen müssen morgen. Die arme Landini liegt schon in meiner Barkasse, und der Doktor ist mit seinem Boot bereits davongetuckert. Er hat bei der letzten Coroner-Wahl selbst kandidiert, doch verloren. Deshalb hat er auch kein großes Interesse an diesem Job.«

Sie gingen nach unten und durch das Wohnzimmer, das jetzt total verlassen dalag. Chan trat aus dem Haus und schlenderte gemeinsam mit seinem neuen Freund zum Pier.

»Ich bin verdammt froh, daß ich Sie in diesem Fall bei mir habe«, bemerkte Holt. »Es sieht irgendwie hoffnungslos aus. Ich kann nicht den geringsten Lichtschimmer entdecken.«

»Kopf hoch!« sagte Chan nachdrücklich. »Wenn die Melone reif ist, fällt sie von selbst herunter. Habe das immer wieder erlebt.«

»Haben Sie irgendeinen Hinweis?« fragte der Junge.

»Hinweis?« Chan lächelte. »Habe so viele Hinweise, daß ich einige sehr billig verkaufen könnte. Ja, wenn ich Kläger wäre und gebeten würde, Anklage in diesem Fall zu erheben, würde ich bitter erklären: zu viele Hinweise. Deuten gleichzeitig in alle Richtungen.«

Holt seufzte.

»Doch langjährige Erfahrung lehrt«, fuhr Chan munter fort, »daß zur rechten Zeit alle Hinweise an ihren Platz rücken, die falschen lösen sich in Nichts auf, die richtigen ballen sich zu unmißverständlichem Aushängeschild zusammen. Würde sagen: Bin sehr interessiert an diesem Fall. Ungewöhnliches Ereignis hat sich heute nacht hier zugetragen, ungewöhnlicher Hinweis führt uns vielleicht auf entscheidende Spur. Aber ich greife vor. Gute Nacht! Freue mich so sehr, Sie kennengelernt zu haben – wenn Sie mir erlauben, das zu sagen. Freue mich auch, kühles, frisches Land wie dieses kennenzulernen. Bin mächtig glücklich.«

»Wie schön!« sagte Holt. »Wollen wir alle glücklich sein! Bis morgen dann, Mr. Chan!«

Charlie legte eine Hand auf Holts Arm. »Noch etwas!«

»Was?«

»Die Kugel, die man morgen untersuchen will – holen Sie sie sich und bewachen Sie sie gut! Sie darf unter keinen Umständen verlorengehen.«

»Ich werde sie im Auge behalten«, versprach Holt und rannte den Pier hinunter zu seinem Boot.

Charlie kehrte ins Wohnzimmer zurück, wo ihn Dudley Ward empfing.

»Ah – Mr. Chan!« rief dieser aus. »Ich glaube, Sie sind von meinen Gästen der letzte, der sich zurückzieht.«

»Werde es sofort tun«, versicherte ihm Charlie. »Tut mir so leid, Ihre Nachtruhe hinausgeschoben zu haben.«

»Ganz und gar nicht.« Ward sank in einen Stuhl. »Allerdings bin ich ziemlich erschöpft. Arme Ellen! Ich werde mir niemals vergeben, sie hierher eingeladen zu haben. Aber ich war doch so besorgt wegen meines Jungens.«

»Wie natürlich«, sagte Chan.

»Nun mache ich mir jedoch noch größere Sorgen«, fuhr Ward fort. »Ich hoffe, daß Sie über der schrecklichen Aufregung heute nacht nicht vergessen haben, warum Sie hergekommen waren, Inspektor. Natürlich müssen Sie herausfinden, wer die Landini getötet hat – aber Sie müssen auch meinen Jungen finden. Er braucht mich jetzt mehr denn je – nachdem Ellen nicht mehr da ist.«

»Habe selbiges nicht vergessen.«

»Sie haben doch gehört, wie Ireland behauptete, Dr. Swan hätte die arme Ellen erpreßt«, fuhr Ward fort. »Haben Sie daran gedacht, daß er vielleicht von dem Jungen wußte und gedroht hat, mir von ihm zu erzählen?«

Chan nickte ernst. »Ja, habe ich.«

»Selbstverständlich hat er heute beim Dinner abgestritten, daß er jemals von dem Jungen gehört hätte ...«

»Er hat gelogen«, sagte Charlie entschieden.

»Glauben Sie wirklich?«

»Ich war sicher. Genauso wie ich sicher war, daß Romano gelogen hat, als er behauptete, er hätte gehört ...«

»Ich bin froh, daß meine eigene Meinung von einem Experten bestätigt wird«, rief Ward aus. »Soeben war ich in Swans Raum, um ihm ein paar Sachen auszuleihen – und da habe ich ihm gesagt, was ich denke. Ich habe ihn angefleht, falls er irgend etwas über den Jungen weiß, es mir doch zu sagen. Doch er leugnete immer noch jegliche Kenntnis darüber.«

»Lügt weiter«, bemerkte Chan.

»Das glaube ich auch«, stimmte Ward ihm zu. »Vielleicht sollten wir uns noch anderswo umschauen und uns Swan als letzte Möglichkeit lassen.«

»Werde ihn nicht vergessen«, versprach Chan. »Und jetzt werde ich – wenn Sie nichts dagegen haben – in mein Zimmer gehen.«

»Natürlich.« Ward erhob sich. »Sie wissen ja, wo es ist. Mir ist gerade eingefallen, daß ich vergessen habe, die Lampen auf dem Fluggelände wieder auszuschalten. Ich werde Sing bitten, sich darum zu kümmern, danach kann ich mich vielleicht auch etwas zur Ruhe begeben.«

Charlie war erst wenige Minuten in seinem Zimmer, als Ward an die Tür klopfte. »Wollte nur noch sagen, daß Sie es mich oder Sing wissen lassen müssen, wenn Sie etwas brauchen. Gute Nacht, Inspektor!«

»Gute Nacht, Mr. Ward!«

Charlie registrierte, daß in dem Korb neben der Feuerstelle eine Menge Holz lag. Das war ihm nur recht, denn er wollte sein Versprechen Don Holt gegenüber halten und die Nacht auf einem Stuhl verbringen. Ein ziemlich dummes Versprechen, überlegte er, während er sich auszuziehen begann. Niemand von diesen Leuten hier würde so dumm sein und zu flüchten versuchen.

Trotzdem legte er, sobald er seinen Schlafanzug, seinen Morgenrock und Pantoffel angezogen hatte, einen neuen Holzklotz ins Feuer, öffnete die Tür einen Spaltbreit und setzte sich auf einen bequemen Stuhl, direkt hinter der Tür. Er blickte auf seine Armbanduhr. Ein Uhr dreißig. Es war totenstill draußen auf dem Korridor – abgesehen von den Lauten, die ein altes Holzhaus in einer frostigen Nacht erzeugte. Es knackte, knarrte, stöhnte und ächzte.

Chan rutschte tiefer in seinem Polstersessel, um besser über den Fall, in den er so unerwartet hineingezogen worden war, nachdenken zu können. Bilder huschten durch seinen Kopf – der ruhige See unter dem Sternenhimmel; Dudley Ward, der am Pier seine Leidensgenossen und Nachfolger bei der Landini begrüßte; Ellen Landini, die lebendig und munter auf der Treppe steht und den Hund, Trouble, in die Luft hält; Ireland, der mit seinem Flugzeug über dem Haus kreist; Ellen Landini, die auf dem Teppich im Studio liegt; die versprochen hat, eines Tages für ihn zu singen und nun nie mehr für ihn singen würde – nie mehr ...

Chan setzte sich mit einem Ruck auf. Er sah auf seine Armbanduhr. Zehn Minuten vor drei. Dieser Stuhl war zu bequem. Aber was hatte ihn aufgeschreckt? Gleich darauf wußte er es. Es war ein Stöhnen gewesen – ein leises Stöhnen irgendwo da draußen auf der anderen Seite der Tür; nicht das Stöhnen eines alten Hauses, sondern das Stöhnen eines menschlichen Wesens, das Schmerzen hat.

Charlie schlüpfte hinaus auf den Korridor. Es war stockfinster. Immer noch etwas schlaftrunken tastete er sich an der Wand entlang und näherte sich der Treppe. Sein einer Fuß stieß gegen etwas Weiches, das auf dem Boden lag.

Erst jetzt erinnerte er sich an seine Taschenlampe. Er fischte sie aus der Tasche seines Morgenmantels. Der Strahl der Lampe fiel auf eine zu seinen Füßen hingestreckte Gestalt – dann auf das Gesicht dieser Gestalt – das runzelige, gelbe Gesicht Ah Sings.

Der alte Mann stöhnte erneut, hob eine knochige Hand hoch und rieb sich sein noch knochiger erscheinendes Kinn.

»Kann nicht schaffen«, protestierte er schwach. »Kann nicht schaffen.«

7

Einen Moment lang starrte Chan auf die zusammengebrochene Gestalt, und plötzlich überschwemmte ihn eine Welle des Mitleids – Mitleid für diesen loyalen Dienstboten, der so viele Jahre hindurch dem Hause Ward treu ergeben gewesen war. Schließlich beugte er sich besorgt über ihn.

»Was ist passiert?« fragte er und schüttelte den Alten sanft. »Wer hat das getan?«

Sing öffnete die Augen, seufzte und schloß sie gleich wieder.

Charlie erhob sich, fand mit Hilfe seiner Taschenlampe den Schalter an der Wand und knipste das Licht auf dem oberen Gang an. Sein Blick wanderte über die vielen Türen. Mit Ausnahme der zu seinem Zimmer waren alle geschlossen.

Er ging zu Dudley Wards Zimmer und pochte leise an dessen Tür.

Sie wurde augenblicklich geöffnet, und im Rahmen erschien ein müder grauhaariger Mann im Schlafanzug, der auf einmal viel älter wirkte.

»Mr. Chan!« rief Ward erstaunt aus. »Stimmt irgend etwas nicht?«

»Es – es ... Ein Unfall«, erklärte Charlie knapp.

»Ein Unfall? Du meine Güte! Was ist es jetzt?«

Ward rannte auf den Gang hinaus, und als er Sing auf dem Boden liegen sah, schloß er sich Charlie an, der zu seinem Landsmann zurückkehrte.

»Habe Ihren Dienstboten bewußtlos vom Schlag ins Gesicht gefunden.«

»Einem Schlag? Wer, zum Teufel ...«

Beim Klang der vertrauten Stimme setzte sich der alte Mann auf. Mißbilligend musterte er seinen Herrn.

»Was los mit Ihnen?« fragte er. »Sie verrückt? Spazieren hier herum ohne Bademantel, ohne Pantoffel, Sie werden sich mächtig erkälten. Sie vielleicht sterben.«

»Nur keine Sorge!« versuchte ihn Ward zu beruhigen. »Wer hat dich geschlagen, Sing?«

Sing hob die Schultern. »Wie soll ich wissen? Sehr großer Mann – vielleicht. Sehr große Faust. Hat sich in Dunkelheit versteckt und mich einfach geschlagen. Das alles.«

»Du hast ihn nicht gesehen?«

»Wie denn?«

Er bemühte sich, aufzustehen, und Charlie half ihm.

»Kein Licht nirgends.«

Aufstöhnend stieß er Chan beiseite und wankte in Wards Zimmer. Im nächsten Moment kehrte er mit einem Bademantel und Pantoffeln zurück.

»Hier, Boß – Sie hören auf Sing. Wenn Sie laufen herum wie Verrückter, Sie kriegen alle Arten von Erkältung.«

Ward seufzte und fügte sich sanftmütig. »Na schön. Aber was hast du hier unten überhaupt gemacht?«

»Was ich immer tue«, erwiderte Sing in klagendem Ton. »Arbeiten, arbeiten, die ganze Zeit arbeiten. Wache auf, schau' mich um, seh' Uhr, denke, vielleicht besser, ich geh' nach unten und mach' Feuer. Leute im ganzen Haus. Zu viele Leute. Sie wachen auf, sagen zu kalt.« Er sah seinen Herrn so an, als hätte er diesem die Worte aus dem Mund genommen. »Zu viel Arbeit – dieses Haus. Hört nie auf. Zu viel für mich. Kann nicht schaffen. Kann nicht schaffen.«

»So redet er schon seit fünfzig Jahren«, erklärte Ward Chan. »Ich müßte mit ihm bis aufs Messer kämpfen, um zu erreichen, daß er einen anderen Dienstboten herholt. Gott weiß, daß ich nicht will, daß er um drei Uhr morgens aufsteht und das Feuer schürt.« Er wandte sich Sing zu. »Nun, hast du es denn geschürt?«

»Habe es angemacht.« Der alte Mann nickte. »Hab' auch neues Holz unten draufgelegt. Dann bin hier hochgekommen. Faust kam aus Dunkelheit. Trifft mein Kinn. Das alles.«

Charlie klopfte ihm auf den Rücken und schlug vor: »Sie gehen zu Bett jetzt. Zu viele Menschen in diesem Haus. Sie haben sehr wahr gesprochen. Nicht sehr nette Leute – einige davon. Alte Menschen sollten nicht mit Raufbolden verkehren. Eier sollten nicht mit Steinen tanzen.«

»Gut' Nacht!« sagte Sing und verschwand.

Chan wandte sich seinem Gastgeber zu. »Ich bemerke, Sie zittern. Bitte freundlichst, einen Moment in mein Zimmer zu kommen. Habe mein Feuer geschürt, was Ihnen willkommen sein wird, nehme ich an.« Er ging voran und deutete auf einen Stuhl. »Frage, wer hat diese letzte Gewalttat begangen?«

Ward setzte sich und starrte ins Feuer.

»Fragen Sie mich, bitte, nicht!« bat er matt. »Nur zu gern würde ich mir denjenigen vorknöpfen – wer immer es auch sein mag. Einen harmlosen alten Mann wie Sing ... Aber ich bin völlig ratlos.«

Chan grübelte nach. »In gewisser Weise hat Sheriff mir heute nacht hier Verantwortung übertragen. Könnte einer meiner Vögel ausgeflogen sein? Mit Ihrer Erlaubnis werde ich kurze Überprüfung vornehmen.«

Ward nickte. »Das sollten Sie vielleicht lieber tun.«

»Die Zimmer von Romano, Ryder und Swan kenne ich. Doch werde wohl auch das des jungen Hugh Beaton inspizieren, wenn Sie mich mit Tür zu seinem Zimmer bekannt machen.«

Ward beschrieb sie ihm, und Chan ging hinaus. In weniger als zehn Minuten kehrte er zurück.

»Eine Nacht ohne Schlaf bedeutet zehn Tage Unbehagen.« Er lächelte. »Bin glücklich, mitteilen zu können, daß keiner der erwähnten Gentlemen einem solchen Schicksal entgegensieht. Habe die Tür eines jeden geöffnet und jedes Bett angestrahlt. Allesamt schienen zu schlummern.«

»Das bringt uns also nicht weiter«, bemerkte Ward.

»Soweit, wie ich erwartet«, erwiderte Charlie. »Ja, sie schlummerten – und keiner blickte zur Tür hin. Der allgegenwärtige Zufall, nennt man das wohl. Wenn ich meine Meinung äußern darf: war mächtig froh, sie alle anzutreffen, ob schlafend oder anders.«

Ward erhob sich. »Ich glaube, ich kann mich ebensogut wieder ins Bett legen. Habe Schwierigkeiten mit dem Schlafen heute nacht, Inspektor. Ellen gestorben – hier in diesem alten Haus, in dem ich mit ihr ein glückliches Leben hatte verbringen wollen. Und morgen müssen wir nach Reno und in ihren Sachen herumstöbern.« Er legte Chan eine Hand auf den Arm. »Ich habe Angst.«

»Angst?« echote Chan.

»Ja. Angenommen – ich habe einen Sohn. Einen Jungen, der niemals von mir gehört, der mich niemals gesehen hat. Das ist mir heute nacht plötzlich durch den Sinn gegangen, nachdem ich mich hingelegt hatte. Was kann ich ihm schon bedeuten? Weniger als gar nichts. Liebe – Zuneigung? Unter diesen Umständen bestimmt nicht. Zu spät, Mr. Chan. Auf jeden Fall zu spät für mich.«

»Gehen Sie zurück und versuchen Sie zu schlafen«, sagte Charlie sanft. »Was die Zukunft anbetrifft – wenn Sie Fluß erreicht haben, dann ist Zeit gekommen, die Schuhe auszuziehen.«

Nachdem Ward ihn verlassen hatte, legte Charlie Holz nach und setzte sich, diesmal direkt vors Feuer, aber die Tür blieb offen. Er war jetzt total wach, und vier Uhr morgens war eine ausgezeichnete Zeit zum Nachdenken.

Was steckte hinter diesem grundlosen Angriff auf Sing? Wußte Sing, wer ihn geschlagen hatte? Und wenn ja – warum sagte er es nicht? Aus Furcht, zweifellos. Furcht vor dem weißen Mann, die in den Chinesen durch jahrelange rauhe Behandlung und Unterdrückung in den alten Goldgräberkolonien geweckt worden war.

Charlie suchte fieberhaft nach einer Spur. »Kann nicht schaffen«, hatte der alte Mann gemurmelt, als er halb bewußtlos auf dem Boden gelegen hatte. Was schaffte er nicht? Was konnte er nicht machen? Aber wahrscheinlich war es nur sein täglicher Refrain. Die Klage, hinter der sich seine wahre Ergebenheit verbarg.

Charlie seufzte. Es war noch zu früh, um die Attacke einzuordnen, zu früh, um hinsichtlich des Mordes an der Landini eine richtige Entscheidung zu treffen. Im Augenblick mußte es genügen, die Tatsachen zu ordnen; und so saß er da und arrangierte sie in seinem Kopf, den er als ein »gutes Lager« bezeichnet hatte, in dem man viel speichern konnte. Er ordnete sie, während über dem See langsam ein frostiger Morgen heraufdämmerte und irgendwo hinter den schneebedeckten Berggipfeln die gelbe Sonne aufging. Türen begannen zu knallen, die Stimme von Mrs. O'Ferrell war weithin zu hören, und aus der fernen Küche hallte schwach Hundegebell herauf.

Während Chan sich wusch und rasierte, dachte er an Trouble, den Hund.

Als er seine Morgentoilette beendet hatte, stand die Sonne über dem See, und ein Bild von atemberaubender Schönheit breitete sich vor seinen Augen aus. Er öffnete sein Fenster und lehnte sich weit hinaus, tief die frische, kühle und belebende

Bergluft einatmend. Nachts in der Dunkelheit hatte er zu zweifeln begonnen, aber jetzt spürte er, er konnte die Welt erobern. Probleme, Rätsel? Er hieß sie geradezu willkommen.

Er spazierte mit herausgedrückter Brust über den kühlen Flur und stieg dann die Stufen hinunter. Köstliche Düfte wehten ihm entgegen. Es roch nach Kaffee und Speck. Charlie wußte, daß ihm sein Frühstück schmecken, auch wenn am selben Tisch mit ihm der Mörder von Ellen Landini sitzen würde.

Ward, Ryder und Swan saßen bereits am Tisch. Sie begrüßten ihn mit unterschiedlicher Herzlichkeit. Chan auf dem Fuße folgte Romano; die Eleganz seiner Kleidung wirkte durch das helle Tageslicht ein bißchen gemindert. Kaum hatten sich er und Charlie hingesetzt, als Leslie Beaton erschien. Alle Männer erhoben sich.

»Ah – Miß Beaton!« sagte Ward. »Ich freue mich so, Sie hier zu haben. Sie sehen frisch und schön wie der Morgen aus, wenn ich mir das zu sagen erlauben darf.«

»Ich hatte schon geglaubt, ich müßte im Abendkleid erscheinen.« Sie lächelte. »Aber Cecile hat die Situation gerettet. Sie ist wirklich ein feiner Kerl.« Sie drehte sich auf dem Absatz. »Wie finden Sie ihn?«

Sie sprach von dem Morgenmantel, den sie trug. Augenscheinlich fand er aller Beifall.

»Ich finde ihn raffiniert«, fuhr das Mädchen fort. »Aber Cecile ist ja auch Französin. Natürlich fülle ich ihn nicht ganz aus, doch ich bin so hungrig, daß das sicher nach dem Frühstück der Fall sein wird.« Nachdem sie sich gesetzt hatte, blickte sie plötzlich Chan an. »Ich muß heute nach Reno, um meine Sachen zu holen.«

»Das liegt beim Sheriff«, sagte Charlie. »Bitte Sie, nicht so ein charmantes Lächeln an mich zu verschwenden!«

»Oh, ich habe noch andere in Reserve«, versicherte sie ihm. »Auch noch reichlich für den Sheriff.« Und auf einmal überschattete das Erlebnis der Nacht ihr Gesicht. »Müssen – müssen wir wirklich hierbleiben?«

»Na, na!« sagte Ward mit erzwungener Fröhlichkeit. »Das ist nicht gerade ein Kompliment für mich. Und ich gebe mir solche Mühe, ein perfekter Gastgeber zu sein.«

»Und haben auch Erfolg damit«, entgegnete das Mädchen.

»Aber die Bedingungen sind – ungewöhnlich. Man hat unwillkürlich das Gefühl, daß Sie vielleicht unterschwellig – trotz all Ihrer Freundlichkeit – nur widerwillig den Gastgeber spielen.«

»Ihnen gegenüber niemals«, murmelte Ward. Und als Sing auftauchte, setzte er hinzu: »Welches Obst möchten Sie haben? Wir haben sämtliche Orangensorten.«

»Ich möchte die schönste haben«, antwortete das Mädchen. »Guten Morgen, Sing! O mein Gott – der arme Mann! Er hat sich im Gesicht verletzt.«

Chan hatte bereits registriert, daß Sings linke Kinnlade angeschwollen und verfärbt war.

Sing hob die Schultern und verschwand wieder.

»Er hat einen Unfall gehabt«, erklärte Ward. »Wir wollen jedoch kein Wort darüber verlieren. Er ist nämlich ziemlich empfindsam.«

»Er hinkt auch«, stellte das Mädchen fest.

»Es war ein ziemlich schlimmer Unfall. Er ist auf der Treppe gestürzt.«

»Der arme Sing wird alt«, meinte Ryder. »Das habe ich gestern abend schon bemerkt. Er sieht nicht mehr sehr gut. Sollte er nicht eine Brille tragen, Dudley?«

Ward schnitt eine Grimasse. »Natürlich sollte er – und er hat auch eine. Oder besser hatte. Er hat sie vor etwa einem Monat zerbrochen, und du weißt ja, wie stur er ist. Ich habe ihn schon die ganze Zeit bearbeitet, daß er sie wieder richten lassen soll. Da fällt mir was ein – ich werde sie heute morgen mit nach Reno nehmen. Ein Optiker dort hat sein Rezept.«

Hugh Beaton kam herein, mürrisch und mit der Frühstückslaune eines Genies.

Die Mahlzeit wurde fortgesetzt, und die Unterhaltung war erstaunlich heiter, wenn man die Lage bedachte.

Doch Charlie nahm nicht daran teil. Er hatte in seinem Kopf verschiedene neue Fakten zu ordnen und zu sortieren. Sing hinkte also heute morgen. Es schien jedoch unmöglich, daß er sich sein Bein bei einem Sturz verletzt haben sollte, der durch eine unbekannte Faust verursacht worden war. In der Nacht hatte er auf keine solche Verletzung hingewiesen. Andererseits war da die umgekippte Bank vor dem Frisiertisch in dem ehemaligen Wohnzimmer neben dem Studio. Und Sing brauchte eine Brille.

Trug gewöhnlich auch eine. Ja, und auch das paßte – die Verwechslung der Deckel der Schachteln.

Einen Moment lang war Charlies Appetit etwas gedämpft worden. Aber nein – es war noch zu früh, entschied er dann. Warte, bis du den Fluß erreichst, bevor du beginnst, deine Schuhe aufzuschnüren.

Nach dem Frühstück machte Charlie einen kurzen Besuch in der Küche bei Mrs. O'Ferrell und Trouble. Er äußerte sich so enthusiastisch über den Kaffee, daß sie nicht im Traum darauf gekommen wäre, daß er weitaus lieber Tee trank. Der Hund tollte in liebevoller Absicht zu seinen Füßen herum.

»Schauen Sie ihn sich nur an, den kleinen goldigen Kerl«, sagte Mrs. O'Ferrell. »Kenne ihn erst ein paar Stunden, und er ist schon ein alter Freund.«

Charlie nahm den Hund hoch und streichelte ihn versonnen. »Kenne ihn selbst auch erst kurze Zeit und trotzdem habe ich tiefe Zuneigung zu ihm.«

»Ich habe mir gedacht«, fuhr die Köchin fort, »wenn ihn sonst niemand haben will, könnten Sie ihn vielleicht doch hierlassen, Mr. Chan? Jetzt, wo die Lady gestorben und niemand mehr da ist, der sich um ihn kümmert . . .«

»Was das anbetrifft, so kann ich nichts versprechen«, erwiderte ihr Charlie. »Kann Ihnen nur versichern, daß Trouble mindestens noch einmal nach Reno zurückkehren muß.« Er setzte den Hund wieder auf den Boden, streichelte ihn ein letztes Mal und steuerte dann auf die Tür zu. »Ja – Trouble muß Reise nach Reno antreten«, sagte er mit fester Stimme. »Und zwar mit Flugzeug.«

Mit dieser rätselhaften Bemerkung ließ er die äußerst verwirrte Mrs. O'Ferrell allein und kehrte in das große Wohnzimmer zurück. Die meisten Gäste waren jetzt versammelt, und in der Mitte des Raumes stand Don Holt, der Sheriff. Neben ihm gewahrte Charlie einen Mann, der in jeder Umgebung durch seine vornehme, würdevolle Erscheinung aufgefallen wäre: groß, aufrecht und mit schneeweißem Haar. Chan gab es einen Stich, als er in die blinden Augen sah.

»Morgen, Mr. Chan!« rief Don Holt aus. »Ein großer Tag, habe ich recht? Ich habe meinen Dad mitgebracht. Wollte, daß Sie ihn kennenlernen. Vater – Inspektor Chan aus Honolulu.«

Chan ergriff die unsicher durch die Luft tastende Hand. »Einen Sheriff aus den alten Zeiten der Goldgräber zu treffen – eine Ehre, nach der ich mich immer gesehnt, aber niemals geträumt habe, daß sie mir zuteil werden könnte.«

»Aus alten Zeiten, das stimmt, Inspektor«, erwiderte Sam Holt mit einem grimmigen Lächeln. »Doch die alten Zeiten kommen nicht zurück. Ich bin nur zu froh, daß Sie da sind, um meinem Sohn hilfreich unter die Arme zu greifen.«

»Auch ich bin mächtig glücklich«, versicherte ihm Chan.

»Nun, ich glaube, wir sind alle bereit«, bemerkte Don Holt. »Miß Beaton hat mir soeben mitgeteilt, daß sie nach Reno hinüber müßte, um ihre Zahnbürste zu holen und – und ... Ich habe geantwortet, daß wir am besten die Entscheidung Ihnen überlassen, Mr. Chan.«

Charlie lächelte. »Eine diplomatische Antwort. Laden damit den ganzen Unwillen der jungen Lady auf mich.«

»Dann glauben Sie nicht ...«

»Wenn Sie sich erinnern wollen«, mahnte Chan ihn, »es waren in jenem verhängnisvollen Moment gestern abend fünf – nein, sechs – Personen nicht in Sichtweite. Keiner der sechs sollte Staatslinie überqueren.«

Swan drängte sich vor. »Und was ist mit mir? Ich habe heute noch ein Dutzend Verabredungen. Und diesseits der Staatsgrenze nicht einmal ein Hemd mit sauberem Kragen.«

»Wie schade!« Chan hob die Schultern. »Bitte Liste zu machen, was Sie aus Ihrer Wohnung alles wünschen – und notieren Sie auch Lage derselben! Und geben Sie uns auch den Schlüssel, wenn Sie Wünsche haben!«

Swan zögerte.

»Wir gehen auf jeden Fall dorthin«, fügte Chan bedeutungsvoll hinzu.

»Oh – natürlich«, willigte Swan rasch ein.

»Das ist eine Idee«, meinte der junge Holt. »Miß Beaton – wenn Sie auch eine Liste für mich anfertigen ...«

»Ist nicht ganz dasselbe«, erwiderte sie lächelnd.

»Nun – hm – eh – nein, vielleicht nicht ganz«, gab er, plötzlich verlegen geworden, zu.

»Werden Miß Beatons Bruder mitnehmen«, schlug Chan vor. »Ihm kann Liste vielleicht gegeben werden.«

»Das ist eine großartige Idee!« rief Holt aus.

Das Mädchen zuckte mit den Schultern und drehte sich um.

Der junge Sheriff wandte sich indessen Chan zu. »Bevor wir aufbrechen, sollten wir uns besser noch mal unterhalten. Wie wär's mit oben?«

Plötzlich trat Ah Sing aus dem Eßzimmer. Er starrte einen Moment lang Sam Holt an, dann eilte er auf ihn zu und griff nach einer Hand des alten Mannes.

»Hallo, Chef!« rief er freudig aus. »Glücklich, Sie sehen.«

»Hallo, Sing!« erwiderte Sam Holt. »Auch ich bin glücklich, dich zu – sehen. Aber ich bin nicht mehr Sheriff. Die Zeiten ändern sich, mein Junge. Wir sind jetzt alte Männer.«

»Sie bleiben Chef für mich«, erklärte Sing. »Immer Chef für mich.«

In dem hübschen Gesicht Sam Holts spiegelte sich so etwas wie Bedauern, gepaart mit Resignation. Liebevoll streichelte er über den Rücken seines uralten Freundes, und plötzlich legte er ihm einen Arm um die Schultern.

»Bring mich nach oben, mein Junge!« bat er. »Ich will dieses Studio da sehen. Pflegte mich so gut in diesem Haus auszukennen, daß ich im Dunkeln darin hätte herumwandern können. Aber jetzt ... Hab schon ein bißchen vergessen, wo's lang geht. Zeig mir den Weg, Sing!«

Mit liebevoller Besorgtheit half ihm Sing die Treppe hoch. Sein Sohn und Charlie folgten. Als sie alle das Studio erreicht hatten, wandte Sam Holt sich erneut Sing zu.

»Es ist besser, wenn du dich jetzt wieder verdrückst«, sagte er. »Wir sehen uns später noch. Nein, wart' noch einen Moment! Wenn du Dudley Ward siehst, dann sag ihm, daß Sam Holt hier oben ist!«

Sing verschwand, und der alte Mann begann sich langsam durch den Raum zu tasten. Sein Sohn stand ihm zur Seite.

»Das hier ist der Schreibtisch, Dad«, erklärte er, »auf dem wir die Tabakkrümel und die Schachteln mit den durcheinandergeratenen Zigaretten fanden.« An Chan gewandt, fügte er hinzu: »Ich habe ihm heute morgen den ganzen Fall auseinandergelegt.«

Charlie nickte herzlich. »Ausgezeichnet!«

»Und hier«, fuhr der Junge fort, »sind die Balkontüren, Dad.«

»Die auf einen Balkon hinausführen.«

»Sehr richtig. Das war einer der letzten Orte, an dem die Landini lebend gesehen wurde. Von dem Piloten, wie du weißt.«

»Oh – ja, von dem Piloten. Aber Sing – Sing hat sie dann als letzter gesehen, nicht wahr?«

»Ja – als sie ihn nach der Decke schickte.«

»Wir brauchen nicht alles noch einmal durchzukauen«, sagte sein Vater. »Mein Gedächtnis ist so gut wie deines, glaube mir. Zeig mir einen Stuhl, mein Sohn!« Er setzte sich auf einen samtbezogenen Stuhl vor dem Feuer. »Arme Ellen Landini! Höchst seltsam, finden Sie nicht auch, Mr. Chan, daß sie zum Sterben hier in dieses Haus zurückkehren mußte? Habe sie vor langer Zeit gekannt. Wunderschön! Ein wunderschönes Mädchen. Jemand kommt den Flur entlang.«

Dudley Ward tauchte in der Tür auf und begrüßte den alten Sheriff herzlich.

»Wollte dir nur meine Aufwartung machen, Dudley«, sagte Sam Holt. »Und dir sagen, wie leid mir das alles hier tut. Die arme Ellen – habe ich gerade gesagt. Irgendwie schienen die Karten immer gegen sie zu sein. Auch gegen dich, mein Junge, auch gegen dich.« Er senkte die Stimme. »Don hat mir diese Geschichte erzählt – das von dem Sohn, der vielleicht . . . Ein Kind irgendwo . . .«

»Ja, vielleicht«, sagte Ward.

»Wer weiß davon, Dudley?« wollte der alte Mann wissen.

»Mr. Chan, natürlich – und diese anderen drei: Swan, Romano und Ryder. Und Ah Sing, nehme ich an. Sing hast du es selbstverständlich erzählt. Aber wer noch?«

»Niemand, Sam. Nur noch diese Frau, diese Cecile. Die Frau, die mir die Geschichte überhaupt erzählt hat.«

»Sonst niemand, mein Junge?«

»Nicht, daß ich wüßte.«

»Nun ja – es ist nicht so wichtig. Don hat mir gesagt, daß ihr alle nach Reno wollt. Geh nur und mach dich fertig! Laß dich nicht von mir aufhalten!«

Als Ward gegangen war, stand Don Holt auf und schloß die Tür.

»Ist irgendwas passiert letzte Nacht?« fragte er Charlie.

Rasch berichtete Chan von dem Anschlag auf Sing. Beide Männer lauschten dem Bericht mit wachsender Entrüstung.

Charlie endete mit der Information, daß Sing heute morgen hinken würde.

»Mein Gott, ja – die umgekippte Bank im Zimmer nebenan«, sagte Don Holt. »Trotzdem – es muß nicht unbedingt damit zusammenhängen. Er könnte sich den Fuß auch verknackst haben, als dieser Kerl ihn niederschlug und er hinfiel. Nein – Sing hat nichts damit zu tun. Darauf können wir uns verlassen. Ich werde jedenfalls keine Zeit an Sing verschwenden.«

Sam Holt zupfte mit seinen hageren alten Händen an den Armlehnen des Stuhls herum.

»Ist es nicht an der Zeit, daß Cash Shannon sich blicken läßt, mein Sohn?« fragte er.

»Er sollte schon hier sein«, gab Don zu. »Cash ist Cowboy unten in den Ställen«, erklärte er Charlie, »und außerdem mein Deputy. Ich habe ihn für heute hier hochbestellt, damit er, während wir weg sind, aufpaßt, was sich hier tut. Ich gehe mal 'runter und sehe nach, ob er schon da ist.«

»Mach die Tür zu, wenn du rausgehst!« rief Sam Holt ihm hinterher. Und als er hörte, daß sie zu war, fuhr er fort: »Ich bin ja so froh, Mr. Chan, daß Sie uns bei diesem Fall unterstützen. Nach dem, was Don mir über Sie erzählt hat, haben Sie und ich in etwa dieselben Ansichten und Methoden, glaube ich. Ich hatte nie irgendwelche Verwendung für die Wissenschaft. Bevor die Wissenschaft entdeckt wurde, ist die Welt beträchtlich viel besser zurechtgekommen.«

Charlie lächelte. »Sie meinen Fingerabdrücke, Labortests, Blutanalysen und dergleichen. Stimme Ihnen zu, Mr. Holt. Habe bei meinen Ermittlungen in Mordfällen immer an menschliches Herz gedacht. Welche Leidenschaften sind geweckt worden – Haß, Habgier, Neid, Eifersucht? Immer studiere ich Menschen.«

»Ja, das menschliche Herz«, wiederholte Sam Holt.

»Doch auch dabei stößt man auf Schwierigkeiten. Ein Philosoph meines Volkes hat gesagt: ›Fische, obgleich tief im Wasser, können geangelt werden, Vögel, obgleich hoch in Lüften, können geschossen werden, nur menschliches Herz ist außerhalb unserer Reichweite.‹«

Sam Holt schüttelte den Kopf. »Sehr blumige Sprache, aber nicht immer ist das menschliche Herz außerhalb unserer Reichweite. Wenn es so wäre, würden Sie, Mr. Chan, und ich keine Erfolge in unserem Beruf zu verzeichnen haben.«

»Ihre Feststellung hat Wahrheitsgehalt.« Chan nickte.

Lange Zeit schwieg der einstige Sheriff aus den Goldgräbertagen. Seine blicklosen Augen waren auf das Feuer gerichtet, aber seine Hände waren emsig beschäftigt. Es schien, als würde er von der Lehne seines Stuhles mit der rechten Hand irgendwelche unsichtbaren Substanzen sammeln und sie dann in seiner linken aufbewahren.

Plötzlich fragte er: »Wie nahe kommen Sie dem Herzen Ah Sings, Mr. Chan?«

»Große Trauer überschwemmt mich, denn er ist meine Rasse, hat meine Abstammung. Und doch muß ich zugeben, daß Abgrund wie Pazifik bei schwerem Seegang zwischen uns liegt, wenn ich in seine Augen schaue. Warum? Weil er – obgleich er viele Jahre länger als ich unter Weißen lebt – trotzdem Chinese geblieben ist. Während ich das Abzeichen trage – mir das Brandmal aufgedrückt wurde: amerikanisiert.«

Holt nickte. »Genauso ist es. Die alten Chinesen in diesem Teil des Landes werden niemals etwas anderes sein. Vielleicht erschienen ihnen die Eigenheiten des fremden Weißen nicht bewundernswert. Ich weiß es nicht. Ich könnte es ihnen nicht übelnehmen. Sie sind geborene Chinesen – und das bleiben sie auch.«

Chan neigte den Kopf. »Ich bin mit dem Strom gewandert. Ich war ehrgeizig. Suchte den Erfolg. Habe den Preis gezahlt für das, was ich gewonnen habe. Bin ich ein Amerikaner? Nein. Bin ich dann ein Chinese? In Augen von Ah Sing nicht.« Er hielt kurz inne und fuhr dann fort: »Doch ich habe meinen Weg gewählt und muß ihm folgen. Sie sitzen so da, als wollten Sie mir etwas sagen.«

»Ich sitze hier und frage mich, ob ich Ihnen verständlich machen kann, was Ah Sing für mich ist – nämlich ein Freund seit fünfzig Jahren. Habe die Ward-Jungen und ihn immer ganz hoch oben in die Berge mit zum Campen genommen. Wir haben dann unter dem Sternenhimmel gelegen und . . . Oh, ich würde mir lieber die Zunge herausschneiden, als ein Wort sagen. Aber Pflicht ist Pflicht. Und dies ist der erste große Fall meines Sohnes . . .« Er hielt Chan etwas hin. »Mr. Chan, was ist das hier, was ich von der Lehne meines Stuhles herausgezupft habe?«

»Es ist feiner, fusseliger Flaum«, teilte ihm Chan mit. »Flaum, wie Wolldecke bei Kontakt mit Samt hinterläßt.«

»Und die Farbe? Wie ist die Farbe, mein Lieber?«

»Es – es scheint blau zu sein.«

»Blau. Ellen Landini hat Sing nach einer Decke geschickt. Er kehrte damit zurück, nachdem Sie den Leichnam gefunden hatten. Kam hierher zurück – mit einer blauen Decke. Sie haben ihn jedoch wieder weggeschickt damit. Don hat es mir erzählt. Er hat sie nie irgendwo abgelegt, nicht wahr?«

»Sehr wahr«, bestätigte Charlie ernst.

Die Stimme des alten Sheriffs zitterte. »Er hat sie nie irgendwo abgelegt – zu jener Zeit. Das heißt – Gott möge mir helfen! –, daß diese Decke schon vorher in diesem Raum gewesen war.«

Er schwieg. Chan betrachtete ihn voll Bewunderung.

Schließlich erhob sich Sam Holt und begann durch den Raum zu stolpern, bis er sich einen Weg gesucht hatte, den er ungehindert auf und ab gehen konnte.

»Es ist jetzt alles klar, Mr. Chan. Er wurde nach dieser Decke geschickt. Er kam damit zurück. Ellen Landini war allein. Er warf die Decke über jenen Stuhl und erschoß die Landini mit ihrem eigenen Revolver. Dann schnappte er sich die Decke wieder, schaffte auf dem Schreibtisch Ordnung, entschwand durch das Zimmer nebenan – dessen Tür offen war, da er alles geplant hatte –, und als die Luft rein war, spazierte er seelenruhig herein, auf dem Arm die Decke, nach der er geschickt worden war. Und muß ich Ihnen erzählen, warum er sie getötet hat, Mr. Chan?«

Charlie hatte ihm mit wachsender Überzeugung gelauscht. Seine Augen wurden schmal. »Habe überlegt, warum Sie Dudley Ward gefragt haben, ob Sing von dem Kind wußte oder nicht. Haben ihn sehr geschickt gefragt.«

»Ja, das Kind – da liegt unsere Antwort«, sagte der alte Sam Holt. Er hielt Charlie die flaumigen Fussel hin. »Stecken Sie sie, bitte, in einen Umschlag! Wir werden sie später mit der Decke vergleichen. Ja, Mr. Chan, als Don mir die Geschichte mit dem Mord erzählte, habe ich als erstes an den verlorengegangenen Sohn Dudley Wards gedacht.«

Er taumelte zurück zu seinem Stuhl und ließ sich drauffallen.

»Sir, ich wußte, wie diese alten chinesischen Dienstboten an den Jungen der Familie hingen. Sie liebten sie. Jahr um Jahr habe ich den alten Sing für Dudley Ward und seinen Bruder kochen und schuften sehen. Er hat sich um sie gekümmert, seit sie aus der Wiege rauskamen, hat sie geliebt und gescholten und sie immer wie kleine Babys behandelt. Und ich kann mir denken, wie schlimm es für Sing gewesen sein muß, daß keine kleinen Jungen mehr in diesem Haus waren – oder in dem großen Haus unten in Frisco. Einsam war's jetzt in der Küche. Kein Kind bettelte mehr Reis und Bratensoße. Und dann hört er, daß da doch ein Kind existiert, nur die Landini macht ein Geheimnis darum, läßt den Vater nichts davon wissen, bringt es niemals hierher, wo es hingehört. Und was passiert da, Mr. Chan? Er sieht rot. Er haßt. Er haßt Ellen Landini – und ich kann ihm das nicht verübeln.

Selbst Dudley Ward argwöhnt nicht, was im Herzen des alten Mannes vorgeht. Er lädt die Landini hierher ein. Und Ah Sing bekommt seine Chance. Ja, Mr. Chan – es war Sing, der letzte Nacht in dieses Zimmer kam und die Landini tötete – und glauben Sie mir, ich würde mich lieber selbst erhängen lassen, als das zu behaupten.«

»Habe irgendwie ähnliche Gefühle«, gab Charlie zu.

»Aber Sie glauben, daß ich recht habe?«

Chan blickte auf den Umschlag, in den er die Wollfussel der blauen Decke gesteckt hatte. »Fürchte nur zu sehr, daß Sie recht haben.«

Die Tür öffnete sich, und Don Holt trat ein.

»Kommt!« bat er. »Cash ist da, und wir können nach Reno aufbrechen. Was ist denn los? Warum macht ihr beide so feierliche Gesichter?«

»Schließ die Tür, mein Sohn!« sagte Sam Holt. Er erhob sich und näherte sich seinem Jungen. »Weißt du noch, was ich heute morgen zu dir über Sing gesagt habe?«

»O ja. Aber du irrst dich total, Dad«, versicherte ihm der Junge.

»Einen Moment! Du erinnerst dich doch, daß Sing direkt nach dem Mord mit einer blauen Decke unter dem Arm in diesem Raum auftauchte?«

»Natürlich erinnere ich mich.«

»Nun, wenn ich dir nun erzählen würde, daß ich auf der Lehne des Stuhles dort drüben blaue Fussel von einer blauen Decke entdeckt habe – was würdest du dann sagen? Du würdest sagen, daß die Decke bereits in diesem Zimmer gewesen sein muß, ehe Sing damit aufkreuzte, stimmt's?«

Don Holt überlegte. »Möglich. Doch ich würde vielleicht auch sagen, daß sie später noch einmal hierher zurückkehrte – nach dem Mord.«

»Was meinst du damit?« fragte sein Vater.

»Als wir die Landini gestern nacht aus dem Haus trugen, wickelten wir sie in Decken ein. Sing brachte sie uns. Es waren ebenfalls blaue Decken. Ich kann mich nicht mehr genau erinnern, aber möglicherweise haben wir sie über jenen Stuhl gelegt, bevor wir sie benutzten.«

Ein freudiges Lächeln breitete sich auf Sam Holts Gesicht aus.

»Mein Junge, niemals bisher bin ich so stolz auf dich gewesen!« rief er aus. »Mr. Chan, ich glaube, ich habe aufs falsche Pferd gesetzt. Was meinen Sie? Ich sitze in der verkehrten Kirchenbank.«

»Vielleicht in der verkehrten Bank«, erwiderte Charlie höflich. »Vielleicht aber in richtiger Kirche. Wer kann das schon sagen?«

8

Als sie nach unten kamen, stand Dr. Swan wartend neben dem Kaminfeuer. Er überreichte dem Sheriff einen Umschlag und ein gefaltetes Blatt Papier.

»Ein Brief an meine Hauswirtin«, erklärte er. »Und eine Liste all der Sachen, die ich brauche. Sie werden im Schrank eine Tasche finden, in die Sie alles hineinschmeißen können. Ich hoffe bei Gott, daß ich recht bald selbst nach Hause kann. Was meinen Sie?«

»Das hoffe ich auch, Doktor«, erwiderte der Sheriff.

»Sie haben keine Spur?«

»Überhaupt keine«, bestätigte ihm der junge Holt. »Wir wissen nur, daß jemand, der genau wußte, welche Gefühle Miß Beaton gegenüber der Landini hegte, ihren rosa Schal und ihre Nadel mißbraucht hat. Der Sache werden wir nachgehen.«

Der Doktor bedachte ihn mit einem unangenehmen Blick und wandte sich ab.

Romano kreuzte auf. Er sah ziemlich verloren drein.

»Angenehme Reise«, bemerkte er.

»Tut mir leid, daß Sie nirgendwo hinfahren können«, entgegnete Don Holt lächelnd.

Romano hob die Schultern. »Ich? Ich wüßte nicht, wohin ich sollte, und ich hätte auch kein Geld, irgendwo hinzufahren, wenn ich es wüßte.«

»Trifft es sich zufällig, daß Sie irgend etwas zu besorgen hätten, was wir in Reno für Sie erledigen könnten?« fragte Chan.

»Nichts«, erwiderte Romano. »Aber«, er kam näher heran und senkte die Stimme, »würden Sie so freundlich sein und Miß Meecher fragen, ob die arme Ellen dieses neue Testament überhaupt je unterzeichnet hat oder nicht?«

»Miß Meecher?«

»Ja. Eine sehr schätzenswerte Frau. Ellens Sekretärin. Schätzenswert, aber leider auch sehr verschwiegen – wie man so sagt.«

Charlie nickte. »Machen Sie sich keine Sorgen – möchte ich Sie bitten. Das ist einer der Gründe, weswegen wir Reno Besuch abstatten.«

»Gut!« rief Romano aus. »Ausgezeichnete Neuigkeiten! Ausgezeichnet!«

Leslie Beaton und ihr Bruder erschienen. Letzterer eilte sofort, seinen Hut und seinen Mantel zu holen.

Don Holt hatte sich zu der Tür begeben, die zur Küche führte. Er kehrte jetzt mit einem jungen Mann zurück, dessen Aufmachung vermuten ließ, daß in Kürze ein Rodeo bevorzustehen schien. Hellblaue Kordhosen waren in hochhackige Stiefel gestopft, sein Hemd war aus gelber Seide und mit rosaroten Rosen bestickt, um den Hals trug er einen karminroten Schal und in einer Hand einen zwei Gallonen großen Hut.

»Hört her, Leute! Das hier ist Cash Shannon, mein Deputy«, sagte Holt. »Sie werden noch mehr von ihm zu sehen kriegen – wenn Sie's aushalten und nicht blind dabei werden.«

»Sehr erfreut, Sie kennenzulernen«, sagte Mr. Shannon herzlich.

»Miß Beaton – ich hoffe, Sie haben nicht zu viel gegen ihn«, fuhr Holt fort.

»Ganz und gar nicht.« Das Mädchen lächelte. »Ich nehme an, er muß mich im Auge behalten?«

»Lady«, sagte Cash mit einer tiefen, gefühlvollen Stimme, »der angenehmste Job meines Lebens. Ja, angenehm anzuschauen, genau das sind Sie.«

Holt lachte. »Schenken Sie ihm keinerlei Beachtung! Er ist so ein fixer Kerl, daß er alles durcheinanderbringt. Ein Weiberheld. Ist so geboren.«

»Lieber das, als ein Frauenverächter wie Sie«, entgegnete Cash.

»Ein Frauenverächter?« rief das Mädchen aus. »Sprechen Sie von Mr. Holt?«

»Lady – Sie sagen es. Diese Geschiedenen, die hier in der Gegend bei uns herumlaufen, haben ihm einfach – natürlicherweise – den Sex vermiest. Hat eine ganze Herde von der Sorte zum Picknick mitgenommen und ist zurückgekommen und hat sich über ihre Kriegsbemalung aufgeregt, über ihre Zigaretten und daß die Frauen nicht mehr das sind, was sie zu sein pflegten – und wahrscheinlich nie gewesen sind.«

»Einige Frauen«, korrigierte ihn Holt. »Ich habe nie von allen gesprochen.«

»Ich bin nicht taub«, erwiderte Cash. »Alle Frauen – haben Sie immer gesagt.« Er blinzelte. »Habe noch nie gehört, daß Sie eine Ausnahme machen – bis jetzt.«

»Laßt uns aufbrechen«, sagte Holt hastig.

Dudley Ward erschien abreisebereit.

Miß Beaton kam mit ihnen auf die Veranda hinaus, verkündete, es sei ein prachtvoller Morgen, und begleitete die kleine Gruppe bis zum Pier hin. Chan und Don Holt gingen neben dem alten Sheriff, obgleich dieser durchaus in der Lage zu sein schien, den Weg schnurgerade einzuhalten.

Cash Shannon kam hinter ihnen hergerannt.

»Hören Sie, Don«, flüsterte er reichlich laut, »Sie sind ja verrückt. Wenn diese Dame einen Mord begangen hat, dann bin ich Al Capone.«

»Schlagen Sie sich das Mädchen aus dem Kopf!« Holt lächelte. »Vergessen Sie nicht, daß Sie hier sind, um einen ganzen Haufen von Leuten zu bewachen. Sing und den Doktor und Romano, diesen kleinen Italiener. Und auch Cecile. Wie wollen Sie wissen, daß sie nicht alle genau jetzt durch die Hintertür hinausschlüpfen?«

»Habe kapiert.« Cash nickte. »Vielleicht gehe ich lieber wieder zurück.«

»Vielleicht sollten Sie das tun. Und was dieses Mädchen anbelangt – denken Sie nur an eines: Sie sind nicht der Sheriff. Sie sind nur der Deputy.«

»Ja, Sir«, erwiderte Cash und zog sich zögernd ins Haus zurück.

Als sie gerade dabei waren, in die Barkasse des Sheriffs einzusteigen, fiel die Haustür krachend ins Schloß, und Sing kam wie ein Hase den Weg entlanggelaufen. Er winkte wild.

»He, Boß!« keuchte er, als er sie erreicht hatte. »Hier – Sie nehmen Schirm mit!«

»Einen Schirm?« echote Ward protestierend. »Die Sonne scheint.«

»Sonne scheint jetzt«, verkündete Sing unheilvoll, »sehr bald Regen fällt herunter. Sing weiß. Sie hören auf Sing.«

»Also gut.« Ward grinste. »Gib ihn mir!«

Sing gab ihn ihm und zog sich wieder zurück.

»Machen wir bloß, daß wir wegkommen«, drängte Ward. »Er hat vergessen, darauf zu bestehen, daß ich meine wasserdichten Überschuhe anziehe. Der arme Kerl, ich fürchte, er wird schließlich doch alt.«

Sie halfen Sam Holt ins Boot, dann folgten Ward, Beaton und Chan.

Don Holt wandte sich dem Mädchen zu.

»Geben Sie acht auf diesen Cash!« warnte er sie. »Er hat einen Romeo-Komplex. Bei Sonnenuntergang werde ich zurück sein und mich wieder selbst um die Sache kümmern.«

»Fein.« Sie lächelte. »Dann werde ich mich sehr viel sicherer fühlen.«

Die Barkasse tuckerte los und glitt über den sonnigen See. Während sie sich Tahoe zuwandten, sahen sie, wie das Mädchen auf dem Pier ihnen nachwinkte. Vom Haus her hallte ein schriller Schrei zu ihnen herüber. Sing stand auf den Eingangsstufen und wedelte in jeder Hand einen Gummistiefel durch die Luft.

Alle lachten.

Dudley Ward schrie über den Motorlärm hinweg: »Toll! Zwei Siege über Sing an einem einzigen Morgen! Ich bin in sein Zimmer geschlichen und habe seine zerbrochene Brille geholt.« Er hielt das Brillenetui hoch. »Mr. Chan – bitte, erinnern Sie mich dran, wenn wir in der Stadt sind!«

Charlie nickte, sagte aber nichts. Er war ganz verzaubert von der für ihn so fremdartigen Schönheit der Landschaft. Nie zuvor hatte er so etwas gesehen. Aber die schneebedeckten Berge, das tiefblaue Wasser und die dunkelgrünen Kiefern hätten in der Tat auch einen weniger für Schönheit empfänglichen Menschen entzücken können. Und dazu die Luft ... Er bedauerte all jene, die an diesem Morgen nicht diese Luft einatmen konnten – die Menschen in den Großstädten, die in dem gleichen alten Benzingestank wach wurden, ja, selbst die in seiner Heimatstadt Honolulu, die in einer Luft und Atmosphäre erwachten, die wahrscheinlich dazu geeignet war, sie zumindest geistig wieder einschlafen zu lassen. Chan war dem Schicksal, das ihn hier an diesen Platz der Erde gebracht hatte, dankbar.

Nur allzu bald waren sie am Pier der Taverne angelangt. Während er mit Sam Holt über die wackeligen Planken spazierte, eifrig darauf bedacht, daß der Rohrstock des alten Sheriffs nicht in einer der zahlreichen Ritzen hängenblieb, versuchte er seine Bewunderung für die Sierra Nevada auszudrücken.

»O ja – es ist ein schöner Flecken, glaube ich«, erwiderte Holt. »Ich bin hier vor achtundsiebzig Jahren geboren und in der Nähe geblieben. Habe über die Schweizer Alpen gelesen und immer gedacht, ich würde sie gern mal sehen. Doch jetzt kann ich meine eigenen Berge nicht mehr sehen. Sind wir im Moment allein, Mr. Chan?«

»Ja, wir sind«, sagte Charlie. »Die anderen haben großen Vorsprung jetzt.«

»Ich glaube, Sie und ich werden Dons Erklärung zu den Fusseln auf dem Stuhl annehmen?«

»Mit größtem Vergnügen.« Chan lächelte.

Auch Sam Holt lächelte. »Aber das bedeutet nicht, daß wir nicht energisch weitermachen und diesen Fall lösen müssen, Inspektor.«

»Bin mir dieser Tatsache äußerst bewußt«, versicherte ihm Charlie.

»Außer dieser Bank, die umgestoßen worden ist, gibt es nichts, was gegen Sing spricht. Damit kann man nichts beweisen. Es gibt doch sonst nichts, oder?«

»Nicht – nicht viel«, antwortete Chan. »Bitte, sehr vorsichtig zu sein! Nächste Planke ist schadhaft.«

»Ich erinnere mich. Was hat Dudley Ward über Sings Brille gesagt? Sie ist zerbrochen? Wann war das?«

»Schon vor langer Zeit – wie ich verstanden habe.«

»Er hat sie nicht getragen, als Sie gestern abend ankamen?«

»Nein.«

Holt zögerte. »Mr. Chan – die Person, die gestern abend die Deckel der Schachteln vertauscht hat, konnte nicht allzugut sehen.«

»Bin gezwungen, dem zuzustimmen«, erwiderte Charlie.

»Ist Ihnen zufällig in den Sinn gekommen, daß die Geschichte, die dieser junge Beaton erzählt hat, stimmen könnte? Daß Ellen Landini jemanden nach ihrem grünen Schal geschickt haben könnte?«

»Es ist mir in den Sinn gekommen«, gab Chan zu.

»Und die betreffende Person kam mit einem rosa Schal zurück, Mr. Chan. Auch diese Person hat nicht allzugut gesehen.«

»Verstehe«, erwiderte Chan.

Holt schüttelte den Kopf. »Wenn dieser Sing nicht aufhört, immer wieder in diese Geschichte hineinzuplatzen, als wäre er der Killer, wird er mir noch stracks geradewegs das Herz brechen.«

»Hören Sie auf, sich zu beunruhigen!« bat Charlie mitleidsvoll. »Vielleicht können wir ihn sehr bald schon eliminieren.«

»Oder sonst...«

»Bitte auf jeden Fall, Mr. Holt, so gut zu sein und meinen so bescheidenen Rat anzunehmen. Hören Sie auf, sich zu beunruhigen!«

Don Holt wartete am Ende des Piers auf sie. »Mr. Chan, der Wagen steht für uns in der Auffahrt bereit. Dad, was wirst du heute machen?«

»Keine Sorge, mein Sohn. Ich kann selbst auf mich achtgeben. Ich werde mit Jim Dinsdale lunchen, und die andere Zeit werde ich einfach herumtrödeln und vielleicht ein bißchen nachdenken.«

»Nun, gib auf jeden Fall acht!« sagte der junge Sheriff. »Bleib lieber im Haus! Du willst dir doch in deinem Alter keine Erkältung zuziehen. Und was immer du auch tust – paß auf...«

»Mach, daß du wegkommst!« unterbrach ihn Sam Holt. »Mein Gott! Jeder, der dich hört, muß glauben, ich sei ein Baby in der Wiege. Mr. Chan – ich nehme an, Sie haben auch Söhne?«

»Reichlich viel«, antwortete Charlie.

»Und sie behandeln Sie auch so?«

Chan ergriff seine eine Hand. »Prinzen haben Zensoren, und Väter haben Söhne. Einen glücklichen Tag! Und noch einmal – bin so stolz, Sie kennengelernt zu haben.«

Auf dem Weg zu der Auffahrt vor der Garage begegnete Chan Dudley Ward.

»Jetzt sind wir unterwegs zu wichtigen Entdeckungen, hoffe ich«, sagte der Detektiv. »Darf ich Wunsch wagen, daß so ein aufregender Morgen Sie nicht antrifft... wie sagten Sie gestern nacht?«

»Ängstlich? Nein, Mr. Chan. Aber es ist doch begreiflich, daß man sich um vier Uhr morgens ein bißchen niedergeschlagen und kraftlos fühlt. Wenn ich irgendwo einen Sohn haben sollte, so wäre das eine glückliche Nachricht für mich. Ich fange spät mit meinen Bemühungen an, aber bei Gott, ich werde seinen Respekt und seine Zuneigung gewinnen, und wenn es die letzte Tat in meinem Leben sein sollte. Das wird mir den Ansporn geben, der mir so viele Jahre gefehlt hat – es wird etwas sein, für das es sich zu leben lohnt.«

Hugh Beaton gesellte sich zu ihnen. Ein schweigsamer junger Mann, dachte Charlie bei sich. Er hatte den ganzen Morgen über kaum etwas gesagt. Sein Gesicht war bleich und verzerrt. Ohne Zweifel waren die Ereignisse der Nacht für das Temperament des Künstlers ein bißchen zuviel gewesen.

Don Holt verfrachtete sie alle in einen großen Wagen, der Dinsdale gehörte, und dann fuhren sie los. Zuerst hinunter und durch das Dorf mit den verstreut liegenden Häusern und dann weiter nach Truckee, das im hellen Morgensonnenschein etwas weniger trostlos aussah. Dort kamen sie dann auf die Hauptstraße, die fast ganz vom Schnee geräumt war, und der Sheriff trat das Gaspedal durch.

In Reno fuhren sie anfangs durch ruhige Straßen, die sich in nichts von denen anderer durchschnittlicher Westernstädte unterschieden. Charlie blickte sich eifrig um. Nichts deutete auf Nachtklubs, Bars, Glücksspiele oder fidele frischgebackene Witwen hin. Die Hauptstraße – Virginia – fiel nur dadurch aus dem Rahmen, daß sie vorwiegend aus Anwaltskanzleien und Schönheitssalons bestand.

»Einen Augenblick, Sheriff!« rief Ward plötzlich. »Hier ist dieser Optiker. Ich werde die Brille rasch hinbringen. Sicher dauert es eine Weile, bis er sie gerichtet hat. Wenn Sie nichts dagegen haben...«

»Aber natürlich nicht«, versicherte ihm Holt liebenswürdig.

Er wartete, da gerade ein Wagen aus einer Parklücke herausfuhr, und nahm dann dessen Platz ein.

Ward verließ sie kurz.

»Nun, Mr. Chan, was halten Sie von der größten kleinen City der Welt?« fragte Don Holt.

»Bisher weigert sie sich, Ruf zu rechtfertigen«, teilte Charlie ihm mit.

»Sie müssen sich schrittweise herantasten«, erklärte ihm der Sheriff. »Sehen Sie dort, zum Beispiel, in jenem Fenster die schwarzen Chiffon-Nachthemden, Mr. Chan? Und all diese Schönheitssalons! Die einheimischen Mädchen können sich kaum so viele leisten. Die Frauen sind ja ganz verrückt mit ihrer Kriegsbemalung. Und sehen Sie da die Kinderschwester in dem ulkigen Kleid und mit den süßen Kindern? Die armen kleinen Teufel werden bald einen brandneuen Papa kriegen. Ja, ganz allmählich sickert es ins Bewußtsein ein. Das ist nicht alles nur für westliche Kunden bestimmt. Die besten Leute aus dem Osten treffen sich hier zu einem Mordsspektakel mit dem Westen.«

Aber an diesem Ende der Straße regierte immer noch der Westen, dachte Charlie. Cowboys, deren Kostüme eine blasse Imitation von Cash Shannons Prunkausstattung waren, Viehzüchter, Rancher und dort eine Indianerin, die ihr Kind auf den Rücken geschnürt hatte. Erst nachdem Ward zurückgekehrt war und sie die Brücke über den gelben, sprudelnden Truckee überquert hatten, begannen sie sich unter die ›besten Leute‹ aus dem Osten zu mischen.

Holt parkte vor dem Eingang des Hotels. Er rollte neben ein flaches, langgestrecktes ausländisches Modell, das von einem finster dreinblickenden Chauffeur – ebenfalls Ausländer – bewacht wurde.

Gleich darauf betraten sie die Hotel-Lobby, in der geschäftiges Treiben herrschte. Charlie erblickte zum erstenmal in seinem Leben einen Patou-Hut und ein Chanel-Ensemble.

Hugh Beaton fragte schüchtern: »Darf ich jetzt in mein – in unsere Zimmer hinaufgehen?«

Er sah so bleich und hilflos aus, daß der Sheriff ihm freundschaftlich auf die Schulter klopfte. »Packen Sie alles zusammen, was Sie und Ihre Schwester brauchen, und seien Sie . . .«

»Für wie lange?«

»Wie, zum Teufel, soll ich denn das wissen? Suchen Sie einfach ein paar Sachen zusammen und seien Sie wieder hier in der Hotelhalle – ja, sagen wir, um drei Uhr. Gehen Sie schon, mein Junge – und Kopf hoch!« Er wandte sich Charlie zu. »Weshalb sehen Sie mich so an, Inspektor?«

Chan lächelte. »Ah – ich denke nur nach. Ist das Methode eines guten Detektivs? Er würde jene Räume zur gleichen Zeit betreten – würde sie durchsuchen, die Korrespondenz durchsehen.«

Holt zuckte mit seinen breiten Schultern. »Ich bin kein Detektiv, weder ein guter noch sonst einer. Gott sei Dank! Ich bin nur ein Sheriff.«

Der elegante junge Mann am Empfang musterte sie mißtrauisch, als Holt ihn aufforderte, man möge ihm Ellen Landinis Apartment zeigen.

»Miß Meecher ist oben – allein«, erklärte er. »Sie hat einen schrecklichen Morgen hinter sich. Die Reporter sind so unverschämt gewesen.«

»Wir sind keine Reporter.« Holt zeigte ihm seine Dienstmarke. »Ich bin der Sheriff von drüben, das hier ist Mr. Ward aus Tahoe und San Francisco und das da Mr. Charlie Chan aus Honolulu.«

Don Holt hatte eine durchdringende Stimme, und so war es nicht überraschend, daß drei junge Männer gleichzeitig hinter den in der Nähe stehenden, eingetopften Palmen hervorsprangen. Wie es schien, repräsentierten sie verschiedene Presseorgane und die Lokalzeitung. Der Tod der Landini war eine Nachricht, die die ganze Welt interessierte. Und noch mehr die Art, wie sie gestorben war.

Nach einem Gefecht, das größere Ausmaße annahm, konnten der Sheriff und seine Begleiter schließlich entkommen und nach oben entschwinden, wo Miß Meecher sie erwartete.

Als der Fahrstuhl nach oben schwebte, erinnerte sich Chan mit einem gequälten Lächeln an Henry Lee, den Steward.

»Ich werde die Zeitungen studieren«, hatte Mr. Lee gesagt.

Miß Meecher begrüßte sie an der Tür. Eine mittelalte Frau in Schwarz, sehr korrekt aussehend, fast grimmig-bissig, aber sie strahlte Tüchtigkeit aus.

»Kommen Sie herein, Gentlemen!« forderte sie sie auf.

Selbst bei Chans Anblick veränderte sich ihre Miene nicht. In der Tat eine bemerkenswerte Frau, dachte er.

»Eine schreckliche Geschichte«, sagte sie. »Offensichtlich hat niemand daran gedacht, mich telefonisch zu informieren.«

»Tut mir so leid«, sagte Chan, »aber bis heute morgen hatte keiner der Zuständigen Ahnung von Ihrer Existenz. Und Miß Beaton und ihr Bruder waren – vielleicht – zu benommen.«

»Vielleicht«, erwiderte sie. Ihre Stimme war spröde und kühl wie die Bergluft. »Ich bin froh, daß Sie hier sind, Mr. Ward«, fuhr sie fort. »Jemand muß sich doch um die – um die Trauerfeierlichkeiten kümmern.«

Ward neigte den Kopf. »Ich habe schon daran gedacht. Ich werde die Sache in die Hand nehmen. Es scheint meine Pflicht zu sein. Sonst hat ja wohl niemand Interesse daran ... Außer Ihnen natürlich.«

Sie nickte. »Danke. Dann ist das geregelt.«

Tüchtig. Keine Zeit für Gefühle. Nur die Frage: Was ist als nächstes zu erledigen? Weitermachen!

»Darf ich fragen, wie lange Sie bei Madame Landini gewesen sind?« erkundigte sich Ward.

»Über sieben Jahre«, erwiderte Miß Meecher. »Ich kam als Sekretärin zu ihr – später wurde ich dann mehr oder weniger Mädchen für alles. Die Zeiten waren nicht so gut – für keinen von uns.«

Dudley Ward beugte sich plötzlich vor. Seine Stimme zitterte, als er sprach. »Entschuldigen Sie, ich möchte nicht schroff sein, aber da ist etwas, was ich Sie unbedingt fragen muß. Und ich kann nicht warten. Mir sind Gerüchte zugetragen worden, daß meine Frau einen Sohn hatte – einen Sohn von mir –, von dem sie mir nie erzählt hat. Ich bin sicher, Sie verstehen meine Gefühle. Deshalb möchte ich Sie fragen ... Ich möchte, daß Sie mir sagen, ob an diesen Gerüchten irgend etwas Wahres dran ist.«

Miß Meecher starrte ihn an. Dasselbe ausdruckslose Gesicht.

»Ich kann es Ihnen nicht sagen. Ich weiß es nicht. Madame hat niemals mit mir darüber gesprochen.«

Ward wandte sich ab, setzte sich ans Fenster und blickte auf das weiße Gerichtsgebäude hinaus, das im Leben der Ellen Landini eine so große Rolle gespielt hatte.

Schließlich brach Chan die Stille.

»Miß Meecher – der Sheriff hier wird Ihnen sagen, daß er mich ermächtigt hat, für ihn zu sprechen ...«

»Das stimmt.« Holt nickte.

»Miß Meecher, hat Madame Landini jemals Äußerung getan, die sie dazu bringen könnte, zu glauben, sie hat ihr Leben in Gefahr gesehen?«

»Absolut keine. Natürlich hat sie eine Pistole bei sich getragen, aber nur weil sie sich vor Verbrechern und Räubern gefürchtet hat. Ich bin sicher, daß sie vor keinem ihrer Vertrauten Angst gehabt hat. Sie hatte auch keinen Grund dazu.«

»Es gibt drei oder vier Männer, Miß Meecher, deren Beziehungen zu der Landini ich untersuchen möchte.«

Der Gesichtsausdruck der Frau änderte sich endlich – zumindest ein bißchen.

»Oh – nichts Skandalöses«, versicherte ihr Chan. »Möchte,

zum Beispiel, John Ryder nennen. Sie wissen – ihr zweiter Ehemann.«

»Ich weiß.«

»Sie hat nie von ihm gehört? Hat nie mit ihm korrespondiert?«

»Ich kann mir nicht vorstellen, daß sie überhaupt noch an ihn gedacht hat.«

»Haben Sie leiseste Ahnung, warum sie sich von ihm getrennt hat? Möchte so scheinen, daß er nach vielen Jahren noch verletzt ist.«

»Ich kann Ihnen eine kleine Notiz geben«, sagte Miß Meecher. »Madames Alben mit den Zeitungsausschnitten aus der ganzen Welt waren immer in unserem Reisegepäck. Als ich zu ihr kam, las ich in einem der früheren einen ganz bestimmten Artikel. Einen Augenblick, bitte!«

Sie erhob sich rasch, ging ins andere Zimmer hinüber und kehrte mit einem abgegriffenen, altmodischen Buch zurück. Nachdem sie es aufgeschlagen hatte, überreichte sie es Chan und deutete auf eine Stelle.

Chan las langsam und sorgfältig die inzwischen vergilbte, alte Zeitungsnotiz.

ELLEN LANDINI EINGESCHNEIT

Kürzlich geschiedene Sängerin aus San Francisco in einer Hütte ›oben in der Schlucht‹.

SAN FRANCISCO, 9. Februar – Die Sängerin Ellen Landini, die ehemalige Frau des hier ansässigen Dudley Ward, die kürzlich John Ryder, einen Bergbau-Mann, geheiratet hat, schneite in der Calico-Grube im Plumas County ein. Mrs. Ryder hatte nach ihrer Eheschließung ihre Karriere aufgegeben und war mit ihrem Mann über die Sierra Nevada Mountains gezogen, hin zu der Calico-Grube, dessen Direktor er ist. Bald nachdem das Paar sich in der Hütte des Direktors oben in der Schlucht eingerichtet hatte, fiel heftiger Schnee.

Einige der Bergwerksleute, die aus jener Gegend gekommen sind, berichten, daß der Schnee etwa acht Meter hoch liegt und daß es seit vielen Jahren einer der härtesten Winter in Nordkalifornien sei. Acht Meter Schnee bedeutet: man muß den ganzen Tag über bei Kerzenlicht in der Hütte sitzen, man bekommt keine frischen Nahrungsmittel und kaum, wenn überhaupt, Post zugestellt; der Schnee wird im Grubenfeld bis zum Juni liegen und nicht vor dem Sommer ohne Schwierigkeiten zutage zu fördern sein.

Chan übergab dem Sheriff das Buch und sah Miß Meecher an.

»Hat eher romantische Aspekte«, bemerkte er, »als Gründe für Scheidung.«

»Genau das habe ich auch zu Madame gesagt, als ich es las«, erwiderte die Frau. »Ich – ich war zu jener Zeit noch etwas jünger. Madame brach in schallendes Gelächter aus. ›Romantische Mary!‹ rief sie aus. ›Aber so ist das Leben nicht. Wirklich sehr romantisch, sich für eine Ewigkeit mit dem ungeheuerlichsten Langweiler, der je auf dieser Welt gelebt hat, in einem Zimmer eingeschlossen zu finden! Mit einem störrischen, selbstgefälligen Menschen mit dem Konversationstalent einer Mumie. Nach einer Woche verabscheute ich ihn, nach einer weiteren verachtete ich ihn, nach einem Monat hätte ich ihn umbringen können. Ich war im Frühling die erste, die aus diesem Camp ausbrach, und ich danke Gott, daß ich nur wenige Meilen von Reno entfernt war.‹ Ich zitiere Madame – Sie verstehen, Mr. Chan.«

Charlie lächelte. »Ah – ja. Das beginnt Mr. Ryder verständlich zu machen. Wenn sie freundlicherweise nichts dagegen haben, würde ich diesen Zeitungsausschnitt gern mitnehmen.«

Miß Meecher sah ihn überrascht an, doch dann erinnerte sie sich.

»Oh – natürlich«, sagte sie. »Er spielt jetzt keine große Rolle mehr.«

Chan nahm dem Sheriff das Buch aus den Händen und entfernte daraus vorsichtig die Geschichte von Ellen Landinis zweiter Ehe.

Währenddessen saß Dudley Ward die ganze Zeit über schweigend am Fenster und schien augenscheinlich nichts von alledem zu hören.

»Wir gehen weiter und kommen nun zu Mr. Luis Romano«, fuhr Chan fort.

Miß Meecher ließ sich trotz ihrer starren Zurückhaltung so weit gehen, daß sie sich ein verächtliches Schulterzucken erlaubte.

»Romano haben wir seit Monaten nicht gesehen«, erklärte sie.

»Sie wollen doch nicht sagen, daß er hier in der Nachbarschaft ist?«

»Er war gestern abend in Mr. Wards Heim. Habe mir seine Einstellung gegenüber Madame Landini zusammengereimt. Wenn Sie so freundlich sein wollen – wie war ihre Haltung ihm gegenüber?«

»Oh – sie hat ihn toleriert. Er war ein harmloser, kleiner Idiot. Warum sie ihn je geheiratet hat, das weiß ich weiß Gott nicht – und ich bin sicher, Madame wußte es auch nicht. Sie hatte es gern, wenn man sie verwöhnte, verhätschelte, sich um sie kümmerte. Aber so etwas hat nichts Romantisches für sich, und schließlich hat sie ihn fortgeschickt.«

»Nachdem sie Abmachung traf, die sie später ignorierte.«

»Ich fürchte, ja. Doch sie konnte nicht anders handeln. Sie hat eine Menge Grundbesitz – aber flüssiges Geld ist sehr knapp gewesen.«

»Da wir von Grundbesitz sprechen ... Sie hat Testament gemacht und ihren Besitz ihrem neuen Favoriten hinterlassen – Mr. Hugh Beaton. Bin begierig, zu wissen, ob jenes Testament jemals unterzeichnet wurde?«

Miß Meecher fuhr sich plötzlich mit einer Hand an die Wange. »Gott im Himmel! Daran habe ich nicht gedacht. Es wurde – es wurde niemals unterzeichnet.«

Jetzt horchte selbst Dudley Ward auf.

»Niemals unterzeichnet?« rief Don Holt aus.

»Nein. Es kam vor drei Wochen von ihren Anwälten. Es stand etwas drin, was nicht ganz korrekt war. Sie sollte das hier in Ordnung bringen, aber sie schob das immer wieder hinaus. Sie hat alle Sachen hinausgeschoben.«

»Dann erbt Luis Romano ihren Besitz«, sagte Chan nachdenklich.

»Ja, so ist es wohl, fürchte ich.«

»Glauben Sie, er weiß das?«

»Wenn er's nicht weiß, so war das nicht sein Fehler. Er hat immer wieder geschrieben und herauszufinden versucht, ob das Testament unterschrieben wurde oder nicht. Er hat sogar persönlich an mich geschrieben. Aber natürlich habe ich es ihm nicht gesagt. Vielleicht – vielleicht hat er an ihre Anwälte in New York geschrieben?«

Chan saß einen Moment lang ruhig da und erwog diese bestürzende Möglichkeit.

Schließlich meinte er: »Wir lassen das fallen – für den Augenblick. Ich wende mich nun Michael Ireland, dem Piloten, zu. Bitte, würden Sie über ihn sprechen?«

»Da gibt es nichts zu sagen«, entgegnete Miß Meecher. »Ich glaube, daß da früher einmal so eine Art Liebesaffäre zwischen ihm und Madame gewesen ist. Das war vor meiner Zeit. Seit sie hierher gekommen ist, hat es ihr Freude gemacht, in seinem Flugzeug herumzufliegen. Aber die Affäre war vorüber – zumindest von ihrer Seite aus. Da bin ich sicher.«

»Und von seiner Seite?«

»Ich nehme an, ich muß alles erzählen. Ich habe an einem Abend gehört, wie er sie hier umworben hat. Aber sie hat ihn nur ausgelacht.«

»So – sie hat ihn ausgelacht.« Und wieder dachte Chan nach.

»Ja. Sie hat ihm gesagt, er sollte bei seiner Frau bleiben. Und sie erinnerte ihn daran, daß er gerade aus dem Krieg heimgekommen und in Uniform war, als sie ihn zum erstenmal gesehen hat. ›Es war die Uniform, Michael‹, hörte ich sie sagen. ›Ich liebte jeden Mann, der eine trug.‹«

Chans Augen verengten sich. »Ireland ist also im Krieg gewesen. Eine ruhige Hand. Ein scharfes Auge. Ein Experte ...« Er sah, wie Don Holt ihn erstaunt anschaute. »Na, wenn schon?« setzte er rasch hinzu. »Miß Meecher – da ist noch einer, den ich bis zum Schluß aufbewahrt habe. Spreche von Dr. Swan.«

»Verachtenswert«, erklärte Miß Meecher, und ihre dünnen Lippen waren fest aufeinandergepreßt.

»So habe ich auch gefunden«, sagte Charlie. »Hat er Madame besucht, seit Sie nach Reno gekommen waren?«

»Er hat.«

»So – dann hat er uns angelogen. Aber Besuche waren schließlich notwendig, wenn er seinem Gewerbe nachgehen wollte.«

»Sie meinen als Doktor?«

»Leider nein. Meine als Erpresser, Miß Meecher.«

»Wer hat Ihnen das erzählt?«

»Spielt keine Rolle. Wir wissen es. Wir wissen, daß Madame ihm lange zweihundertundfünfzig Dollar pro Monat gezahlt hat. Warum hat sie ihm dieses Geld gezahlt?«

»Ich – ich weiß es nicht«, sagte die Sekretärin.

»Ah – tut mir so leid, einer Lady zu widersprechen«, sagte Charlie traurig. »Sie wissen es, Miß Meecher. Sie wissen ziemlich gut, daß die Landini ihm dieses Geld bezahlt hat, weil ihm irgendwie Geburt ihres Kindes bekannt geworden war. Sie bezahlte, weil er drohte, wenn sie es nicht tue, würde er Mr. Dudley Ward, den Vater des Kindes, mit den Tatsachen bekannt machen. Kommen Sie, Miß Meecher – jetzt ist nicht die Zeit, unaufrichtig zu sein. Möchte die Wahrheit hören.«

Dudley Ward sprang auf. Seine Stirn glänzte feucht, als er die Frau ansah.

»Ich – ich möchte sie auch hören!« rief er aus.

Miß Meecher sah zu ihm auf.

»Tut mir leid«, sagte sie. »Als Sie hereinkamen, war ich noch nicht entschlossen. Ich brauchte einen Moment zum Nachdenken. Ich – ich habe jetzt nachgedacht. Vermutlich spielt es nun keine Rolle mehr. Sie können es ebensogut wissen. Ja – Madame hatte einen Sohn. Einen entzückenden Sohn. Ich habe ihn einmal gesehen. Dudley hatte sie ihn genannt. Er wäre im nächsten Januar achtzehn geworden, wenn . . .«

»Wenn was?« krächzte Ward.

»Wenn er noch leben würde. Er wurde vor über drei Jahren bei einem Autounfall getötet. Es tut mir so leid, Mr. Ward.«

Ward hatte in einer kraftlosen Geste seine Hände von sich gestreckt, so, als wollte er einen Schlag abwehren.

»Und ich habe ihn nie gesehen«, sagte er gebrochen. »Ich habe ihn nie gesehen.«

Er wandte sich um, spazierte zum Fenster und lehnte sich benommen dagegen.

9

Die drei anderen Personen in dem kleinen Wohnzimmer der Landini sahen einander an, sagten aber nichts. Ward starrte eine ganze Weile lang aus dem Fenster. Schließlich drehte er sich um. Er war bleich, wirkte jedoch selbstbeherrscht und ruhig. Das Blut verriet einen Mann, dachte der junge Sheriff bei sich. Die Feiglinge hatten sich '49 erst gar nicht vom Goldfieber packen lassen und auf den Weg gemacht, und die Schwachen waren unterwegs gestorben, aber Dudley Ward stammte von einem Mann ab, der am Ziel seiner Reise angekommen war.

Seine Stimme war gefestigt, als er sagte: »Vielen Dank, daß Sie es mir erzählt haben.«

»Ich wußte natürlich, daß das Kind tot war, als Sie sagten, Romano wäre einziger Erbe«, bemerkte Charlie. »Vielleicht haben Sie Dokumente, die Tod des Jungen bezeugen, Miß Meecher?«

Sie erhob sich. »Ja. Ich habe das Telegramm, das uns die Nachricht überbrachte, und den Brief der Pflegemutter, der diesem folgte. Madame hatte beides immer bei sich.«

Sie zog eine Schreibtischschublade auf, entnahm ihr beide Schriftstücke und übergab sie Dudley Ward.

Alle warteten, während er las.

»Das ist also das Ende«, sagte er schließlich und gab den Brief und das Telegramm zurück.

»Madame hat den Brief immer wieder und wieder gelesen«, teilte ihm Miß Meecher mit. »Sie hat diesen Jungen angebetet, Mr. Ward. Obgleich sie ihn selten gesehen hat und obgleich er sich selbst als Sohn anderer Eltern sah, war er doch immer in ihren Gedanken. Sie müssen mir das glauben.«

»Ja«, antwortete Ward dumpf und wandte sich wieder dem Fenster zu.

»Dann stimmt es also, daß Dr. Swan sie wegen dieser Sache erpreßt hat?« fragte Charlie leise.

»Ja – es stimmt. Sie wollte nicht, daß Mr. Ward etwas von dem Jungen erfuhr – auch nach dem Unfall nicht.«

»Kürzlich hat sie Zahlungen eingestellt. Dr. Swan hat sie wahrscheinlich bedroht?«

»Er hat sie sehr heftig und ungestüm beschimpft deswegen. Ich glaube nicht, daß er viel Erfolg mit seiner Praxis hat, denn wie es scheint, bedeutete dieses Geld sehr viel für ihn. Doch daß er direkt ihr Leben bedroht hat, davon weiß ich nichts. Allerdings ist er ein Mann, der zu fast allem fähig wäre.«

Chan deutete mit dem Kopf zum Schreibtisch hinüber. »Sehe dort lange Druckfahnen. Habe ich recht mit Annahme, daß es Korrekturfahnen für Buch sind?«

Miß Meecher nickte. »Es sind die Fahnen von Madames Autobiographie, bei deren Niederschrift ich ihr in den vergangenen Jahren geholfen habe. Das Buch wird sehr bald herauskommen.«

»Ah!« Charlies Stimme wurde plötzlich sehr lebhaft. »Hätten Sie vielleicht etwas dagegen, wenn ich dieselben mitnehme und durchlese? Irgendein kleines Detail, vielleicht eine zufällige Bemerkung . . .«

»Selbstverständlich«, entgegnete Miß Meecher. »Wenn Sie so freundlich sind, sie zurückzubringen. Um die Wahrheit zu sagen – ich möchte gern, daß Sie sie lesen. Ich fürchte, daß Sie sich – nun ja, eine ziemlich falsche Vorstellung von Madame gemacht haben. Wenn Sie sie wirklich gekannt hätten, so wie ich sie gekannt habe . . .« Ihre mageren Schultern wurden von einem trockenen Schluchzen geschüttelt. Im nächsten Moment war der Anfall vorüber. »Sie war wirklich der gütigste Mensch. Das Opfer einer falschen Einschätzung, die durch ihre vielen Ehen gefördert wurde. Doch sie war einfach nur ruhelos, unglücklich, immer auf der Suche nach Romantik, die sie niemals fand.«

»Ohne Zweifel ist sie falsch beurteilt worden«, versicherte Chan höflich. »Öffentliche Meinung ist häufig mißgünstiger Hund, der an Ferse von Größe bellt. Oh – danke vielmals, Sie brauchen Fahnen nicht einzupacken. Dieses große Gummiband wird ausreichen. Werden sie zu frühest möglichem Zeitpunkt zurückbekommen. Nun, wenn Sie bereit sind, Mr. Ward, sollten wir, glaube ich, diese Lady nicht länger belästigen.«

»Natürlich bin ich bereit«, antwortete Ward und sah auf Miß Meecher. »Es gab doch sicher Fotografien – nehme ich an?«

»Viele. Sie gehören jetzt Ihnen.«

Sie setzte sich geschäftig in Bewegung, aber er legte ihr eine Hand auf den Arm.

»Bitte«, sagte er, »etwas später! Ich – ich brächte es nicht über mich . . . Vielleicht könnten Sie so freundlich sein und sie für mich zusammensuchen.«

Sie versprach es.

»Sie sind so überaus freundlich gewesen, Miß Meecher«, bemerkte Chan und verneigte sich tief. »Immer werde ich mich Ihrer Offenheit erinnern. War von so großer Hilfe.«

»Da ist etwas, was Sie für mich tun könnten«, erwiderte die Sekretärin.

»Brauchen es nur zu benennen.«

»Trouble«, sagte die Frau. »Trouble, der Hund. Er und ich hatten viel gemeinsam – wir liebten beide Madame. Ich würde ihn gern haben, wenn das möglich ist. Ich bin sicher, daß es Madames Wunsch wäre.«

»Werde ihn auf schnellstem Weg zu Ihnen schicken«, versprach Chan. »Vielleicht mit Flugzeug.«

»Ich danke Ihnen sehr. Er wird mir hier Gesellschaft leisten.«

Als er sich verabschiedete, entdeckte Charlie, daß in den Augen der reservierten Miß Meecher schließlich doch noch Tränen standen.

Die drei Männer fuhren mit dem Aufzug nach unten. Sowohl Chan als auch der Sheriff fühlten sich etwas unbehaglich, da sie spürten, daß sie irgendwas zu Ward hätten sagen müssen, doch keiner von beiden war fähig, es in Worte zu kleiden.

Als sie die Lobby erreichten, bemerkte Ward: »Ich habe eine Menge Dinge zu erledigen. Nehme an, daß ich bei Ihren weiteren Ermittlungen hier nicht vonnöten bin. Ich werde um drei Uhr wieder hier sein.«

»Ja, das geht in Ordnung«, sagte der Sheriff.

Chan nickte.

Ward verschwand.

Holt stieß hervor: »Verflixt noch mal! Ich wollte etwas über das Kind sagen, aber ich konnte es ganz einfach nicht.«

»Es gibt Zeiten, da sind Worte, auch wenn freundlich gemeint, nichts weiter als Salz für die Wunde«, antwortete ihm Charlie.

»Ja, ganz sicher. Was meinen Sie, Inspektor, wollen wir etwas essen? Ich habe um sechs Uhr gefrühstückt und jetzt ist es bald eins.«

Don Holt brachte in die ziemlich dekadente Luxusatmosphäre des Speisesaals einen Hauch des Westens. Frauen in schicken Pariser Kostümen blickten bewundernd zu ihm auf, als er vorbeiging, und bekundeten beim Anblick der breiten, plumpen Gestalt, die ihm demütig folgte, überraschtes Interesse.

Der Sheriff ignorierte sie alle, setzte sich und stellte mühsam aus einer Anzahl französischer Speisefolgen ein riesiges Essen zusammen. Als der Ober sie wieder verlassen hatte – ein freundlicher Ober, der sie wie alte Kumpel behandelte –, wagte sich Charlie mit einer Frage hervor.

»Beabsichtigen Sie, lokale Polizei aufzusuchen?«

Holt grinste. »Nein. Vermute, daß ich ihnen eine bittere Enttäuschung verabreiche, indem ich sie übergehe. Aber da ist nichts zu holen, soweit ich das beurteilen kann. Könnte wetten, daß sie ganz schön sauer sind. All diese wunderbare Publicity, und sie hocken draußen und können nur hereingucken. Aber außer Ihnen brauche ich keine andere Hilfe, Mr. Chan. Das kann ich schon jetzt überblicken.«

»Bin aufrichtig überzeugt – Sie sind nicht zu optimistisch«, erwiderte Charlie. »Könnte es vielleicht sein, daß Sie vor uns Licht einer Lösung erblicken?«

»Ich?« rief Holt aus. »Ich hab' auch nicht die leiseste Idee, was hier vorgeht. Aber es gibt ein paar Menschen – nun, die braucht man nur anzuschauen und schon hat man Vertrauen zu ihnen. Sie sind einer von diesen.«

Charlie lächelte.

»Sollte häufiger in Spiegel sehen«, erwiderte er. »Bin selbst nicht so überzeugt. Dies ist schwieriger Fall. Doch Miß Meecher war Goldmine, was Information anbelangt.«

»Ja – Sie haben viel aus ihr herausgeholt.«

»Unser Erfolg war erfreulich. Wir haben erfahren ... was? Den Hintergrund der zweiten Ehe der Landini – der mit John Ryder. Die arme Lady hat selbst zu diesem späten Zeitpunkt noch mein aufrichtiges Mitgefühl. Und wir haben erfahren – was sich als ungemein wichtige Spur erweisen könnte –, daß neues Testament nicht unterzeichnet wurde und Romano glücklicher Erbe ist. Hat er das gewußt? Wenn ja, Fall könnte sehr simpel enden. Wir haben weiter erfahren, daß Swans Erpressung den toten Sohn der Landini betraf, und hörten von des Doktors Wut, als Zahlungen schließlich endeten. Außerdem, daß Michael Ireland sie umworben hat und abgewiesen wurde. Ist irgendwo zwischen all diesen Hinweisen unser Motiv verborgen?«

»Und wir haben auch noch gehört, daß Ireland im Krieg war, obschon ich nicht glaube, daß das irgend etwas zu bedeuten hat«, warf Holt ein. »Ich muß schon sagen, Mr. Chan, Sie gaben sich mächtig geheimnisvoll dort. Auch letzte Nacht sagten Sie schon ein paar recht sonderbare Dinge. Doch möchte ich Ihnen hier und jetzt noch einmal versichern, daß ich nicht beabsichtige, Ihnen irgendwelche Fragen zu stellen.«

»Danke vielmals. Aber ich verspreche Ihnen, sobald Spuren auftauchen, werde ich Ihre werte Aufmerksamkeit darauf lenken. Wir arbeiten zusammen an dieser Sache.«

»Ja – aber mit verschiedenen Gehirnen.« Holt grinste plötzlich. »Ha, das da habe ich richtig erraten! Filet mignon ist so viel wie Steak – nur nicht viel davon.«

Nach dem Lunch machten sie einen Besuch in Swans Wohnung. Die Hauswirtin, die mit Hilfe verschiedener Präparate aus der Drogerie einen erbitterten Kampf gegen das Alter zu führen schien, war zuerst mißtrauisch, unterlag jedoch bald Don Holts Charme. Von da ab war sie fast zu eifrig. Trotz alledem gelang es ihnen, die Zimmer zu durchsuchen, allerdings ohne das geringste Ergebnis. Schließlich sammelten sie die Utensilien ein, die der Doktor aufgeschrieben hatte.

»So wie ich das sehe, sind wir nichts weiter als Laufburschen«, bemerkte Holt, während er einen Armvoll farbenprächtiger Hemden in den Koffer schmiß. »Zu gern hätte ich diesem Vogel was angehängt, was ganz Schlimmes.«

Chan nickte. »Sie machen ihn noch immer für mißliche Situation Miß Beatons Schal betreffend verantwortlich.«

»Er hat ihn dort hingelegt. Natürlich. Das ist doch sonnenklar.«

»Wenn er das getan, dann hat er die Landini auch überredet, ihn zu nehmen, bevor er sie tötete. Bin ziemlich sicher.«

»Vielleicht hat er es getan.«

Gleich darauf kehrten sie ins Hotel zurück. Ward und Beaton saßen in der Lobby, letzterer mit zwei großen Taschen zu seinen Füßen. Etwas später fuhren sie die Virginia Street entlang. Dudley Ward schwieg, als sie an dem Geschäft des Optikers vorbeikamen, so daß Chan sich zu ihm umwandte.

»Sie erinnern sich an Brille von Sing, Mr. Ward?« fragte er.

Ward setzte sich mit einem Ruck auf. »Nein. Um Himmels willen – die habe ich ganz vergessen!«

»Bitte, zu erlauben, daß ich sie hole«, schlug Charlie vor. »Vielleicht Sie bemerken, daß ich nicht über Gepäck zu klettern brauche.«

»Das ist sehr freundlich von Ihnen«, entgegnete Ward. »Lassen Sie sie einfach auf meine Rechnung schreiben. Ich bin dort bekannt.«

Holt parkte ein Stück weiter unten an der Straße, und Chan stieg aus. Er spazierte zum Optiker zurück, drängte sich durch die farbenfrohe Menschenmenge und betrat den Laden, um seinem Auftrag nachzukommen.

Der Optiker erklärte, Sing hätte selbst vorbeikommen sollen – das Gestell hätte ihm angepaßt werden müssen.

»Sing hat nur wenig Interesse an der Sache«, erwiderte Chan. »Was großer Jammer ist, da seine Augen so sehr schlecht sind.«

»Wer sagt, daß seine Augen schlecht sind?« wollte der Mann wissen.

»Nun, habe es immer so verstanden, daß er ohne diese Brille nur sehr wenig sehen kann«, erwiderte Chan.

Der Optiker lachte. »Er nimmt Sie auf den Arm. Er kann ohne sie genausogut sehen wie mit ihr. Außer wenn er lesen muß – und ich nehme nicht an, daß Sing das sehr viel tut.«

»Danke vielmals«, antwortete Charlie. »Die Rechnung geht zu Lasten von Mr. Dudley Ward aus Tahoe.«

Er kehrte zum Wagen zurück und übergab Ward die Brille. Holt fuhr los, und wenige Augenblicke später befanden sie sich wieder auf der Hauptstraße. Der Wagen rollte zwischen den schneebedeckten Bergen hindurch.

Charlie versuchte die letzten Neuigkeiten zu verarbeiten. Als Sing seine Brille zerbrach, war ihm nicht wirklich etwas genommen worden. Es war amüsant, wie das Schicksal den alten Mann immer wieder freisprach. Wahrscheinlich war es nicht Sing gewesen, der die Deckel der Zigarettenschachteln vertauscht hatte.

Niemand schien reden zu wollen. So kuschelte sich Chan in seinen Sitz, um über das Rätsel mit den Deckeln nachzudenken.

Sie fuhren über einen Höcker.

»Entschuldigt, Leute!« sagte Don Holt.

Die Druckfahnen von Ellen Landinis Autobiographie fielen von Chans Schoß auf den Boden des Wagens. Er hob sie wieder auf und schüttelte den Staub ab. Wenn er wirklich so übersinnlich veranlagt gewesen wäre, wie er manchmal vorgab, zu sein, dann hätte er gewußt, daß die Antwort auf das zu lösende Rätsel sich genau eben in diesem Moment in seinen Händen befand.

Etwas über eine Stunde später hielten sie vor der Garage der Taverne. Ziemlich steif von der Fahrt stiegen sie alle aus, und Don Holt blickte zum Himmel empor.

»Es bewölkt sich ein bißchen. Liegt auch eine gewisse Feuchtigkeit in der Luft. Sing hatte vielleicht doch recht, Mr. Ward. Wäre nicht überrascht, wenn es regnen oder möglicherweise sogar schneien würde.«

»Sing hat immer recht«, entgegnete Ward. »Deshalb habe ich auch den Schirm mitgenommen. Und ein bißchen mulmig war mir auch bei dem Gedanken an die Gummistiefel.«

Sie verweilten noch einen kurzen Moment in dem großen Gesellschaftsraum des Hotels. Im Kamin brannte ein Willkommensfeuer.

Charlie faßte Sam Holt am Arm und führte ihn in eine entfernte Ecke des Raumes.

»Wie war der Fischfang in Reno?« fragte der einstige Sheriff.

»Ein paar Aale«, sagte Chan, »aber wie Sie, Mr. Holt, und ich wissen – in unserem Gewerbe kann sich plötzlich höchst unschuldig aussehender Aal zu einem Wal vergrößern.«

»Nur zu wahr«, bestätigte der alte Mann.

»Da ich etwas in Zeitdruck bin, werde ich Ihrem Sohn Vergnügen von detailliertem Bericht überlassen. Genügt, zu sagen – unser guter Freund Sing ist erneut von Verdacht befreit worden.«

Er wiederholte seine Unterhaltung mit dem Optiker.

Holt schlug sich überaus entzückt auf sein Bein. »Herrje noch mal! Ich hab' nicht mehr solchen Spaß gehabt, unrecht zu haben, seit ich mit einer präparierten Roulettedrehscheibe gespielt und den Besitzer total pleite gemacht habe. Bin ganz sicher mit dem verkehrten Fuß in den Fall eingestiegen. Was mir recht geschieht, denn ich hatte, bei Gott, keinen Grund, den Jungen zu verdächtigen – nach all den Jahren, die wir uns kennen. Nun, das steht also fest. Er kommt nicht in Frage. Er hat diese Deckel nicht vertauscht – noch hat er diesen Schnitzer mit dem Schal gemacht. Wer ist es dann gewesen?«

»Im Augenblick kommt nur das Echo als Antwort zurück«, erwiderte Chan.

»Sie werden sehr bald eine eigene Antwort finden.« Holt nickte. »Jedesmal, wenn ich Sie reden höre, wächst mein Vertrauen in Sie.«

»Wird einer der Triumphe meines Lebens bleiben, daß ich bei ehrenwerter Familie Holt in so hoher Gunst stehe«, sagte Chan. »Sollten Ereignisse Ihre Wertschätzung nicht rechtfertigen, werde ich dieses bezaubernde Land mitten in der Nacht verlassen.«

Don Holt gesellte sich zu ihnen.

»Hallo, Dad! Was ist mit dem Coroner?«

»Ist genau vor einer Stunde hiergewesen«, antwortete sein Vater. »Langsam, wie gewöhnlich. Ist jetzt unten in der Leichenhalle.«

»Vermute, daß wir seinen Bericht erst später bekommen werden, Mr. Chan«, bemerkte der junge Mann. »Übrigens habe ich heute morgen mit Dinsdale gesprochen. Er ist bereit, Dudley Ward ein paar der Verdächtigen abzunehmen. Wird damit auch von Ihren Schultern eine große Last wälzen. Cash und ich sind beide hier unten, und ich denke doch, wir werden mit ihnen fertig werden. Ich dachte an Swan und Romano und Hugh Beaton...«

Charlie lächelte. »Glaube kaum, daß Hugh Beaton ohne seine Schwester hierher kommen wird.«

Der Sheriff wurde rot.

»Nun, wir können auch sie hier unterbringen«, meinte er. »Es ist Ward gegenüber nicht fair, ihm nach all den Aufregungen auch noch diese Fremden aufzuhalsen. Und die Entfernung ist so gering, daß Sie Ihre Ermittlungen ungestört fortsetzen können. Im Augenblick hat Dinsdale Maler und Dekorateure im Haus. Heute nacht hat er nur ein Zimmer zur Verfügung. Obendrein kein besonders gutes. Deshalb hab' ich gedacht, ich nehme Swan mit und quartier' ihn dort ein.«

Charlie nickte. »Trete ihn mit größtem Vergnügen ab. Das wird Wächteramt in der Tat einschränken.«

»Nun, wir sollten langsam aufbrechen«, meinte Don Holt. »Es wird dämmerig.«

Chan verabschiedete sich von Sam Holt. »Bis zum Wiedersehen. Aloha!«

»Auch für Sie alles Gute!« erwiderte Holt. »Und danke für die Neuigkeiten über Sing. Heute nacht werde ich besser schlafen können.«

Ward und Beaton stießen zu ihnen, und gemeinsam gingen sie zur Barkasse des Sheriffs hinunter. Das Alpenglühen auf den hohen Gipfeln in der Ferne erlosch allmählich, während sie über den See dahinglitten. Bald darauf legten sie an Wards Pier an. Dudley Ward und Beaton gingen voraus. Charlie wartete und half Holt beim Vertäuen des Bootes.

»Ich lasse Swans Gepäck gleich im Boot zurück«, erklärte Holt. »Im Grunde hätte ich es überhaupt nicht hierher mitzubringen brauchen. Bin nicht gerade ein großer Denker, stelle ich fest.«

Sie schritten auf das Haus zu. Plötzlich legte Chan eine Hand auf den Arm des jungen Mannes. »Als Bewohner eines subtropischen Landes, das hauptsächlich mit Palmen gesprenkelt ist, habe ich riesiges Interesse an diesen edlen, hochaufragenden Kiefern. Können Sie mir Namen von Spielarten nennen?«

»Nun – es sind einfach Kiefern.«

Holt wollte weitergehen, aber Chan hielt ihn immer noch fest.

»Wir haben auf unserer Insel Oahu einen Baum, der Kiefer gleicht«, fuhr der Detektiv fort. »Wird Eisenbaum genannt. Habe auch einst lateinischen Namen gekannt, aber solch' Wissen verflüchtigt sich bei ereignisreichem Leben. Kann mich nicht mehr erinnern.«

»Schade«, quetschte Holt mühsam hervor.

»Wunderbare Exemplare der Eisenbäume säumen die Straße nach Pali«, erzählte Charlie. »Rinde ist sehr viel weniger dick und fest als die Ihrer Bäume. Bitte, gehen Sie noch nicht!« Er lief durch den Schnee und hob ein großes Stück Rinde auf, das unter einem Baum in der Nähe lag. »Sehen Sie, wie dick Rinde Ihrer Bäume ist«, sagte er und überreichte dem Sheriff das Stück. »Sollen wir jetzt Weg zum Haus fortsetzen?«

Am Fuße der Treppe blieb Holt plötzlich stehen und starrte Chan an.

»Was soll ich damit machen?« fragte er und zeigte auf die Rinde.

Charlie grinste. »Schmeißen Sie sie weg! Ist nicht von Bedeutung.«

Sing ließ sie herein, und sie trafen Leslie Beaton und den strahlenden Cash vor dem Feuer sitzend an.

»Schon zurück?« fragte Cash. »Dieser Tag ist verdammt rasch vorübergegangen.«

»Vermutlich nicht für Miß Beaton«, erwiderte Holt.

»O doch!« widersprach das Mädchen. »Mr. Shannon hat mir die erstaunlichsten Geschichten erzählt...«

Holt nickte. »Das kann ich mir vorstellen. Er sollte für Zeitschriften schreiben, der gute Cash.«

»Das würde ich nie tun«, erklärte Cash. »Ich möchte meine Zuhörer sehen können. Und heute hatte ich zweifellos eine sehr nette Zuhörerin.«

»Ja«, stimmte Holt ihm zu. »Und was ist mit dem Rest der Leute? Ist noch jemand von ihnen hier?«

»Natürlich. Sie sind alle da – soviel ich weiß.«

»Hat sich irgendwas ereignet?«

»Absolut nichts. Dieser Pilot – Ireland heißt er, glaube ich – ist vor einer Weile hier aufgetaucht. Ich nehme an, er ist jetzt in der Küche.«

Holt wandte sich an Sing, der im Feuer herumstocherte. »Hör her, Sing, geh Dr. Swan holen! Sag ihm, ich möchte ihn sprechen.«

Der alte Mann ging hinaus.

»Na schön, Cash, besten Dank. Ich glaube, ich kann hier jetzt selbst weitermachen.«

Cash machte ein finsteres Gesicht. »Glauben Sie nicht, Sie sollten mich hierlassen, Chef? Ich werde meine Augen offenhalten und..«

»Ja – davon bin ich überzeugt.« Holt grinste. »Aber den Job hat Mr. Chan übernommen – und er wird in die richtige Richtung blicken. Sagen Sie dieser freundlichen, geduldigen Lady, die ja schon allein vom Klang Ihrer Stimme halbtot sein muß, gute Nacht und gehen Sie vor zum Boot! Ich komme in einer Minute nach.«

Nachdem Cash sie zögernd verlassen hatte, kam Dr. Swan die

Treppe herunter. »Ah – heil zurück, Sheriff?« bemerkte er. »Haben Sie meine Sachen?«

»Ja. Sie warten draußen im Boot auf Sie.«

»Warten auf mich?« Swan schien leicht überrascht.

»Ja, wir bringen ein paar Gäste hier in der Taverne unter, und Sie sind der erste, der abgeschoben wird.«

»Ist in Ordnung. Ich hole nur schnell meinen Hut und meinen Mantel und sage meinem Gastgeber auf Wiedersehen.«

Sing war oben auf dem Treppenabsatz erschienen. »Boß schläft. Sagt, halt jederman fern. Ich ihm erzähle, Sie sagen auf Wiedersehen. Hut und Mantel sind hier.« Er holte beides aus einem Wandschrank. »Auf Wiedersehen, Doktor!«

Leicht benommen schlüpfte Swan in seinen Mantel. Holt ließ ihn hinaus, rief nach Cash und übergab ihm den Doktor. Als der Sheriff ins Wohnzimmer zurückkehrte, traf er Leslie Beaton allein an.

»Wo ist Mr. Chan?« fragte er.

»Er ist soeben zum Hinterausgang gegangen«, teilte ihm das Mädchen mit. »Er hat mir aufgetragen, Ihnen zu sagen, daß Sie ganz bestimmt warten sollen. Und er bat mich, ihm den Gefallen zu erweisen und Ihnen Gesellschaft zu leisten.«

»Immer denkt er an andere. Ein feiner Kerl«, sagte der Sheriff.

Stille folgte.

»Ein schöner Tag«, bemerkte der Sheriff schließlich.

»Wunderschön.«

»Heute abend ist's nicht mehr so schön.«

»Nein?«

»Sieht nach Regen aus.«

»Wirklich?«

»Ja, ganz bestimmt.«

Abermals Stille.

»Ich wünschte, ich könnte so plaudern wie Cash«, sagte der Sheriff nach einer Weile.

»Das ist eine Gabe.« Das Mädchen lächelte.

»Ich weiß. Ich war nicht zur Stelle, als sie vergeben wurde.«

»Machen Sie sich nichts draus.«

»Es war mir immer egal. Bisher.«

»Bringen Sie auch die restlichen Leute in die Taverne?«

»Ja. Morgen wird ein hübsches Zimmer für Sie bereitstehen. Haben Sie etwas dagegen?«

»Ich halte es für eine großartige Idee.«

»Ja. Cash wird auch dort sein.«

»Und wo werden Sie sein?«

»Oh – ich werde auch da sein.«

»Ich finde immer noch, daß es eine großartige Idee ist.«

»Das ist wunderbar«, sagte der Sheriff.

Währenddessen war Charlie in die Küche geeilt. Cecile war allein. Nur Trouble war bei ihr.

»Ihr Mann?« fragte Charlie.

»Er ist soeben weg«, erwiderte Cecile. »Wollten Sie ihn sprechen?«

»Wollte, daß er etwas für mich erledigt«, erklärte Chan. »Hatte gewünscht, daß er Trouble zurück zu Miß Meecher nach Reno bringt.«

»Sie können ihn noch einholen, nehme ich an«, sagte Cecile. Sie schnappte sich den erschrockenen Hund und warf ihn in Chans Arme. »Michael wird es mit Freude machen, da bin ich sicher.«

»Danke vielmals.«

Chan eilte zur Tür hinaus. Als er sich dem Flugfeld näherte, erfüllte das Brummen eines Motors die stille Nachtluft.

Schon beim ersten Motorengeräusch erwachte Trouble zum Leben. Er zitterte vor Aufregung, warf den Kopf zurück und bellte wieder und wieder kurz und glücklich. Fast schnappte er über vor freudiger Erwartung.

Als Charlie das Flugfeld erreicht hatte, sah er, daß der Pilot soeben abheben wollte. In der Nähe der surrenden Propeller stand Wards Bootsmann. Chan brüllte so laut er konnte, während er sich der einen Seite des Flugzeuges näherte. Er hielt den Hund hoch und erklärte, was er wollte.

»Natürlich nehme ich ihn mit«, sagte Ireland. »Wir sind Kumpel, nicht wahr, Trouble? Dieser Hund ist ganz verrückt nach dem Fliegen.«

Der Detektiv übergab ihm den aufgeregten kleinen Terrier und begab sich in Sicherheit. Er beobachtete, wie die Maschine über das Schneefeld rollte, sich dann vor der grünen Pracht der Kiefern in die Lüfte erhob und schließlich mit dem rasch dunkel werdenden Himmel verschmolz. Tief in Gedanken kehrte er zum Haus zurück. Als Charlie das Wohnzimmer betrat, blickte der Sheriff ihm fast mit einem Ausdruck der Erleichterung entgegen.

»Oh, da sind Sie ja!« rief er aus und erhob sich hastig. »Ich habe auf Sie gewartet.«

»Bin sicher, das Warten war nicht unangenehm.« Charlie lächelte.

»Nein – aber – natürlich muß ich jetzt zurück. Also, Miß Beaton, ich sehe Sie später. Ich hoffe, Ihr Bruder hat alles, was Sie brauchen, mitgebracht.«

»Wenn er nur die Hälfte mithat, habe ich Glück.« Das Mädchen lächelte. »Der arme Hugh – er ist ganz Künstler.«

Sie verabschiedete sich und stieg die Treppe hoch.

»Auch ich möchte auf Wiedersehen sagen.« Charlie ging mit dem Sheriff hinaus und überquerte die Veranda. Auf dem Weg angelangt, erklärte er: »Möchte Ihnen außerdem mitteilen, daß ich Trouble soeben Michael Ireland übergeben habe. Er wird das kleine Kerlchen mit dem Flugzeug nach Reno zurückbringen.«

»Eine großartige Idee!« lobte Holt. »Erspart uns Zeit.«

Chan senkte die Stimme. »Habe es nicht getan, um Zeit zu sparen.«

»Nein?«

»Nein. Möchte Sie auf die Tatsache aufmerksam machen, daß Trouble beim Klang des Motors ganz verrückt vor Freude war. Er hatte heute abend keine Angst vor dem Flugzeug.«

»Und hat das irgend etwas zu bedeuten?« wollte Don Holt wissen.

»Es könnte. Neige dazu, daß es etwas bedeutet. Tatsächlich glaube ich, daß Trouble in diesem Fall das ist, was mein alter Freund, Inspektor Duff von Scotland Yard, wesentliche Spur nennen würde.«

10

Der junge Sheriff stand einen Moment da und starrte über den See und auf das letzte Aufleuchten der weißen Gipfel. Dann setzte er seinen Zwei-Gallonen-Hut ab, als wollte er seinem Gehirn eine größere Chance geben.

»Trouble – eine Spur?« murmelte er vor sich hin. »Das kapiere ich nicht, Inspektor.«

Charlie hob die Schultern. »Feststellung basiert auf Tatsachen, die Ihnen ebenso wohlbekannt sind.«

Don Holt setzte seinen Hut wieder auf. »Hat keinen Zweck, glaube ich. Sie gehen Ihren Weg, und ich gehe meinen. Und wenn Sie den Gipfel des Berges erreicht haben, werfen Sie ein Seil zu mir herunter! Übrigens – vielleicht würden Sie gern ein Wörtchen mit dem Coroner sprechen, wenn er mit seiner Arbeit fertig ist.«

»Sehr gern.«

»Können Sie mit einem Motorboot umgehen?«

»Manchmal hat man mir erlaubt, mit dem zu fahren, das meinem Sohn Henry gehört – als großmütige Anerkennung der Tatsache, daß ich für selbiges bezahlt habe.«

»Gut. Vielleicht rufe ich Sie heute abend noch an. Werde Cash herschicken, um Sie abzulösen.« Der Sheriff machte eine kurze Pause. »Ich wünschte, ich hätte einen guten, vernünftigen Deputy hier in der Umgebung«, setzte er traurig hinzu. »Einen verheirateten Mann.«

Chan lächelte. »Ich könnte Miß Beaton mitnehmen zur Taverne. Angenehme Spritztour über den See würde ihr mächtig guttun.«

»Eine großartige Idee«, der Sheriff stimmte sofort begeistert zu. »Vergessen Sie es auch nicht! Und ansonsten viel Glück! Tut mir leid, daß ich von keinerlei Nutzen für Sie bin.«

»Unsinn! Sie dürfen nicht entmutigt sein. Erinnere mich gut an den ersten wichtigen Fall, der mir zufiel. Konnte ich bemerkenswerte Fortschritte machen? Kann eine Ameise einen Baum schütteln?«

»Etwa genauso komme ich mir vor – wie eine Ameise.«

»Aber Sie sind unentbehrlich. Dies sind, wie mein Cousin Willie Chan, der Baseball-Spieler, sagen würde – Ihre heimatlichen

Jagdgründe. Ich bin nur Fremder, der durchreist. Und es heißt sehr richtig: ein wandernder Drache kann nicht die heimische Schlange zerquetschen.«

Sie spazierten gemeinsam zum Pier.

»Doch glauben Sie nicht«, fuhr Chan fort, »daß ich mich als Drachen betrachte. Fürchte, dazu fehlt mir die Figur.«

»Und Sie atmen auch kaum Feuerzungen aus.« Holt lachte. »Aber trotzdem glaube ich, daß Sie es schaffen.«

Cash und Dr. Swan standen in der Nähe des Bootes. Letzterer streckte Charlie eine Hand entgegen.

»Inspektor, ich fürchte, wir müssen uns vorübergehend trennen«, bemerkte er. »Aber zweifellos werden wir uns wieder begegnen.«

»Das hoffe ich auch«, erwiderte der Detektiv höflich.

»Ich – ich möchte nicht allzu neugierig erscheinen – aber war Ihr Besuch in Reno erfolgreich?«

»Ja, erstaunlich erfolgreich – in vielerlei Hinsicht.«

»Ausgezeichnet! Ich weiß sehr wohl, daß es mich nichts angeht, aber Romano hat den ganzen Tag Spekulationen darüber angestellt, deshalb drängt es mich, zu fragen: Hat die Landini das Testament unterzeichnet – ich meine das, in dem sie ihren Besitz Beaton hinterläßt?«

Charlie zögerte nur eine Sekunde lang. »Sie hat es nicht unterzeichnet.«

»Ah!« Swan nickte. »Da hat Romano ja einen Mordsdusel. Gute Nacht, Inspektor! Wir sehen uns zweifellos in der Taverne.«

»Gute Nacht!« antwortete Chan nachdenklich.

Cash war bereits im Boot, Swan folgte, und Don Holt übernahm das Steuerrad. Im nächsten Moment glitten sie davon.

Charlie beobachtete, wie das kleine Boot die kurze Drei-Meilen-Strecke, die Pineview von der Taverne trennte, an der Küste entlangflitzte. Swan würde nicht weit weg sein, wenn er ihn brauchte. Und Swan war so ein Mann, der jeden Moment gebraucht werden könnte.

Chan spazierte langsam zum Haus zurück und blieb am Fuße der Treppe stehen. Dort verweilte er einen Augenblick und starrte zu den Zweigen der erhabenen Kiefern empor. Sein Blick wanderte nachdenklich vom niedrigsten Zweig des Baumes, der dem Haus am nächsten stand, hin zum Balkon des Studios. Chan wich ein paar Schritte zurück, um das Flügelfenster besser sehen zu können. Plötzlich flammte ein Licht im Zimmer auf. Sing erschien und zog die Vorhänge zu.

Tief in Gedanken versunken, umrundete Chan das Haus. Zwischen sich und dem Hangar standen eine recht große Garage und verschiedene Schuppen. Aus einem dieser Schuppen tauchte ein Mann auf.

»Guten Abend!« sagte Chan. »Ich glaube, Sie waren es, der uns gestern abend mit dem Boot hergebracht hat.«

Der Mann kam näher zu ihm her. »Oh – guten Abend! Ja – ich bin Mr. Wards Bootsmann.«

»Sie wohnen nicht hier?«

»Nein, nicht jetzt. Bin nur im Juli und August hier. Sonst ruft mich Mr. Ward, wenn er mich braucht, bei mir zu Hause in Tahoe an.«

»Ah – ja. Sie haben soeben Mr. Ireland beim Start seines Flugzeuges geholfen. Haben Sie zufällig gestern nacht das gleiche getan?«

»O nein, Mister. Gestern nacht war ich nicht hier. Nachdem ich Sie alle am Pier abgesetzt hatte, bin ich zurückgejagt. Mr. Ward hat gesagt, ich würde nicht mehr gebraucht werden, und wir hatten bei uns zu Hause unser wöchentliches Treffen vom Kontrakt-Bridge-Klub.«

Charlie lächelte. »Danke vielmals. Will Sie nicht länger aufhalten.«

»Schreckliche Sache – dieser Mord«, bemerkte der Bootsmann. »So was ist hier in der Gegend seit Jahren nicht mehr vorgekommen.«

»Schrecklich – in der Tat.« Chan nickte.

»Nun, ich sollte wohl lieber zurückeilen zum Abendbrot. Mein Weib ist heute ohnehin nicht allzu zufrieden mit mir gewesen. Sagen Sie, Mister – Sie kennen sich nicht zufällig mit Bridge aus?«

»Nein – spiele es nicht.«

»Nun, vielleicht ist das gut so«, meinte der Bootsmann und hastete davon.

Die Tür der Garage stand offen. Chan trat ein. Im Moment stand nur eine kleine Blechkiste darin, aber wahrscheinlich würde man um diese Jahreszeit mit einem größeren Wagen nicht die Straße hier heraufkommen.

Der Detektiv sah sich ein bißchen um, soweit ihm das die schummrigen Lichtverhältnisse erlaubten. Er war soeben im hinteren Teil der Garage auf eine lange Leiter gestoßen, als eine der Türen zuschlug. Um noch rechtzeitig durch den offenen Türflügel zu kommen, mußte er losspurten. Sing stand draußen und wollte gerade ein Vorhängeschloß anbringen.

»Hallo!« rief der alte Mann erschrocken aus. »Was mit Ihnen los? Gehören nicht hier herein.«

»Habe mich nur mal umgesehen«, erklärte Chan.

»Sehen sich zuviel um«, brummte Sing. »Eines Tages Sie kommen von Platz, wo Sie reingegangen, nicht mehr raus. Warum Sie nicht kümmern um eigene Dinge, he?«

»Tut mir so leid«, entgegnete Charlie demütig. »Gehe jetzt und kaufe mir einen Fächer, um Gesicht dahinter zu verbergen.«

»In Ordnung. Reichlich Zeit, Sie das tun.« Er nickte.

Charlie steuerte auf das Haus zu. Er war höchst verwirrt. Immer schien er den kürzeren bei seinen Zusammentreffen mit Sing zu ziehen.

Er stampfte den Schnee von seinen Schuhen, betrat das Haus durch die Hintertür und hörte als erstes die Stimme von Mrs. O'Ferrell.

»Bringen Sie den hier raus!« schrie sie laut. »Ich will ihn nicht in meiner Küche haben.«

»Ich will Ihnen doch nichts tun.«

Das war Cecile.

»Das mag ja sein«, erwiderte Mrs. O'Ferrell, »aber ich habe dreißig Jahre lang ohne so 'n Ding gekocht ... Ah, Mr. Chan, Sie sind es!«

Charlie war in der Tür aufgetaucht.

»Fraglos«, erwiderte er. »Bin tief betrübt, zu stören.«

»Ach, es ist ganz unwichtig«, erklärte ihm Mrs. O'Ferrell. »Ich hab' dieser Französin nur gerade gesagt, daß ich dreißig Jahre lang ohne Revolver in meiner Küche gekocht habe und daß ich auch jetzt nicht damit anfange.«

Cecile zog aus den Falten ihres Rockes einen kleinen Revolver.

»Ich bin so nervös«, erklärte sie Chan. »Seit gestern nacht bin ich ganz durcheinander und zerfahren. Deshalb hab' ich Michael gebeten, mir das hier aus Reno mitzubringen.«

»Und jetzt können wir alle nervös sein – und das mit gutem Grund«, meinte die Köchin.

»Gibt keinen Grund zur Beunruhigung«, versicherte ihr Cecile. »Michael hat mir beigebracht...«

Sie hielt inne.

»Mr. Ireland hat Ihnen beigebracht, wie man mit umgeht«, beendete Charlie ihren angefangenen Satz.

»Ja. Er – er war nämlich im Krieg, müssen Sie wissen.«

»Als Flieger, wahrscheinlich.«

»Er hatte es sich so gewünscht, aber nein – sie haben ihn nicht als Flieger eingesetzt. Er war Sergeant bei der Infanterie.« Cecile steuerte auf die Tür zu. »Haben Sie keine Angst, Mrs. O'Ferrell! Ich werde ihn in mein Zimmer bringen.« Sie wies auf den Revolver.

»Geben Sie acht, in welche Richtung Sie zielen – auch dort!« ermahnte sie Mrs. O'Ferrell. »Die Wände im zweiten Stock sind nicht gerade allzu dick.« Als Cecile hinausgegangen war, wandte sie sich Chan zu. »Ich halte nichts von Kanonen«, sagte sie. »Sehe das ganz einfach so: Um so weniger es davon gibt, um so weniger Menschen werden getötet.«

»Sie verfechten Abrüstung?« fragte Chan lächelnd.

»Ja, so ist es. Und man steht ziemlich einsam damit da unter den Iren.«

»Unter allen Menschen, fürchte ich«, erwiderte Chan ernst. »Habe hereingeschaut, Mrs. O'Ferrell, um untertänigste Entschuldigung anzubieten. Es war nicht möglich, den kleinen Hund in Pineview zu behalten. War unter gegebenen Umständen nicht einmal möglich, daß Sie ihm Lebewohl sagen konnten.«

Die Frau nickte. »Ich weiß. Cecile hat es mir erzählt. Tut mir leid, ihn zu verlieren, aber wenn es jemanden gibt, der mehr Anspruch hat...«

»Es gibt jemanden, der Anspruch hat«, versicherte ihr Chan. »Tut mir so sehr leid. Doch hoffe ich zuversichtlich, daß mir vergeben wird.«

»Sprechen Sie nicht mehr darüber«, sagte Mrs. O'Ferrell.

Charlie verneigte sich. »Wer Freundschaft mit einem Prinzen

hält, gewinnt Ehre. Aber der sie mit einer Köchin hält, gewinnt Nahrung. Bevorzuge eher letzteres, wenn Kochkunst so unübertrefflich ist wie bei Ihnen.«

»Sie haben eine hübsche Art, sich auszudrücken, Mr. Chan. Ich danke Ihnen sehr.«

Während Charlie sich mit Mrs. O'Ferrell unterhielt, registrierte er Musik in dem weiter entfernten Wohnzimmer. Als er schließlich den Korridor entlangging und die Tür zum Wohnraum aufstieß, sah er Romano am Klavier sitzen und Hugh Beaton neben ihm stehen. In dem großen Raum brannten nur wenige Lampen. Die holzgetäfelten Wände reflektierten den Feuerschein. Es war eine Szene des Friedens und der Harmonie.

Romano spielte gut, und auch Beatons Stimme hatte einen erstaunlichen Klang, als er sang; nicht sehr laut und in einer Sprache, die Chan nicht identifizieren konnte.

Der Detektiv näherte sich auf Zehenspitzen dem Feuer und ließ sich in einen Stuhl fallen.

Gleich darauf endete der musikalische Vortrag. Romano sprang auf und begann erregt auf und ab zu gehen.

»Ausgezeichnet!« rief er aus. »Sie haben wirklich eine ausgezeichnete Stimme.«

»Finden Sie?« fragte Beaton eifrig.

»Ah – Sie haben kein Zutrauen – Sie sind nicht überzeugt. Sie brauchen die richtige Protektion – die richtige Führung. Wer hat Ihre Konzerte arrangiert?«

»Nun – meistens das ›Adolfi Musical Bureau.‹«

»Pah! Adolfi! Was weiß der schon? Ein Geschäftsmann mit dem Herzen eines Klempners. Ich – Luis Romano – ich könnte Sie managen. Ich könnte Ihnen zum großen Erfolg verhelfen. Ich kenne die Tricks. Oder kenne ich das Spiel vielleicht nicht? Signor, ich habe es erfunden. Ich würde Sie berühmt machen, von einem Zipfel des Landes bis hin zum anderen – und in Europa auch. Für ein Gehalt, natürlich . . .«

»Ich besitze kein Geld«, sagte der Junge.

»Ah – Sie haben vergessen, daß Sie jetzt Ellen Landinis Geld haben. Und glauben Sie mir, das ist viel. Ich weiß es. Massenhaft – wenn auch das meiste in Immobilien festgelegt ist. Doch die Zeiten werden sich ändern. Die Immobilien werden verkauft werden. Ein Haus am Washington Square – ein Apartmenthaus in der Park Avenue – eine Sommerresidenz in Magnolia ...«

»Ich will das alles nicht«, sagte Hugh Beaton.

»Aber Sie sollten die Chance ergreifen. Ich sage Ihnen, Sie brauchen Selbstvertrauen. Eine Stimme wie Ihre – und all dieses Geld, um sie auszuschlachten ... Ich würde mit Freuden behilflich sein.«

»Ich habe ein Konzert in New York gegeben«, erzählte der Junge ihm. »Die Kritiken waren nicht sehr gut.«

»Die Kritiken! Bah! Kritiker sind Schafe. Sie sind niemals Leithammel, sie folgen immer. Der Weg muß ihnen gezeigt werden. Ich kann es arrangieren. Aber als erstes müssen Sie an sich selbst glauben. Ich versichere Ihnen – Sie können singen.« Plötzlich wanderte Romano zu dem Stuhl hin, auf dem Charlie saß. »Mr. Chan, sind Sie so freundlich und sagen Sie diesem dummen Jungen Ihre Meinung über seine Stimme?«

»Klang überaus schön für mich«, antwortete Chan.

»Da hören Sie's!« Romano wandte sich, wild gestikulierend, wieder Beaton zu. »Was habe ich Ihnen gesagt? Selbst ein Laie, ein Außenseiter, der wenig von Musik versteht, bestätigt es. Glauben Sie nun endlich Luis Romano, der mit Musik im Blut geboren wurde? Ich verspreche Ihnen – mit dem Geld der Landini ...«

»Aber ich werde das Geld der Landini nicht annehmen«, wiederholte der Junge stur.

Charlie erhob sich.

»Machen Sie sich keine Sorgen!« beruhigte er ihn. »Werden nicht aufgefordert werden, es zu nehmen. Es wurde nicht Ihnen hinterlassen.«

Romano sprang auf ihn zu. Seine dunklen Augen glühten.

»Dann wurde das Testament niemals unterzeichnet?« schrie er fast.

»Es wurde nicht unterzeichnet«, teilte ihm Chan mit.

Romano wandte sich Beaton zu. »Es tut mir ja so leid. Ich werde leider nicht in der Lage sein, den Posten, den Sie mir so freundlich angeboten haben, anzunehmen. Ich werde anderweitig engagiert sein. Trotzdem wiederhole ich: Sie haben eine wundervolle Stimme. Sie müssen das glauben. Vertrauen, mein

Junge, Vertrauen. Mr. Chan, wenn die Landini ohne testamentarische Regelung gestorben ist, dann geht ihr Besitz ...«

»An ihren Sohn – vielleicht«, antwortete Chan und beobachtete den Italiener sehr genau.

Romano wurde blaß. »Sie – Sie wollen sagen – sie hatte einen Sohn?«

»Das haben Sie gestern abend doch selbst gesagt.«

»Nein, nein. Ich hatte keine wirkliche Kenntnis davon. Ich habe ...«

»Gelogen?«

»Ich war verzweifelt. Das habe ich schon erklärt. Jede Chance, die sich mir bot ... Sind Sie jemals hungrig gewesen, Mr. Chan?«

»Sie haben Wahrheit gesagt. Unbewußt, Mr. Romano. Landini hatte einen Sohn, aber er starb vor drei Jahren.«

»Ah! Die arme Landini! Das war kurz vor unserer Hochzeit. Ich konnte das natürlich nicht wissen.«

»Somit gehört ihr Besitz wohl Ihnen, Mr. Romano, nehme ich an.«

»Dem Himmel sei Dank!« bemerkte Hugh Beaton und begann die Stufen hinaufzusteigen.

Romano saß da und starrte ins Feuer.

»Oh – Ellen«, sagte er leise. »Sie wollte nie auf mich hören. Wieder und wieder habe ich ihr gesagt: Du mußt aufhören zu zaudern. Du darfst nicht immer alles aufschieben. Du sagst, ich werde das und das tun, aber du tust es nie. Wo wird das noch enden? Es hat mit einem Vermögen für mich geendet. Sie hat sich nie zu Herzen genommen, was ich gesagt habe – und das hat mir nun den Reichtum gebracht.«

Eine Zeitlang stand Charlie da und blickte erstaunt auf diesen eigenwilligen Mann hinab, dessen plötzliche Stimmungswechsel ihm immer wieder rätselhaft waren.

»Ja«, sagte er schließlich langsam, »Ermordung der Landini bedeutet Reichtum für Sie.«

Romano sah erschrocken auf. »Sie werden glauben, ich habe sie getötet. Um Gottes willen, das dürfen Sie nicht glauben. Ellen Landini war mir teuer. Ich habe sie angebetet – ihre zauberhafte Stimme vergöttert. Sie können nicht denken, daß ich sie zum Schweigen gebracht habe ...«

Chan hob die Schultern. »Im Moment denke ich überhaupt nicht.«

Er drehte sich um und ging nach oben in sein Zimmer.

Seine letzten Worte stimmten nicht ganz. Er saß vielmehr vor dem Fenster und dachte sehr angestrengt nach. Konnte Romano gewußt haben, daß das Testament nicht unterzeichnet worden war? Hätte er sich dann so wild darum bemüht, Hugh Beatons Manager zu werden? Um auf diesem Wege wenigstens aus Beatons Tasche ein bißchen von Landinis Vermögen zu ergattern? Nein – kaum. Und doch ... Ja, er hatte sich als Manager angeboten, als Charlie im Zimmer war und lauschen konnte.

War es also nicht nur vielleicht ein listiger Trick gewesen? Denn listig und verschlagen war dieser Mann zweifellos. Vielleicht hatte er nur gewollt, daß Chan dachte, er erwartete nichts, hätte sich damit abgefunden, daß das gesamte Vermögen der Landini an Beaton ging. Während er nur allzugut gewußt hatte ...

Charlie seufzte schwer. Und was war mit Cecile? Sie hatte sich einen Revolver kommen lassen. Würde eine schuldige Person, die bereits eine Waffe in diesem Haus abgefeuert hatte, ganz offen mit einer anderen herumprotzen? Wahrscheinlich nicht. Doch könnte sie nicht versucht haben, damit nur ihre Unschuld zu dokumentieren? Auch Cecile war verschlagen. Ihre Augen verrieten sie.

Charlie lehnte sich zurück und überdachte die Situation. Plötzlich erinnerte er sich, stand auf und nahm die Druckfahnen von Ellen Landinis Autobiographie vom Tisch, wo er sie kurz zuvor abgelegt hatte. Nachdem er sich die Stehlampe zurechtgerückt hatte, las er die ersten drei Kapitel. Sie waren gut geschrieben, fand er, mit einem Anflug wehmütiger Sehnsucht nach den Tagen ihrer Jugend. Charlie war ziemlich gerührt, vor allem weil die Szene jener Tage sein geliebtes Honolulu war.

Ein Blick auf seine Armbanduhr, die ihm seine Tochter Rose zu seinem letzten Geburtstag geschenkt hatte, zeigte ihm, daß es Zeit war, sich zum Dinner zurechtzumachen. Als er ein paar Minuten vor sieben sein Zimmer verließ, sah er, daß Dudley Ward in seinem Studio war.

Er ging augenblicklich zu ihm.

»Ah – Mr. Ward, wir werden nicht auf Ihre Gesellschaft beim

Dinner verzichten müssen?« fragte er und trat ein. »Sie sind ein tapferer Mann.«

»Setzen Sie sich, Mr. Chan!« antwortete Ward. »Ja – ich komme runter zum Dinner. Ich habe schon viel Leid in meinem Leben erfahren, aber bisher habe ich noch nie meine Gäste damit behelligt.«

Chan verneigte sich. »Die wahre Definition von Gastfreundschaft. Mr. Ward – kann leider keine passenden Worote finden...«

»Ich verstehe schon«, sagte Ward sanft. »Sie sind sehr nett.«

»Und da von Nettigkeit die Rede ist – habe mir gesagt, daß ich Ihnen meine Person nicht aufbürden sollte. Wurde für eine bestimmte Aufgabe hierhergeholt. Diese Aufgabe – tut mir so leid, das sagen zu müssen – ist jetzt vollendet.«

»Und Sie sollten Ihren Scheck dafür bekommen«, sagte Ward und langte nach einer Schublade des Schreibtisches.

»Bitte!« protestierte Chan. »Dieser Gedanke ist mir nicht in Sinn gekommen. Wollte damit nur sagen, daß ich mich nicht länger in der Rolle des Gastes aufdrängen sollte...«

»Was für eine Idee!« unterbrach ihn Ward. »Mein lieber Mr. Chan, der Sheriff hat sie gebeten, zu bleiben. Und ich verlange, daß Sie bleiben – zumindest solange Sie eine Chance sehen, dieses unglückselige Rätsel zu lösen.«

»Hatte keinen Zweifel an Ihren Gefühlen. Aber haben Sie auch dran gedacht, daß Schwierigkeiten eintreten könnten?«

Ward schüttelte den Kopf. »Wie denn?«

Charlie stand auf und schloß die Tür. »Zum Zeitpunkt des Mordes sind fünf Personen allein durchs Haus gewandert. Setze voraus, daß Sie an Swan, Romano, Miß Beaton und Cecile kein großes persönliches Interesse haben. Doch da war noch jemand.«

»Noch jemand? Sie müssen mich schon entschuldigen, aber ich war so schrecklich durcheinander.«

»Die letzte Person, die die Landini lebend gesehen.«

»Sing! Sie meinen doch nicht Sing?«

»Wen sonst?«

Ward schwieg ziemlich lange. In seinem Gesicht spiegelte sich ein Ausdruck, den Chan schon mal bei jemand gesehen hatte. Bei wem? – Ah – ja! Bei Sam Holt, wann immer auch nur von Sings möglicher Schuld die Rede gewesen war.

Der alte Chinese war ein vielgeliebter Mann, dachte Charlie bei sich.

»Sicher haben Sie doch nichts gefunden...« begann Ward schließlich, wurde aber unterbrochen.

»Bisher nichts«, bestätigte Chan.

»Das habe ich mir gedacht.« Ward nickte. »Mr. Chan, ich kenne Sing seit meiner Kindheit. Niemals hat es eine gütigere Seele gegeben. Ich weiß es zu würdigen, daß Sie mit mir über die Sache geredet haben – aber ich bürge für Sing.« Er erhob sich. »Vielleicht sollten wir jetzt zum Dinner hinuntergehen. Ich laß Mrs. O'Ferrell nicht gern warten...« Er hielt plötzlich inne. »Fünf Personen, sagten Sie?«

»Ich sagte fünf«, gab Charlie zu.

»Sechs, Mr. Chan. Haben Sie denn Mrs. O'Ferrell vergessen?«

»Welches Interesse sollte diese Lady an der Landini gehabt haben?«

»Keines – soviel ich weiß«, erwiderte Ward. »Aber Genauigkeit, Mr. Chan – Genauigkeit... Ich hatte geglaubt, Sie wären diesbezüglich ein Pedant.«

»Das stimmt. Bin es immer gewesen«, versicherte ihm Chan. »In Zukunft wollen wir sechs sagen.«

Er öffnete die Tür auf den Korridor hinaus. Sing hielt sich sehr in der Nähe auf.

»Sie beeilen sich, Boß!« rief der alte Mann. »Oder vielleicht Sie bekommen kein Dinner.«

»Ich komme schon«, sagte Ward.

Er bestand darauf, daß Charlie voranging. Sing hinkte vor ihnen her, verschwand dann aber in Richtung der Hintertreppe.

11

Die übrige Gesellschaft erwartete sie im Wohnzimmer: Leslie Beaton – ein reizendes Gemälde in Blau neben dem Kamin –, ihr schweigsamer Bruder, Romano, der unbestreitbar heiter aussah, und Ryder, grimmig und mürrisch wie stets.

»Sind alle da?« fragte Ward. »Ich sehe Dr. Swan nicht.«

Augenscheinlich hatte Sing sein Versprechen, Swans Abschiedsgrüße zu übermitteln, nicht gehalten. Chan klärte Ward auf.

»Tatsächlich«, bemerkte Ward. »Miß Beaton – wollen Sie mir die Ehre erweisen? Ich hoffe doch sehr, daß ich nicht noch mehr von meinen Gästen verliere?«

Als sie in das Speisezimmer schritten, teilte sie ihm mit, daß sie am Morgen abreisen würde. Ward murmelte sein Bedauern.

Sobald alle sich gesetzt hatten, bemerkte ihr Gastgeber: »Jemand hat heute abend hier unten gesungen. Und dazu auch noch ziemlich gut.«

»Ich hoffe, ich habe Sie nicht gestört«, sagte Hugh Beaton.

»Mich gestört? Ich habe es genossen. Sie haben eine bemerkenswert gute Stimme.«

»Na, was habe ich Ihnen gesagt, Mr. Beaton?« rief Romano aus. »Sie wollten mir ja nicht glauben. Obschon meine Meinung in manchen Kreisen hochgeschätzt wird. Sogar Mr. Chan stimmte ...«

»Ah-ja«, bestätigte Chan. »Aber ich bin froh, Ihre und Mr. Wards Bekräftigung zu haben. Denn ich bin kein Experte. Der krächzende Rabe denkt, Eule kann singen. Doch in diesem Fall war es keine Eule, die ich gehört habe.«

Beaton lächelte schließlich.

»Danke, Mr. Chan«, sagte er höflich.

»Was stimmt bloß nicht mit Ihrem Bruder?« fragte Romano das Mädchen. »Er ist sehr begabt und hat kein Zutrauen zu sich.«

»Das ist Künstlertemperament, fürchte ich«, meinte Leslie Beaton. »Seit einiger Zeit hat Hugh den Glauben an sich selbst verloren. Eine der Kritiken in New York war schlecht, und offensichtlich scheint er sich nicht davon erholen zu können.«

»Eine?« echote Romano. »Ah – er weiß nichts vom Leben. Er

braucht einen Manager. Einen Mann, der intelligent ist und musikalischen Geschmack besitzt . . .«

»Sie«, sagte das Mädchen und lächelte.

»Ich wäre ideal«, gab Romano zu.

»Zumindest könnten Sie ihm beibringen, Selbstvertrauen zu haben.«

»Das – ja. In der heutigen Welt ist es für den Erfolg von entscheidender Bedeutung, kühn aufzutreten. Und ich könnte ihm noch mehr beibringen. Allerdings glaube ich kaum, daß ich im Augenblick abkömmlich bin. Doch nur zu gern würde ich Ersatz beschaffen.«

»Das ist sehr nett von Ihnen«, erwiderte Leslie Beaton.

Ihr Bruder starrte mürrisch auf seinen Teller.

Stille breitete sich aus.

»Ich bedaure so sehr, daß Sie Pineview verlassen«, sagte Ward schließlich zu dem Mädchen. »Aber natürlich ist mir klar, daß es hier wenig Amüsement gibt.«

»Oh – es ist reizend hier«, murmelte sie.

Das Schweigen, das erneut von der kleinen Gesellschaft Besitz ergriff, machte Charlie deutlich, wieviel Mühe es den Gastgeber kosten mußte, die Unterhaltung aufrechtzuerhalten. Bescheiden versuchte er ihm zu helfen.

»Gibt Unmengen von Ablenkungen hier«, behauptete er. »Besonders für mich. In meiner Heimat bin ich Amateur-Student von Bäumen. Kenne die Palmen – die Kokosnußpalme, die Königspalme, einfach alle. Muß mir jedoch schamvoll eingestehen, daß ich Nadelbäume nicht kenne.«

»Was für welche?« fragte Leslie Beaton.

»Nadelbäume. Die Zapfen tragen.«

Sie lächelte. »Da habe ich heute etwas dazugelernt.«

»Das ist gut. Wissen, das nicht täglich voranschreitet, nimmt täglich ab. Bin selbst liebevoller Bewunderer des Studierens. Derjenige, der dem Geschnatter vorm Fenster lauscht und Bücher vernachlässigt, ist nichts weiter als ein Esel in Kleidern.«

»Das klingt sehr vernünftig«, versicherte sie ihm.

»Glaube so. Aus diesem Grunde werde ich, sobald ich Muße finde, die Kiefern, die Föhren und die Zedern studieren. Bin ein bißchen vertraut – durch Bücher – mit schottischer und korsischer Spielart. Auch mit österreichischer. Mr. Romano, wenn Sie so tapfer an der Nordfront gekämpft haben, müssen Sie mit den österreichischen Kiefern in Berührung gekommen sein.«

»O ja, ich bin mit vielen Dingen in Berührung gekommen«, teilte ihm Romano mit. »Vielleicht auch mit österreichischen Kiefern. Wer kann das schon sagen?«

»Ohne Zweifel. Bin nicht fähig, hiesige Spielart zu klassifizieren. Mr. Ryder, vielleicht können Sie mir helfen?«

»Weshalb sollte ich etwas darüber wissen?« wollte Ryder hören.

»Aber Sie sind Bergwerksmann in dieser Gegend gewesen. Sie waren zwischen diesen Bäumen eingeschneit.«

Ryder warf ihm einen überraschten Blick zu.

»Ist es falsch, zu hoffen, Sie sind an diesem Thema interessiert?«

»Das ist es ganz gewiß«, teilte ihm Ryder mit.

»Ah!« Chan hob die Schultern. »Dann muß ich wahrscheinlich meine Studien allein weiterverfolgen. In einer bestimmten Familie der Kiefer ist die Baumrinde nahe am Boden sehr viel dicker und wird immer zarter und brüchiger, wenn man nach oben steigt. Gehören diese Kiefern zu jener Familie? Muß es untersuchen. Habe – leider – nicht gerade Figur zum Bäumeklettern.« Er sah sich mit einschmeichelndem Blick am Tisch um. »Beneide Sie alle um Ihre köstliche Schlankheit.«

In diesem Augenblick erschien Sing mit dem Hauptgang. Als die Unterhaltung, sobald er das Zimmer verlassen hatte, erneut zu kleckern anfing, verließ Charlie die Kiefern, ein Thema, das seine Zuhörer ganz und gar nicht zu interessieren schien, und stürzte sich auf die Flora der Hawaii-Inseln. Wenigstens Miß Beaton lauschte ihm eifrig. Sie stellte viele Fragen, und so ging die Dinnerstunde langsam vorüber.

»Ich wollte immer so gern nach Hawaii«, erzählte sie ihm.

»Sparen Sie es für Flitterwochen auf«, riet er ihr. »Unter Himmel von Waikiki scheint jeder Ehemann passabel. Und Ihrer wird griechischem Gott gleichen.«

Bald darauf war das Dinner beendet, und sie gingen alle ins Wohnzimmer, wo Sing den Kaffee servierte und dazu Liköre aus Dudley Wards kostbaren Vorräten. Eine Weile saßen sie still da und rauchten, doch Charlie erhob sich ziemlich bald.

»Wenn Sie mich entschuldigen wollen – ich gehe in mein Zimmer«, erklärte er.

»Weitere Studien?« erkundigte sich das Mädchen.

»Ja – Miß Beaton?« Seine Augen wurden schmal. »Lese sehr interessante Arbeit.«

»Hätte ich Spaß dran?«

»Wahrscheinlich nicht so viel wie ich. Eines Tages werden Sie selbst darüber urteilen dürfen.« Er blieb kurz neben John Ryders Stuhl stehen. »Verzeihung, Sir, daß ich angenehme Szene störe mit meinem Anliegen, aber wäre Ihnen überaus verbunden, wenn Sie mir oben Interview gewähren würden.«

Ryder blickte ihn durch den Zigarrenqualm, der ihn fast einhüllte, unfreundich an. »Worum geht's denn?«

»Muß ich Ihnen das sagen?«

»Wenn Sie wollen, daß ich mitkomme.«

Chans normalerweise freundliche Miene verhärtete sich. »Derjenige, der den Kaiser vertritt, ist der Kaiser. Und der den Sheriff vertritt – ist der Sheriff.«

»Selbst wenn er ein Chinese ist?« schnaubte Ryder verächtlich, erhob sich aber.

Als Chan ihm die Stufen hinauf folgte, brannte ein glühender Zorn in seinem Herzen. Schon viele Menschen hatten ihn als Chinesen abgetan, aber meistens aus Unkenntnis, so daß er ihnen vergeben hatte. Aber bei Ryder war das etwas anderes. Dieser Mann lebte an der Westküste in San Francisco und wußte nur zu gut, daß es eine Beleidigung war, einen chinesischen Gentleman so zu titulieren. Und zweifellos hatte er das auch beabsichtigt. Der kleine, plumpe Chinese folgte der großen, hageren Gestalt Ryders in dessen Zimmer. Fast knallte er die Tür hinter sich zu. Ryder ging sofort auf ihn los.

»So – nach Ihrem Gespräch beim Dinner zu urteilen, haben Sie in meinem Privatleben herumgeschnüffelt«, knurrte er.

»Bin vom Sheriff dieses County gebeten worden, ihm in wichtigem Fall beizustehen«, erwiderte Charlie. »Aus diesem Grunde muß ich Vergangenheit von Madame Landini untersuchen. Habe mich nicht eben glühend beglückwünscht, Verehrtester, als ich Sie dort aufstöberte, in Ihrem Versteck.«

»Ja – genau, in meinem Versteck. In dem ich mich sehr kurz aufhielt.«

»Nur einen Winter?«

»Ungefähr so lange.«

»In einer Hütte – oben in der Schlucht.« Charlie holte aus einer seiner Taschen einen Zeitungsfetzen. Er reichte ihn Ryder. »Fand dies zwischen Ellen Landinis Zeitungsausschnitten.«

Ryder las. »Ah – ja, das sieht ihr ähnlich, daß sie das zwischen ihren Andenken aufgehoben hat! Für sie war es vermutlich nichts weiter als eine vorübergehende Episode. Aber für mich war es sehr viel mehr.«

Er gab Chan den Ausschnitt zurück.

Dieser musterte den Bergwerksmann schweigend.

»Und was wollen Sie noch wissen?« erkundigte sich Ryder schließlich aggressiv. »Alles, schätze ich. Mein Gott, was für einen Beruf Sie da haben! Setzen Sie sich ruhig!«

Charlie nahm die muffige Einladung an, und Ryder nahm direkt gegenüber dem Feuer Platz.

»Ich hatte die Landini schon immer bewundert«, begann er, »und als sie sich von Dudley Ward trennte, folgte ich ihr – in geziemendem Abstand, versteht sich – nach New York. Ich traf sie in ziemlich mutloser Verfassung an. Sie sagte, sie würde mich heiraten und ihre Karriere aufgeben. Es war, wie man so schön sagt – eine große, überwältigende Liebe. Wohin du auch gehst... Und das Ganze hat knapp einen Monat gedauert.

Ich mußte zu der Mine hin, und sie kam mit. Sie hielt es für einen riesigen Spaß. Doch dann begann es zu schneien. Sie konnte nicht raus und fing an, nachzudenken. Nacht für Nacht erzählte sie bei Kerzenlicht von Paris, New York, Berlin – erzählte mir, was sie alles für mich aufgegeben hatte. Nach einer gewissen Zeit fing auch ich an, ihr klarzumachen, was ich für sie aufgegeben hatte: meinen Seelenfrieden und meine Freiheit.

Und unser gegenseitiger Haß wuchs.

Gegen Ende des Winters wurde ich krank – schwerkrank –, aber sie kümmerte sich kaum um mich. Sie überließ mich der Gnade eines dummen alten Mannes, der für uns arbeitete. Als im Frühjahr der erste Schlitten fuhr, war sie drauf, fast ohne mir auf Wiedersehen zu sagen. Ich sagte ihr, sie sollte abhauen – und verdammt sein.

Sie wurde in Reno geschieden. Unüberwindliche Abneigung. Weiß Gott, ich konnte nicht dagegen anstreiten.«

Er schwieg einen Moment und starrte ins Feuer.

»Das ist die ganze Geschichte«, fuhr er bald darauf fort. »Ein Winter des Hasses. Und was für ein Winter! Kein Haß auf der Welt ist vergleichbar mit dem, der zwei Menschen, die in einem solchen Gefängnis eingesperrt sind, überfällt. Wundern Sie sich, daß ich das niemals vergessen habe? Daß ich sie niemals mehr wiedersehen wollte? Und daß ich sie auch gestern abend nicht wiedersehen wollte, als Dudley sie verrückterweise hierher eingeladen hatte? Können Sie sich vorstellen, daß ich schon bei der Erwähnung ihres Namens Ekel empfand?«

»Mr. Ryder, was stand im Brief, den die Landini, kurz bevor sie starb, an Sie geschrieben hat?« fragte Chan langsam. »Dem Brief, den Sie aufgerissen, gelesen und dann im Kaminfeuer des Studios verbrannt haben?«

»Ich habe Ihnen bereits mitgeteilt, daß ich den Brief nicht erhalten habe«, erwiderte Ryder. »Demnach kann ich ihn nicht geöffnet, gelesen und verbrannt haben.«

»Das ist Ihre endgültige Aussage?« fragte Charlie sanft.

»Meine einzige Aussage – und die Wahrheit. Ich bin nicht ins Studio gegangen. Ich blieb in diesem Zimmer – von dem Zeitpunkt an, da Sie mich verließen, bis hin zu dem Moment, da Sie mich auf der Treppe wiedersahen.«

Chan erhob sich langsam, spazierte zu einem der Fenster hin und starrte hinaus auf das Flugfeld.

»Nur noch eine Frage«, kündigte er an. »Heute morgen, beim Frühstück, erwähnten Sie gegenüber Mr. Ward, Sie hätten bemerkt, Sings Augen wären schlecht – er benötigt Brille. Wann haben Sie das bemerkt?«

»Gestern abend, gleich nachdem ich angekommen war. Vor Jahren, als ich noch ein Kind war, pflegte ich eine Menge Zeit in diesem Haus zu verbringen. In einem Sommer habe ich Sing das Lesen beigebracht: Englisch, meine ich. Als wir gestern ankamen, fragte ich ihn, ob er weitergeübt hätte. Da ich nicht so richtig herausfinden konnte, ob er es nun getan hatte oder nicht, nahm ich ein Buch vom Tisch und sagte ihm, er sollte den ersten Absatz lesen. Er hielt sich das Buch sehr nahe vor die Augen – so als könnte er nicht sehr gut sehen. Ich beschloß, mit Dudley darüber zu sprechen.«

Chan verneigte sich. »War überaus freundlich von Ihnen, ihm

die Kunst des Lesens beizubringen. Dann – haben Sie ihn also sehr gern?«

»Weshalb sollte ich nicht? Ein großartiger Mensch – dieser Sing. Er ist einer der wahren Chinesen.«

Charlie entging die versteckte Andeutung nicht, aber er ignorierte sie.

»Auch ich hege große Bewunderung für Sing«, sagte er statt dessen liebenswürdig und steuerte auf die Tür zu. »Danke vielmals. Sie waren sehr hilfreich.«

Langsam schritt er den Korridor entlang zu seinem eigenen Zimmer. Dabei kam er an der Stelle vorbei, wo er erst vor wenigen Stunden Sing gefunden hatte, bewußtlos von einem brutalen Schlag ins Gesicht. Inzwischen war so viel passiert, daß er diesen Vorfall fast vergessen hatte. Unter all den vielen Rätseln war der Anschlag auf Sing einer der verwirrendsten.

Er betrat sein Zimmer, schloß die Tür und nahm erneut die Druckfahnen zur Hand. Im Sessel neben der Stehlampe sitzend, las er zwei weitere Kapitel von Ellen Landinis Geschichte. Und ganz allmählich übertrug sich der Zauber ihrer Persönlichkeit auf ihn. Sie schrieb voller Leidenschaft, feurig, lebendig, fröhlich und mit überaus viel Charme; über ihre erste Ehe und jene glorreichen Tage in Paris, als man ihr zum erstenmal gesagt hatte, sie hätte Talent, gehörte zu den Begnadeten und würde einst zu den ganz Großen gehören. Ihre Begeisterung war geradezu ansteckend.

Kapitel sechs. Charlie fragte sich, wie viele Kapitel das Buch wohl haben mochte. Er wandte sich der letzten Druckfahne zu und blätterte bis zum letzten Kapitel zurück. *Achtundzwanzig,* las er. Nun, in achtundzwanzig Kapiteln würde er vielleicht irgend etwas entdecken, das ihm weiterhalf. Sein Blick fiel auf den Anfang des letzten Kapitels. Namen von fremden, fernen Orten und Plätzen faszinierten ihn immer.

Fast unbewußt begann er zu lesen.

Nach meiner fantastischen, erfolgreichen Saison in Berlin ruhte ich mich ein bißchen in Stresa am lieblichen Lago Maggiore aus. Hier auf einem Balkon des Grand Hotel et des Iles Borromées schreibe ich die abschließenden Kapitel meines Buches. Wo hätte ich einen schöneren Rahmen dafür finden können? Ich blicke abwechselnd auf das aquamarinblaue Was-

ser, auf den grell-blauen Himmel und die schneebedeckten Alpen. Nicht weit entfernt liegt die hinreißende Isola Bella mit dem zauberhaften Palast und den grünen Terrassen voller Orangen- und Zitronenbäumen, dreißig Meter über dem See. Das, was das Leben immer wertvoll für mich gemacht hat . . .

Charlies kleine, schwarze Augen wurden riesengroß, während er weiterlas. Er atmete schneller und stieß einen kleinen Schrei des Entzückens aus.

Zweimal las er das Kapitel, vom Anfang bis zum Ende. Schließlich erhob er sich und schritt auf und ab, überwältigt von der Erregung, die er nicht unterdrücken konnte. Bis er beschloß, die entsprechende Fahne herauszunehmen. Es war die Fahne 110. Er faltete sie behutsam, verstaute sie sicher in der Innentasche seines Jacketts und streichelte liebevoll über die Stelle, wo er sie aufbewahrt hatte.

Er mußte sie dem jungen Sheriff zeigen. Keine Spuren durften geheimgehalten werden. Das war nur fair. Und er hatte jetzt die Spur entdeckt, nach der er gesucht hatte, dachte er triumphierend – die Spur, die sie letztlich zum Erfolg führen würde.

12

Charlie hatte sich wieder hingesetzt und stürzte sich mit neuen Hoffnungen auf das sechste Kapitel von Ellen Landinis Story, als Sing an der Tür klopfte. Cash Shannon sei unten, verkündete der alte Chinese, und er wünsche sofort den Detektiv zu sprechen.

Chan ging augenblicklich nach unten. Ryder und Ward saßen rauchend am Kamin, Miß Beaton und ihr Bruder hatten augenscheinlich gelesen, und Romano saß am Klavier, hatte sein Spiel jedoch vorübergehend eingestellt.

Der strahlende Cash stand indessen inmitten des Raumes und lächelte sein selbstsicheres Lächeln.

»Hallo, Mr. Chan!« begrüßte er ihn. »Don möchte, daß Sie mal zur Taverne runterkommen. Sie sollen sein Boot nehmen. Bin damit hochgekommen. Steht jetzt draußen, ganz geil darauf, daß es losgeht.«

»Danke vielmals«, sagte Charlie. »Miß Beaton, würde Ihnen vielleicht kurze Spritztour auf See Spaß machen?«

Sie sprang auf. »Oh, das fände ich wundervoll!«

»Luft ist nicht besonders gut heute nacht«, gab Cash zu bedenken und sein Lächeln verschwand. »Irgendwie dumpf und feucht. Regen oder vielleicht auch Schnee.«

»Auch das hab' ich schrecklich gern«, erklärte Leslie Beaton.

»Ist ziemlich fade und langweilig unten.« Mr. Shannon ließ nicht locker. »Könnte es nicht gerade als fröhliche Gesellschaft empfehlen.«

»Ich bin gleich fertig«, rief das Mädchen von der Treppe aus Chan zu.

Cash blieb in der Mitte stehen und sah traurig auf seinen Hut herab.

»Setzen Sie sich, Shannon!« forderte ihn Dudley Ward auf. »Ich nehme an, daß Sie bis zu ihrer Rückkehr hierbleiben sollen.«

»Scheint so zu sein«, gab Cash zu. Dann sah er Charlie an. »Was für Ideen haben Sie da?«

Chan lachte. »Befehl von Sheriff.«

»Oh – beginn' zu verstehen. Und ich hab' eine Verabredung mit einer Blonden sausenlassen, um hier hochzukommen.«

Leslie Beaton kehrte zurück. Ihr gerötetes Gesicht lugte eifrig aus dem Kragen ihres Pelzmantels heraus.

»Ich hoffe, Sie bleiben nicht lange weg«, sagte Cash zu ihr.

»Das kann man nicht wissen.« Sie lächelte. »Sie müssen sich keine Sorgen machen, Mr. Shannon. Ich befinde mich in der allerbesten Gesellschaft. Sind Sie fertig, Mr. Chan?« Draußen vor dem Haus blickte sie zum Himmel hinauf. »Was – kein Mond?« rief sie aus. »Und nicht einmal ein Stern? Aber reichlich viel Himmel. Und es ist so herrlich, die frische Luft einzuatmen.«

»Fürchte, unser Freund Cash heißt unsere Pläne nicht gut«, bemerkte Chan.

Sie lachte. »Oh – ein Nachmittag mit Cash reicht wohl aus für einen Tag. Ich denke, es spricht eine Menge für die starken schweigsamen Männer.«

Sie stieg in das Boot, und Chan nahm neben ihr Platz.

»Hoffe zuversichtlich, mein Lebendgewicht ist nicht zu hinderlich«, sagte er.

»Es gibt genug Platz hier«, versicherte sie ihm.

Er ließ den Motor an und fuhr in einem großen Bogen auf den See hinaus.

»Es ist tatsächlich ein bißchen feucht und kühl«, gestand das Mädchen.

»Eines Tages genieße ich vielleicht Privileg, Sie entlang der Küste von Honolulu zu eskortieren, möglicherweise begleitet von Mondsichel«, antwortete er.

»Das klingt wunderbar.« Sie seufzte. »Aber ich werde es nie dorthin schaffen. Zu arm. Werde immer zu arm sein.«

»Armut hat auch Vorteile.« Chan lächelte. »Ratten meiden Reiskochtöpfe des einfachen Mannes.«

»Und der Reis meidet sie auch. Vergessen Sie das nicht!« mahnte ihn das Mädchen und nickte.

Sie glitten jetzt an der Küste entlang. Zu ihrer Linken standen große, schwarze Häuser, die öde und unbewohnt aussahen.

»Vermute, Sie haben erfahren, daß Ihr Bruder den Besitz der Landini nicht erben wird«, bemerkte Charlie nach einer Weile.

»Ja. Und das war die beste Nachricht, die ich seit Jahren bekommen habe. Diese Art von Geld hätte Hugh nicht gutgetan. Vielmehr hätte sie wahrscheinlich seine Karriere ruiniert.«

Chan nickte. »Aber nun ist seine kostbare Karriere gerettet. Bitte nicht verletzt zu sein – aber vermute, daß Tod der Landini große Erleichterung für Sie ist.«

»Ich versuche, ihn nicht als solches zu sehen. Natürlich war es schrecklich. Und trotzdem – nun, schließlich sind wir ja ganz offen heutzutage, nicht wahr, Mr. Chan? – trotzdem ist mein Bruder erlöst worden. Ich glaube, selbst er empfindet so.«

»Sie haben mit ihm darüber geredet?«

»O nein! Doch ich wußte, auch ohne daß man es mir gesagt hatte, daß er über seine mißliche Lage ganz verzweifelt war. Er hatte niemals vorgehabt, sich mit ihr zu verloben. Irgendwie hatte sie ihn da hineingeschmeichelt. Sie konnte gut mit ihm umgehen, verstehen Sie?«

»Verstehe«, bestätigte Chan.

»Doch trotz alledem tat sie mir manchmal irgendwie leid. Sie war immer noch auf der Suche nach Romantik – man könnte sagen, sie brauchte sie für ihren Beruf. Und dabei war sie schon achtunddreißig Jahre alt!«

»Unglaublich!« rief Chan aus und betrachtete das Mädchen an seiner Seite mit einem verstohlenen Lächeln. »Die arme törichte Landini!«

Die Lichter der Taverne tauchten plötzlich aus der Dunkelheit auf.

»Eine Frage würde ich gern noch stellen – wenn Sie mir erlauben . . . Sie haben gestern nacht gesagt, Sie hätten Dr. Swan schon vorher getroffen. Können Sie Umstände erzählen?«

»Aber natürlich. Es war in Reno. Ein paar Leute hatten mich in einen Spielsalon mitgenommen – nur so zum Spaß, verstehen Sie. Auch Dr. Swan war dort und spielte Roulette.«

»Hatte er Aussehen von eingefleischtem Spieler, bitte?«

»Er wirkte ziemlich aufgeregt, wenn Sie das meinen. Einer von unserem Trupp kannte ihn und hat uns einander vorgestellt. Später hat er sich beim Abendessen zu uns gesellt. Er saß neben mir, und ich habe über die Landini mit ihm geredet. Jetzt wünschte ich natürlich, es nicht getan zu haben.«

»Sie glauben noch immer, daß er Ihren Schal in Hände der Landini plaziert hat?«

»Er muß es getan haben.«

Chan nickte. »Er könnte. Ich weiß es nicht. Doch sollten Sie ihm heute abend begegnen – bitte Sie höflichst, mir großen Gefallen zu tun. Nehmen Sie an, daß er Sie nicht da hineinzuziehen versucht und seien Sie freundlich zu ihm.«

»Freundlich zu ihm? Na ja, natürlich – wenn Sie mich darum bitten.«

»Überaus freundlich von Ihnen. Ist nämlich so, daß ich im Hinterkopf kleinen Plan gefaßt habe und Ihre Hilfe brauchen werde. Möchte Ihnen im Moment nur so viel sagen: Bin begierig, Dr. Swan zu beobachten, während er spielt.«

»Ich begreife überhaupt nichts«, sagte das Mädchen und lächelte. »Aber Sie können sich auf mich verlassen.«

Sie hatten jetzt den Pier erreicht. Chan machte das Boot fest. Sie kletterten heraus und stiegen die Stufen zur Terrasse der Taverne hinauf. Im großen Gesellschaftsraum brannten alle Lichter.

Charlie stieß die Tür auf und folgte dem Mädchen ins Haus.

Don Holt kam sofort auf sie zu und nahm sich Leslie Beatons an – in seiner scheuen Art, die doch zugleich auch Autorität ausstrahlte. Chan näherte sich indessen dem Kamin, um den sich Dinsdale, der Manager, Dr. Swan, Sam Holt und ein kleiner nervöser Mann in einem schwarzen Anzug versammelt hatten.

»Ich weiß natürlich nicht, ob Ihnen das hier in irgendeiner Weise gefällt«, sagte der junge Sheriff zu dem Mädchen. »Dachte ganz einfach nur, daß Sie vielleicht an der Bootsfahrt Spaß haben würden.«

»Der Teil des Unternehmens war schön«, versicherte sie ihm.

»Aber das hier scheint nicht so fröhlich zu werden, nicht wahr?« Seine eifrige Miene umwölkte sich.

»Oh – das weiß ich nicht. Wer ist der kleine Mann in Schwarz?«

»Das ist der Coroner.«

»Oh! Ich bin noch nie einem Coroner begegnet. Sammle dauernd neue Erfahrungen hier. Bis gestern abend hatte ich auch noch keinen Sheriff kennengelernt. Und doch bin ich recht gut zurechtgekommen.«

»Was den Sheriff betrifft – ganz sicher«, sagte Don Holt. »Doch jetzt – eh . . . Mr. Chan und ich haben etwas zu erledigen. Danach, nehme ich an, bin ich frei – für den Rest des Abends. Fürchte, das ist alles, was ich Ihnen bieten kann – den Rest des Abends.«

»Das klingt aufregend genug für mich.« Sie lächelte.

Er ließ sie bei Dinsdale und Swan am Kamin zurück und ging

zum anderen Ende des großen Zimmers, wohin Charlie bereits Sam Holt und den Coroner geführt hatte.

»Nun, Inspektor«, sagte er, »wie ich sehe, haben Sie Dr. Price schon kennengelernt.«

»Hatte das Vergnügen«, entgegnete Chan. »Er hat mir bestätigt, daß die Landini von unbekannter Person – oder Personen – ermordet worden ist. Wie Sie feststellen können, hat er uns eingeholt bei unseren Ermittlungen.«

»Das übliche Verdikt, selbstverständlich«, bemerkte der Arzt. »Es sei denn, Sie hätten Kenntnis von irgendwelchen Beweismitteln, die mir nicht bekannt sind.«

Er wartete auf eine Antwort.

Chan schüttelte den Kopf. Dann sah er auf seine Uhr. »Sind jetzt weniger als vierundzwanzig Stunden seit dem Mord vergangen. Unsere Untersuchungen in dieser Zeit waren erstaunlich umfassend, aber es fehlen eindeutige Resultate. Immer dieselbe Geschichte. Wir stoßen einen Verdächtigen unter Wasser, und anderer taucht an Oberfläche auf – wie bei Kürbissen im Wasserbottich. Doch wir verzweifeln nicht. Sagen Sie mir, Doktor – was ist mit Kurs von Kugel?«

Dr. Price räusperte sich. »Ah – eh ... Also, die Kugel, die vom Kaliber achtunddreißig war und offensichtlich aus dem Revolver der Verstorbenen stammte, trat etwa zehn Zentimeter unterhalb der linken Schulter in den Körper der Toten ein und verfolgte dann einen abwärts gehenden Kurs ...«

»Dann wurde sie von oben abgefeuert?«

»Zweifellos. Die Verstorbene könnte mit ihrem Angreifer gekämpft haben. Vielleicht ist sie auf die Knie gefallen, und der Angreifer hat über ihr gestanden und geschossen.«

»Wie nahe war Waffe an Opfer?«

»Das kann ich nicht sagen. Nicht sehr nahe, glaube ich. Auf jeden Fall gibt es keine Pulverspuren.«

»Ah – ja.« Chan nickte. »Noch eine Sache interessiert mich. Könnte die Ver ... Ich meine, könnte die Lady noch irgendeinen Schritt gemacht haben, nachdem sie Wunde empfangen hatte?«

»Das habe ich ihn auch gefragt«, warf Sam Holt ein. »Er weiß es nicht.«

»Dieses Problem könnte in zwei – geistige – Richtungen führen«, sagte der Doktor. »Das menschliche Herz ist ein muskulöser Hohlkörper, mehr oder weniger kegelförmig von Gestalt, und sitzt im Brustkorb zwischen den beiden Lungen. Es ist in einer starken Membrane eingeschlossen, die man den Herzbeutel nennt . . .«

»So geht es immer weiter«, erklärte Sam Holt. »Und das Resultat von allem ist: Er weiß es nicht.«

Charlie lächelte.

»Zumindest haben Sie die Kugel?« fragte er den Sheriff.

»Ja. Doc hat sie mir gegeben. Sie liegt dort drüben in Jim Dinsdales Safe, zusammen mit dem Revolver der Landini.«

»Ausgezeichnet!« Chan nickte wieder. »Und wer alles wird die Kombination zu dem Safe kennen?«

»Niemand außer Dinsdale und sein Buchhalter.«

»Ah – ja. Dinsdale und sein Buchhalter. Sollten Safe ab sofort mehr Beachtung schenken. Mr. Coroner – danke Ihnen vielmals.«

»Gern geschehen«, erwiderte Dr. Price munter. »Ich werde heute nacht hier bei Jim bleiben. Falls Sie noch etwas wissen wollen – Sie brauchen nur zu fragen. Freut mich, Sie kennengelernt zu haben. Ich leg' mich jetzt hin. Möchte morgen früh los.«

Er schritt durch den Raum, sagte etwas zu Dinsdale und verschwand in Richtung eines entfernten Korridors.

Charlie und die beiden Holts gesellten sich zu der kleinen Gruppe am Kamin.

»Kommen Sie nur und setzen Sie sich, Gentlemen!« forderte sie Dinsdale auf. »Ich habe Miß Beaton soeben gesagt, wie froh wir sind, daß sie morgen hier zu uns kommen wird. Natürlich ist die Taverne offiziell nicht geöffnet, und es ist vielleicht etwas langweilig hier. Aber ich denke, ein bißchen Aufregung können wir ihr schon bieten. Mit dem Morgenzug kommen ein paar Zeitungsreporter von San Francisco hier herauf, und sie werden den Schlamm aufwühlen – wie gewöhnlich.«

»Zeitungsreporter?« rief Don Holt entsetzt aus.

»Ja. Und das Pack aus Reno wird auch morgen wieder hier sein. Sie haben sich den ganzen Tag über in der Nachbarschaft herumgetrieben und herumgeschnüffelt. Behaupteten, sie würden Mr. Chan suchen.«

»Nun, ich hoffe, sie finden Mr. Chan und nicht mich«, sagte Holt. »Mein Gott, ich wüßte nicht, was ich ihnen sagen sollte!«

»Das Geheimnis ist, viel zu reden, doch nichts zu sagen«, klärte ihn Charlie auf. »Nicht Ihre Spezialität, fürchte ich. Überlassen Sie sie mir! Werde als Prellbock fungieren. Habe die entsprechende Figur.«

»Der morgige Tag klingt interessant«, bemerkte Leslie Beaton. »Aber wie steht's mit heute abend? Wo spielt sich denn hier das Nachtleben ab?«

Dinsdale lachte. »Nachtleben? Ich glaube, da müssen Sie noch mal etwas später im Sommer wiederkommen.«

»Oh! Aber ich habe gehört, daß nicht nur auf der anderen Seite der Staatsgrenze gespielt wird«, fuhr das Mädchen fort, und Charlie lächelte ihr dankbar zu. »Es muß doch ein paar Plätze . . .«

»In meinem County gibt es keinen«, sagte Don Holt mit Nachdruck.

»Nun, dann wollen wir doch rausgehen aus Ihrem alten County. Ich habe Lust, irgendwo hinzugehen und mich zu amüsieren. Bestimmt gibt es doch eine City oder eine Stadt oder wenigstens ein Dorf, das näher als Reno liegt . . .«

»Nun ja, da ist Truckee«, wagte Dinsdale unsicher zu äußern. »Im Sommer fahren wir manchmal am Abend rüber. Jetzt ist da wohl nicht viel los, fürchte ich. Aber es gibt dort zwei oder drei Restaurants und ein Kino – und vielleicht können Sie auch ein Spielchen organisieren.«

»Nicht, wenn es in Sheriff Holts County liegt«, sagte das Mädchen spöttisch.

»Aber das tut es nicht«, erwiderte der Sheriff. »Also vielleicht entpuppt es sich als das moderne Babylon, nach dem Sie sich so sehnen. Holen Sie Ihren Mantel! Wir werden es uns anschauen.«

Er gab sich fröhlich, aber in seiner Stimmung schwang so etwas wie Enttäuschung mit.

»Großartig!« rief das Mädchen aus. Sie ging hinüber zu Sam Holts Stuhl und beugte sich über ihn. »Sie kommen mit uns mit«, sagte sie zu ihm.

»Sollte ich nicht machen«, meinte er. »Aber wirklich – ich mag Ihre Stimme. Sie klingt so lebendig. Voll Elan. Die meisten Stimmen der jungen Leute heutzutage klingen zu müde, um mir zu gefallen. Ja – ich komme mit! Frische Luft tut niemandem weh.«

Leslie Beaton wandte sich Swan zu. »Doktor – Sie haben gegen ein kleines Spielchen nichts einzuwenden, wie ich mich erinnern kann.«

»Wirklich – ich glaube, ich sollte lieber hierbleiben«, entgegnete Swan, aber seine Augen leuchteten plötzlich.

»Unsinn! Wir gehen nicht ohne Sie«, erklärte das Mädchen, während Don Holt sie erstaunt anstarrte.

»Oh – in diesem Fall . . .«

Swan erhob sich rasch.

Dinsdale fand, daß er in der Taverne bleiben sollte. Ein Gast ist so etwas wie eine Verpflichtung, erklärte er, und es war niemand da, der ihn in seinem Büro vertreten konnte. Er bot seinen Wagen für den Ausflug an, zusammen mit gewissen vagen Vorschlägen für ihren Trip.

Doch Truckee empfing sie – nachdem sie fünfzehn Meilen auf einer schneebedeckten Straße zurückgelegt hatten und nun über die aufsehenerregende Hauptverkehrsstraße rollten – mit den düstersten Willkommensgrüßen, die man sich nur denken kann. Selbst Leslie Beatons gute Laune schwand bei den Aussichten. Abgewrackte alte Lagerhäuser, windschief, wie es schien, ein halbdunkler Drugstore, erleuchtete Fenster von ein paar Restaurants, die von den Dampfschwaden beschlagen waren.

Don Holt hielt am Randstein.

»Da sind wir, meine Lieben!« Er lächelte. »Das ist das Nachtleben. Ich weiß nicht, wonach Sie Ausschau halten – aber hier finden Sie's bestimmt nicht.«

»Brennt da nicht ein Licht im ›Exchange Club‹, über dem ›Little Gem‹-Restaurant?« fragte Dr. Swan.

»Das könnte sein. Offensichtlich haben Sie den sogenannten Spieler-Instinkt, Doktor. Vielleicht befinden wir uns schließlich doch noch in Babylon. Auf jeden Fall schadet's ja nichts, mal nachzufragen.«

Holt führte sie in das ›Little Gem‹. Der Geruch von gebratenem Fisch und die Düfte anderer Leckerbissen des Seenlandes hauten sie fast um. Der Besitzer des Etablissements, ein dunkelhäutiger Grieche, allseits als ›Lucky Pete‹ bekannt, würfelte mit einem seiner Gäste.

»Hallo, Pete!« begrüßte ihn Holt. »Was tut sich denn heute nacht Aufregendes hier?«

»Weiß ich nicht«, murmelte Pete und unterdrückte ein Gähnen. »Ist irgendwas los?«

»Sind grade hergekommen, um das herauszufinden. Ein paar Freunde von mir – aus Reno«, stellte er vor.

Pete nickte. »Sehr angenehm. Die Spielautomaten stehen da hinten in der Ecke.«

»Und oben tut sich nichts?« fragte Holt.

»Jetzt um diese Zeit nicht – nein. Die Tische sind alle zugedeckt. Die Zeiten sind schlecht. Ein paar Klubmitglieder – Prominente der City – spielen Poker.«

Chan trat auf ihn zu. »Ist das privates Spiel – oder kann jeder mitmachen?«

Pete musterte ihn kritisch. Dann schlug er vor: »Gehen Sie doch rauf und fragen Sie selbst!«

»Dr. Swan – was meinen Sie? Sollen wir uns Spielmarken kaufen?« fragte Charlie.

»Erst wollen wir mal gucken gehen«, erwiderte Swan vorsichtig.

Sie wurden zu einer Geheimtreppe geführt, die Lucky Pete als Kämmerer des ›Exchange Club‹ auswies. Die fünf stiegen nach oben, Don Holt als erster, Charlie und der alte Sam Holt bildeten die Nachhut.

»Geben Sie nur acht auf sich, Inspektor!« warnte ihn Holt. »Wie kommt wohl ein Grieche nach Truckee? Es sei denn, man hat ihn in alle anderen Städte nicht reingelassen.«

»Griechen scheinen mit Geographie von Welt in einer Hand geboren zu werden«, sagte Charlie.

Oben in dem großen, kahlen, halb im Dunkeln liegenden Raum standen zahlreiche Spieltische, die mit braunem Segeltuch bedeckt waren. Unter einer einsamen Lichtquelle spielten fünf Männer mit schmutzigen, öligen Karten Poker.

»'n Abend, Gentlemen!« grüßte Don Holt. »Die Geschäfte scheinen hier im Moment nicht übermäßig zu florieren.«

»Nicht viel los«, antwortete einer der Spieler. »Es sei denn, Sie setzen sich zu uns und steigen mit ein.«

Holt blickte sich in der Runde um und schüttelte den Kopf. »Glaub' ich kaum. Wir haben nur wenige Minuten Zeit und...«

»Auch kleine Zuwendungen werden dankbar angenommen«,

sagte ein anderer Spieler, der das bleiche Gesicht und die falsch aussehenden Haare eines Croupiers hatte.

»Wir könnten kleine Runde riskieren und Glück versuchen«, sagte Charlie. »Dr. Swan – was halten Sie davon? Zehn Dollar in Chips für jeden – und in einer halben Stunde verschwinden wir, mit Gewinn oder Verlust.«

Swans Augen glitzerten, seine Wangen waren gerötet.

»Ich halte mit«, antwortete er.

»Gut. Haben jetzt neun Uhr dreißig. Gentlemen, exakt um zehn verschwinden wir. Dürfen wir uns hineinquetschen?«

Don Holt warf Chan einen verwirrten Blick zu.

»Na schön«, stimmte er zu. »Miß Beaton und ich werden unten warten. Vater . . .«

»Zeig mir einen Stuhl, mein Sohn!« bat der alte Mann. »Möchte gern mal wieder den Klang dieser Chips hören. Was wird gespielt, Jungens – straight Poker, whisky oder draw?«

»Draw«, erklärte einer der Jungens. »Und wie steht's mit dir, Dad? Oh – Verzeihung!«

»Ich werde nur zuhören«, erklärte Sam Holt. »Das ist alles, was ich noch tun kann.«

»Gentlemen, würden Sie so freundlich sein und mir Wert dieser Chips erklären? Bin nämlich, müssen Sie wissen, Novize.«

»Ja«, meinte der Mann mit dem bleichen Gesicht. »Bin schon solchen Anfängern begegnet.«

Don Holt und das Mädchen kehrten zu den penetranten Gerüchen im unteren Raum zurück.

»Möchten Sie etwas essen?« fragte der Sheriff.

»Hatte in meinem ganzen Leben niemals zu etwas weniger Lust.«

Sie lächelte.

»Nun, ich glaube, wir sollten trotzdem etwas bestellen. Es sieht besser aus. Sie können nicht das Nachtleben erforschen und dabei keinen Penny ausgeben. Ein Tisch – oder an der Theke?«

Sie spazierte an einigen Tischen entlang und musterte kritisch die Tischdecken. Schließlich meinte sie: »Ich glaube, lieber an der Theke.«

Er lachte. »Das nenn' ich kritisch wählen.«

Sie setzten sich an die Theke.

»Nun, was würden Sie gern haben? Das heißt – ich wollte fragen, was werden Sie nehmen?«

»Wie wär's mit einem Sandwich und einem Glas Milch?«

»Zur Hälfte haben Sie richtig gewählt. Bleiben Sie bei dem Sandwich! Das war eine Eingebung. Aber was die Milch anbetrifft...«

»Nein?«

Er schüttelte den Kopf. »Nein – nicht. Es zahlt sich nicht mehr aus, im Westen Pionierarbeit zu leisten. Gehen Sie auf Nummer Sicher! Gehen Sie kein Risiko ein und probieren Sie, was in diesen Teilen des Landes als Tasse Kaffee bekannt ist.«

»Ich bin Ihnen voll ausgeliefert«, teilte sie ihm mit.

Pete erschien. Don Holt bestellte zwei Schinken-Sandwiches und zwei Tassen Kaffee.

Nachdem der Mann wieder verschwunden war, blickte der Sheriff zur Treppe hin. »Nun, ich glaube, Inspektor Chan hat heute abend bestimmt seinen Spaß. Manche Menschen kann man einfach nicht vom Spieltisch fernhalten.«

Das Mädchen lächelte. »Glauben Sie das wirklich?«

»Warum sollte ich das denn nicht glauben? Ich kann nur hoffen, daß er gut ist. Diese Jungens da oben haben das Spiel sozusagen erfunden. Um zehn werden wir abhauen – und wenn ich einen Revolver ziehen muß. Damit wird Ihr großes nächtliches Abenteuer beendet sein. Also, holen Sie so viel wie möglich heraus, solange Sie noch Zeit dazu haben.«

Sie warf ihm einen kurzen Blick zu. »Sie sind heute nicht sehr zufrieden mit mir, nicht wahr?«

»Wer – ich? Warum? Natürlich bin ich das. Vielleicht bin ich nur ein wenig enttäuscht. Verstehen Sie – ich hatte mir eingeredet, daß Ihnen unsere Kreisstadt vielleicht doch gefallen könnte. Es ist eine recht geschäftige kleine Stadt, doch natürlich...«

»Natürlich – was?«

»Nun, ich will Sie ja nicht tadeln. Es ist nicht Ihr Fehler. Sie sind einfach nur genauso wie alle anderen Mädchen. Das ist alles. Ruhelos, hinter irgendwelchen Vergnügungen her. Ich sehe es auf den Partys in der Taverne. Was ist nur in die heutigen Frauen gefahren? Die Männer scheinen ganz in Ordnung. Sie würden gern entspannen und die Berge betrachten. Aber die Mädchen lassen sie nicht. Kommt, Jungens! Was machen wir jetzt? Ich möchte wo hingehen und was anstellen. Das ist ihr Slogan.«

»Und Sie wollen nicht?«

»Was will ich nicht?«

»Wo hingehen und was anstellen?«

»Natürlich – wenn's was gibt, wo man hingehen und was anstellen kann. Doch wenn's nichts gibt, dann konnte ich schon immer seelenruhig zurückgelehnt auf meinem Stuhl sitzen, ohne einen Nervenzusammenbruch zu bekommen.«

»Alles, was Sie sagen, stimmt ziemlich genau«, erwiderte das Mädchen. »Frauen sind ein bißchen ruhelos – und wahrscheinlich ist es bei mir so schlimm wie bei jeder anderen. Aber ich habe zu viel Charakterstärke, um hier ruhig auf diesem wackeligen Stuhl zu hocken und mich beschuldigen zu lassen. Schließlich war es nicht meine Idee, heute nacht auszufliegen, um eine Spielhölle zu suchen.«

»Aber – aber Sie haben doch den Vorschlag gemacht?«

»Ja, das stimmt. Aber nur, um Mr. Chan einen Gefallen zu tun. Er hat mir gesagt, er wäre scharf drauf, Dr. Swan zu beobachten, wie er sich gierig vom Spiel fesseln läßt.«

In Don Holts schöne Augen trat ein bestürzter, verlegener Ausdruck. »Nun, dann – ich muß schon sagen, da ist wohl eine recht bescheidene Rechtfertigung von Ihrer Seite wahrlich mehr als fällig gewesen.«

»O nein – nichts dergleichen«, protestierte das Mädchen.

Pete erschien mit ihrem Mahl. Sie lächelte ob der Dicke des Sandwiches, das vor ihr stand.

»Ich überlege, ob ich meinen Mund wirklich so weit aufreißen kann«, scherzte sie. »Der Versuch dürfte sich lohnen, meinen Sie nicht auch?«

Der junge Sheriff grübelte immer noch verwirrt über die Neuigkeit nach.

»Mr. Chan will also Swan beim Spiel beobachten«, murmelte er. »Das ist zuviel für mich. Ich frag' mich, was im Kopf des Inspektors wohl vorgeht.«

Im Kopf des Inspektors schien unterdessen in dem Raum oben eine Menge vorzugehen. Vor allem hatte er es auf ein schnelles und zermürbendes, scharfes Pokerspiel abgesehen. Seit sie in die Runde eingestiegen waren, hatte er seinen Blick kaum ein einziges Mal von Dr. Swan genommen. Jede seiner Bewegungen hatte er mit extremer Aufmerksamkeit beobachtet – ob Swan nun seinen Einsatz machte, ob er den gewetteten Betrag von sich schob, die Chips abgab oder sie zusammenkratzte und sortierte. Selbst spielte er schlecht – entweder aufgrund dieser intensiven Inanspruchnahme oder wegen seiner Unerfahrenheit. Auf jeden Fall war sein Spielmarken-Häufchen fast gänzlich zusammengeschrumpft.

»Ah«, murmelte er, »wie wahr ist es doch, daß Dollar, die in Spielhölle wandern, Verbrechern gleichen, die zur Hinrichtung geführt werden. Doktor, dürfte ich Sie höflichst stören? Könnten Sie blauen Chip in zehn weiße eintauschen?«

Swan nickte. »Mit großem Vergnügen. Aber verzeihen Sie, Mr. Chan – Sie bieten mir da einen roten Chip an.«

»Bitte Irrtum zu entschuldigen!« Chan lächelte und tauschte die Chips um. »Möchte Sie um alles in der Welt nicht betrügen, mein lieber Doktor.«

Als Don Holt um zehn Uhr kam, um sie zu holen, hielt Charlie einen weißen Chip hoch.

»Sehen Sie!« rief er aus. »Mein Stapel ist geschmolzen wie Schnee unter heißem Wasserstrahl. Benütze meinen letzten Chip für Einsatz.« Er nahm seine fünf Karten auf, blickte kurz drauf und warf sie hin. »Kein Blatt«, sagte er. »Situation scheint hoffnungslos. Steige aus.«

Swan blieb noch für das Blatt im Spiel, verlor und erhob sich ebenfalls. »Ich steh' fast auf plus minus Null«, bemerkte er. »Einen Haufen harte Arbeit für nichts.« Er zählte seine Chips und schob sie dem Bankhalter zu. »Sieben Dollar und fünfundzwanzig Cents«, setzte er hinzu.

»Sollten lieber ein bißchen länger durchhalten, Gentlemen«, sagte der Bankhalter mit harter Stimme.

»Nein«, entgegnete Charlie entschlossen. »Wir gehen jetzt – mit dem Sheriff.«

Die fünf hartgesottenen Spieler sahen mit plötzlichem Interesse auf.

»Zehn Uhr – ist das nicht korrekt, Sheriff?« fragte Chan.

»Ja, gerade zehn«, erwiderte Don Holt. »Zeit, zu verschwinden.«

Auch von den Spielern kam kein weiterer Protest; vielmehr

schienen sie selbst plötzlich an dem noblen Sport sämtliches Interesse verloren zu haben.

Bald darauf saß die kleine Gruppe aus Tahoe wieder im Wagen, und die schlafende Stadt blieb rasch hinter ihnen.

»Ich finde, es hat viel Spaß gebracht!« rief Leslie Beaton aus. »Es war so kurios und ungewöhnlich.«

»Aber nicht sehr profitbringend«, murmelte Dr. Swan. »Nicht wahr, Mr. Chan?«

»Profit und Vergnügen werden so selten auf gleicher Straße gefunden«, antwortete Charlie.

Sobald sie die Taverne erreicht hatten, sagte Swan gute Nacht. Er zog sich in sein Zimmer zurück, das auf demselben Gang lag wie das, in dem der Coroner verschwunden war. Dinsdale forderte Miß Beaton auf, sich die Suite anzusehen, die er für sie vorbereitet hatte.

»Es ist auch ein kleines Wohnzimmer mit einem Kamin dabei«, erklärte er, während er sich mit ihr entfernte.

Chan wandte sich rasch an die Holts. »Möchte bescheiden darauf hinweisen – Sie schulden mir zehn Dollar. Den Betrag, den ich soeben im Pokerspiel investiert habe. Setzen Sie es auf Ihr Spesenkonto, für das County zuständig ist...«

»Einen Moment mal!« unterbrach ihn Don Holt. »Ich verstehe das nicht ganz. Ich zahle natürlich gern die zehn Dollar – aber was haben wir dafür bekommen?«

Chan lächelte. »Wir haben Dr. Swan von Liste der Verdächtigen eliminiert.«

»Was?«

»Bin vielleicht mir selbst ein paar Schritte voraus«, räumte Charlie ein.

Er holte die Druckfahne einhundertundzehn aus seiner Innentasche und entfaltete sie behutsam.

»Habe heute abend die Autobiographie der Landini gelesen – und das Glück hat mich angelächelt. Bitte so freundlich zu sein und Ihrem ehrenwerten Herrn Vater laut diesen ersten Absatz von Kapitel achtundzwanzig vorzulesen!«

Der junge Sheriff räusperte sich.

»Nach meiner fantastischen, erfolgreichen Saison in Berlin ruhte ich mich ein bißchen in – Stresa an dem lieblichen Lago – Lago ... He, was ist das übrigens für eine Sprache?«

»Italienisch«, klärte ihn Chan auf. »Lago Maggiore – das ist, glaube ich, zweitgrößter italienischer See.«

». . . *Lago Maggiore*«, fuhr Holt leicht unsicher fort. »*Hier auf einem Balkon des Grand Hotel et des – des . . . wieder was Italienisches . . . schreibe ich die abschließenden Kapitel meines Buches. Wo hätte ich einen schöneren Rahmen dafür finden können? Ich blicke abwechselnd auf das aquamarinblaue Wasser, auf den grell-blauen Himmel und die schneebedeckten Alpen. Nicht weit entfernt liegt die hinreißende Isola Bella mit dem zauberhaften Palast und den grünen Terrassen voller Orangen- und Zitronenbäumen, dreißig Meter über dem See. Das, was das Leben immer wertvoll für mich gemacht hat, ist die Farbe – der Farbreichtum der Persönlichkeit, die Klangfarben der Musik und die Farben der Natur. Viele Menschen habe ich in meinem Leben bemitleidet, aber niemanden so sehr wie den einen, der farbenblind . . .*«

»Beim Himmel!« rief der alte Sam Holt aus.

». . . *farbenblind war*«, fuhr sein Sohn stur fort, »*eine arme glücklose Seele, für den all diese prachtvolle Schönheit nur eine monotone, langweilige Landschaft in einem faden, stumpfsinnigen Grau sein würde. Der See, die Berge, die Bäume, der Himmel – alles derselbe Farbton. Was für eine Tragödie!*«

»Farbenblind«, wiederholte Don Holt noch einmal, während er die Druckfahne weglegte.

Chan nickte. »Exakt das ist es. Eine Person, die – nach einem grünen Schal geschickt – mit einem rosafarbenen zurückkommt. Eine arme, glücklose Seele, die – nachdem sie die Landini ermordet hatte – Schreibtisch ordentliches Aussehen geben wollte und karmesinroten Deckel auf gelbe Schachtel und gelben Deckel auf karmesinrote Schachtel legte.«

»Mr. Chan, Sie sind jetzt mit Sicherheit auf der richtigen Spur«, sagte der alte Sam Holt.

»Wer war diese Person?« fuhr Chan fort. »Das bleibt zu entdecken. Nur eines weiß ich: Dr. Swan war es nicht. Er hat heute abend halbe Stunde lang sorgsam blaue, rote und weiße Chips sortiert. Ist damit eliminiert. Doch wir werden jetzt frohen Mutes voranschreiten, denn wir können ziemlich sicher sein, daß Person, die Ellen Landini bemitleidet hat, der es keine Freude bereitet hätte, mit ihr auf Balkon des Grand Hotel et des Iles Borromées zu sitzen – daß das auch Person ist, die sie ermordet hat.«

»Dann glauben Sie also, daß sie in der Nähe des Schreibtisches getötet wurde?« fragte Don Holt gedehnt. »Von jemandem, der sich zu jenem Zeitpunkt mit ihr im gleichen Zimmer befunden hat?«

»Bin dessen sicher.«

»Weshalb dann das ganze Gerede über Kiefernbäume und Borkenstückchen, die auf dem Boden herumliegen?«

Chan hob die Schultern. »Könnte es nicht sein, daß ich wirklich Amateur-Student von Bäumen bin? Aber was für einen Zweck hat das? wird man fragen. Kann man Öffentlichkeit überzeugen, daß Polizist mehr ist als bloß dummer hirnloser Primitivling, der nur an Menschenjagd denkt? Daß er auch außerberufliche Interessen hat, die sanfterer Natur sind? Kann man Kamm in einem buddhistischen Kloster ausleihen?«

13

In diesem Augenblick kehrte Dinsdale mit dem Mädchen zurück. Charlie verstaute die Druckfahne einhundertundzehn rasch wieder in seiner Innentasche.

»Tut mir leid, daß ich Sie nicht auf einer höheren Etage unterbringen kann«, sagte der Hotelier. »Die Aussicht wäre von oben natürlich besser. Aber im Moment ist nur die untere Etage in Betrieb – und davon auch nur der eine Flügel.«

»Es ist letztlich schrecklich nett von Ihnen, uns alle aufzunehmen«, versicherte ihm Leslie Beaton. »Nun, Mr. Chan – sollten wir nicht lieber aufbrechen? Ich habe gerade an den armen Cash gedacht.«

»Für den Zeit wahrscheinlich nicht so rasch dahingesaust ist wie heute nachmittag«, bemerkte Chan. »Sie haben ganz recht – wir müssen eilen.«

Don Holt und das Mädchen gingen nach draußen, und Dinsdale folgte ihnen.

Charlie wandte sich dem alten Sheriff zu. »Gute Nacht, Sir! Haben jetzt was zu untersuchen. Wie ich mich erinnere – haben Sie einst Campingreisen mit Sing genossen...«

»Seltsam«, meinte Sam Holt, »wie Sie und ich immer wieder auf Sing zurückkommen. Auch ich habe soeben an ihn gedacht. Ja, ich war mit ihm campen, doch ich kann mich nicht erinnern, ob er farbenblind ist. Und wenn er es ist, hat er es zumindest nicht gezeigt.«

»Sind Sie ganz sicher? Eine ungewöhnliche Anzahl von Chinesen sind es.«

»Verflixt noch mal, Mr. Chan!« rief der alte Mann laut aus. »Lassen Sie uns versuchen, mal nicht an Sing zu denken. Er ist immer ein feiner Mensch gewesen. Ein Muster aller Tugenden.«

»Oh – ja.« Chan nickte. »Der wahren Tugenden. Aber war Mord in Ära von Sing irgendeine große Untugend? Ich glaube nicht – wenn das Motiv gut war. Nur das Motiv zählte damals – und würde bei Sing auch heute noch zählen, denke ich.«

»Ich habe nicht zugehört«, sagte Sam Holt grimmig.

Charlie lächelte. »Kann Sie in meinem Herzen nicht tadeln deswegen. Sie dürfen mir glauben, daß es mich sehr schmerzen würde, wenn ich weite Reise gemacht hätte, nur um Zierde meiner eigenen Rasse der Schlinge des Henkers zu übergeben. Aber wir wollen nicht vorgreifen.«

»Guter Ratschlag«, stimmte der alte Mann ihm zu, »trotzdem in meinem Alter schwer zu befolgen. Heute nachmittag habe ich gesagt, ich würde heute nacht besser schlafen. Doch ich weiß nicht recht. Scheint in meinem Alter nicht viel zu bedürfen ... Und es ist nicht so einfach, zu schlafen, wenn man das Tageslicht nicht von der Dunkelheit unterscheiden kann. Etwas sagt mir, daß dieser Fall für einige von uns die Welt verändern wird. Mein Junge ...«

»Einer der edelsten jungen Männer, dem zu begegnen ich je die Ehre gehabt habe«, warf Chan ein.

»Ich weiß. Ich würde es ihm nicht sagen, aber ich weiß es. Hat niemals den Mädchen viel Beachtung geschenkt, mein Don. Aber als er heute mit dem Beaton-Mädchen gesprochen hat, ist etwas in seiner Stimme mitgeschwungen ...«

Chan legte dem alten Mann sanft eine Hand auf die Schulter. »Eine großartige junge Frau. Der größte Teil ihres Lebens war bisher ihrem Bruder geweiht. Sie kennt Bedeutung von Loyalität.«

Sam Holt seufzte erleichtert. »Dann ist alles in Ordnung. Es gibt keine Meinung, die ich über Ihre setzen würde, Mr. Chan. Ja, dann ist's in Ordnung. Aber Sing! Beim Himmel, Inspektor – ich werde ein glücklicher Mann sein, wenn wir erst überm Berg sind bei diesem Fall – auch wenn ich die Bergspitzen selbst nicht sehen kann.« Er streckte eine Hand aus. »Gute Nacht!«

In ihrem Händedruck lag großes Verständnis und starke Sympathie. Chan ließ den alten Mann am Feuer zurück; seine blicklosen Augen starrten in die Richtung der offenen Tür.

Dinsdale verabschiedete sich draußen auf der Terrasse, auf die Schneeflocken sanft herabzusegeln begannen.

»Noch mehr davon«, brummte der Hotelier. »Wird es denn niemals Frühling? Es scheint mir, daß das Wetter in den letzten Jahren immer verrückter zu werden beginnt.«

Miß Beaton und der Sheriff warteten neben dem Boot.

»Das Wasser ist ziemlich aufgewühlt«, bemerkte der letztere. »Ich bringe Sie zurück.«

»Oh – ja. Doch tut mir leid, Sie daran erinnern zu müssen, daß wenn wir auch Tausende von Meilen mit Freund zusammen wandern – Augenblick des Abschieds ist unvermeidlich.«

»Diese Bemerkung bringt Ihnen den Rücksitz ein, samt dem dazugehörigen Schnee«, erwiderte Don Holt. »Hüpfen Sie rein!«

Ganz plötzlich verblaßten die Lichter des Piers hinter ihnen, während sie in undurchdringliche Dunkelheit vorstießen. Doch aus der samtweichen Schwärze der Nacht kamen Schneeflocken auf sie zugetanzt. Sie waren jetzt größer, flaumiger, kühl und erfrischend. Chan hob das Gesicht gen Himmel, ganz entzückt von der Berührung der wirbelnden Flocken, die sich so sehr von dem hellen Sonnenschein an feuchtwarmen Tagen in Honolulu unterschieden. Wieder hatte er das Gefühl, es würde ihm neue Energie zufließen.

Mit der größten Selbstverständlichkeit fand Don Holt die Lichter von Dudley Wards Pier. Sie vertäuten das Boot. Sing ließ sie ins Haus herein. Er brabbelte verworren über Menschen, die niemals wüßten, wann sie heimzukommen hätten, und klagte über die sich ständig vermehrende Arbeit in diesem Haus.

Romano und Cash befanden sich allein im Wohnzimmer. Letzterer war gerade dabei, ziemlich unverhohlen zu gähnen.

»Da sind wir wieder – schon zurück«, bemerkte Don Holt.

»Hatte schon gedacht, Sie wären alle ertrunken«, sagte Cash. »Vielleicht könnten wir gleich zum Frühstück hierbleiben.«

»Warten Sie, bis man Sie darum bittet«, schlug Don Holt vor. »Nehme an, alles soweit klar?«

»Sonnenklar. Sind alle seit Stunden im Bett – mit Ausnahme von mir und dem Professor. Er hat mir alles über Musik erzählt. Vermutlich werde ich jetzt ein As auf meiner Ukelele sein.«

»Es war äußerst aufregend, Sie kennengelernt zu haben, Mr. Shannon«, erklärte Romano. »Habe schon immer großes Interesse an Wild-West-Filmen gehabt.«

»Ich weiß nicht, wofür Sie mich halten, Mister«, gab Cash zurück. »Klingt nicht sehr schmeichelhaft, aber ich bin zu schläfrig, als daß es mich kümmert. Nun, Don, sollen wir uns jetzt auf den Weg machen?«

Und so kam es denn, daß die beiden sich verabschiedeten. Miß Beaton sagte Gute Nacht und hastete nach oben.

Chan hängte seinen Hut und seinen Mantel in den Wandschrank, als Romano sich ihm noch einmal näherte.

»Wenn es möglich ist, würde ich mich freuen, mit Ihnen noch sprechen zu dürfen«, sagte er.

»Die Freude wäre beidseitig«, erwiderte Charlie. »Sollen wir hier unten am Feuer sitzen? Nein. Habe bemerkt, Sing ist verärgert. Werden uns in mein Zimmer zurückziehen.« Er ging voran, die Treppe hoch. Höflich bot er Romano einen Stuhl vor dem Kamin an. »Was, mein lieber Romano, geht Ihnen im Kopf herum?«

»Vieles«, erwiderte Romano. »Mr. Chan, diese Neuigkeit, die ich heute gehört habe – ich meine, dieser Reichtum, der mir plötzlich in den Schoß gefallen ist –, verändert mein Leben gewaltig.«

»Ohne Zweifel sehr angenehm«, entgegnete Chan und setzte sich ebenfalls.

»Natürlich. Aus der Armut steige ich plötzlich zu der Position eines wohlhabenden Mannes auf. Und was ist meine erste Reaktion? Ich möchte weg – so herrlich es hier auch sein mag. Ich möchte nach New York eilen, um mein Erbe anzutreten, und dann weiter auf den europäischen Kontinent fliegen, wo allein ich mich zu Hause fühle. Ich werde in der Abenddämmerung auf der Piazza in Venedig sitzen, den Klängen einer Kapelle lauschen und dankbar an Ellen Landini denken. Ich werde die Stufen der Oper in Wien emporsteigen ... Aber wahrscheinlich eile ich zu rasch voran. Was ich Sie fragen möchte, Mr. Chan, ist: Wie weit haben Sie sich bei der Untersuchung der Ermordung der Landini einer Lösung genähert?«

»Bisher waren wir auf dem Holzwege«, teilte Charlie ihm mit.

»Was soviel bedeutet, daß Sie nichts herausgefunden haben, wenn ich Sie richtig interpretiere?«

»In etwa«, erwiderte Chan.

»Oh, wie bedauerlich!« seufzte Romano. »Und wie lange müssen wir Unglücklichen, die wir nicht in der Lage sind, über unsere Person zufriedenstellende Auskunft zu geben, hier schmachten und warten?«

»Sie müssen schmachten, bis schuldige Person gefunden ist.«

»Dann dürfen wir verschwinden?« fragte Romano, und sein Gesicht hellte sich auf.

»All die, die nicht betroffen sind – ja. All jene, die vor Gericht nicht zur Zeugenaussage gebraucht werden.«

Romano starrte lange Zeit ins Feuer. »Aber jemand, der Beweise erbracht hat – jemand, der vielleicht bei der Verhaftung des Schuldigen mitgewirkt hat –, so jemand würde gezwungen sein, hier länger zu verweilen?«

»Eine Zeitlang. Und zweifellos würde er zum Prozeß zurückkommandiert werden.«

»Das wäre höchst unglückselig für ihn«, erwiderte Romano verbindlich. »Aber ich habe schon vor langer Zeit herausgefunden, daß es keine Gerechtigkeit in der amerikanischen Justiz gibt. Nun ja – ich muß geduldig sein. Paris wird warten, und Wien wird sich nicht verändern, und ich werde bestimmt wieder in der Oper in Mailand sitzen. Vielleicht sogar noch einmal dirigieren – wer weiß? Ja, ich muß – wie sagt man hier? – den rechten Augenblick abwarten.« Er lehnte sich vor und flüsterte. »Haben Sie auch ein Geräusch draußen vor der Tür gehört?«

Chan erhob sich, schlich leise zur Tür und riß sie auf. Niemand stand draußen.

»Ich glaube, Sie sind ungebührlich nervös, Mr. Romano«, sagte er.

»Und wer, ich bitte Sie, würde da nicht nervös sein? Die ganze Zeit über habe ich das Gefühl, beobachtet zu werden. Wohin ich auch gehe, in welche Ecke ich mich auch verkrieche – überallhin verfolgen mich neugierige Blicke.«

»Und Sie wissen, warum das so ist?« fragte Chan.

»Ich weiß überhaupt nichts«, antwortete Romano laut. »Ich habe nichts mit dieser Geschichte zu tun. Als Ellen Landini ermordet wurde, befand ich mich in meinem Zimmer, und die Tür war zu. Ich habe das ausgesagt. Es ist die Wahrheit.«

»Sie haben mir sonst nichts mitzuteilen?« fragte Chan weiter.

»Nicht, daß ich wüßte«, antwortete Romano und erhob sich. Er hatte sich wieder beruhigt. »Ich wollte Ihnen nur sagen, daß ich sehr begierig bin, nach New York zu kommen. Für Sie ist das natürlich vollkommen gleichgültig, Mr. Chan, doch ich bete, daß Sie jäh und überraschend Erfolg haben.«

Charlies Augen wurden schmal. »Manchmal kommt Erfolg auf diese Weise – jäh und überraschend. Wer weiß? In diesem Fall könnte es so sein.«

»Ich hoffe von ganzem Herzen, daß es so kommt.« Romano verneigte sich. Seine Augen fixierten den Tisch neben dem

Feuer. »Haben Sie vielleicht ein Buch geschrieben, Inspektor?«

Charlie schüttelte den Kopf.

»Ellen Landini hat Buch geschrieben«, erklärte er. »Ich habe Druckfahnen desselben durchgelesen.«

»Oh! Ja, ich weiß von diesem Buch. Tatsächlich habe ich ihr sogar gelegentlich beim Schreiben geholfen.«

»Waren Sie zufällig zugegen, als letztes Kapitel geschrieben wurde? Selbiges wurde, glaube ich, in Stresa verfaßt, am Lago Maggiore.«

»Leider – nein«, antwortete Romano. »Zu der Zeit war ich in Paris.«

»Aber Sie kennen Stresa? Habe gehört, es wäre wunderschöner Fleck Erde.«

Romano hob die Hände in die Höhe. »Wunderschön, Signor? Ah – das Wort reicht nicht aus. Oh, bella, bella Stresa – es ist himmlisch, es ist göttlich. Diese Färbungen des Sees, des Himmels und der Berge! Geliebtes Stresa – ich darf es nicht vergessen. Es ist einer der Plätze, an den mich das Geld der lieben Ellen hinbringen wird. Ich glaube, ich muß wirklich eine Liste anfertigen. Es gibt so viele bezaubernde Orte.« Er steuerte auf die Tür zu. »Ich hoffe, ich habe Sie nicht belästigt, Signor. Gute Nacht!«

Aber er hatte Charlie leicht beunruhigt. Was hatte dieses Gespräch zu bedeuten? Verbarg Romano ein wichtiges Beweisstück? War seine Tür in dem Augenblick, als Ellen Landini erschossen wurde, letztlich doch nicht so fest verschlossen gewesen, wie er behauptete? Oder versuchte er nur den Verdacht auf andere zu lenken?

Immer machte er einen verschlagenen Eindruck. Gab es etwas Listigeres für einen schuldigen Mann, als anzudeuten, daß er, wenn er wollte, vielleicht etwas sagen könnte? Und dann dieses Theater mit dem Lärm vor der Tür. Ziemlich fadenscheinig, nicht überzeugend.

Charlie trat leise auf den Gang hinaus. Stille herrschte im Haus. Behutsam schlich er nach unten. Niemand war zu sehen, nur der flackernde Schein des Feuers zeigte ihm den Weg. Er ging zu dem Wandschrank und holte seinen Hut, seinen Mantel und diese seltsamen Gummistiefel heraus, die in sein Leben gekommen waren, als er sich zu diesem simplen, kleinen Ausflug nach Tahoe entschlossen hatte. Dann kehrte er in sein Zimmer zurück, hing alle Sachen in Reichweite auf, holte seine Taschenlampe heraus, prüfte sie kurz und ließ sich dann nieder, um die Autobiographie von Ellen Landini zu lesen.

Um ein Uhr hörte Charlie zu lesen auf, legte die Druckfahnen weg und trat ans Fenster.

Die Kiefern, der See, der Himmel – alles war verschwunden. Die Welt schien einen Meter weit weg an einer weißschwarzen Wand zu enden. Doch dieser Ausblick war ihm eine riesige Genugtuung.

Er lächelte vor sich hin, während er mit einiger Schwierigkeit in seine Überstiefel stieg und sie zumachte. Dann zog er den – für ihn ebenfalls ungewohnten – Mantel an, setzte seinen schwarzen Filzhut auf und ergriff mit ruhiger Hand seine Taschenlampe. Nachdem er bis auf ein Licht alle anderen gelöscht hatte, trat er auf den Flur hinaus und schloß leise die Tür hinter sich.

Diesmal wählte er die Hintertreppe. Und die ganze Zeit über, während er hinabstieg und sich durch den Gang zur Hintertür vortastete, war er drauf gefaßt, der allgegenwärtigen Gestalt des betagten Sing zu begegnen. Aber kein Sing tauchte vor ihm auf.

Er schlüpfte hinaus auf die schneebedeckte Hinterterrasse und steuerte auf die Garage zu, wo er wenige Stunden zuvor eine Leiter entdeckt hatte.

Wieder einmal hatte sich der Baum-Amateurstudent seiner bevorzugten Lieblingstheorie hingegeben. Aber das Schicksal intervenierte, und Charlie konnte in dieser Nacht die Garage nicht mehr besuchen. Denn als er vorsichtig den Strahl seiner Taschenlampe den Pfad entlanghuschen ließ, entdeckte er plötzlich frische Fußabdrücke vor sich im Schnee.

Noch jemand hatte heute nacht Pineview durch die Hintertür verlassen – und das vor nicht allzulanger Zeit. Für jemanden, der bisher nur am sonnigen Strand Fußabdrücke im Sand gesehen hatte, war dieser Anblick faszinierend. Fast ohne nachzudenken, folgte er der Spur und stieg die Außentreppe hoch, die zur Straße etwas oberhalb des Hauses führte. Dort angelangt, blieb er stehen und dachte nach.

Wer hatte seit elf Uhr abends – das war etwa die Zeit, in der es zu schneien angefangen hatte – das Haus verlassen? War eines seiner Schäflein aus seiner Obhut entwischt?

Der fallende Schnee deckte die Spuren rasch wieder zu; also mußten diese ganz frisch sein. Die schnellste Antwort auf das Rätsel schien vor ihm zu liegen.

Er begann so rasch, wie sein Körperumfang ihm das erlaubte, die Straße hinunterzuwandern, die zur Taverne führte. Der Wind heulte durch die langen Schneisen der wohlduftenden Kiefern, und der Sturm umschlang ihn mit feuchten Armen. Aber seine Energie war groß; die schlaffe Abgespanntheit der Subtropen gehörte der Vergangenheit an, war vergessen.

Nach etwa einer halben Meile erreichte er das Haus von Dudley Wards nächstem Nachbarn. Er erinnerte sich, es vom Wasser aus gesehen zu haben – ein großes weitläufiges Holzgebäude. Vor den Fenstern waren Läden. Nirgends ein Lebenszeichen. Und doch bogen die Fußspuren, denen Charlie folgte, an dieser Stelle unverkennbar von der Straße ab und führten untrüglich den Pfad hinunter, zur Hintertür hin.

Ein bißchen skeptisch schlug Charlie ebenfalls diesen Weg ein. Vielleicht, so überlegte er, befand er sich nur auf der Fährte eines Nachtwächters oder einer ähnlich harmlosen Person. Einen Moment lang blieb er an der hinteren Veranda stehen, ehe er einen Arm ausstreckte und die Hintertür des verlassenen Hauses zu öffnen versuchte. Ein kleiner Schauer rann ihm den Rücken hinunter, denn sie öffnete sich.

Nun, auf jeden Fall war dies kein Einbruch, dachte er, während er ins Innere trat. Er kam zu einem Durchgang, der dem in Wards Haus ähnlich war. Abermals blieb er stehen und lauschte auf ein Geräusch, das ihm menschliche Nähe anzeigte. Der Wind zerrte an den Fenstern und seufzte in den Dachrinnen ringsherum, aber nichts schien in diesen leeren Räumen zu leben oder sich zu bewegen. Doch im Schein der Taschenlampe bemerkte er zu seinen Füßen eine Schneespur, die in die Dunkelheit hineinführte.

Er folgte dieser Spur zur Eingangshalle. An den Wänden um ihn herum tanzten große Schatten. In den Räumen weiter weg sah er in Weiß eingehüllte gespenstische Stühle und Sofas.

Unerschrocken ging er weiter und stieg die mit einem Teppich belegte Treppe hinauf, auf der noch frischer Schneematsch lag. Er führte ihn zu einer Tür am Ende des Ganges im ersten Stock.

Dort blieb er stehen. Die Spur endete hier. Er versuchte geräuschlos die Tür zu öffnen. Sie war verschlossen.

Er untersuchte kurz die Türschwelle und hob eine Hand, um zu klopfen, als er glaubte, in der Ferne das Schließen einer Tür zu hören. Charlie wartete. Ganz ohne Zweifel schlich dort unten jemand verstohlen über den gebohnerten Boden der Halle.

Charlies Gehirn arbeitete sehr rasch. Er hatte sich schon zuvor in ähnlichen Situationen befunden und dabei gelernt, daß voll und ganz der im Vorteil war, der plötzlich und unerwartet angriff.

Charlie steckte seine Taschenlampe in die Manteltasche, schlich leise und geschwind zur Treppe zurück und begann nach unten zu steigen. Auf halbem Wege blieb er plötzlich stehen – und dasselbe tat fast sein Herz.

Die Person unten in der Halle hatte ein Streichholz entflammt.

Charlie drückte sich eng an die Wand. Die Schatten um ihn herum huschten unruhig hin und her, aber das Leben eines Streichholzes war kurz, und als es erloschen war, schien er offensichtlich immer noch in Sicherheit zu sein. Bislang noch – denn der unbekannte Eindringling kam jetzt mit raschen Schritten die Treppe hoch.

Da er oben stand, blieb ihm gar nichts anderes übrig – er sammelte all seine Kräfte und sprang – geradewegs in die größte Überraschung seines Lebens. Denn augenscheinlich war es ein Riese, den er angesprungen hatte; ein Riese, der nicht ins Wanken geriet und Chans füllige Gestalt mit seinen Armen auffing.

In der nächsten Sekunde war der plumpe Detektiv von den Inseln in einen Ringkampf verwickelt, an den er sich noch lange erinnern sollte. Gemeinsam taumelten sie die Stufen hinunter. Ihre schwankenden Gestalten krachten gegen den Endpfosten der Treppe, und eine altmodische Lampe, die dort seit dreißig Jahren stand, fiel herab und zersplitterte in tausend kleine Teilchen. Dann wälzten sie sich über den Boden. Charlie war wild entschlossen, sich so eng an diesen schrecklichen Fremden zu klammern, daß dieser keine Chance hatte, zu einem Schlag auszuholen. Denn er spürte instinktiv, ein Schlag dieser Sorte würde ihn für immer erledigen.

Währenddessen ging der Kampf verbissen fort. Chan stellte fest, daß er nicht in so guter Verfassung wie sonst war. Man wurde älter; mühelos spulten die Jahre sich ab. O Jugend, Jugend! Es hatte keinen Sinn, sich zu täuschen – sie hatte einen eines Tages verlassen und kehrte nie mehr zurück.

In diesem Kampf jetzt hatte er sie verloren. Unverkennbar. Er lag auf dem Rücken, die Hände des Fremden waren an seiner Kehle. Vergeblich versuchte er, sie wegzuzerren. Das kleine Haus auf dem Punchbowl Hill tauchte blitzartig vor seinem geistigen Auge auf. Die Bougainvillea rankten sich über die Veranda. Dann schwanden seine Sinne, und Dunkelheit hüllte ihn ein.

Auf einmal setzte sich der Fremde mit einem gewaltigen Ruck auf Charlies üppig gerundeten Bauch, und die Stimme von Don Holt schrie auf: »Du meine Güte – sind Sie das, Mr. Chan?«

»Leider«, sagte Chan, »sind bei Nacht alle Katzen grau.«

Holt half ihm tief besorgt auf die Beine. »Wirklich – das tut mir sehr leid, Inspektor. Natürlich habe ich nicht vermutet ... Ich hoffe, ich habe Sie nicht sehr verletzt. Wie fühlen Sie sich?«

»Wie fühlt sich Spatz, wenn von Kanonenkugel getroffen?« erwiderte Charlie. »Ein bißchen durcheinander. Jedoch erwarte ich, zu überleben. Und ich bin entzückt, daß wir uns begegnet sind, obgleich ich Details unseres Treffens geringschätzen muß. In diesem Haus ist nämlich heute nacht etwas Seltsames im Gange.«

»Das vermute ich auch«, antwortete Holt. »Ich schlief ganz tief, als der Coroner in mein Zimmer kam ...«

»Einen Augenblick, bitte!« unterbrach ihn Chan. »Möchte das später hören. Halte es für wichtig, daß wir jetzt gleich eine gewisse Tür oben inspizieren. Ohne Verzögerung.« Er holte seine Taschenlampe heraus und stellte überrascht fest, daß sie immer noch funktionierte. »Wollen Sie, bitte, so freundlich sein und mir folgen?«

Rasch führte er den Sheriff zu der verschlossenen Tür im ersten Stock.

»Schneespur brachte mich hierher«, erklärte er. »Und sehen Sie da!«

Er deutete auf die Türschwelle, auf der noch mehr Schnee lag, der Abdruck eines Schuhabsatzes, der kürzlich über die Schwelle gekommen war.

»Dann ist also jemand da drinnen«, flüsterte Holt.

»Jemand.« Chan nickte. »Oder etwas«, setzte er hinzu.

Der Sheriff hob eine große Faust in die Höhe, und sein Schlag gegen die Holztür hallte laut durch das ganze Haus.

»Öffnen Sie!« brüllte er.

Die tödliche Stille, die folgte, hatte etwas Unheimliches, Beunruhigendes an sich. Holt rüttelte am Türknauf und trat dann ein paar Schritte zurück.

»Wir schulden bereits die Lampe unten«, meinte er, »da können wir ruhig auch hier oben noch ein bißchen demolieren. Leuchten Sie mir mal, Inspektor?«

Charlie illuminierte die Szene, und der Sheriff setzte zum Sprung an und warf sich gegen die Tür. Man hörte Holz splittern, als das Schloß nachgab und die Tür aufschwang.

Chan ließ den Strahl der Taschenlampe durch den Raum schweifen. Nacheinander tauchten die einzelnen Möbelstücke aus den dunklen Schatten auf. Es schien ein ganz gewöhnliches Schlafzimmer zu sein – nur daß auf dem Boden neben dem Bett die bewegungslose Gestalt eines Mannes lag.

Während sie einen Moment lang auf der Türschwelle verharrten, dachte Chan plötzlich an Romano. War es doch Furcht gewesen, die in den Augen des Italieners gestanden hatte, als er wisperte: »Haben Sie auch ein Geräusch draußen vor der Tür gehört?«

Der Sheriff ging in die Hocke und drehte die Gestalt auf dem Boden herum. Chan trat mit der Lampe zu ihm, und gemeinsam schauten sie in die toten Augen von Dr. Swan.

14

Während der gelbe Schein der Taschenlampe das Gesicht des toten Doktors beleuchtete, war einen Augenblick lang nichts weiter zu hören als das Brausen des Sturmes, der um das alte Haus toste.

»Abgang Dr. Swans«, bemerkte der Sheriff grimmig. »Was bedeutet das?«

»Ich glaube, es bedeutet, daß Erpresser naheliegendes Ende gefunden hat«, antwortete Chan. »War Dr. Swan gestern abend, als tödlicher Schuß auf die Landini abgegeben wurde, sicher in seinem Raum eingeschlossen? Es schien nie wahrscheinlich. Angenommen, er lungerte auf dem Gang herum, mit dem Wunsch, letztes Wort mit seiner ehemaligen Frau zu sprechen. Und angenommen, er bekam mit, wer sie tötete. Würde so ein Mann sofort Polizei Bericht erstatten? Oder würde er statt dessen vor seinen verblüfften Augen neuen köstlichen Weg zur Erpressung sich auftun sehen?«

»Klingt vernünftig«, gab Holt zu.

»Glaube, es ist so passiert. Vermute, er ist heute nacht hierher bestellt worden, um erste Rate seines auf niederträchtige Weise verdienten Geldes in Empfang zu nehmen – und erhielt statt dessen die Kugel einer verzweifelten Person, die nicht zahlen kann oder – weil sie weiß, daß Forderungen endlos sein werden – nicht zahlen will. Ah – ja. Vom Standpunkt des Mörders aus würde diese Methode sehr viel klüger sein. Kann nicht ehrlich sagen, daß ich anderer Meinung bin. Aber Sie wollten mir erzählen, wie Sie hierher gekommen sind?«

»Der Coroner hatte in der Taverne das Zimmer neben dem Swans«, berichtete Holt. »Er wurde gegen zwölf Uhr dreißig durch das Klappern eines Fensterladens geweckt. Der Lärm schien aus Swans Zimmer zu kommen. Der Coroner hörte sich das eine Weile an, dann pochte er an Swans Zimmertür. Nun – um es kurz zu machen: Niemand reagierte. Und auf diese Weise kam ich ins Spiel.

Wir stellten alsbald fest, daß Swan das Zimmer durchs Fenster verlassen hatte. Ich folgte seinen Fußspuren zur Straße und bis hierher. Es sah so aus, als würde der Doktor eine Flucht inszenieren.

Ich bin – ohne ein einziges Mal stehenzubleiben – seiner Spur gefolgt. Nicht einmal eine Taschenlampe hatte ich bei mir. Bin, was Bereitschaft anbelangt, nicht so tüchtig wie Sie. Aber ich hatte eine volle Schachtel Streichhölzer bei mir – das letzte habe ich soeben unten verbraucht.«

»Sie sind die zwei Meilen oder noch mehr von der Taverne bis hierher gegangen?«

»So ist es – wenn ich nicht gelaufen bin. Als ich an die Stelle hinter dem Haus kam, wo Swan von der Straße abgebogen war, blickte ich hoch und sah im ersten Stock hinter Flurläden Licht schimmern – von Ihrer Taschenlampe wahrscheinlich. Also stieß ich die Hintertür auf und kam herein.«

»Hintertür war noch nicht versperrt?« fragte Chan gedankenvoll.

»Nein.«

Charlie überlegte. »Killer von Dr. Swan mußte dieses Haus als vorübergehendes Versteck für Opfer bestimmt haben. Doch würde er dann weggegangen sein und Tür unverschlossen gelassen haben, damit jeder Vorübergehende eintreten kann? Ich denke nicht. Die Antwort ist: Er war noch im Haus, als wir ankamen. Vielleicht ist er sogar jetzt noch hier. Kommen Sie! Wir verschwenden kostbare Zeit.«

Hastig führte er Don Holt nach unten und zur Hintertür. Er drehte am Türknauf. Die Hintertür war jetzt verschlossen.

»Haie!« rief Chan aus. »Unser Freund hat Flucht geschafft. Vielleicht während wir uns in der Halle herumgewälzt und um unser Leben gekämpft haben. Wo hatte er sich versteckt gehabt?«

Er ging der auffälligen Schneespur im Durchgang nach und stieß die Tür zu einer Geschirrkammer auf. Traurig wies er Holt darauf hin, daß auch auf dem Linoleumboden der Kammer Schnee lag.

»Wir sollten uns in Sack und Asche kleiden. Bestellen Sie nur reichlich Vorrat davon«, sagte Charlie düster. »Sowohl Sie als auch ich sind heute nacht nur wenige Meter vom Mörder entfernt gewesen, den wir so leidenschaftlich suchen. Winterklima ist doch nicht so belebend für geistige Prozesse, wie ich gehofft hatte.«

Der Sheriff kehrte an die Hintertür zurück und rüttelte wild an dem Knauf. »Er hat auch einen schönen Vorsprung vor uns«, murmelte er.

»Mensch, der gern trainiert, wird nicht lange nach Hanteln suchen müssen«, antwortete Chan. »Verzeihen Sie dumme Redensarten, die ich von Kindern angenommen habe, die jetzt wundervoll in amerikanischen Schulen erzogen werden. Doch kommen Sie! Müssen nach neuen Fußabdrücken suchen, die von Hintertür wegführen. Das unsere einzige Hoffnung.«

Sie liefen zur großen Eingangstür, wo sie durch verrostete Riegel erneut aufgehalten wurden. Aber nach einigen Anstrengungen bekamen sie die Tür auf und rannten um das Haus herum zum Hintereingang. Der Schnee war jetzt sehr matschig.

»Geht in Regen über«, verkündete Holt und blickte zum Himmel empor. »Wir werden uns sehr beeilen müssen.«

Tatsächlich entdeckten sie neue Fußabdrücke im Schnee. Sie führten jedoch nicht zur Straße hin, sondern zur Vorderseite des Hauses, von der Chan und der Sheriff soeben gekommen, nur daß sie um die andere Hausecke gelaufen waren.

Atemlos folgten die beiden Gesetzeshüter dieser neuen Spur bis hin zum Pier, wo sie am Rande des unruhigen Wassers abrupt endete.

»Das wär's dann wohl.« Holt seufzte. »Vermutlich hatte dieser Bursche ein Ruderboot.« Er starrte auf das wildbewegte Wasser. »Würde keinen Wert drauf legen, mich heute nacht da draußen herumzutreiben«, setzte er hinzu.

Charlie beugte sich eifrig mit seiner Taschenlampe über die letzten sichtbaren Spuren, die sich im Wasser verloren.

»Zwecklos«, seufzte er schließlich prustend. »Frischer Schnee verwischt alle zu identifizierenden Merkmale. Fürchte, Schnee wird ein bißchen zu hochgeschätzt – als Hilfe für Detektive in Stunden der Not.«

Sie kehrten zur Vorderveranda zurück. Holt starrte weiterhin auf den See.

»Ich glaube kaum, daß sich bei dem aufkommenden Regen ein Ruderboot dort draußen lange halten kann«, bemerkte er.

»Wenn Mann, der Swan getötet hat und dann, nachdem wir Haus betreten hatten, geflüchtet ist, Boot mitbrachte, wer war dann Person, deren Spuren ich von Pineview an auf der Straße folgte?« wollte Chan wissen. »Hat er vielleicht Boot auf Rücken getragen?«

»Oh – Sie sind auch jemandem hier herunter gefolgt?«

»Das bin ich ganz zweifellos und ich glaube, es war der Mann, den wir suchen.«

»Vielleicht hat er ein Boot von hier genommen.«

»Nein. Habe bemerkt, daß Bootshaus intakt ist. Darf ich andere Vermutung äußern?«

»Unbedingt. Mir fällt nichts mehr dazu ein.«

»Könnte er nicht ins Wasser gestiegen und ein Stück lang an der Küste entlanggelaufen sein? Wasser ist nicht sehr tief hier.«

»Donnerwetter – ja, das stimmt! Er könnte mindestens eine Meile auf diese Weise zurückgelegt haben – in die eine oder andere Richtung. Natürlich hat er wahrscheinlich, sobald er sich sicher fühlte, das Wasser wieder verlassen. Ich hab' da eine Idee. Wir könnten doch an der Küste . . .«

»In welche Richtung?«

»Nun – Sie gehen in die eine und ich in die andere.«

Charlie schüttelte den Kopf. »Sinnlos. Dieser Gentleman hat bereits zwölf Minuten Vorsprung. Was mich anbetrifft – mein Leibesumfang schließt Erfolg aus. Und selbst Ihre dünnen Beine würden Schiffbruch erleiden.«

Holt seufzte.

»Es schien mir die einzige Chance zu sein«, meinte er.

Charlie lächelte.

»Werden noch andere Chancen kommen«, versprach er. »Verzweifeln Sie nicht! Unser Wild wird gefaßt werden – aber mit subtileren Mitteln – nicht durch Entlanglaufen am Ufer im Regen. Denn spüre bereits, jetzt regnet es.«

»Ja, der Frühling hat begonnen«, erwiderte Holt. »Und ich steh' hier, zu sehr bis obenhin in einen Mordfall verwickelt, um mich an dem Gedanken erfreuen zu können.«

»Vom schwarzen Himmel fällt weißes Wasser«, sagte Charlie lächelnd und sah zum Himmel empor. »Das kann doch vielleicht sehr angenehmen Frühling für Sie ankündigen.«

»O ja«, murmelte der Sheriff geistesabwesend. »Doch was machen wir bis dahin? Wie sehen unsere nächsten Schritte aus? Wir sind hier festgenagelt, sitzen in einem verlassenen Haus mit einem toten Mann, ohne Telefon – und nur unsere eigenen Füße können uns von hier wegbringen. Ich habe einen Vorschlag: Ich kehre zur Taverne zurück und hole den Coroner, während Sie nach Pineview gehen und sich dort umsehen.«

»Tut mir so leid, zu widersprechen«, sagte Chan. »In Pineview wird ohne Zweifel alles ruhig sein – jedermann im Bett und tief im Schlaf. Keine Veränderung. Außer daß ich vielleicht Hintertür, die ich unverschlossen ließ, jetzt möglicherweise verschlossen vorfinde. In diesem Fall müßte ich Lärm schlagen – oder bis zum Morgen im Regen stehen. Außerdem – ist es klug, diesen Platz unbewacht zu lassen? Wir könnten zurückkehren und feststellen, unser toter Mann ist verschwunden. Nehmen Sie an, Killer lauert noch zwischen den Bäumen, sieht uns beide verschwinden und schickt sich an, hastig den Plan auszuführen, den er, ich bin sicher, mit Muße auszuführen gedachte: nämlich Leichnam von Swan weit draußen in See zu werfen oder in Bergen zu verstecken oder sich sonst seiner zu entledigen. Nein. Plan ist für Sie exzellent, aber ich werde hier verweilen und Rückkehr von ehrenwertem Sheriff erwarten, sowie Coroner und Licht eines neuen Tages.«

»Gut.« Holt warf einen Blick in das düstere, leere Haus. »Ist nicht gerade ein Job, um den ich mich reißen würde, aber wenn Sie ihn unbedingt haben wollen – er gehört Ihnen. Aber was, um Himmels willen, wollen Sie hier anfangen? Ich werde eine ganz schöne Weile weg sein.«

»Es gibt keinen Grund zur Eile von Ihrer Seite. Zuerst werde ich Eingangstür sehr weit öffnen und versuchen, abgestandene, schale Luft eines lange abgeschlossenen Hauses gegen frisches Lüftchen der ersten Frühlingsnacht einzutauschen. Danach werde ich bequemen Stuhl im Salon finden, darin ausruhen und denken.«

»Denken?«

»Genau. Denken ist eine Lady, so wunderschön wie Jade. Also fürchten Sie nicht, daß ich allein sein werde. Ereignisse von heute nacht geben mir Gewißheit, daß ich Gesellschaft der Lady nicht länger vernachlässigen darf.«

»Na schön. Dann passen Sie auf sich auf! Ist nicht gerade ein besonders hübsches Bild, das Sie da gemalt haben – von dem Killer, der sich zurückschleicht. Ich habe meine Waffe nicht bei mir, sonst würde ich sie Ihnen hierlassen.«

Charlie hob gleichmütig die Schultern. »Stimme überein mit Mrs. O'Ferrell – je weniger Waffen, je weniger werden getötet. Doch seien Sie unbesorgt! Stuhl, auf dem ich sitze, wird Ehrenplatz bei chinesischem Dinner gleichen: er wird Tür zugewandt sein, so daß ich Anrücken des Feindes bemerken kann.«

»Dann werde ich jetzt gehen und . . .«

Charlie legte eine Hand auf seinen Arm. »Jene Lady inspiriert mich bereits. Ich sehe Dr. Swan am Pier heute abend stehen, kurz bevor Sie ihn in Ihrem Boot zur Taverne brachten. Was war es, was er so begierig zu wissen wünschte?«

»Es ging um Romano und das Testament«, antwortete Holt. »Hat Romano Landinis Besitz bekommen?«

»Und war er – infolgedessen – guter Kandidat für Erpressung?« Chans Augen wurden schmal. »Es scheint mir fast, Sheriff, Swan kam heute nacht hierher, um einen Mann zu treffen, vor dem er körperlich keine Furcht hatte. Einen kleinen Mann – wie Romano.«

Don Holt blickte finster drein. »Aber Romano – wenn er einen dieser Morde begangen hätte – würde er nicht sehr viel wahrscheinlicher ein Messer benutzt haben?«

»Ah – ausgezeichnete Argumentation!« rief Charlie aus. »Bin stolz auf Sie. Doch Sie vergessen – oder vielleicht wissen Sie es nicht –, daß Romano, wie Ireland, im Krieg gedient hat. Ein italienischer Offizier. Er muß gut wissen, wie mit Revolver umzugehen ist. Aber spielt keine Rolle. Fahre bloß fort, die Fakten für das Lager in meinem Kopf zu ordnen. Eine angenehme Reise!«

»Ja – im Regen und zu Fuß.« Holt lächelte. »Also dann auf Wiedersehen und viel Glück!«

Er lief die Veranda hinunter und verschwand in Richtung Straße, hinter dem Haus.

Chan zog sich ins Haus zurück. Er ließ die Tür offen und ging weiter in ein großes Wohnzimmer. In Sommernächten muß das hier ein angenehmer Ort sein, dachte er, mit dem großartigen Seeblick. Er nahm das Laken von einem großen Stuhl, stellte diesen in eine Ecke, die ihm am sichersten schien, und ließ sich reinfallen. Dann knipste er seine Lampe aus und verstaute sie in der Tasche seines Mantels.

Der Regen prasselte gegen das Haus, der Wind heulte, und Charlie ließ sich noch einmal diesen ›winterlichen‹ Fall durch den Kopf gehen, in den er plötzlich und unerwartet verwickelt worden war, er – der Detektiv aus den Subtropen.

Als erstes dachte er an die Menschen: an Sing, in dessen glänzenden, runden, kleinen Augen selbst Chan nicht lesen konnte; an Cecile, die gestern abend eifersüchtig und wütend gewesen war, als sie das Flugzeug über dem See hörte; an Ireland, außerhalb des Flugzeuges unbeholfen und ängstlich, aber so geschickt und gewandt, wenn er drinsaß; und er rief sich Romano in Erinnerung, der bankrott und seinem eigenen Geständnis zufolge verzweifelt gewesen, jetzt jedoch durch den plötzlichen Tod der Landini zu Geld gekommen war; und Hugh Beaton, den der Vertrag, den er geschlossen hatte, anwiderte; und seine Schwester, die eifersüchtig wie Cecile war, aber auf andere Weise – ein überempfindliches, impulsives Mädchen. Dann war da noch Dinsdale – wenn er sie alle mit einbezog – ganz offensichtlich weit von all dem entfernt, aber immerhin war er ein alter Freund der Sängerin gewesen; und Ward, der die ganze Geschichte angekurbelt und damit zwei Tragödien heraufbeschworen hatte; außerdem Ryder, mit den spöttisch dreinblickenden blauen Augen und dem blonden Bart; und Swan – der jetzt tot oben in jenem Raum lag. War es tatsächlich ein Erpressungsversuch gewesen, der Swan den Tod gebracht hatte? Wie wütend hatte sich der junge Hugh Beaton gestern nacht nach dem Mord auf den Doktor gestürzt. Und wie hatten sich Michael Ireland und Swan angefaucht.

Unterdessen schien der Regen draußen immer heftiger zu werden, und Charlie fand, daß er genug von der offenstehenden Tür hatte. Er stand auf, machte sie zu und kehrte zu seinem Stuhl zurück.

Erneut beschloß er, daß er ganz am Anfang beginnen wollte – bei dem überraschenden Schuß im oberen Stock, Ellen Landini, die auf dem Boden lag, und den beiden Schachteln mit den vertauschten Deckeln. Ah – Hunderte von Malen war er das alles durchgegangen! Aber – plötzlich sprang er von seinem Stuhl auf – da war etwas, was er vergessen hatte.

Bisher hatte er noch nicht die Ereignisse vor dem Mord gründlich durchdacht.

So saß er also wieder im Zug und rekapitulierte noch einmal – aus dem Gedächtnis – sein Gespräch mit Romano; und er fuhr noch einmal von Truckee hinauf zur Taverne; erneut sprühte ihm auf dem See die eisige Gischt ins Gesicht und brannte auf seinen Wangen; wieder ging er in Pineview an Land; die Ex-Ehemänner der Landini standen mit ihren Drinks vor dem Feuer; es folgte das Dinner; sein ausgezeichnetes Gedächtnis rief ihm jeden kleinsten Zwischenfall bei Tisch lebhaft in Erinnerung, ja, fast jedes Wort, das gesprochen worden war; noch einmal hörte er das Bellen des Hundes die Ankunft der Sängerin ankündigen und spürte die lebenssprühende, kraftvolle, interessante Persönlichkeit der Landini. Ah – was für ein Jammer, daß diese brillante Karriere so rasch beendet worden war!

Doch im Augenblick beendete dieser Schuß auch Chans weitere Überlegungen. Er blickte sich kurz in dem seltsamen Zimmer um, lauschte einen Moment lang dem Regen, der gegen das Fenster klatschte, und machte es sich dann – uneingedenk des Killers, der vielleicht zurückkehren mochte – auf seinem Stuhl bequem, wickelte seinen Mantel enger um sich und fiel in einen tiefen und friedvollen Schlaf. Schließlich mußte ein Mensch auch mal schlafen.

Als er ruckartig erwachte, stellte er fest, daß der Sheriff sich gerade über ihn beugte. So etwas wie eine schwache Andeutung von Morgendämmerung schien durch das Haus zu fluten, aber der Regen trommelte immer noch auf die Fensterbretter.

Hinter Holt stand der Coroner.

»Tut mir leid, Sie stören zu müssen«, sagte Holt. »Wir sind eben gekommen.«

Charlie gähnte, setzte sich auf und wollte ans Fenster treten, um einen Blick auf sein geliebtes Honolulu zu werfen, da erinnerte er sich.

»Ist irgendwas Aufregendes passiert?« wollte Holt wissen.

»Ich – ich denke nicht«, sagte Chan zögernd. »Nein – wie ich mich jetzt erinnere, nichts ist passiert. Ah – ja – der Coroner. Er wird nach oben gehen wollen.«

Er sprang munter auf die Füße und ging voran nach oben. Die anderen folgten, nicht so flott. Im Halbdunkel sahen sie den Leichnam von Swan genau an der Stelle liegen, wo Charlie und der Sheriff ihn in der Nacht zurückgelassen hatten.

»Glaube, wir brauchen mehr Licht hier«, sagte Chan. »Werde ein bißchen hereinlassen – wenn das möglich ist.«

Er ging zum Fenster, öffnete es und machte die Läden auf. Einen Moment lang stand er da und beugte sich über das Fensterbrett, dann sah Don Holt zu seiner Überraschung, wie er durch das Fenster kletterte.

»Was machen Sie denn da?« fragte ihn der Sheriff.

»Kleine persönliche Polar-Expedition«, erwiderte Charlie knapp.

Er hatte sich auf einen Balkon fallen lassen, der sich etwas über einen halben Meter unterhalb des Fensters befand und mit etwa dreißig Zentimeter hohem Schnee bedeckt war, der jetzt rasch zu schmelzen begann. Auf der einen Seite des Fensters entdeckte Charlie ganz dicht an der Hauswand eine Stelle, wo der Schnee sehr viel rascher geschmolzen war und ein Loch hinterlassen hatte.

Charlie entblößte einen Arm bis zum Ellbogen und fuhr tief in das Loch hinein. Im nächsten Moment hielt er mit einem Ausdruck des Triumphes eine Automatic in die Höhe, so daß die beiden im Zimmer drinnen sie auch sehen konnten.

»Mensch, der seinen Schatz im Schnee vergräbt, vergißt, daß der Sommer kommt«, bemerkte er.

15

Chan übergab dem Sheriff den Revolver und kletterte ziemlich schwerfällig ins Zimmer zurück.

»Geben Sie gut auf Waffe acht!« ermahnte er ihn. »Wer weiß – könnte sich vielleicht als wertvoll erweisen. Wie viele Patronen sind abgefeuert worden – bitte?«

»Warum? Eine – natürlich«, erwiderte der Sheriff.

»Ah – ja. Deren Kugel – die jetzt im armen Dr. Swan steckt – Coroner später für uns beschaffen wird. Sie können Pistole ungeniert anfassen, Sheriff. Der Killer, mit dem wir es zu tun haben, hinterläßt keine Fingerabdrücke. Auch mit den Fußspuren ist er vorsichtiger Mann. Doch trotz seiner Umsicht vermögen uns seine weggeworfenen Waffen viel zu erzählen.«

»Glauben Sie?« fragte Holt.

»Hoffe es.«

Charlie studierte eine Weile den Revolver, der jetzt in einer Hand des Sheriffs lag.

»Diese hier sieht irgendwie altmodisch aus«, bemerkte er.

»Ja, stimmt«, bestätigte Holt.

»Sie sind natürlich zu jung, um im Krieg gekämpft zu haben?«

»Um sechs Jahre zu jung. Ich habe mich beworben.« Der Sheriff lächelte.

Charlie hob die Schultern. »Egal. Im Krieg wurden alle Arten von Waffen verteilt – an vielen Fronten. Müssen anderen Weg finden.«

Dr. Price erhob sich. »Das ist alles, was ich tun kann. Wir können ebensogut den Mann mit ins Dorf runternehmen.«

»Welchen Schluß würden Sie ziehen?« fragte Chan.

»Ich glaube, daß er aus kurzer Entfernung erschossen wurde, ohne daß vorher ein Kampf stattgefunden hat«, erwiderte der Coroner. »Auf jeden Fall hat *hier* kein Kampf stattgefunden – allerdings könnte er auch anderswo getötet und in diesen Raum getragen worden sein.«

»Sehr wahrscheinlich.« Charlie nickte. »Aus diesem Grund habe ich ausgedehnte Untersuchung des Platzes unterlassen.«

»Ich glaube nicht, daß der arme Teufel auch nur die dunkelste Ahnung hatte, was ihn erwartete«, fuhr Dr. Price fort. »Natürlich ist das nur eine reine Vermutung. Die Kugel traf ihn seitlich. Sie könnte von jemandem abgefeuert worden sein, der neben ihm herging – oder etwas hinter ihm. Alles Dinge, die wir wohl niemals erfahren werden.«

Hinter dem Haus hupte jemand.

»Das ist Gus Elkins«, erklärte Dr. Price. »Ich habe ihm aufgetragen, uns mit dem Ambulanzwagen zu folgen.« Er gähnte. »Du meine Güte – ich wollte schon, bevor das hier kam, auf dem Heimweg zurück in die Kreisstadt sein.«

Während sich Dr. Price und Mr. Elkins um den Abtransport von Swans Leichnam kümmerten, machten der Sheriff und Charlie einen Rundgang durchs Haus und brachten es, soweit ihnen das möglich war, wieder in Ordnung.

»Sie und ich – wir werden jetzt beide, glaube ich, in meine alte Blechkiste steigen und nach Pineview rüberschaukeln«, meinte der Sheriff schließlich. »Sind mit dem Wagen hergekommen. See machte ziemlich unruhigen Eindruck.« Er schubste in der Halle unten ein paar Glasscherben mit dem Fuß beiseite. »Ich hoffe doch, daß unsere freundschaftliche Balgerei keine üblen Folgen für Sie hatte?«

»Derjenige, der in die Berge geht, um Tiger zu treffen, muß Preis bezahlen«, gab Charlie zurück.

Holt lachte. »War, weiß der Himmel, ein ganz schönes Handgemenge. Übrigens – während ich zur Taverne zurückging, habe ich überlegt, was wir als nächstes tun sollten. Fest steht, jemand hatte einen Schlüssel zur Hintertür dieses Hauses, sagte ich mir. Also habe ich an den Hausbesitzer in San Francisco ein Telegramm geschickt und ihn gefragt, wer das ist.«

»Ausgezeichnet!« lobte ihn Charlie. »Genau das hatte ich soeben vorschlagen wollen. Sie sind mir auf unserem steinigen Pfad ein bißchen voraus.«

»Oh, da bin ich nicht so sicher«, entgegnete Holt. »Wie sind Sie inzwischen während meiner Abwesenheit mit Ihren Hausarbeiten vorangekommen? Ich glaube, Sie hatten mir gesagt, Sie wollten einen Haufen schwerer Denkarbeit leisten.«

Charlies Augen wurden schmal. »O weh! Fürchte, ich bin wie mein kleiner Sohn Barry über meinen Büchern in Schlaf getaumelt.«

»Ach – ja?«

Wenige Minuten später war der Ambulanzwagen abgefahren, und Chan kletterte neben den Sheriff in dessen alte Blechkiste.

»Fühle mich wie zu Hause«, kommentierte er.

Der Wagen machte einen Satz, als Holt ihn in Bewegung setzte.

»Aber nicht auf so einer Straße. Auf dem Punchbowl Hill gibt's nicht viel schmelzenden Schnee.«

Es war Tag geworden, aber das Licht war nur eine düstere, trübe Nachahmung des Tageslichtes. Der Regen prasselte auf das Wagendach und auch auf Don Holts Zwei-Gallonen-Hut, als er sich weit aus dem Wagen hinauslehnte, um der Straße besser folgen zu können. Der Scheibenwischer funktionierte nicht, erklärte er. Der Wind hatte nachgelassen. Die Kiefern tropften, aber sie bewegten sich nicht mehr. Sie pflügten durch den Schneematsch, der mindestens dreißig Zentimeter tief war.

»Bin gespannt, wie wir die Mannschaft in Pineview antreffen werden«, sagte der Sheriff nach einer Weile. »Einschließlich des Mörders. Ich glaube, es besteht kein großer Zweifel, daß er dort sein wird und auf uns wartet.«

»Könnte sein«, stimmte Charlie zu.

»Nun, lassen wir uns überraschen. Wer ist jetzt noch da? Romano, Ryder und Ward, Hugh Beaton und seine Schwester.«

»Eine charmante Lady - diese Miß Beaton.«

»Ja - sie ist in Ordnung. Aber bringen Sie mich nicht aus dem Konzept. Ich zähle gerade. Warten Sie - ja, ich glaube, das sind alle - außer Sing und Cecile. Ich hatte diese Französin mal irgendwie im Verdacht - aber nach dieser Geschichte paßt sie nicht mehr so gut ins Bild. Das ist also die Liste.«

»Und Mrs. O'Ferrell«, setzte Chan hinzu.

»Ja - ich sehe sie richtig vor mir, wie sie durch den Schnee pflügt, um Swan eine Kugel zu verpassen. Hören Sie - ich bin niemals dahintergekommen, was Sie damit gemeint haben - daß der Hund eine Spur wäre ...«

»Tut mir so leid. Wir alle haben unsere kleinen Geheimnisse, die uns peinigen, so wie Sommerfliegen Pferde plagen. Ein Beispiel: In meinem Kopf bin ich überzeugt, daß Schlag, den Sing in der Mordnacht in ungeschütztes Gesicht bekam, ungeheuer wichtige Spur war. Aber - kann sie nicht erkennen. Doch wir müssen geduldig sein. Sie und ich – wir werden beide rechtzeitig dahinterkommen.«

Sie ließen den Wagen oben an der Straße stehen und stiegen die Stufen hinunter, die zur Hintertür von Pineview führten. Sing schüttelte gerade auf der Veranda ein Staubtuch aus. Er sah Charlie leicht überrascht an.

»Was los mit Ihnen?« fragte er. »Denke, Sie oben im Bett – statt dessen Sie kommen über Hintertreppe, ziemlich naß.«

»Wurde dienstlich abberufen«, erklärte Charlie.

»Hallo, Sing!« begrüßte ihn der Sheriff. »Mach dir keine Sorgen um Mr. Chan! Ich habe mich um ihn gekümmert. Ist schon jemand auf?«

»Niemand – nur ich. Ich auf bei Sonnenaufgang. Arbeite, arbeite, arbeite. Zu viel Arbeit dieses Haus. Kann nicht schaffen.«

Als sie ins Haus kamen, stellten sie allerdings fest, daß Sings Angaben nicht so ganz exakt waren. Mrs. O'Ferrell hantierte eifrig in der Küche herum und begrüßte sie fröhlich. Und als sie ins Wohnzimmer traten, saß dort Leslie Beaton und las in einem Buch.

»Hallo! Sie sind aber früh auf«, bemerkte Holt.

»Das gleiche gilt für Sie – und für Mr. Chan, der nie zu schlafen scheint. War er das, den ich mitten in der Nacht auf der Straße hinter dem Haus gesehen habe?«

»Es könnte so gewesen sein«, antwortete Charlie rasch. »Könnte aber auch nicht. Bitte, Angaben zu erläutern – wenn Sie so gut sein wollen!«

»Ich konnte nicht sehr gut schlafen«, erzählte das Mädchen. »Kann das denn irgend jemand in diesem Haus? Mein Zimmer befindet sich im hinteren Flügel, ganz in der Nähe der Straße. Ich trat ans Fenster und schaute hinaus. Da sah ich eine schemenhafte Gestalt die Stufen hinaufrennen und dann die Straße hinunterlaufen.«

»Klingt sehr aktiv – für den Inspektor.« Holt lächelte. »Wissen Sie, wieviel Uhr es war?«

»Ja. Es war genau zehn Minuten nach zwölf. Ich habe auf meine Uhr gesehen.«

Chan beugte sich aufgeregt vor.

»Beschreiben Sie die Person!« drängte er.

»Unmöglich«, antwortete sie. »Es schneite stark. Es hätte jeder sein können – sogar eine Frau. Ich war ein bißchen beunruhigt und ging in das Zimmer meines Bruders hinüber – direkt neben meinem – und weckte ihn. Er sagte mir, ich sollte ins Bett zurückgehen und es vergessen.«

In diesem Augenblick erschien Hugh Beaton oben auf der Treppe. Er sah noch bleicher als sonst aus. Um seine Augen herum waren dunkle Ringe, und er wirkte extrem nervös.

Er bemerkte Charlie und den Sheriff.

»Was ist denn nun passiert?« rief er aus. »Um Gottes willen, was ist nun schon wieder los?«

»Es ist nichts«, erwiderte Charlie besänftigend. »Sie stehen früh auf.«

»Weshalb sollte ich nicht? Meine Nerven sind zerfetzt worden an diesem gottverdammten Ort. Wann lassen Sie uns endlich aus diesem Gefängnis heraus? Welches Recht haben Sie . . .«

»Bitte, Hughie!« unterbrach ihn seine Schwester. »Mr. Ward könnte dich hören – und er ist so nett zu uns gewesen.«

»Es ist mir schnuppe, ob er mich hört«, entgegnete der Junge. »Er weiß, daß ich keine Lust habe, hierzubleiben. Wann ziehen wir in die Taverne um? Sie haben versprochen, daß wir heute . . .«

»Und es wird bei heute bleiben«, sagte Holt und sah ihn mit einer Spur von Verachtung an. Temperamentvolle Künstler waren nicht sein Geschmack. »Regen Sie sich ab!«

»Erzählen Sie mir«, bat Chan, »als Ihre Schwester heute nacht kam und Sie weckte . . .«

»Als sie . . . Ach ja. Jetzt erinnere ich mich. Was sollte das eigentlich?«

»Du erinnerst dich doch, Hughie, daß ich dir erzählt habe, ich hätte jemanden das Haus verlassen sehen«, sagte das Mädchen schnell.

»O ja. Nun, hat es jemand verlassen? Wird jemand vermißt?«

»Jemand hat es verlassen«, erklärte Charlie. »Wir glauben jedoch, er kehrte zurück – aber nicht, bevor er in leerem Haus unten an der Straße Dr. Swan erschossen hatte.«

Einen Moment lang herrschte Stille.

»Dr. Swan!« keuchte das Mädchen schließlich. Ihr Gesicht war jetzt so weiß wie das ihres Bruders. »Oh – das ist zu schrecklich!«

»Es ist nicht schrecklicher als die Ermordung von Ellen«, entgegnete ihr Bruder, und seine Stimme klang hysterisch. »Wir müssen weg von hier, sage ich dir. Noch heute. Diese Minute!«

Er erhob sich und blickte wild um sich.

»Ein bißchen später«, sagte Holt ruhig.

»Aber ich sage Ihnen –meine Schwester – sie ist hier in Gefahr! Wir alle sind in Gefahr, aber ich muß auf sie achtgeben...«

»Ein natürliches Gefühl«, meinte Chan. »Auf Ihre Schwester wird aufgepaßt werden – und auf Sie auch. Nehme an, Sie haben nichts in der Nacht gehört – außer natürlich Hereinkommen Ihrer Schwester. Sie können kein Licht auf Sache werfen?«

»Nein. Nein – überhaupt keines«, antwortete der Junge.

»Höchst bedauerlich!« Chan erhob sich. »Gehe in mein Zimmer, um tropfende Erscheinung zu erneuern. Kehre bald zurück«, fügte er an den Sheriff gewandt hinzu.

Er stieg nach oben und ließ die drei jungen Menschen im Wohnzimmer zurück. Cecile stand in der Tür seines Zimmers.

»Ah – Monsieur!« rief sie aus. »Ihr Bett ist ja unberührt.«

»Ich weiß«, erwiderte er. »Habe letzte Nacht nicht geschlafen. Einen Moment, wenn Sie so freundlich sein wollen! Bitte, nicht zu gehen.«

»Ja, Monsieur?« Sie musterte ihn verwirrt.

»Ihr Mann, Madame – wann haben Sie ihn zuletzt gesehen?«

»Als er kurz vor dem Dinner von hier aufbrach. Sicher erinnern Sie sich? Er nahm den kleinen Hund in seinem Flugzeug mit.«

»Er ist heute nacht nicht in diese Gegend zurückgekehrt?«

»Wie hätte er? In so einer Nacht? Bei solchem Wetter kann er nicht fliegen.«

»Aber ist er nicht auch ein erfahrener Chauffeur? Hätte doch im Automobil zurückkommen können.«

»Wenn er zurückgekommen ist, so weiß ich es zumindest nicht. Ich begreife gar nicht, wovon Sie sprechen, Monsieur.«

»Er und Dr. Swan – die beiden waren nicht die besten Freunde?«

»Michael haßt ihn, wie Sie ja selbst miterleben konnten. Er verachtet ihn – und aus vielen guten Gründen. Aber warum fraren Sie danach?«

»Weil« – Charlie beobachtete ihr Gesicht –, »Madame, weil Dr.

Swan letzte Nacht in der Nachbarschaft ermordet wurde.« Er studierte ihr Gesicht immer noch. »Ah – das ist alles. Können jetzt gehen.«

Sie verließ ihn ohne ein einziges Wort.

Nachdem Charlie sich hastig die Hände und sein unrasiertes Gesicht gewaschen hatte, ging er wieder auf den Gang hinaus und klopfte an Romanos Tür. Der Dirigent ließ ihn eintreten. Er war nur halb angezogen, sein Gesicht war mit Seifenschaum bedeckt, und er hielt eine Rasierklinge in einer Hand.

»Treten Sie ein, Inspektor!« sagte er einladend. »Sie werden meinen Aufzug entschuldigen. Die frühe Stunde . . .«

»Ereignisse haben sich verschworen, mir keine Ruhe zu gönnen«, teilte ihm Chan mit. »Bitte, fahren Sie fort mit Rasieren! Werde mich hier auf dem Rand der Badewanne ausruhen. Ein oder zwei Worte . . .«

»Was wünschen Sie, Signor?«

»Sie haben niemanden heute nacht im Haus gehört? Haben auch niemanden durch Hintertür verschwinden sehen?«

»Ich habe einen sehr tiefen Schlaf, Inspektor«, erklärte Romano.

Rasch erzählte ihm Chan, was passiert war. Ihm wäre es lieb gewesen, der Italiener hätte etwas weniger Schaum im Gesicht gehabt, als er die Neuigkeit hörte. Aber harmonierte die dunkelbraune Stirn jetzt nicht ein bißchen mehr mit dem weißen Schaum?

»Swan – was? Ah – ja! Der Typ wußte zuviel, Inspektor. Und er konnte seine Zunge nicht im Zaum halten. Erst gestern, als wir den lieben langen Tag zusammen verbringen mußten, hat er sich mir gegenüber recht unbesonnen geäußert.«

»Was hat er gesagt?«

»Nichts Bestimmtes, Sie verstehen schon. Könnte keine Worte wiederholen. Aber ich glaubte schon, seine gierigen Finger druckfrische Banknoten zählen zu sehen. Ein gefährliches Geschäft – Erpressung.«

Chan studierte das Gesicht des Italieners. Vom ersten Augenblick an hatte ihn dieser Mann genarrt.

»Auch Sie haben gestern abend in meinem Zimmer angedeutet, etwas zu wissen«, sagte er ihm.

Maßlose Überraschung spiegelte sich in Romanos Zügen. »Ich

– Signor? Es ist noch früh am Tag – Sie scheinen wohl zu träumen?«

»Unsinn! Sie haben . . .«

»Ah – mein Englisch! Es ist nicht sehr gut. Anscheinend verstehen Sie mich nicht richtig.«

»Sie haben gefragt, ob jemand, der Aussage zu diesem Fall machen kann, hierbleiben muß, wenn er Information weitergibt.«

»Das habe ich gesagt? Da muß ich wohl an Dr. Swan gedacht haben.«

»Sehr unwahrscheinlich«, meinte Charlie. »Würde nicht behaupten, daß Sie anderen viele Gedanken widmen. Denken nur an sich selber. Aber vergessen Sie nicht – wenn Sie Informationen zurückhalten, wird es schwierig für Sie werden, wenn das rauskommt.«

»Ich habe keine Informationen«, antwortete Romano höflich. »Ich kann nur sagen, ich hoffe, daß dieser neue Mord Ihre Ermittlungen beschleunigen wird – denn allein das ist wichtig für mich. Das wünsche ich mir am meisten. Übrigens – Sie haben Miß Beaton und ihrem Bruder das Privileg zugestanden, ihren Wohnsitz heute in die Taverne zu verlegen. Können Sie mir selbiges verweigern? Sie können es nicht. Ich möchte keinen weiteren Tag in diesem Haus bleiben.«

»Ah – Sie fangen an, sich zu erinnern.« Chan lächelte. »Sie haben Angst hier. Sie wissen also doch etwas.«

»Signor, Sie beleidigen meine Ehre!« schrie Romano leidenschaftlich. »Ellen Landini war mir lieb und teuer – und die Erinnerung an sie ist mir noch teurer. Würde ich da den Namen ihres Mörders verheimlichen? Nein! Tausendmal nein! Ich weiß den Namen wirklich nicht«, setzte er ruhiger hinzu. »Muß ich das noch einmal wiederholen?«

»Im Augenblick – nein.«

Chan verneigte sich und verließ das Zimmer.

Als er nach unten kam, sah er Hugh Beaton nervös auf und ab gehen, während seine Schwester und der Sheriff vor dem Feuer saßen. Letzteren schien die Gabe, Konversation zu machen, wieder rasch zu verlassen. Charlie war glücklich, ihm helfen zu können.

Wenig später kam John Ryder die Treppe herab, wie immer überaus gepflegt, reserviert und zurückhaltend.

»Scheußliches Wetter«, sagte er und sah den Sheriff an. »Hallo, Mr. Holt! Gibt's was Neues?«

»Nichts Ungewöhnliches«, antwortete Holt. »Nur einen neuen Mord. Das ist alles.«

»Nur einen neuen *was*?«

Die Frage kam von Dudley Ward, der auf der Treppe stand.

Charlie Chan berichtete, dabei abwechselnd beide Männer genau beobachtend. Ryders Miene blieb unverändert, und Ward wirkte, während er lauschte, nur ein bißchen älter, ein wenig abgespannter.

»Ein widerlicher Kerl, dieser Swan«, sagte Ryder schließlich kalt. »Aber Mord – das ist natürlich ein bißchen extrem.«

»War auch nicht allzu nett zu Ellen«, bemerkte Ward nachdenklich. »Aber das waren wir wohl alle nicht, vermutlich.«

»Sprich nur für dich selbst, Dudley!« sagte Ryder hitzig. »Fang jedenfalls nicht an, die Frau zu idealisieren, nur weil sie tot ist!«

»Ich idealisiere sie nicht, John«, entgegnete Ward. »Ich versuche nur, mich an ihre Tugenden zu erinnern – und sie hatte viele. Mir ist in diesen letzten paar Tagen bewußt geworden, daß sie in der Wahl ihrer Männer keine allzu glückliche Hand gehabt hat.«

Sein Blick wanderte zu Romano, der – schick und elegant – die Treppe herunterkam.

»Frühstück fertig jetzt!« verkündete Sing im Hintergrund.

»Kommen Sie, Don!« sagte Ward. »Sie essen doch mit uns?«

»Das – das ist riesig nett von Ihnen«, antwortete der Sheriff.

»Unsinn! Sing – leg noch ein Gedeck auf!«

Sing murmelte irgendwas über die viele Arbeit in diesem Haus und zog sich zurück. Doch als sie ins Eßzimmer kamen, war der alte Chinese schon vor ihnen da und richtete munter und fix einen Platz für den Sheriff her.

Während des Frühstücks schwiegen fast alle. Als es beendet war und sie wieder ins Wohnzimmer zurückkehrten, teilte Holt Leslie Beaton und ihrem Bruder mit, daß er ihnen gegen neun Uhr dreißig sein Boot schicken würde; bis dahin sollten sie gepackt haben.

»Das können Sie wohl annehmen, daß ich fertig sein werde!« rief der junge Beaton aus. Und als er den Blick seiner Schwester sah, setzte er rasch hinzu: »Natürlich weiß ich Ihre Gastfreundschaft zu schätzen, Mr. Ward. Und so wie Leslie mich ansieht, sollte ich vermutlich hinzusetzen: Es war eine angenehme Zeit.«

Sein Ton war kindisch und widerlich.

»Das war es wohl kaum«, erwiderte Ward liebenswürdig. »Aber ich werde Ihre Schwester und Sie sehr vermissen und hoffe, daß Sie eines Tages unter glücklicheren Umständen zu einem Besuch zurückkehren.«

»Sie sind wundervoll gewesen«, versicherte ihm Leslie Beaton. »Ich werde Sie nie vergessen. Der perfekte Gastgeber – in einem höchst unvollkommenen Augenblick.«

Ward verneigte sich.

»Und ich werde Sie nicht vergessen.«

Romano trat plötzlich vor. »Haben Sie noch einen Platz für mich in Ihrem Boot?«

»Wie meinen Sie das?« wollte Holt wissen.

»Ich meine, daß ich heute auch zur Taverne abreisen werde – mit aufrichtigem Bedauern, Signor Ward. Inspektor Chan hat schon zugestimmt.«

Holt sah Charlie an, der nickte.

»Also gut, Sie können Swans Zimmer haben«, sagte der Sheriff. »Sie haben gehört, was ihm zugestoßen ist?«

Romano hob die Schultern. »Ah – er hat sich zu weit entfernt. Ich – ich werde ganz in der Nähe des Hotels bleiben.«

»Schön – halten Sie sich dran!«

Charlie folgte dem Sheriff zu der Passage im hinteren Trakt des Hauses.

»Entschuldigen Sie vielmals – Sie haben Revolver, den wir im Schnee entdeckten?«

»Aber sicher. Wollen Sie ihn haben?«

Holt holte die Waffe heraus.

»Werde sie vorübergehend an mich nehmen. Wenn unsere Freunde zur Taverne runterkommen, werde ich bei ihnen sein. Sagen Sie mir, gibt es heute morgen Zug nach Oakland?«

»Ja. Gegen zehn Uhr dreißig fährt einer.« Bestürzung malte sich auf dem Gesicht des Sheriffs. »Sie wollen doch nicht etwa abreisen?«

»Nein. Noch nicht.«

»Wer ist es?«

»Werden später darüber sprechen.«

»Bis dann also.« Holt senkte die Stimme. »Wir hatten ein hübsches Frühstück, nicht wahr? Aber das ist auch schon alles, was wir bekommen haben.«

»Nicht ganz.« Chans Augen wurden schmal. »Wir haben auch von Miß Beaton sehr hübsches Alibi für ihren Bruder für gestern nacht zwölf Uhr zehn erhalten.«

»Donnerwetter!« stieß der Sheriff aus. »Daran habe ich überhaupt nicht gedacht.«

»Habe nicht damit gerechnet.« Charlie lächelte.

Gleich darauf ging er in sein Zimmer, wo er eine Weile mit Lampenruß und Bürste an der Automatic herumexperimentierte. Danach – die Waffe ließ er auf dem Schreibtisch liegen – kam er endlich zu seinem erfrischenden, entspannenden Morgenbad. Er war gerade mit dem Rasieren fertig, als Sing mit einem Armvoll Holz in seinem Zimmer erschien. Chan trat aus dem Bad und sah den alten Mann auf den Revolver starren.

»Hallo, Sing!« sagte er. »Sie haben ihn vielleicht zuvor schon gesehen?«

»Habe ihn nicht gesehen.«

»Sie sind ganz sicher?«

»Ich ihn nicht gesehen. Das keine Lüge, Boß.«

Charlies Brauen gingen in die Höhe angesichts dieses unerwarteten Respekts.

»Vielleicht Sie schnappen Killer – he, Boß?« setzte der alte Mann hinzu.

Chan hob die Schultern. »Bin dummer Polizist – mein Gehirn ist wie Yellow River.« Er hielt kurz inne. »Aber – wie heißt es doch – selbst der Yellow River hat seine klaren Tage.«

»Nicht verstehen«, antwortete Sing und wollte verschwinden.

Charlie legte eine Hand auf seinen dünnen alten Arm.

»Bleiben Sie noch einen Moment – bitte!« sagte er in Kantonesisch. »Sie und ich – ehrenwerter Sing – haben dieselbe Rasse, stammen von demselben Volk ab. Weshalb sollten sich da also, wenn wir miteinander reden, tausend Hügel zwischen uns erheben?«

»Es sind Hügel, die Sie mit Ihrer weißen, teuflischen Art errichtet haben«, erwiderte er in seiner Muttersprache.

»Das tut mir leid. Sie sind eingebildet. Lassen Sie uns sie wegwischen. Wie alt waren Sie, als Sie in dieses fremde Land kamen?«

»Achtzehn«, antwortete der alte Mann. »Jetzt bin ich achtundsiebzig.«

»Dann haben Sie schon sechzig Jahre lang den Himmel des weißen Mannes über dem Kopf gehabt, und Ihre Füße sind über fremde Erde geschritten. Sehnen Sie sich nicht danach, zurück nach China zu kehren, dem altehrwürdigen, uralten China?«

»Eines Tages . . .« Die Augen des alten Mannes glänzten.

»Eines Tages – ja. Ein Mensch zieht am Abend vorm Zubettgehen seine Schuhe aus. Woher will er wissen, daß er sie am Morgen wieder anziehen wird? Der Tod kommt – Ah Sing.«

»Meine Gebeine werden zurückkehren«, sagte Sing.

»Ja – das ist viel. Aber noch einmal das Dorf sehen, in dem Sie geboren sind – noch einmal über die Erde wandeln, in der Ihre Gebeine ruhen werden . . .«

Der alte Mann schüttelte traurig den Kopf.

»Zu viel Arbeit dieses Haus«, brummte er, in sein schlechtes Englisch zurückfallend. »Kann nicht schaffen. Kann nicht schaffen.«

»Verzweifeln Sie nicht!« Auch Charlie hatte sein etwas eingerostetes Kantonesisch wieder abgelegt. »Schicksal regelt alles, und alles kommt zu seinem festgesetzten Zeitpunkt.« Er holte aus seinem Gepäck ein sauberes weißes Hemd und schickte sich an, es anzuziehen. »In der Tat – ein sehr trüber Tag«, fuhr er fort. Er spazierte zum Fenster und sah auf die triefenden Kiefern hinaus. »Bei solchen Gelegenheiten sollte Mensch mit Kleidung kompensieren. Sie verstehen, was ich meine? Ich sollte bunte, farbenfrohe Sachen tragen. Meine leuchtendste Krawatte, vielleicht.«

»Stimmt.« Sing nickte.

»Habe eine leuchtend-rote Krawatte. Meine Tochter Evelyn hat sie mir zu Weihnachten geschenkt. Hat sie selbst in meinen Koffer gelegt. Mein lieber Sing, es ist die roteste Halsbinde, die man sich nur vorstellen kann. Glaube, das heute ist passender Tag dafür.«

Er ging zum Wandschrank, holte eine Krawatte heraus und schlang sie um seinen Hals. Einen Moment lang schaute er in den Spiegel, und während er den Knoten band, beobachtete er das runzelige, verschrumpelte Gesicht des alten Mannes. Schließlich drehte er sich um.

»Schauen Sie!« Er strahlte. »Das wird düsteren Tag etwas erhellen, nicht wahr, Sing?«

»Sehr wohl«, stimmte Sing ihm zu und ging langsam aus dem Zimmer.

Charlie starrte ihm nachdenklich nach, mit zusammengekniffenen Augen.

16

Um halb zehn kam Cash Shannon mit dem Boot des Sheriffs. Wenn es darum ging, den Tag aufzuhellen und für das Wetter zu entschädigen, dann lief Cash jedem den Rang ab. Tatsächlich schien das Wetter schon beim bloßen Anblick seines farbenprächtigen Kostüms den Kampf aufzugeben. Es hatte zu regnen aufgehört, und die Wolken rasten wie verrückt über den Himmel, als würden sie nach einer Öffnung für die Sonne suchen. Das Unwetter war zweifellos vorüber. Bald würde die Natur wieder lächeln – aber wahrscheinlich nicht so strahlend wie Cash beim Anblick von Leslie Beaton.

Er schien leicht überrascht über die Anzahl der Passagiere, die er zu befördern hatte. Romano hatte sich mit seinem Gepäck zu der Gruppe am Pier gesellt, und Charlie verkündete, daß auch seine nicht unbedeutende Person mit von der Partie sei. Doch sobald sie abgelegt hatten, zollte Cash niemandem mehr Aufmerksamkeit – außer dem Mädchen.

»Ich glaube, mit dem heutigen Tag könnte die Taverne wieder ihren Betrieb aufnehmen«, bemerkte er, an sie gewandt. »Wenn ich der Manager wäre – was ich nicht bin –, dann würde ich Tee auf der Terrasse servieren und im Kasino eine Kapelle spielen lassen, und überall würden Fahnen flattern.«

»Wovon reden Sie?« fragte sie.

»Jedesmal, wenn ein Mädchen wie Sie in ein Hotel kommt, sollte das in irgendeiner Form gefeiert werden. So sehe ich das. Sagen Sie, wie kommen Sie mit einem Pferd zurecht?«

»Ich reite ein bißchen.«

»Nun, das werden wir ändern. In den nächsten paar Tagen werden Sie viel reiten. Ein paar Reitwege sind bereits geschaffen, und die Pläne, die ich habe ...«

»Wenn Sie so nett sein wollen – bitte, mit äußerster Geschwindigkeit zu fahren!« rief Chan ihm von hinten zu.

»Weshalb?« fragte Cash.

»Habe meine eigenen Pläne.« Charlie lächelte.

Kaum waren sie angekommen, sprang er auch schon aus dem Boot und eilte auf das Hotel zu.

Der alte Sam Holt saß am Fenster und begrüßte Chan mit offensichtlichem Vergnügen.

»Habe darauf gewartet, mich mit Ihnen zu unterhalten«, sagte er. »Tut mir leid, daß ich gestern nacht nicht mit Ihnen oben an der Straße sein konnte.«

»Wir haben viel zu besprechen«, antwortete Charlie. »Aber zuerst ist da eine Sache, die größte Eile erfordert. Bitte, wo ist Ihr Sohn?«

»Ich nehme an, daß er draußen in den Ställen ist. Ich werde einen der Jungens schicken.«

Der alte Mann tastete sich zum Schreibtisch vor, gab die Anordnung durch und kehrte auf seinen Platz zurück. »Was geht in Ihrem Kopf vor, Inspektor?«

»Sie werden mich hart verurteilen, wenn ich es Ihnen sage«, erwiderte Chan.

»Das kann ich mir nicht vorstellen«, meinte der alte Mann. »Sie wollen sagen..«

»... daß ich beabsichtige, jemanden hinzuzuziehen, den wir beide für absolut wertlos halten – einen Wissenschaftler.«

Sam Holt lachte. »Nun – im allgemeinen, ja, Mr. Chan. Im allgemeinen. Natürlich bin ich da ein bißchen unvernünftig und stur. Vielleicht. Aber wenn Sie in diesem Fall Ihren Gepflogenheiten untreu werden, kann ich es vermutlich wohl auch.«

»Einen Gentleman, den ich vor einigen Wochen in San Francisco traf«, erklärte Charlie. »Dozent für Physik an der Universität von Kalifornien, in Berkeley. Hatte ein ernstes Gespräch mit ihm und dachte...«

Don Holt näherte sich. Chan sprang auf.

»Mr. Holt, sagen Sie – haben Sie Kugel aus Leichnam von Dr. Swan?«

»Aber natürlich«, entgegnete Holt und holte sie gleich hervor. »Wieder eine 38er. Der Coroner...«

»Eile ist geboten«, schnitt Chan ihm das Wort ab. »Bitte vielmals um Entschuldigung für abruptes Verhalten. Unterrichten Sie mich – können wir jemanden in den Zehn-Uhr-Dreißig-Zug in Truckee setzen, und wenn ja, wen?«

Cash war soeben mit Leslie Beaton und ihrem Bruder eingetreten. Der Hilfssheriff war mit Gepäckstücken beladen, und seine Augen strahlten in ewiger Anbetung des schönen Geschlechts.

Holt lachte.

»Ich würde sagen, wir haben jemanden, den wir in diesen Zug

setzen können«, brachte er glucksend heraus. »Und los sind wir ihn dann obendrein auch noch.« »He – Cash!«

Cash ließ das Gepäck fallen und kam zu ihnen. »Was gibt's, Chef?«

»Packen Sie eine Reisetasche, mein Junge! Sie müssen in Trukkee den Zug nach Oakland erwischen und sollten sich dranhalten.«

»Ich?« rief Cash erschrocken aus. »Aber hören Sie, ich hatte mich gerade mit Miß Beaton für drei Uhr nachmittags verabredet – zum Reiten. Wollen ein paar Pferde bewegen ...«

»Vielen Dank!« Holt lächelte. »Ich schätze mich glücklich, das für Sie übernehmen zu können. Los, mein Junge, setzen Sie sich in Bewegung! Legen Sie einen Zahn zu, würde ich Ihnen raten.«

Cash eilte zu den Ställen hinaus.

»Mr. Chan, das ist die beste Idee, die Sie jemals in Ihrem Leben gehabt haben«, sagte Holt fröhlich. »Wo soll er denn übrigens hin – und warum?«

»Um mit Operation zu beginnen – bitte höflichst, so freundlich zu sein und mir aus Safe von Mr. Dinsdale Revolver der Landini und Kugel, die sie getötet hat, zu bringen! Besorgen Sie mir außerdem – bitte – sehr großen und sehr stabilen Manila-Umschlag!«

Er setzte sich an ein Schreibpult, holte aus seiner Manteltasche den Revolver, mit dem Swan ermordet worden war, und legte diesen auf das Schreibpult. Dann steckte er die Kugel, die er soeben vom Sheriff bekommen hatte, in einen Umschlag, den er beschriftete, und begann anschließend hastig auf einen Bogen Briefpapier etwas aufzuschreiben.

Er hatte gerade seinen Brief beendet, als der junge Holt zurückkehrte und vor ihn den Revolver mit dem perlenbesetzten Griff, der Ellen Landinis Eigentum gewesen war, sowie die andere Kugel legte. Die Kugel kam in einen zweiten kleinen Umschlag, der ebenfalls beschriftet wurde. Markierte Zettelchen wurden auch in beide Revolverläufe geschoben. Schließlich nahm er den großen Umschlag von Holt entgegen, schrieb hastig einen Namen und eine Adresse darauf und steckte dann die zwei Waffen und die beiden kleinen Umschläge hinein. Nachdem er den großen Umschlag versiegelt hatte, überreichte er ihn dem Sheriff.

»Wie Sie bemerken werden, steht Adresse von Berkeley drauf. Sagen Sie dem guten Cash, er soll in Oakland aussteigen und sofort diesen Mann besuchen. Wenn möglich, soll er sich noch heute nacht Antwort auf Frage in meinem Brief holen und selbige unverzüglich an Sie durchtelefonieren. Schärfen Sie ihm ein, daß größte Eile geboten ist!«

»In Ordnung«, sagte Holt und blickte auf seine Uhr. »Ich werde ihm meinen Wagen geben, dann kann er es gerade noch schaffen. Den Wagen kann er in der Garage in der Nähe des Bahnhofs von Truckee lassen.«

Er rannte hinaus. Sam Holt, der zugehört hatte, gesellte sich zu Chan.

»Und dieser Professor aus Berkeley, was glauben Sie, kann er herausfinden, Mr. Chan?« fragte er.

»Er behauptet, wenn er sowohl Revolver wie auch Kugel hat, kann er sagen, welche Strecke Kugel zurücklegte.«

»Er ist ein Lügner«, widersprach der alte Sam Holt, ohne zu zögern.

»Vielleicht«, erwiderte Chan lächelnd. »Aber die Wunder der Wissenschaft ... Wer sind wir, um sie in Frage zu stellen? Und ich hege eine gewisse Neugierde, zu erfahren, welchen Weg diese Kugeln zurückgelegt haben – besonders die, welche man in der armen, unglücklichen Landini gefunden hat. Mein Freund behauptet außerdem, daß er viele Male durch den auf dem Kopf der Patronenhülse gefundenen Daumenabdruck – oder Teil eines Abdrucks – den vollen Daumenabdruck der Person, die Patrone in Kugellauf geschoben hat, rekonstruieren kann. Könnte nützlich bei anderem Fall sein.«

»Er ist ein kolossaler Lügner«, betonte der alte Sheriff nochmals nachdrücklich.

»Wir werden sehen«, sagte Chan. »Wenn Sie mich einen Augenblick entschuldigen wollen. Muß jemanden anrufen.«

Er ging zu einer Telefonzelle und kurz darauf begrüßte er Miß Meecher in ihrem Hotel in Reno.

»Tut mir so leid, Sie stören zu müssen«, sagte er.

»Das macht doch nichts«, antwortete sie. »Gibt es irgendwelche Neuigkeiten?«

»Keine – abgesehen von dem unerwarteten Ableben Dr. Swans, von dem Sie zweifellos schon gehört haben.«

»Ja. Ein Hotelpage hat es mir gerade erzählt. Es erscheint mir ziemlich schrecklich.«

»Ganzer Fall ist schrecklich. Miß Meecher – Sie haben Trouble bekommen?«

»Oh – Sie meinen den Hund. Ja, Mr. Ireland hat ihn mir gestern abend gebracht. Der arme kleine Kerl! Er ist gleich durchs ganze Apartment geflitzt und hat nach seiner Mistreß gesucht.«

»Das ist sehr traurig. Doch ist er in liebevollen Händen, wie ich weiß. Habe eine Frage, Miß Meecher, die ich Ihnen stellen muß.«

»Alles, was ich weiß, sollen Sie von mir erfahren.«

»Sie haben mir erzählt, daß Sie mit Madame Landini zusammen an ihrer Biographie gearbeitet haben. Erinnern Sie sich an Anfang von letztem Kapitel, das auf Balkon von Hotel in Stresa geschrieben worden ist und in dem sie davon spricht, farbenblinde Person zu kennen?«

»Warum – ja, ich erinnere mich«, erwiderte Miß Meecher.

»Hat sie zufällig Namen dieser Person Ihnen gegenüber erwähnt?«

»Nein, das hat sie nicht. Ich erinnere mich, daß sie das mit der Hand geschrieben hat. Als ich es abtippte, war ich natürlich etwas neugierig. Doch in dem Moment war sie nicht zugegen. Ich wollte sie später danach fragen, habe es aber dann vergessen. Es schien mir nicht so wichtig zu sein.« Sie schwieg kurz. »Ist es denn wichtig, Mr. Chan?«

»Kein bißchen. War nur wie Sie etwas neugierig. Aber es spielt keine Rolle. Eigentlicher Anlaß meines Anrufes ist: Wollte fragen, hat sich irgend etwas ereignet, das ich Ihrer Meinung nach wissen sollte?«

»Ich glaube nicht. Es kam ein Telegramm von Madames Anwälten in New York, in dem man fragt, ob es stimmt, daß sie das Testament niemals unterzeichnet hat. Wie es scheint, hat sich Romano bereits mit ihnen in Verbindung gesetzt.«

»Er ist kein Zeitverschwender – dieser Romano.«

»Soll ich ihnen die Wahrheit telegrafieren?«

»Unbedingt. Und bitte meine herzlichsten Grüße an den ängstlichen kleinen Hund! Habe ihn überaus gern.«

»Das freut mich sehr«, erwiderte Miß Meecher.

Als Charlie die Telefonzelle verließ, betraten von der Terrasse aus zwei junge Männer den Aufenthaltsraum des Hotels. Einer von ihnen – groß, hager und mit leicht ergrauenden Schläfen – stürzte sich sogleich auf Chan.

»Wie er leibt und lebt!« rief er aus. »Mein alter Freund – Charlie Chan. Sie erinnern sich doch noch an mich? Bill Rankin vom *San Francisco Globe.*«

»Mit angenehmen Gefühlen«, entgegnete Chan. »Sie waren guter Verbündeter, als Sir Frederic Bruce getötet wurde.«

»Und hier stehe ich, bereit, erneut ein Verbündeter zu sein. Oh – das hier ist Gleason vom *Herald*. Er hält sich auch für einen Zeitungsreporter. Auf was für Ideen diese jungen Leute doch kommen!«

»Hallo, Mr. Chan!« sagte Gleason. »Wir haben Sie eben in Pineview vermißt. Doch hatten wir eine hübsche Fahrt über den See.«

»Wollen wir zu den Fällen kommen«, schlug Rankin vor. »Dieser Sheriff hier oben, Inspektor, ist ja ein prima Kerl, aber er wollte den Mund nicht aufmachen. Das war bei Ihnen nie so ein Problem, wie ich mich erinnere.«

»Reden war meine Schwäche.« Chan grinste.

»Natürlich haben Sie nie wirklich was gesagt, aber es gab immer guten Stoff ab. Nun, wie lautet Ihr Tip? Wer hat die Landini umgelegt?«

»Sie glauben doch bestimmt nicht, daß ich solch Problem schon gelöst habe?«

»Warum nicht? Sie hatten über vierundzwanzig Stunden Zeit. Sie halten uns doch nicht etwa hin? Werden Sie alt? O nein – da brauch' ich Sie nur anzuschauen.«

»Fall hat viele Aspekte«, erklärte Chan. »Wir arbeiten hart, können aber nicht Lösung in einem Tag finden. Auf keinem Baum im Wald wächst gekochter Reis.«

Rankin lächelte. »Daran werde ich den verantwortlichen Redakteur erinnern. Könnte eine gute Schlagzeile abgeben. *Inspektor Chan sagt:* ›*Auf keinem Baum im Wald wächst gekochter Reis.*‹«

»Mr. Chan«, mischte sich jetzt Gleason mit ernster Miene in das Gespräch ein, »sicher haben Sie doch unseren Lesern ein paar Ergebnisse mitzuteilen. Denn genau darauf sind sie aus: auf Ergebnisse.«

»Ah – diese amerikanische Leidenschaft für Ergebnisse!«

Charlie seufzte. »Doch Apfelblüte ist so viel schöner als Apfelknödel.«

»Und können wir einen Armvoll Apfelblüten auftischen?« Rankin lachte. »Sie haben meinen Chefredakteur ja mal kennengelernt. Er will eine ganze Schüssel voll mit Apfelknödeln, frisch vom Feuer.«

»Tut mir so leid«, entschuldigte sich der Detektiv. »Schlage vor, daß Sie sich als erstes mit Situation vertraut machen.«

»Das haben wir«, erwiderte Gleason. »Sagen Sie, was war in dem großen Umschlag, mit dem Sie soeben den Drugstore-Cowboy in der alten Blechkiste fortgeschickt haben? Wir haben ihn gefragt – aber einen übellaunigeren Charakter ...«

»Vielleicht war es Landinis Testament«, mutmaßte Charlie.

»Hat es überall mit hingeschleppt, wie, Mr. Chan?« Rankin grinste.

»Nur eine Vermutung«, teilte ihm Chan mit. »Wer erbt ihren Besitz? Bloß einer der Aspekte.«

»Bei Gott! Daran haben wir überhaupt noch nicht gedacht«, rief Gleason aus. »Was hältst du davon, Bill?«

»Wie war der Name ihres Anwalts in Reno?« fragte Rankin. »Danke, Inspektor. Das könnte eine Geschichte ergeben. Ich glaube, ich werde rasch zum Lunch rübersausen.«

»Ich bin dabei«, versicherte ihm Gleason. »Wir sehen uns später, Mr. Chan. Danke für den Tip!«

»Nicht der Rede wert.« Charlie lächelte.

Nachdem die beiden gegangen waren, spazierte er zu Sam Holt hinüber und setzte sich neben ihn.

»Ah, die Reporter – sie sind hinter uns her«, murmelte er.

»Wie die Heuschreckenpest«, sagte der alte Mann. »Ich konnte hören, was Sie ihnen erzählt haben. Haben ihnen was hingehalten, worüber sie nachdenken können, eh?«

»Stimmt«, bestätigte Charlie. »Während wir über andere Dinge nachdenken. Nehme an, Ihr Sohn hat Ihnen alles erzählt, was letzte Nacht betrifft?«

»Ja, das hat er – in schrecklicher Hast. Sie glauben, daß dieser Swan gewußt hat, wer die Landini tötete?«

»Da bin ich sicher. Und ich glaube, Mr. Holt, da ist noch jemand, der etwas diese Sache betreffend weiß.«

»Ja?«

»Romano, der Italiener, vierter und letzter Ehemann der großen Sängerin. Hat mir angedeutet, daß seine Tür in Mordnacht nicht ganz so fest verschlossen war. Große Anzahl war im ersten Stock, als die Landini starb. Doch heute morgen hat Mut Romano verlassen. Er will nichts sagen. Müssen uns zusammentun, Sir, und diesen Mut auffrischen.«

»Er ist noch in Pineview, nicht wahr?«

»Nein. Ist mit uns gekommen und hat Swans Zimmer. Ihr Sohn kommt. Wir drei sollten über diesen Mann herfallen. Siegen vielleicht durch Überzahl.«

Fünf Minuten später standen die drei Gesetzesvertreter Romano in seinem kleinen Schlafraum gegenüber. Der Dirigent saß erschrocken und nervös auf der Bettkante und versuchte zu protestieren.

»Ich sage Ihnen, ich weiß nichts, Gentlemen«, beteuerte er. »Mr. Chan hat meine Worte falsch ausgelegt.» *Wenn* – habe ich zu ihm gesagt. *Wenn* jemand etwas wüßte, habe ich gesagt. Bitte, beachten Sie dieses *Wenn!*«

»Hören Sie, Sie wissen etwas«, sagte Don Holt. »Leugnen Sie es doch nicht! Sie wollen es nur nicht sagen, weil Sie befürchten, es könnte Ihre Rückkehr ins strahlende Rampenlicht verzögern, Sie daran hindern, Ellen Landinis Geld auszugeben. Nun, das wäre möglich – ich kann es nicht versprechen. Wenn ich den Fall so lösen kann – na, dann gut. Aber so oder so, Mister, werden Sie reden müssen. Oder ich sperre Sie ein. Kapieren Sie das endlich – und zwar fix!«

»Ich bin – ich bin so durcheinander«, jammerte Romano. »Diese amerikanischen Gesetze – sie sind so verwirrend. Was ich gesehen habe, war im Grunde nichts. Aber ich werde es Ihnen erzählen.

Ich bin also in meinem Zimmer und blicke hinaus auf den verschneiten Flugplatz. Ich sehe das Flugzeug landen und beobachte es eine Zeitlang. Dann geht mir plötzlich auf, daß Ellen jetzt gleich verschwinden wird. Habe ich erreicht, was ich wollte? Nein. Ein paar Scheine, wie einem Bettler hingeworfen – mir, der ich jegliches Recht habe, Forderungen zu stellen. Bin ich nicht ihr Ehemann? Ich gehe zur Tür. Ich will Ellen Landini zu einer festen Verabredung in Reno zwingen.

Ich öffne die Tür und will auf den Gang hinaustreten. Gegenüber befindet sich die Tür des Studios, die jetzt geschlossen ist. Ehe ich mich bewegen kann, öffnet sie sich, und ein Mann tritt in mein Blickfeld.

Ich beobachte ihn. Er blickt sich verstohlen um und schlüpft lautlos in das Zimmer neben dem Studio – das sich links von mir befindet.«

»Landinis ehemaliges Wohnzimmer.« Chan nickte.

»Irgendwas an dem Benehmen des Mannes läßt mich zögern«, fuhr Romano fort. »Ich – ich bin nicht leicht auszuschalten, aber einen Moment lang stehe ich einfach nur da. Und dann – plötzlich – hallt aus dem Studio ... Ja, was? Ein Schuß, Gentlemen. Der Schuß, der für Ellen Landini den Tod bedeutet hat.«

»Na schön«, sagte Don Holt. »Aber wer war dieser Mann?«

»Der Mann, den ich gesehen habe«, erwiderte Romano mit einer gewissen Dramatik, »der Mann, der so verstohlen von einem Zimmer ins andere schlüpfte – dieser Mann war Sing.«

In der drauffolgenden Stille hörte Charlie Sam Holt gequält seufzen.

»Gut«, bemerkte unterdessen Don Holt. »Wenn Sie das vorläufig für sich behalten, dann kann Ihnen nichts passieren.«

»Ich? Oh, ich werde es bestimmt für mich behalten. Und ich kann nur schwer hoffen, daß mir nichts passiert.«

Charlie und der Sheriff gingen zusammen den Korridor hinunter.

»Immer wieder kommen wir auf Sing zurück«, sagte Sam Holt. »Was immer wir auch anstellen, Mr. Chan – wir werden immer wieder auf ihn gestoßen.«

»Sehr wahr«, bestätigte Chan. »Aber dürfen nicht vergessen: Romano ist der Mann, der durch Landinis Tod am meisten profitiert. Und ist ein Mann, der sie sehr wohl getötet haben könnte. Ein durchtriebener Mann. Bin nie so einem listigen begegnet. Angenommen, er versucht Aufmerksamkeit von sich abzuwenden. Sein Augenmerk fällt auf ...«

»Armen alten Sing«, beendete Holt den Satz und schlug sich auf einen Schenkel. »Auf den es vermutlich als erstes fallen würde. Sing, der hilflos wirkt und nicht so schlagfertig ist.« Er hielt inne. »Trotzdem bin ich nicht so sicher, Inspektor.«

»Nein?«

»Nein. Wenn Romano die Geschichte erfunden hätte, wäre sie

ihm dann so verflixt gut gelungen? Und würde er dann nicht viel eher behaupten, er hätte Sing *in* das Studio schleichen sehen und gleich darauf den Schuß gehört? Würde er da sagen, er hätte ihn *aus* dem Studio kommen sehen, ehe der Schuß explodierte? Nein, Inspektor. Irgendwie habe ich so das ungute Gefühl, daß Romanos Geschichte den Tatsachen entspricht.

Sing bringt die Decke und findet Ellen Landini allein vor. Er geht hinaus, in ihr altes Zimmer, öffnet die Flügelfenster, um einen Fluchtweg zu schaffen, läuft über den Balkon ins Studio zurück, tötet sie und verschwindet auf demselben Weg, wie er gekommen ist. Wenn er sie getötet hat, dann hat er es so gemacht. Und wie ich das sehe, weiß Romano zu viel, um sich in seiner Haut wohl zu fühlen.«

»Romano ist verschlagen und schlau«, betonte Charlie noch einmal. »Hat Situation vielleicht gesucht.«

Der alte Mann legte eine Hand auf Charlies einen Arm.

»Ist es nicht verblüffend, wie dieser Bursche Sing immer wieder ins Bild zurückspringt?« fragte er. »Und wie Sie und ich nicht aufhören, Entschuldigungen für ihn zu finden? Ich möchte nur wissen, wie lange wir das noch durchhalten können?«

Don Holt wartete unten im Aufenthaltsraum auf sie.

»Nun, was halten Sie von der Geschichte?« fragte er Charlie. »Wenn Sie mich fragen – da steckt was dahinter. Ich kenne den alten Sing, seit ich ein Baby war. Nach dieser Geschichte sollte ich diesen Romano wohl besser im Auge behalten.«

»Da haben Sie's, Inspektor«, sagte Sam Holt. »Noch eine Stimme für Sing.«

»Wollen Sie nicht zum Lunch hierbleiben?« lud Don den Inspektor ein.

»Sie sind sehr liebenswürdig«, meinte Charlie, »fürchte jedoch, wir lassen Pineview zu viel allein. Halte es für weiser, zurückzukehren.«

»Vielleicht haben Sie recht«, stimmte der Sheriff ihm zu. »Sagen Sie dem Bootsmann am Pier, daß er Sie zum Haus bringen soll. Ich . . .«

Eine junge Frau zitierte ihn in Dinsdales Büro.

Chan sagte Sam Holt auf Wiedersehen und eilte hinaus zum Pier. Er kletterte gerade in eine Barkasse, als der junge Holt über die Terrasse rannte und hinter ihm herrief.

»Habe soeben ein Telegramm aus San Francisco bekommen«, sagte der Sheriff, als er Chan erreicht hatte. »Vom Besitzer des Hauses, in dem wir Swan gefunden haben. Er sagt, daß es hier oben nur einen einzigen Menschen gibt, der einen Schlüssel zu jener Hintertür hat. Er hat ihn hiergelassen, für den Fall, daß etwas passiert.«

»Ah – ja. Und er hat ihn bei wem gelassen?«

»Er hat ihn bei Sing gelassen«, antwortete Holt. »Sie sollten sich vielleicht um die Sache kümmern, wenn Sie nach Pineview kommen.«

Charlie seufzte. »Der Mann, der Verdacht vermeiden wollte, sollte seinen Hut nicht unter einem Pflaumenbaum zurechtrücken. Er rückt immer seinen Hut zurecht – dieser Sing.«

17

Chan fand das Wohnzimmer von Pineview verlassen vor und marschierte rasch weiter zur Küche. Dort schienen leicht chaotische Zustände zu herrschen. Sing und Mrs. O'Ferrell waren gemeinsam dabei, den Lunch vorzubereiten. Mrs. O'Ferrell war ganz rot im Gesicht und offensichtlich ziemlich aufgeregt und nervös.

»Sing«, sagte Chan streng von der Tür aus, »muß augenblicklich mit Ihnen reden.«

»Was los mit Ihnen?« fragte Sing unwillig. »Ich sehr beschäftigt. Gehen Sie weg, Boß!«

»Weiß Gott, der ist beschäftigt!« schrie Mrs. O'Ferrell aufgebracht. »Als ich in dies' Haus kam, hieß es, nur ich sollte kochen, niemand sonst. Und nun lungert er hier den ganzen Morgen herum, in weiß der Himmel was herumrührend. Natürlich muß ich...«

»Sing«, wiederholte Charlie scharf und mit fester Stimme, »kommen Sie sofort her!«

Der alte Mann inspizierte gerade einen Topf auf dem Ofen. Er ließ den Deckel hastig fallen und kam zur Tür.

»Was los, Boß? Dies sehr schlechte Zeit für Reden.«

»Dies sehr gute Zeit. Sing, Sie haben Schlüssel zu großem Haus unten an der Straße bekommen?«

»Sicher – ich habe Schlüssel. Immer bekomme Schlüssel. Klempner kommt, Licht-Mann kommt – alle wollen Schlüssel. Ich ihnen geben.«

»Wo heben Sie ihn auf?«

»Hängt an Haken, in Halle draußen.«

»Welchem Haken? Zeigen Sie ihn mir!«

»Ich sehr beschäftigt jetzt. Immer Arbeit dieses Haus. Kann nicht schaffen...«

»Zeigen Sie ihn mir – und zwar rasch!«

»In Ordnung, Boß. Zeige Ihnen.« Er kam in den Durchgang und deutete auf einen Haken neben der Hintertür. An dem Haken hing nichts. »Schlüssel jetzt weg«, kommentierte er ohne großes Interesse.

»Weg? Wohin?«

»Nicht verstehen, Boß.«

»Wann haben Sie ihn zuletzt gesehen?«

»Nicht wissen. Gestern, Tag davor – vielleicht letzte Woche. Muß jetzt gehen.«

»Einen Moment noch! Sie meinen, jemand hat Schlüssel gestohlen?«

Sing hob die Schultern. »Was Sie glauben, Boß?«

»Wissen Sie, daß Dr. Swan heute nacht in diesem Haus ermordet wurde? Und Person, die es getan hat, hatte Ihren Schlüssel.«

Mrs. O'Ferrell stieß erschrocken einen Schrei aus.

»Zu schlimm, Boß«, antwortete Sing. »Tut mir leid – muß jetzt zurück in Küche.«

Charlie seufzte und ließ ihn ziehen.

»Haben Sie zufällig Schlüssel bemerkt, Mrs. O'Ferrell?« fragte er.

»Sing hat ihn mir gezeigt, als ich hierher kam«, erwiderte sie. »War ein Anhänger dran, auf dem stand, wozu er gehörte. Seit jenem Tag habe ich natürlich keinen Gedanken mehr an ihn verschwendet.«

»Dann würden Sie auch nicht bemerken, wenn er verschwindet – oder wissen, wer ihn wahrscheinlich genommen hat?«

»Das würde ich nicht, Mr. Chan. Tut mir leid, daß ich Ihnen nicht helfen kann.«

Aus der Küche kam Geklapper.

»Entschuldigen Sie mich, bitte, Sir. Weiß schon nicht mehr, ob Sing oder ich koche.«

Charlie zog sich in sein Zimmer zurück, um sich zu erfrischen. Als er wieder nach unten kam, traf er Ward und Ryder im Wohnzimmer an.

»Unsere Reihen sind irgendwie gelichtet«, sagte der Gastgeber. »Es scheint von nun an ein bißchen einsam zu werden.«

»Ich muß auch ziemlich bald auf meinen Posten zurück«, teilte ihm Ryder mit. »Wenn ich nichts für dich tun kann, mein Alter. Ich – ich glaube nicht, daß der Sheriff mich hier zurückhalten kann. Was meinen Sie, Mr. Chan?«

»Scheint nichts gegen Sie vorzuliegen«, gab Chan zu.

»Ich habe gehört, daß deine Geschäfte sogar mehr als normal florieren, John«, bemerkte Ward.

Ryder bürstete einen imaginären kleinen Fussel vom Revers seines wundervoll gearbeiteten Jacketts.

»Ich kann mich nicht beklagen«, erklärte er. »Wenn ich auch sonst nichts vom Leben gehabt habe – zumindest hat es mir zu Geld verholfen. Zu mehr als genug.«

Beim Mittagstisch schien Sing ziemlich aufgeregt. Er servierte zuerst Charlie und Ward Koteletts und Gemüse, während er Ryder versicherte, daß er ihn nicht vergessen hätte.

»Sie warten. Sie werden sehen«, sagte er immer wieder.

Wenig später tauchte er mit einer riesigen Schüssel auf, die er triumphierend vor sich hertrug und dann vor dem Bergwerksmann absetzte.

»Reis!« rief Ryder aus. »Sing – du alter Gauner!«

»Wie alte Zeiten.« Sing kicherte und tätschelte seinen Rücken. »Sie warten jetzt. Werden sehen.«

Er rannte geradezu in die Küche zurück und erschien fast augenblicklich mit einer weiteren Schüssel.

»Hühner-Bratensoße«, verkündete er. »Sie können riechen, hm? Wie alte Zeiten. Als Sie kleiner Junge.«

»Sing, das ist ja wundervoll«, sagte Ryder ganz augenscheinlich gerührt. »Seit fast dreißig Jahren habe ich von deinem Reis und deiner Bratensoße geträumt. Nichts hat jemals mehr so gut geschmeckt seit jenen Tagen in deiner Küche.«

»Sing guter Koch, wie?«

»Der beste auf der Welt. Danke dir tausendmal.«

Charlie fand, daß Ryder ihm nie zuvor so menschlich erschienen war.

»Ah – eh . . .« Ward sah leicht verlegen drein. »Wie es scheint, Mr. Chan, sind Sie und ich ziemlich abgeschrieben. Sie müssen Sings besondere Vorstellungen von Gastfreundschaft entschuldigen.«

»Sie und ich werden reichliches Lunch haben«, erwiderte Charlie. »Und ich glaube, Sings Vorstellungen von Gastfreundschaft sind ausgezeichnet. Bei ihm sind alte Freunde beste Freunde. Wer könnte ihn dafür tadeln?«

»Das ist eine richtige Schüssel voll mit Reis«, stellte Ryder begeistert fest. »Nicht eine von diesen kleinen Schüsselchen. Eine richtige große Schüssel. Und der Bratensaft . . . Wenn ich's mir so überlege, weiß ich nicht, ob ich jemals noch nach Hause fahre.«

Nach dem Lunch zog sich Chan in sein Zimmer zurück, um

die letzten paar Fahnen von Landinis Biographie zu lesen. Er hatte nichts Interessantes mehr entdecken können, aber mehr und mehr war die Persönlichkeit der Autorin vor seinen Augen lebendig geworden, und als er jetzt am Ende anlangte, hatte er das Gefühl, ein Freund der Sängerin geworden zu sein. Mehr denn je war er entschlossen, ihren Mörder zu finden, wo immer ihn die Spur auch hinführen mochte.

Charlie ging wieder nach unten. Pineview schien verlassen. Er zog seine wasserdichten Überschuhe an, denn obschon die Frühlingssonne jetzt warm vom Himmel schien, war ein Spaziergang für die Füße immer noch eine recht feuchte Angelegenheit.

Eine Weile wanderte er zwischen den Schuppen hinten herum und versuchte die Türen zu öffnen. Doch außer der Garagentür waren alle anderen mit einem Vorhängeschloß versehen. Einen Moment lang warf er der Leiter in der Garage einen sehnsüchtigen Blick zu. Offensichtlich faszinierten ihn die Kiefern erneut.

Schließlich ging er zur Vorderseite des Hauses. Der Schnee auf dem Rasen war schon sehr geschmolzen; es war nur noch eine dünne Matschdecke. Charlie bückte sich hin und wieder, um einen Zapfen oder abgebrochenen Zweig aufzuheben – müßig, planlos. Morde, die harten Realitäten seines Berufes, Polizisten und Sheriffs – all das schien weit weg zu sein.

Und genau in diesem Moment war auch Charlie überraschenderweise weit aus den Gedanken des Sheriffs verbannt.

Don Holt saß im Sattel seines Lieblingspferdes, und neben ihm ritt auf dem schmalen Reitweg unter den Kiefern Leslie Beaton. Die märchenhafte Luft von Tahoe hatte eine Farbe auf ihre Wangen gezaubert, die nicht in den Schönheitssalons von Reno käuflich zu erstehen war, und aus ihren Augen strahlte neue Lebensfreude.

»Das war wirklich eine großartige Idee von Cash«, bemerkte der Sheriff. »Ich meine, Sie zu diesem Ausritt einzuladen.«

»Der arme Cash! Was für ein Jammer, daß er wegzitiert wurde!«

»Bei ihm ist es immer drin, daß er weggerufen wird«, meinte Holt grimmig.

»Er hat mir nicht einmal auf Wiedersehen gesagt.«

»Dazu war keine Zeit. Cashs Abschiede sind lang und schleppend – wie die von dem Burschen Romeo. Ich vermute, Sie vermissen den alten Cash ganz schön?«

»Cash ist ein guter Unterhalter.«

»Das kann man wohl sagen. Sicher würde er Ihnen auch jetzt schon mehrfach gesagt haben – wie – wie hübsch Sie aussehen.«

»Glauben Sie das?«

»Ich weiß es.«

»Ich meine – glauben Sie, daß mein Aussehen – ganz in Ordnung ist?«

»Bestens. Aber irgendwie kommen mir nicht die richtigen Worte.«

»Zu schade. Cashs Abwesenheit beginnt sich wie ein großes Unglück auszunehmen.«

»Ich hatte schon befürchtet, daß Sie so empfinden könnten. Sie scheinen immer in Städten eingesperrt gewesen zu sein, stimmt's?«

»Immer.«

»Diese Luft hier tut Ihnen äußerst gut. Sie würde Ihnen noch besser tun, wenn Sie hierbleiben.«

»Oh – aber ich muß in den Osten zurück. Ich muß Geld verdienen, um leben zu können.«

Der Sheriff blickte finster drein. »Cash würde Ihnen erzählen, daß Sie nicht dorthin zu gehen brauchen. Er ist ganz schön überzeugend, dieser Bursche.«

Sie kamen auf eine Lichtung und kehrten dann um. Weit unten lag der See, in dem sich die schneebedeckten Berggipfel spiegelten.

»Ungeheuer schöner Blick, finden Sie nicht?« sagte der Sheriff.

»Er raubt mir gewissermaßen den Atem«, antwortete das Mädchen.

»Macht Sie ein bißchen benommen, wie? An dieser Stelle hätte der gute Cash eine große, rührselige Szene inszeniert. Etwa in der Art – Sie seien das zauberhafteste Mädchen, dem er jemals begegnet sei, und er könne nicht mehr ohne Sie leben...«

»Bitte – nicht!« Das Mädchen lächelte. »Ich scheine so viel zu verpassen.«

»Oh, so viel auch wieder nicht. Cash hat sich im letzten Sommer an dieser Stelle mit drei Mädchen verlobt.«

»Sie meinen, er ist unbeständig?«

»Nun – Sie müssen wissen, Typen, die viel quatschen . . .«

»Ich weiß. Aber die starken, schweigsamen Männer sollten auch hin und wieder einen goldenen Mittelweg finden – glauben Sie nicht?«

»Auch das ist wohl richtig.« Der Sheriff nahm seinen Hut ab, als wollte er sich die fiebrige Stirn kühlen. »Sie – Sie meinen, Sie könnten dieses Land hier gern haben?«

»Die Sommer müssen ganz wunderschön sein.«

»Ja, so ist es. Die Winter . . . Na ja, ich weiß nicht so recht. Doch ich wünschte, Sie könnten vor Ihrer Abreise noch mal in die Kreisstadt runterkommen und sie sich ansehen. Ist keine sehr große Stadt. Vermutlich würde sie Ihnen nicht gefallen.«

»Nein – wahrscheinlich nicht. Können wir von hier aus Pineview sehen?«

»Es liegt dort drüben – zwischen den Bäumen versteckt. Mein Gott – ich habe es total vergessen! Ein ganz schöner Brocken, den wir da aufgetischt bekommen haben in Pineview.«

»Bedeutet es Ihnen viel – Erfolg zu haben, meine ich?«

»Ich würde sagen, ja. Ich muß Dads gutem Ruf gerecht werden. Er erwartet es irgendwie, glaube ich. Ich weiß es nicht. Jedenfalls scheinen wir selbst mit Mr. Chans Hilfe nicht sehr gut in Form zu sein.«

Das Mädchen schwieg einen Augenblick lang. Schließlich sagte sie: »Ich fürchte, ich war nicht sehr fair zu Ihnen. Ob Sie mir wohl jemals vergeben können?«

»Ich denke schon. Doch wovon sprechen Sie?«

»Über die Nacht, in der die Landini ermordet wurde. Ich kann mir jetzt nicht mehr vorstellen, warum ich so dumm gewesen bin – aber es schien so schrecklich. Ich meine, jemanden mit hineinzuziehen, der vielleicht unschuldig ist, mich selbst ins Spiel zu bringen . . . Ich – ich konnte es einfach nicht.«

»Sie konnten was nicht?«

»Ich wollte darüber nachdenken. Das habe ich jetzt getan und sehe nun ein, daß ich ein Dummkopf gewesen bin. Glauben Sie mir, ich wollte Ihnen wirklich die ganze Zeit über helfen. Jetzt tue ich es. Wie Sie wissen, war ich in dem Zimmer nebenan, als der Schuß fiel, der die Landini getötet hat.«

»Ich weiß.«

»Irgendwie hörte es sich so an, als wäre der Schuß vom Balkon aus abgegeben worden. Ich habe nicht einfach nur benommen dagesessen, sondern bin zur Balkontür gerannt, habe sie geöffnet und hinausgeschaut. Und da sah ich einen Mann das Studio verlassen. Er rannte über den Balkon und verschwand durch das Flügelfenster des Raumes auf der anderen Seite vom Studio. Ein Mann mit einer Decke unter dem Arm.«

»Sing.«

»Ja – es war der arme Sing. Es schien mir unglaublich. Aber Sing ist gleich nach dem Schuß aus dem Studio herausgerannt. Es tut mir so leid, daß ich Ihnen das nicht schon längst erzählt habe.«

»Sie haben es mir jetzt erzählt«, entgegnete Holt düster. »Mein Gott – ich würde mich lieber selbst erhängen lassen. Aber es hilft nichts. Pflicht ist Pflicht, und ich habe einen Eid geleistet. Ich glaube, wir sollten lieber zurückreiten.«

Sie ritten den Pfad entlang, den sie gekommen waren. Und wieder war Holt auf diesem Heimweg der starke, schweigsame Mann. Bedrückend schweigsam war er jetzt.

Als sie sich vor den Ställen der Taverne trennten, legte das Mädchen ihm eine Hand auf den Arm. »Sie verzeihen mir, daß ich es Ihnen nicht früher erzählt habe, ja?«

Es war dämmerig geworden. Er sah sie mit ernster Miene an.

»Natürlich«, versicherte er. »Wenn ich es so recht überlege – ich glaube, ich würde Ihnen fast alles vergeben.«

Er führte die Pferde in den Stall und sah seinen Vater allein im Büro neben der Tür sitzen. Sofort ging er zu ihm und setzte sich.

»Ich denke, es bestehen keine Zweifel mehr«, erklärte er. »Sing hat die Landini getötet. Dieses Mal habe ich es aus zuverlässiger Quelle.« Er wiederholte Leslie Beatons Darstellung. »Vielleicht sollte ich jetzt besser raufgehen und ihn mir holen«, meinte er.

»Nicht so stürmisch!« Sam Holt hielt ihn zurück. »Wir müssen Mr. Chan zu Rate ziehen. Ja – vermutlich besteht kein Zweifel mehr, aber es ist nicht gut, zu früh zuzupacken. Erst wollen wir so viele Beweise wie nur möglich sammeln. Wollte der Coroner nicht um diese Zeit den Tod von Dr. Swan gerichtlich untersuchen?«

Der junge Mann blickte auf seine Uhr. »Ja, das stimmt.«

»Du gehst hin, mein Sohn«, sagte Sam Holt. »Schnapp so viel auf wie nur möglich! Für Sing bleibt noch genug Zeit.«

Sobald der Sheriff weg war, tasteten Sam Holts Hände nach dem Telefon auf dem Schreibtisch. Im nächsten Augenblick sprach er mit Charlie Chan in Pineview.

»Ja, es ist Sing, Inspektor«, sagte er. »Das Netz zieht sich zusammen. Das heißt, tatsächlich ist es nahezu zusammengezogen.«

»Wie ich erwartet habe«, erwiderte Chan leise. »Was schlagen Sie vor?«

»Kommen Sie so rasch Sie können hierher, Mr. Chan! Und bringen Sie Sing mit! Sagen Sie zu niemandem etwas, aber lassen Sie ihn eine Reisetasche mitnehmen. Nur ein paar Sachen – eben das, was ein Mann im Gefängnis so braucht.«

»Ah, ja – im Gefängnis«, wiederholte Chan nachdenklich.

»Sie finden mich im Büro bei den Ställen«, fuhr Sam Holt fort. »Die Reporter haben mich aus der Taverne vertrieben.«

»Verstehe. Hier steht eine alte Karre herum. Werden überaus geschwind damit dasein.«

Zwanzig Minuten später stieß Charlie die Tür des überhitzten kleinen Büros auf.

»Hallo, Mr. Chan!« rief Sam Holt freudig aus. »Sie haben jemanden bei sich, wie? Sagen Sie ihm, er soll im Stall warten. Wir beide müssen ein bißchen miteinander plaudern.«

Als Charlie allein zurückkehrte, empfing ihn eine angespannte, erwartungsvolle Atmosphäre. Er setzte sich auf einen arg mitgenommenen, alten Stuhl, der neben einem Rollpult stand, an dem Holt saß.

»Es gibt neue Beweisstücke?« fragte er.

»Ja, ganz sicher«, antwortete Holt. »Nachdem wir Romano angehört hatten, habe ich nachgedacht, Inspektor. Sentimentalität ist Sentimentalität – und Pflicht ist Pflicht. Also habe ich den Doktor hierher kommen lassen – den Doktor aus Tahoe, der Don in der Mordnacht geholfen hat, den Leichnam der Ellen Landini in die Stadt hinunterzubringen. Ich sage zu ihm: ›Sing hat Ihnen Decken gebracht, um darin die Landini einzuwickeln. Blaue Decken. Können Sie sich erinnern?‹ frage ich ihn. ›Wurden sie jemals auf einen Samtsessel im Zimmer gelegt?‹«

Holt hielt kurz inne.

»Und wie lautet Antwort des Doktors?« fragte Charlie.

»Scheint so, daß ich ein besserer Detektiv war, als ich eigentlich sein wollte, Mr. Chan«, fuhr Holt grimmig fort. »Der Doktor hat Sing die Decken an der Tür abgenommen und sie neben den Leichnam auf den Boden gelegt. Sie sind niemals mit einem Stuhl in Berührung gekommen – dessen war er totsicher. Also – Sir – war jene blaue Decke schon vor dem Mord im Zimmer gewesen – da gibt es keinen Zweifel.«

»Gratuliere Ihnen zu scharfsinniger Schlußfolgerung von heute morgen im Studio«, sagte Charlie.

»Protestieren Sie lieber, und ich bin Ihnen dankbarer, Mr. Chan. Ja, Sir – Sing hat den Schuß abgegeben. Wie ich befürchtet hatte. Wir haben den Beweis mit der Decke und sein verletztes Knie – von der umgestoßenen Bank vor der Frisierkommode. Wir haben außerdem Romanos Aussage, der ihn kurz vor dem Schuß in das Zimmer nebenan hat schlüpfen sehen. Und wir haben noch jemanden – jemanden, der ihn kurz danach das Studio wieder verlassen sah.«

»Das ist neu für mich«, bemerkte Chan.

Sam Holt erzählte ihm Leslie Beatons Geschichte.

Charlie schüttelte traurig den Kopf. »Zu viele Menschen zu jener Zeit auf jenem Stock.«

»Ja, zu viele für den armen alten Sing«, stimmte Holt ihm zu. »Haben ihn kommen und gehen sehen. Don will ihn einlochen.«

Chan nickte. »Nur natürlich.«

»Ich überlege . . .« begann Sam Holt.

Charlie beobachtete ihn scharf.

»Ich habe nachgedacht, Mr. Chan«, fuhr der alte Sheriff fort. »Ein Blinder hat viel Zeit zum Denken. Und ich habe den ganzen Nachmittag drüber nachgedacht, angestrengt nachgedacht.«

»Haben wahrscheinlich an alle Spuren in diesem Fall gedacht«, mutmaßte Charlie.

»So ist es. Auch an das, was Sie zu Don über den Hund gesagt haben. Und warum Sie sich so für die Kiefern interessieren, Mr. Chan.«

Charlie lächelte. »Mr. Holt – beste Spur kennen Sie noch nicht. Habe mich bis heute nacht, als ich in knarrendem Todeshaus allein wartete, selbst nicht mehr dran erinnert. Schlage vor, ich erzähle alles, was an erstem Abend auf Pineview passiert ist und gesprochen wurde. Alles vom Beginn an bis hin zum Mord.«

Er rückte dicht an den alten Mann heran und sprach etwa zehn Minuten lang leise und vertraulich auf ihn ein. Als er geendet hatte, lehnte er sich auf seinem Stuhl zurück und studierte Sam Holts Gesicht.

Holt schwieg eine ganze Weile und spielte mit dem Brieföffner auf dem Schreibtisch. Schließlich sagte er: »Mr. Chan, ich bin achtundsiebzig Jahre alt.«

»Ein ehrwürdiges Alter«, bemerkte Charlie.

»Und auch ein glückliches, weil ich hier bin, bei meiner Familie – und in dem Land, das mir von Geburt an vertraut ist. Nur einmal angenommen, ich würde mich in irgendeinem fremden Land befinden – was würde ich mir dann mehr als alles wünschen . . .«

»Sie würden sich wünschen, noch einmal Heimatdorf wiederzusehen – über die Erde zu spazieren, in der eines Tages Ihre Gebeine ruhen werden.«

»Sie sind ein gescheiter Mann, Mr. Chan. Sie haben mich sofort verstanden. Inspektor – Don hat Sie nie zum Hilfssheriff ernannt. Sie haben hier also nicht wirklich irgendwelche Amtsgewalt.«

»Tatsache ist mir wohl bewußt.« Charlie nickte.

Sam Holt erhob sich. Eine distinguierte Erscheinung, ein Mann der Ehre und Integrität.

»Und ich – ich bin blind«, setzte er hinzu.

Chinesen weinen nicht so leicht, aber plötzlich spürte Charlie Chan, daß seine Augen brannten.

»Danke«, sagte er. »Ich spreche für gesamte Rasse, wenn ich das sage. Sie entschuldigen mich jetzt, ich weiß. Habe kleines Geschäft zu erledigen.«

»Aber natürlich haben Sie das. Auf Wiedersehen, Mr. Chan! Und falls es so kommen sollte, daß ich einen bestimmten Freund von mir nie mehr wiedersehe – grüßen Sie ihn herzlich von mir und sagen Sie ihm, ich sei stolz, ihn gekannt zu haben!«

Chan ging und schloß die Tür hinter sich. Einige Meter weit weg sah er in den Schatten die gebeugte Gestalt des alten Sing. Er näherte sich ihm.

»Kommen Sie, Sing! Sie und ich müssen kleine Reise machen.«

Plötzlich erblickte er im Eingang die mächtige Gestalt Don

Holts. Er packte den alten Chinesen und schob ihn zurück in die Schatten.

Don Holt öffnete die Tür zum Büro. »Hallo, Dad! Ich habe ein bißchen nachgedacht. Ich glaube, ich sollte jetzt nach Pineview fahren und ...«

»Komm herein, mein Sohn!« hörte Charlie die Stimme des alten Sheriffs sagen. »Komm herein! Dann bereden wir die Sache.«

Die Tür zum Büro schloß sich hinter dem jungen Mann, und Charlie eilte mit Sing zu dem Wagen hinaus, mit dem sie von Pineview hergekommen waren. Er trieb den alten Mann an, sich neben ihn zu setzen, und fuhr dann die Auffahrt der Taverne hinunter. Am Haupteingang bog Chan auf die Straße ein, die nach Truckee führte.

»Was jetzt los?« wollte Sing wissen. »Vielleicht ich gehe in Gefängnis, wie?«

»Sie sind böser Mann«, erwiderte Charlie streng. »Haben uns viel Sorgen und Leid verursacht. Haben Gefängnis reichlich verdient.«

»Ich gehe in Gefängnis, ja, Boß?«

»Im Gegenteil«, klärte Chan ihn auf. »Sie schnappen sich Boot nach China.«

18

Ein Schiff nach China!

Charlie konnte das Gesicht des Mannes, der neben ihm im Wagen saß, nicht sehen, aber er hörte einen ungeheuren Seufzer. Aus Erleichterung?

»In Ordnung, Boß«, sagte Sing.

»In Ordnung?« wiederholte Chan mit einer gewissen Bitterkeit. »Ist das Ihr ganzes Repertoire an Kommentaren? Wir erweisen Ihnen großen Gefallen – eine riesige Wohltat, und Sie antworten: In Ordnung. Der höfliche Mann, Ah Sing, würde seiner Zunge nicht erlauben, dabei stehenzubleiben.«

»Ich sehr dankbar.«

»Das ist schon besser. Scheint zwar immer noch unzureichend, klingt aber besser.«

Schweigend setzten sie ihre Fahrt über die nasse Straße fort. Chans Miene war grimmig und entschlossen. Die kommende Stunde gehörte nicht zu den glücklichsten in seiner Karriere. All die Jahre bei der Polizei von Honolulu waren voller Versuchungen gewesen, aber immer hatte er sich ehrlich und untadelig benommen. Und jetzt ... Würde er jemals wieder ein reines Gewissen haben können? Ah – gottlob, die Lichter von Truckee blinkten vor ihnen. Chan fuhr geradewegs zum Bahnhof.

»Zug nach San Francisco kommt in zwanzig Minuten«, verkündete er. »Habe Fahrplan konsultiert.«

Sie betraten den Wartesaal. Sing trug seine kleine Reisetasche.

»Haben Sie Geld, Ah Sing?« fragte Charlie.

»Habe was«, antwortete der alte Mann.

»Dann kaufen Sie selbst für sich Fahrkarte!« ordnete Chan an. »Tut mir leid, aber wir liefern nicht auch noch Fahrtkosten.«

Als Sing vom Fahrkartenschalter zurückkehrte, bemerkte der Detektiv, daß er hinkte.

»Ihr Knie schmerzt noch immer?« fragte Chan.

»Sehr schlimmer Stoß«, gab Sing zu. Er stellte seinen Fuß auf eine Bank, rollte seine weiten Hosenbeine auf und stellte einen beachtlichen schwarzblauen Fleck zur Schau.

»Wunde haben Sie sich zugezogen, als Sie gegen Bank von Frisiertisch in Landinis altem Wohnzimmer stießen?« fragte Chan.

»Ja – da. Nachdem ich schießen ...«

»Genug!« schrie Charlie. Er musterte unbehaglich die anderen Personen in dem Raum und sprach dann in kantonesisch weiter. »Durchstoßen Sie nicht mit einem Finger Ihre eigene Papierlaterne! Das Glück ist heute nacht auf Ihrer Seite und schlägt hohe Wellen. Seien Sie vorsichtig, damit das Herz des Gesetzes sich nicht doch noch gegen Sie verhärtet!«

Sing schien angemessen beeindruckt. Sie setzten sich nebeneinander auf die schmale Bank, und eine Weile lang sprach keiner von beiden.

»Die Regierung macht schlimme Zeiten durch«, sagte Chan schließlich. »Sie kann sich nicht einmal leisten, kleine Enden eines Strickes an einen Mann wie Sie zu verschwenden. An einen alten Mann, der auf jeden Fall bald sterben wird. Deshalb sagt man: Zurück nach China.«

»Ich werde gehen«, versprach Sing in seiner Landessprache.

»Beneide Sie. Sie werden wieder die Straßen des Dorfes entlangspazieren, in dem Sie geboren sind. Und Sie werden die Wahl Ihrer eigenen Begräbnisstätte überwachen. Ich werde dafür sorgen, daß Ihr Schrankkoffer gepackt und zu Ihnen geschickt wird, während Sie auf das Schiff warten. Wohin soll ich ihn schicken?«

»In das Geschäft meines Bruders, Sing Gow, in der Jackson Street. Der Fischladen ›Delicious Odors‹.«

»Sie können sich drauf verlassen. Für Sie ist die Vergangenheit heute nachmittag gestorben, die Zukunft wird heute nacht geboren. Verstehen Sie mich?«

»Ich verstehe.«

»Ich bin der Überbringer einer liebevollen Botschaft an Sie«, fuhr Charlie fort. »Mr. Sam Holt schickt sie Ihnen. Er ist stolz, Sie gekannt zu haben.«

Sings Züge wurden weich. »Ein ehrenwerter Mann. Mögen die vier Nägel seines Sarges aus purem Gold sein!«

»Um seinem Herzen zu entsprechen«, ergänzte Chan zustimmend.

Als er das Herannahen des Zuges hörte, bebte sein eigenes Herz vor Erleichterung.

»Kommen Sie!« sagte er und erhob sich.

Sie traten hinaus auf den Bahnsteig. Im nächsten Moment lief der Zug donnernd in den Bahnhof ein.

Charlie streckte eine Hand aus.

»Ich sage auf Wiedersehen«, brüllte er in Sings Ohr. »Möge sich Ihre ganze Reise auf der Sonnenseite abspielen!«

»Wiedersehen«, antwortete Sing. Er ging ein paar Schritte auf den Zug zu, drehte sich dann jedoch noch einmal um, kehrte zurück, holte etwas aus einer seiner Taschen und übergab es Chan.

»Sie geben Boß!« beauftragte er ihn und sprach wieder Englisch. »Ich vergessen. Sagen Sie Boß, zu viel Arbeit das Haus. Sing geht weg.«

»Werde es ihm sagen«, versprach Charlie.

Er führte Sing zu den Stufen eines Waggons und half ihm beim Einsteigen. Dann zog er sich in den Schatten des Bahnhofsgebäudes zurück. Er beobachtete, wie sich der alte Mann auf einen Sitzplatz fallen ließ und seinen Hut abnahm. In dem trüben Gaslicht wirkte das verhutzelte Gesicht gleichmütig und unbewegt. Der Zug kam in Fahrt, und Ah Sing wurde blitzschnell aus seinem Blickfeld gerissen.

Chan blieb immer noch zögernd stehen, tief in Gedanken versunken. Zum erstenmal in seinem Leben ... Aber das hier war das Festland, auf dem seltsame Dinge passierten. Und ohnehin hatte Inspektor Chan keine wirklichen Machtbefugnisse hier.

Chan fuhr zurück nach Tahoe und bog beim Tor der Taverne ein. Die Ställe waren dunkel und schienen verlassen. Er parkte in der Auffahrt und betrat das Hotel.

Dinsdale war allein. Er stand neben dem Empfang.

»Guten Abend, Mr. Chan!« sagte er. »Wird langsam etwas wärmer nach dem Regen, nicht wahr?«

»Mag sein«, erwiderte Charlie. »Fürchte, ich habe es gar nicht bemerkt.«

»Vermutlich nicht. Ich nehme an, Sie sind ein ziemlich beschäftigter Mann«, sagte Dinsdale. »Übrigens – es geht mich natürlich nichts an – aber – eh – haben Sie schon etwas herausgefunden?«

»Bedauere sehr. Gibt noch nichts, was bekanntzumachen wäre.«

»Nun – selbstverständlich wollte ich mich nicht einmischen.«

»Ah – aber natürlich sind Sie interessiert. Glaube, Sie waren alter Freund der armen Madame Landini!«

»Ja. Ich kannte sie schon vor ihrer ersten Ehe. Ein wunderschönes Mädchen war sie – und eine erstklassige Frau. Ich hoffe, Sie haben sie nicht nur vom Standpunkt ihrer abgelegten Männer aus beurteilt.«

»Bin diesem Irrtum eine Zeitlang unterlegen«, gestand Charlie. »Doch dann habe ich Madames eigene Lebensgeschichte gelesen und Meinung geändert. Stimme Ihnen zu – eine großartige Frau.«

»Das ist gut!« rief Dinsdale mit unerwarteter Vehemenz aus. »Ich bin froh, daß Sie so empfinden. Denn dann werden Sie genauso wild darauf sein, ihren Mörder hängen zu sehen, wie ich. Übrigens werden wir in einer halben Stunde zu Abend essen. Bitte, bleiben Sie – als mein Gast!«

»Werde nur zu glücklich sein.« Chan verneigte sich und deutete dann auf einen jungen Mann, der soeben hereingekommen war und hinter dem Empfangspult Platz genommen hatte. »Würden Sie so freundlich sein und jungen Mann in Pineview anrufen und ausrichten lassen, daß ich heute nicht dort zu Abend essen werde?«

»Mit dem größten Vergnügen«, antwortete Dinsdale.

»Und wenn Sie mir jetzt noch Zimmernummer von Mr. Sam Holt sagen könnten . . .«

»Es ist die Nummer neunzehn. Das Zimmer am Ende des Korridors dort drüben.«

Auf Charlies Klopfen hin rief Sam Holt, er möge eintreten. Chan öffnete die Tür. Der alte Sheriff stand in der Mitte des Zimmers und richtete gerade seine Krawatte.

»Hallo, Mr. Chan!« begrüßte er ihn und griff – ohne die kleinste Unsicherheit – nach seiner Jacke, die auf dem Bett lag.

»Oh, Sie erkennen meinen Schritt! Fürchte, daß er die Schwere meines Körpers verrät.«

»Nichts dergleichen«, widersprach Holt. »Es ist der leichteste Schritt in dem ganzen Laden hier – ausgenommen vielleicht der von Miß Beaton.«

»Aber mein Gewicht . . .« wollte Chan protestieren.

»Ich kümmere mich nicht um Ihr Gewicht. Das ist mir egal. Aber Sie schleichen wie ein Tiger, Mr. Chan.«

»Ja?« Charlie seufzte. »Aber ein Tiger, der seine Beute entwischen läßt.«

»Dann schließe ich daraus, daß Sie Ihren Auftrag ausgeführt haben.«

»Habe ihn ausgeführt – ja.«

»Sie bedauern es doch nicht, oder?«

»Nicht, solange Sie es nicht bedauern, Mr. Holt.«

»Was ich vermutlich niemals tun werde, Mr. Chan. Nichtsdestotrotz bin ich froh, Sie zu sehen, bevor Sie mit Don gesprochen haben. Ich habe Don bisher noch nichts davon erzählt.«

»Ohne Zweifel sehr weise«, sagte Charlie zustimmend.

»Sie wissen, daß Don hier die Amtsgewalt innehat. Er hat den Eid geleistet. Und er ist offen und ehrlich, der Junge. Ich glaub', er würde sich einfach verpflichtet fühlen, einem gewissen ›Kunden‹ hinterherzufahren und ihn zurückzubringen. Und auf Geschworene kann man sich nicht mehr verlassen, Inspektor.«

»Fürchte, Sie haben recht.«

»In früheren Jahren wär' das noch was anderes gewesen. Aber jetzt sitzen Frauen unter den Geschworenen, Mr. Chan. Und Frauen kennen keine Sentimentalitäten. Sie sind hart, die Frauen – seit sie angefangen haben, die Welt zu regieren.«

Charlie nickte. »Habe das auch bemerkt.«

»Ja, so ist das. Deshalb hab' ich mir gedacht, daß wir diesem gewissen ›Kunden‹ so viel Vorsprung wie nur möglich geben.«

Die Tür des Raumes auf der anderen Seite des Badezimmers wurde geöffnet und dann zugeschlagen.

»Das ist Don«, wisperte Sam Holt.

»Werde Sie beide unten in der Empfangshalle erwarten«, flüsterte Chan. »Werde nämlich heute abend Dinner hier einnehmen.«

Er zog sich schuldbewußt zurück, und der alte Sam Holt, der ihn unterstützte, sah auch recht schuldbeladen drein. Unten in der Empfangshalle setzte er sich ans Fenster. Wenig später öffnete sich eine Terrassentür, und Leslie Beaton trat ein.

»Hallo, Mr. Chan!« rief sie aus. »Schön, Sie wiederzusehen! Ich war draußen und habe die Aussicht bewundert. Sie ist einfach fantastisch.«

»Sie mögen dieses bergige Land?« fragte Chan sie.

»Ich liebe es.«

Sie drängte ihn zurück in seinen Stuhl, aus dem er sich erhoben hatte, und setzte sich selbst neben ihn. »Ich muß Ihnen gestehen – manchmal denke ich, ich werde einfach hierbleiben. Glauben Sie, das wäre eine gute Idee?«

»Glück ist keine Sache der Geographie«, klärte Charlie sie auf.

»Das glaube ich auch.«

»Wo immer wir auch sind – das Leben ist dasselbe. Ob süß, ob sauer, ob scharf, ob bitter – wir müssen alles auskosten. Für den Zufriedenen duften selbst Wurzeln des Kohls angenehm.«

»Ich weiß.« Sie nickte. »Würde ich hier zufrieden sein?«

Chan hob die Schultern. »Suche Ruf als Philosoph zu gewinnen, nicht als Wahrsager. Wenn ich letztere Rolle probieren würde, dann lautet Antwort: Es hängt davon ab, ob Sie Partner haben oder nicht. Man kann nicht mit einer Hand applaudieren.«

»Oh – es tut mir leid, daß ich das Thema angeschnitten habe.« Das Mädchen lachte. »Lassen Sie uns von etwas anderem reden, ja? Wenn ich mich so umblicke und nach einem neuen Gesprächsthema suche, fällt mein Blick – zwangsläufig – auf Ihren Schlips, Mr. Chan. Normalerweise mache ich keine persönlichen Bemerkungen, aber irgendwie ist das die Art von Krawatte, die man einfach nicht ignorieren kann.«

»Man könnte sie als rot bezeichnen«, meinte er.

»Man könnte sie nicht sehr gut als etwas anderes bezeichnen«, gab sie zu.

»War Geschenk meiner jungen Tochter Evelyn, zu Weihnachten, letztes Jahr«, teilte er ihr mit. »Hatte ganz vergessen, daß ich so leuchtend geschmückt bin. Doch jetzt erinnere ich mich – habe sie heute morgen zu einem bestimmten Zweck umgebunden.«

In diesem Augenblick tauchte der junge Beaton auf, in einer für ihn ziemlich heiteren Stimmung. Selbst schon ein Tag in der Taverne schien sich für ihn als gute Medizin zu erweisen. Er begrüßte Charlie freundlich und entführte dann seine Schwester in den Speisesaal.

Gleich darauf erschien Romano, in Abendkleidung, als wäre er auf dem Wege in die Oper.

»Mr. Romano, wie geht es Ihnen?« fragte Charlie. »Sie beschämen mich ziemlich durch Ihre feierliche Aufmachung. Während ich – ich Speisesaal mit Krawatte wie dieser entehren muß.«

»Was soll falsch sein an der Krawatte?« wollte Romano wissen. »Ich ziehe mich nicht für die anderen, sondern für mich selbst an. Und Sie sollten das ebenso tun. Wenn ich so wie jetzt gekleidet bin, habe ich das Gefühl, bereits zurück in irgendeiner Weltstadt zu sein, wie New York, zum Beispiel. Und dieser Gedanke macht mich überaus glücklich. Die Wirklichkeit wird dadurch erhaben.«

»Geduld!« rief ihm Charlie. »Mit der Zeit werden Maulbeerblätter zu Seide.«

Romano machte ein finsteres Gesicht. »Nicht gerade tröstlich. Der Prozeß klingt kompliziert. Aber in der Zwischenzeit kann man ja ruhig essen.«

Er entfernte sich.

Schließlich kamen auch Don Holt und sein Vater auf Charlie zu.

»Ich habe gehört, daß Sie zum Dinner bleiben«, sagte Don Holt. »Schön. Natürlich sitzen Sie bei uns.«

»Aber ich bin Mr. Dinsdales Gast«, protestierte Charlie.

»Das geht schon in Ordnung. Wir nehmen einen Tisch für vier Personen«, erklärte Dinsdale munter, der in diesem Moment zu ihnen getreten war.

Er führte sie in den Speisesaal. Don Holt sah enttäuscht drein, daß die Diskussion über den Fall nun auf später verschoben werden mußte. Chan indessen war äußerst erleichtert. Er hatte im Augenblick absolut keine Lust auf eine solche Diskussion mit dem Sheriff des County. Tatsächlich sah er auch einem späteren Zeitpunkt nicht freudig entgegen.

Gegen Ende des Dinners wurde Dinsdale abberufen. Don Holt verlor keine Zeit.

»Ich nehme an, daß Dad Ihnen von meiner Unterhaltung mit Miß Beaton heute nachmittag erzählt hat«, begann er. »So wie ich die Sache sehe, fällt damit dem alten Sing der Mord an der Landini direkt in den Schoß. Ich kenne Sing – das wissen Sie bereits – seit meiner Kindheit. Und ich habe ihn auch immer sehr gern gehabt. Aber als ich den Amtseid leistete, war nicht davon die Rede, daß ich meine Freunde beschützen sollte. Ich habe meine Pflicht zu erfüllen und muß . . .«

Er wurde durch das Erscheinen des liebenswürdigen Bill Rankin unterbrochen, der sich plötzlich über den Tisch beugte.

Chan seufzte erneut erleichtert.

»Hallo!« rief der Reporter aus. »Alle Gesetzeshüter brechen

heute das Brot miteinander. Donnerwetter! Aber vergessen Sie nicht, in einer Nacht wie dieser an die armen Verbrecher zu denken. Wie lautet die gute Nachricht an die gähnende Presse?«

»Müssen Ihre Nachricht selbst finden«, erklärte ihm Charlie. »Hat der Tag Ihnen nichts enthüllt?«

Rankin ließ sich auf Dinsdales Stuhl fallen. »Wir hatten eine schöne Zeit in Reno. Haben auch Miß Meecher besucht. Ich nehme an, Sie wissen, daß dieser schicke Bursche mit Namen Romano den gesamten Besitz der Landini erben wird?«

»Wir wissen es«, antwortete Don knapp.

»Nun, Romano war in der Mordnacht in Pineview«, fuhr Rankin fröhlich fort. »Bringt den Burschen irgendwie ins Rennen, stimmt's? Er wußte, daß die Sängerin – und das Geld – ihm in ein paar Wochen entgleiten würden. Und er wußte weiterhin, daß die Landini eine Pistole in ihrer Handtasche bei sich hatte. Muß ich noch mehr sagen?«

»Danke Ihnen vielmals.« Chan grinste. »Gentlemen, der Fall ist gelöst. Seltsam, daß wir nicht selbst daran gedacht haben.«

»Oh, Sie haben natürlich auch dran gedacht.« Rankin lachte. »Aber worauf ich hinauswill, ist: Möchten Sie nicht alles noch einmal überdenken – einfach für die morgigen Morgenzeitungen?«

»Ist das Verleumdungsrecht aufgehoben worden?« fragte Charlie ironisch.

»Verleumdung? Unterstellung, Mr. Chan. Ein Spiel, bei dem ich wahrscheinlich westlich der Rocky Mountains der erfahrenste Spieler bin. Na schön, wenn dieser kleine Punkt Sie nicht interessiert, dann beantworten Sie mir vielleicht eine Frage.«

»Muß sie hören, bevor ich sie beantworten kann«, erwiderte Charlie.

»In Ordnung – Sie sollen sie hören. Weshalb haben Sie diesen alten chinesischen Dienstboten Sing heute abend in einer alten Karre nach Truckee gebracht und ihn in einen Zug nach San Francisco gesetzt?«

Charlie Chan hatte eine lange und rege Karriere hinter sich, aber noch niemals zuvor hatte er einen so peinlichen Moment erlebt wie diesen. In der Totenstille, die dem arglosen Platzen von Rankins Bombe folgte, blickte Chan in die scharfen Augen von Don Holt, die plötzlich zornig blitzten. Die Hand des alten Sam

Holt zitterte, als er hastig sein Wasserglas absetzte. Charlie schwieg.

»Sie können das nicht vertuschen«, fuhr Rankin fort. »Gleason war rübergefahren, um am Bahnhof zwei Geschichten telegrafisch durchzugeben, und hat Sie gesehen. Was steckt Großartiges dahinter?«

Der Reporter sah Chan jetzt direkt ins Gesicht und war erstaunt über den Blick, der ihn traf, von jemandem, der noch wenige Augenblicke zuvor so froh gewesen zu sein schien, ihn zu sehen.

»Habe Sing nach Truckee gebracht aus Gefälligkeit – die ein Chinese einem anderen erweist«, sagte Charlie langsam und erhob sich. »Sing wollte gern San Francisco besuchen, und da es einige Punkte gibt, die ich dort zu untersuchen wünsche, beschloß ich, ihm zu erlauben, daß er fährt. Geschichte ist bedeutungslos, so oder so, doch ziehe ich vor, Sie schreiben im Moment nichts darüber.«

»Warum? Natürlich – wenn Sie meinen«, entgegnete Rankin gefällig. »Es erschien nur ziemlich seltsam, das ist alles.«

Charlie war bei diesen Worten bereits aufgestanden und auf dem Weg nach draußen. Don Holt und der alte Sheriff folgten ihm dicht auf den Fersen. Er ging quer durch die Empfangshalle und in das kleine Privatbüro von Dinsdale. Wie erwartet, kamen die anderen beiden nach.

Don Holt knallte die Tür hinter sich zu. Sein Gesicht war weiß, seine Augen waren gefährlich zusammengekniffen.

»So«, quetschte er zwischen den Zähnen hervor. »Sie haben ihn also aus Gefälligkeit dorthin gebracht – eine Gefälligkeit, die ein Chinese dem anderen erweist. Eine ganz beachtliche Gefälligkeit – wenn Sie mich fragen.«

»Beruhige dich, Don!« schrie sein Vater ihn an.

»Ich bin hintergangen worden«, fuhr der Junge fort. »Man hat mich zum Narren gehalten . . .«

»Wenn man dich das hat, mein Sohn – so war ich es. Ich habe Mr. Chan aufgetragen, Sing nach Truckee zu bringen. Ich habe ihm gesagt, er sollte ihm helfen, von hier wegzukommen – nach China.«

»Du?« schrie Holt. »Nach China? Obwohl du die ganze Zeit gewußt hast, daß er verdammt schuldig ist? Du hast gewußt, daß er in jenes Zimmer gegangen ist – du hast gewußt, daß er den Schuß abgegeben hat ...«

»Ich habe das alles gewußt, mein Sohn.«

»Wie konntest du mich dann so im Stich lassen? Geh mir aus den Augen!«

»Wohin willst du?«

»Wohin ich will? Ich fahre natürlich hinterher. Bin ich der Sheriff dieses County oder bin ich es nicht? Ihr zwei habt ganz schön selbstherrlich gehandelt ...«

Dinsdale öffnete die Tür.

»Ein Telegramm für Sie, Don«, sagte er. »Sie geben es von Truckee aus durch. Ich habe das Gespräch hier hereingelegt.«

Er musterte leicht verwundert den jungen Sheriff, zog sich dann jedoch zurück und schloß die Tür.

Don Holt setzte sich an den Schreibtisch und nahm den Telefonhörer hoch.

Chan sah auf seine Uhr und lächelte.

»Hallo? Hallo! Hier spricht Don Holt. ... Was? Was? ... Wiederholen Sie's noch mal! ... In Ordnung. Danke. ... Schicken Sie es mir, bitte, hierher, ja?«

Der junge Mann schwenkte mit dem Drehstuhl langsam herum. Sein Blick traf Charlies.

»Was haben Sie diesen Burschen da in Berkeley eigentlich gefragt?« wollte er wissen.

»War eine einfache Frage, die Kugeln betreffend«, erwiderte Charlie ruhig. »Was hat er geantwortet?«

»Er – er behauptet, daß beide Kugeln aus der Waffe stammen, die Swan getötet hat«, erklärte Don Holt ziemlich verwirrt. »Keine von beiden käme aus der Pistole Ellen Landinis, sagt er.«

»Na schön – diese Wissenschaftler können ja nicht immer unrecht haben«, meinte Sam Holt gedehnt. »Hin und wieder muß ja auch einer mal auf die richtige Spur stoßen.«

Don Holt erhob sich, und ganz allmählich verschwand der verwirrte Ausdruck aus seinem Gesicht. Auf einmal lächelte er Charlie an.

»Du liebe Güte!« rief er aus. »Jetzt begreife ich, warum Sie immer von den Kiefern geredet haben.«

19

Don Holt ging aufgeregt in dem kleinen Zimmer auf und ab.

»Es beginnt sich zu entwirren«, sagte er. »Das mit dem Hund – das habe ich jetzt auch kapiert.«

Charlie nickte. »Guter kleiner Trouble. Er hat mich in jener ersten Nacht auf richtige Spur gelenkt. Hatte bereits meine ersten Zweifel bekommen. Keiner der fünf, die zu Mordzeit nicht zugegen waren, hat Alibi angeboten. Seltsam, dachte ich. Wenigstens der Schuldige hat gewöhnlich Alibi zur Hand und vorbereitet. So überlegte ich: Konnte es sein, daß Schuldige sich nicht unter diesen fünf befand? Konnte es sein, daß er, als der angeblich tödliche Schuß abgefeuert wurde, unter jenen stand, die ich vor Augen hatte?«

»Wir gingen dann raus und haben uns mit Mrs. O'Ferrell unterhalten«, bemerkte der junge Sheriff.

»Genau. Ellen Landini hatte erklärt, sie würde Hund im Flugzeug mitnehmen. Er liebt es, zu fliegen, hat sie behauptet. Aber laut Mrs. O'Ferrell hat Trouble höchst jammervoll gewinselt und geheult, als Flugzeug über Haus kreiste. War kein glückliches Gebell der Vorfreude, so wie am folgenden Abend, als er Brummen des Flugzeuges hörte. War sichtlich Beweis von Kummer. Warum hatte er Kummer? überlegte ich. Alle, die mich kennen, haben zu ihrem Leidwesen erfahren – Chinesen haben für jede Situation passendes Sprichwort. An eines habe ich mich erinnert, als ich mit Mrs. O'Ferrell sprach.«

»Wie lautet es?« fragte Don Holt.

»Der Hund kennt Stimmung seines Herrn, wo immer er sich auch aufhält«, zitierte Charlie. »Armer kleiner Trouble – hat er gewußt, daß Ellen Landini starb, als Flugzeug über Haus kreiste? Ja, das war es, sagte ich mir. In dem schrecklichen Lärm, den Flugzeug verursachte, hätten Dutzende von Schüssen ungehört abgefeuert werden können. Nur der Hund hatte es mit irgendeinem sechsten Sinn gespürt. Er hat gewußt, daß Ellen Landini, seine Herrin, bereits tot gewesen war, als Flugzeug landete und wir alle mit dem Piloten im Wohnzimmer standen und Ryder die Treppe herunterkam. Sie war schon einige Zeit vor dem Schuß, der uns alle an ihre Seite brachte, gestorben.

Also hatte Schuß, den wir hörten, nur dazu gedient, uns irrezuleiten. Wer hat ihn abgegeben? Sing, wahrscheinlich. Hatte ihn von Anfang an verdächtigt – seit letzter Nacht war ich sicher. Ich erinnerte mich an das Dinner in Pineview am Abend meiner Ankunft. Das war, bevor ich Ellen Landini kennenlernte. Ich erinnerte mich an das, was Ryder gesagt hatte. Sing ist immer ein Freund in der Not gewesen, hat er erklärt.«

Holt nickte. »Das hat Ryder also gesagt.«

»Und er hatte recht damit. Ein Freund in der Not. Angefangen beim Reis mit Bratensoße bis hin zum Abfeuern eines irreführenden Schusses vom Balkon des Studios in die Kiefern.«

»Wissen Sie, was in dem Brief stand, den Ellen Landini an Ryder geschrieben hatte?« fragte Holt.

»Leider nein. Gibt noch einiges, was ich in Pineview tun muß. Nachricht vom Professor in Berkeley ist wichtig, aber Beweismaterial ist noch nicht komplett. Schlage vor, ich fahre jetzt hin, um es zu vervollständigen. Doch erst muß ich noch tausendmal um Entschuldigung bitten. Als ich Sing auf den Weg nach China schickte, war ich, fürchte ich, Gesetzesbrecher.«

»Das ist schon in Ordnung«, bemerkte Sam Holt. »Entschuldigen Sie sich nicht, Mr. Chan! Werde es selbst nicht tun. Wir haben diesen jungen Hitzkopf hier aus einer äußerst peinlichen Situation gerettet.«

»Das stimmt vermutlich«, gab Don Holt zu. »Tut mir leid, was ich gesagt habe.«

Charlie tätschelte den Arm des Jungen. »Sie waren bemerkenswert beherrscht. Und wie Sie sehen konnten, habe ich nicht widersprochen. Habe mich an unsere Auseinandersetzung von gestern nacht in leerem Haus erinnert. In höchst schmeichelhafter Absicht füge ich hinzu, daß Mann, der einmal von Schlange gebissen wurde, jeden Strick auf seiner Straße fürchtet.«

Der Sheriff lachte. »Gut, ich werde es als Kompliment werten. Und ich bin froh, daß Sie Sing aus dem Weg geräumt haben. Vermutlich hat er nicht geglaubt, irgend etwas Falsches zu tun, aber wenn er sich jetzt noch hier herumtreiben würde, müßte ich ihn natürlich als Komplizen verhaften und einsperren. So werde ich aber wahrscheinlich nicht erfahren, wo er ist.«

»Das werden Sie sicher nicht.« Chan lächelte. »Wenn Sie sich auf Hilfe Ihres ehrenwerten Vaters verlassen. Oder auf meine bescheidene. Werde jetzt nach Pineview fahren, um jene Angelegenheiten zu untersuchen, die ich erwähnte. Nach kurzem Gespräch mit Ihrem Vater werden Sie genau wissen, wie Sie zu handeln haben.« Er sah auf seine Uhr. »Geben Sie mir jedoch eine Stunde Zeit!«

Holt nickte. »Genau eine Stunde.«

Der Mond schien hell, und eine warme Brise blies durch die Kiefern, als Charlie über die einsame Straße zurückgondelte zu dem Haus, in dem er mehrere Tage zu Gast gewesen war. Der Augenblick seines Triumphes rückte näher, aber er war nicht in der Stimmung, sich darauf zu freuen. Wie auch schon in so vielen anderen Fällen, war es ihm unmöglich, die Dinge vom Standpunkt eines wissenschaftlichen Roboters aus zu sehen. Aus diesem Grunde kannte sein eigenes Herz auch in Augenblicken wie diesem nie das Gefühl freudiger Erregung oder des Stolzes.

Als er den Wagen in die Garage von Pineview gelenkt hatte, waren seine traurigen Gedanken verflogen. Er gab sich jetzt sachlich und tatkräftig. Endlich hob er die Leiter auf, der er am Nachmittag noch sehnsüchtige Blicke zugeworfen hatte. Er hievte sie hoch auf eine Schulter und trug sie behutsam um das Haus herum zu der Rasenfläche vor dem Haus. Der Lichtschein, der aus den Fenstern des Eßzimmers fiel, zeigte ihm an, daß Ryder und sein Gastgeber immer noch beim Dinner saßen.

Chan lehnte die Leiter gegen den hohen Baum, von dem – dessen war er sicher – das Stück Borke heruntergefallen war. Er kletterte hoch, bis sein plumper Körper zwischen den dicken Ästen verschwand. Eine Weile geisterte der Strahl seiner Taschenlampe wie ein Irrlicht dort oben herum, bis er endlich gefunden hatte, wonach er suchte – und was er an jenem Nachmittag vergeblich auf dem Boden zu finden gehofft hatte: die Kugel, die Sing vom Balkon aus abgefeuert hatte, um damit einem Freund ein Alibi zu verschaffen. Charlie holte sein Taschenmesser heraus und begann, die Kugel aus ihrer Ruhestätte herauszupuhlen. Dann ließ er sich – das Geschoß sicher in einer seiner Taschen – langsam zwischen den Ästen herunter, bis er die Leitersprossen wieder unter seinen Füßen spürte. Er war bereits zur Hälfte heruntergeklettert, als er einen großen, kräftigen Mann entdeckte, der in der Dunkelheit unten auf ihn wartete.

»Sind Sie das, Mr. Chan?« fragte Michael Ireland irritiert. »Cecile hat jemanden durchs Fenster gesehen und mich rausgeschickt, damit ich ihn mir vorknöpfe. Ihre Nerven sind nicht allzugut, müssen Sie wissen.«

»Tut mir so leid, daß ich sie aufgeschreckt habe«, sagte Charlie und betrat wieder festen Boden. »Bitte, versichern Sie ihr, es gibt keinen Grund zur Besorgnis. Betreibe bloß meine harmlosen Studien.«

»Kann ich Ihnen beim Tragen der Leiter behilflich sein?« fragte Ireland. »Scheint mir schwer zu sein.«

Sie trugen die Leiter zur Garage zurück.

»Hatte nicht gewußt, daß Sie heute abend unter uns weilen«, bemerkte Charlie. »Haben Sie Reise mit Flugzeug gemacht?«

»Ja. Ich wollte übrigens mit Ihnen reden, Mr. Chan.«

»Halte viel von dem Hier und Sofort.«

»Nun, es geht um Cecile. Sie war immer schon nervös und flatterhaft – wie Frauen so sind. Doch seit dieser Geschichte mit Swan ist sie ganz außer sich. Sie hat mich angerufen und gebeten, herzukommen und sie mit nach Hause zu nehmen. Ich hab' ihr gesagt, ich wäre nicht so sicher, daß der Sheriff sie wegläßt – aber da hat sie geradezu ein ganzes Feuerwerk abgebrannt. Na, Sie wissen ja, wie das ist. Also habe ich versprochen, zu fragen.«

»Ich weiß, wie es ist.« Charlie nickte. »Aber Sie fragen falsche Person.«

Ireland schüttelte den Kopf. »Nein, das stimmt nicht, Mr. Chan. Ich habe vor kurzem den Sheriff angerufen, und er hat mir mitgeteilt, daß alles hier in Ihren Händen liegt. Er hat gemeint, Sie würden mir sagen, wann Cecile gehen kann.«

Charlie dachte nach. Er sah auf seine Uhr. »Fragen Sie mich noch mal in einer halben Stunde – wenn Sie so freundlich sein wollen.«

»In Ordnung. In einer halben Stunde.« Er machte ein paar Schritte, blieb dann aber plötzlich stehen. »Sagen Sie – was wird denn in einer halben Stunde passieren?«

Chan hob die Schultern. »Wer kann schon wissen? Wenn Sie mich jetzt entschuldigen wollen ... Bleibe noch ein paar Minuten hier draußen.« Er wartete, während Ireland zögernd die Hintertreppe hinaufstieg und ins Haus ging. Dann holte er aus einer seiner Taschen einen riesigen Schlüsselbund, mit dem er zwischen den Schuppen hinter der Garage verschwand.

Etwa zehn Minuten später betrat Chan das Haus durch die

Hintertür. Mrs. O'Ferrell, Cecile und Ireland befanden sich in der Küche; sie verfolgten ihn mit ängstlichen Blicken, als er vorbeiging. Er stieg die Hintertreppe hinauf und bewegte sich so lautlos wie ein Tiger, mit dem ihn Sam Holt verglichen hatte. Als er den oberen Korridor erreicht hatte, lehnte er sich über das Treppengeländer und lauschte. In weiter Ferne hörte er aus dem Eßzimmer Stimmen. Er ging weiter in sein Zimmer und versperrte die Tür hinter sich.

Eine kurze Zeitlang war er am Schreibtisch beschäftigt, ganz offensichtlich mit dem Überprüfen von Fingerabdrücken. Dann begann er hastig seinen Handkoffer zu packen. Als er alles verstaut hatte, stellte er den Koffer in den Flur, legte seinen Mantel und seinen Hut drauf und lauschte erneut. Die Stimmen kamen immer noch aus dem Eßzimmer. Nach einem kurzen Besuch im Studio nahm er seine Sachen auf und ging nach unten.

Im großen Wohnzimmer flackerte friedlich das Feuer im Kamin und warf huschende Schatten an die Wände. Chan setzte sein Gepäck ab und blickte sich einen Moment lang nachdenklich um. Eine Szene wurde noch einmal vor seinen Augen lebendig. Es war der Augenblick, als Michael Ireland vor zwei Nächten auf einen Drink hier hereingekommen war. Er sah wieder Beaton und Dinsdale vor dem Feuer und Ward die Cocktails mixen, Ireland erwartungsvoll in dem großen Lehnsessel sitzen und Ryder lässig die Treppe herunterkommen. Fünf Männer insgesamt – sechs, wenn er sich selbst mit einschloß.

Das Bild verblaßte. Charlie schritt langsam durch den Gang, der ins Eßzimmer führte. Unter der Tür blieb er stehen.

Ward und Ryder saßen am Tisch. Sie hatten Kaffeetassen vor sich. Von seiner angeborenen Gastfreundschaft angetrieben, sprang Ward augenblicklich von seinem Stuhl auf.

»Hallo, Mr. Chan!« grüßte er ihn herzlich. »Wir haben Sie beim Dinner vermißt. Wollen Sie nicht jetzt noch etwas haben? Sing!« Dann besann er sich. »Verdammt! Ich vergesse es immer wieder. Mr. Chan, Sing ist verschwunden.«

»Das macht nichts«, antwortete Charlie. »Habe ausreichend gegessen, Mr. Ward. Weiß Ihre Freundlichkeit nichtsdestotrotz zu schätzen.«

»Vielleicht kann Mr. Chan etwas Licht auf das Verschwinden von Sing werfen«, meinte Ryder.

Charlie zog sich einen Stuhl an den Tisch heran und nickte. »Ich kann.«

Sie warteten schweigend.

»Bin betrübt, Ihnen sagen zu müssen, Mr. Ward, daß alle enthüllten Beweisstücke mit schmerzlicher Gewißheit auf Sing als die Person hinweisen, die Schuß auf Ellen Landini abgegeben hat – den Schuß, der uns alle ins Studio hinauflaufen ließ, wo wir Leichnam auf dem Boden liegen sahen.«

»Das glaube ich nicht!« rief Ward leidenschaftlich aus. »Es ist mir egal, auf was die Beweisstücke hinweisen. Sing hat es niemals getan!«

»Aber wenn Sing selbst zugibt, daß er es getan hat?«

Ward erhob sich. »Wo ist er? Ich werde sofort zu ihm gehen.«

»Das, fürchte ich, ist unmöglich«, erwiderte Charlie. »Der Sheriff war im Begriff, ihn einzusperren, als er – vom Erdboden verschwand.«

»Er ist verschwunden?« rief Ryder aus.

»Vorläufig. Könnte trotzdem noch festgenommen werden.« Chan wandte sich an Ward. »Tut mir so leid, Mr. Ward. Ich weiß, dies muß großer Schock für Sie sein. Bin nur kurz vorbeigekommen, um Ihnen mitzuteilen, daß ich mit tiefem Bedauern und glühendem Dank für Ihre Gastfreundschaft dieses Haus jetzt gleich verlasse. Gibt nichts mehr, was ich tun könnte.«

»Vermutlich nicht«, gab Ward zu. »Aber Sie dürfen nicht gehen, bevor eine Sache nicht abgewickelt ist. Ich hatte Ihnen tausend Dollar für die Suche nach meinem Sohn versprochen und . . .«

»Aber Suche war so kurz«, protestierte Chan.

»Das spielt keine Rolle. Es war nicht abgemacht, wie lange sie dauern sollte. Warten Sie hier, bitte, einen Moment! Ich schreibe rasch einen Scheck aus.«

Er verließ das Zimmer.

Charlie drehte sich um und entdeckte auf dem Gesicht John Ryders ein ungewohntes Lächeln.

»Flucht von Sing bereitet Ihnen nur Vergnügen«, bemerkte der Detektiv.

»Sollte ich das verbergen, Mr. Chan?«

»Sing war sehr guter Freund von Ihnen?«

»Einer der besten, die ich je gehabt habe.«

»Ja – Hühnerbratensoße und Reis.«

Ryder sagte nichts darauf.

Dann kehrte auch schon Ward zurück und überreichte Charlie einen Scheck.

»Nehme ihn mit hochroten Wangen entgegen«, gestand Chan. Nachdem er ihn in einer Brieftasche verstaut hatte, blickte er erneut auf seine Uhr. »Zeit, daß ich gehe«, erklärte er und erhob sich.

»Wollen Sie zum Abschied nicht etwas trinken?« schlug Dudley Ward vor. »Doch Sie trinken ja nicht, oder? Das ist nur gut im Moment, denn mir fällt ein, daß wir ja gar nichts trinken können. Der arme John und ich haben schon den ganzen Abend hier mit ausgedörrten Kehlen gesessen. Sing hatte nämlich die Schlüssel zum Büfett – und auch zum Keller.«

»Danke Ihnen vielmals, daß Sie mich dran erinnern. Hätte es fast vergessen.« Charlie holte aus einer seiner Taschen einen großen Schlüsselring, an dem mehr als zwanzig Schlüssel hingen. »Das hier hat mir Ihr Diener anvertraut – kurz vor seiner Flucht.«

»Wenigstens ein kleiner Lichtblick«, meinte Ward. Er nahm die Schlüssel an sich und ging auf das Büfett zu. »Was möchtest du, John? Einen Likör zu deinem Kaffee?«

»Hätte nichts dagegen«, sagte Ryder.

Dudley Ward holte vier geschliffene Glaskaraffen aus dem Büfett, setzte sie auf ein Tablett und stellte dieses vor seinen Freund hin.

»Gieß dir selbst ein!« forderte er ihn auf.

Für sich wählte er eine größere und schwerere Karaffe. Dann wandte er sich nochmals an Chan. »Sie wollen Ihre Meinung nicht ändern?«

»Halte sehr viel von natürlichen feierlichen Bräuchen«, antwortete Charlie. »In alten Tagen wäre in China die Verweigerung eines Abschiedstrunks eine Verunglimpfung und Befleckung der Gastfreundschaft gewesen. Eine kleine Kostprobe – wenn Sie, bitte, so gut sein wollen.«

»Wunderbar!« rief Ward freudig aus und stellte Ryder noch ein Glas hin. »John, schenk dem Inspektor . . . Was bevorzugen Sie denn, Mr. Chan?«

»Ein wenig von dem Portwein, bitte.« Plötzlich wurde die Stimme des Detektivs lauter. »Noch etwas. In alten Zeiten in

China wäre auch Weigerung des Gastgebers, Abschiedstrunk selbst einzugießen, als Beleidigung Gast gegenüber betrachtet worden.«

Schweigen breitete sich im Raum aus. Charlie sah, wie Ryder zögerte und fragend Ward anschaute.

»Aber ich will Sie nicht bedrängen«, fuhr Charlie mit einem liebenswürdigen Lächeln fort. »Habe mich nur an mein erstes Dinner hier an diesem Tisch erinnert – daran, wie liebenswürdig Sie waren, Mr. Ward, wie Sie Cocktails selbst herumgereicht haben, wie Ihnen nichts zuviel war – bis Tablett mit den Karaffen vor Sie hingestellt wurde. Da haben Sie nach Sing gerufen, und Sing mußte aus der Küche kommen, bevor Liköre gereicht werden konnten. Ah – all diese kleinen Nebensächlichkeiten – setzen sich im Gehirn eines Detektivs fest. Viele Stunden später habe ich mich erinnert und gefragt: Kann es sein, daß Mr. Ward farbenblind ist?«

Er unterbrach sich, und wieder lastete Schweigen im Raum.

»War eine interessante Frage«, fuhr Charlie fort. »Doch erst heute nacht konnte ich sie beantworten. Auf Schreibtisch in Ihrem Studio oben standen zwei verschiedene Tinten, Mr. Ward – schwarze rechts und rote links. Vor wenigen Augenblicken habe ich mir sehr große Freiheit herausgenommen und Standort der Tintenfässer verändert. Hoffe, Sie werden mir vergeben.« Er klopfte auf die Tasche, in die er soeben seine Brieftasche gesteckt hatte. »Scheck, den Sie mir gerade gegeben haben, war mit roter Tinte ausgefüllt, Mr. Ward. Sie sind also farbenblind.«

»Und was ist schon dabei?« wollte Ward wissen.

Charlie lehnte sich bequem zurück. »Die Person, die Ellen Landini getötet hat, wurde vorher von ihr nach grünem Schal geschickt, hat aber rosaroten gebracht. Später hat sie aus unbestimmtem Impuls heraus Schreibtisch in Ordnung gebracht und karmesinroten Deckel auf gelbe Zigarettenschachtel und gelben Deckel auf karmesinrote gelegt. Nein, danke, Mr. Ryder.« Er winkte ab, als Ryder ihm ein Glas hinhielt. »Könnte mich nicht dazu zwingen, mit einem Mann zu trinken, den ich gleich wegen Mordes verhaften muß.«

»Mordes?« schrie Ward auf. »Sind Sie verrückt, Inspektor?«

»Nein – Sie sind verrückt geworden vorletzte Nacht im Studio.«

»Ich befand mich im Wohnzimmer, als der Schuß fiel. Sie haben mich selbst dort gesehen.«

»Ja – Sings Schuß in die Kiefern. Aber leider wurde die Landini tatsächlich während des Lärms und der Aufregung getötet, als Flugzeug dröhnend über dem Haus kreiste.«

»Zu welchem Zeitpunkt ich die Lichter auf dem Flugfeld einschaltete. Sie haben ja gehört, was der Pilot gesagt hat.«

»Daß Lichter angingen, während er über dem Haus war. Und das stimmte auch. Aber Sie, Mr. Ward, haben sie nicht eingeschaltet.« Charlie zog einen Umschlag aus einer seiner Taschen und hielt gleich darauf – sehr vorsichtig – den Holzknipser eines elektrischen Schalters in die Höhe. »Vor kurzer Zeit habe ich mit Hilfe des Schlüsselbundes von Sing Schuppen hinter Hangar betreten, von wo aus Licht bedient wird. Habe diesen Teil hier abmontiert. Darauf befinden sich zwei Fingerabdruck-Sätze, die beide von treuem Diener Ah Sing stammen.« Er ließ das Beweisstück wieder in den Umschlag gleiten. »Zwei sehr gute Alibis – Sings Schuß in die Bäume und Ihre Behauptung, die Lichter eingeschaltet zu haben. Beide jetzt geplatzt.«

Charlie bemerkte erst in diesem Augenblick, daß mit dem sonst so jovialen, freundlichen Dudley Ward eine schreckliche Veränderung vorgegangen war. Sein Gesicht war purpurrot, er zitterte vor Wut, und sein Mund war verzerrt.

»Hol Sie der Teufel!« brüllte er und griff nach der schweren Karaffe auf dem Tisch.

Sein muskulöser Arm holte schon zum Schlag aus, doch da wanderte sein Blick zur Tür hin. Er zauderte, und plötzlich war seine Wut wieder verflogen.

»Beruhige dich, Dudley!« hörte er die Stimme des alten Sam Holt von der Tür her sagen. »Ich hab' dir schon, als du noch ein Kind warst, gesagt, daß dich dein Temperament eines Tages fertigmachen würde.«

Dudley Ward ließ sich auf seinen Stuhl fallen und bedeckte sein Gesicht mit den Händen.

»Vermutlich hattest du recht, Sam«, murmelte er. »Vermutlich hattest du damit recht.«

20

Der alte Sheriff trat in den Raum ein, und Don Holt folgte.

Charlie sah noch einmal auf seine Uhr.

»Auf die Minute eine Stunde«, sagte er zu dem jüngeren Holt. »Bin froh, daß Sie zu Ihrem Wort stehen. Hatte schon befürchtet, daß mir höchst wichtiges Beweisstück verlorengehen könnte.«

»Dann haben Sie also gefunden, wonach Sie hier gesucht haben?« fragte Don Holt.

Chan übergab dem Sheriff einen Umschlag.

»Knipser von Lichtschalter im Schuppen hinter dem Hangar«, erklärte er. »Darauf Fingerabdrücke von Sing, der Lichter auf Flugfeld ausschaltete, als unglückseliger Abend sich dem Ende zuneigte – und sie augenscheinlich zuvor auch eingeschaltet hatte.«

Holt nickte. »Das heißt also, daß Ward niemals in die Nähe dieses Lichtschalters gekommen ist.«

»Das ist Schlußfolgerung, die wir natürlich ziehen müssen«, stimmte Charlie ihm zu. »Überreiche Ihnen hiermit wertvolles Material. Auch mit diesem Umschlag, in dem sich Kugel aus Ellen Landinis Waffe befindet, die ich vor nicht allzulanger Zeit aus Kiefer herausgegraben habe.«

Ryder kam auf sie zu. Seine Miene war so unwirsch und verächtlich wie stets.

»Und Sie glauben, daß Sie meinen Freund mit solchen Beweisen überführen können?« schrie er.

»Wird alles dazu beitragen«, antwortete Chan und hob die Schultern. »Zusätzlich werden wir Besitzer eines Revolvers ermitteln, der jetzt in Berkeley aufbewahrt wird.«

»Das dürfte nicht so einfach sein«, schnaubte Ryder verächtlich.

»Vielleicht nicht.« Charlie wandte sich um und sah Ward an. »Wenn es Schwierigkeiten geben sollte, können wir noch Komplizen des Verbrechens – Ah Sing – hierher zurückbringen. In einem solchen Fall würde er natürlich auch bestraft werden.«

Ward sprang auf.

»Oh, hören Sie auf!« schrie er leidenschaftlich. »Lassen Sie Sing zufrieden! Lassen Sie ihn ziehen! Ich habe Ellen Landini getötet – und ich habe auch Swan umgebracht.«

»Aber Dudley . . .« protestierte Ryder.

»Was hat es schon für einen Sinn, John? Vergiß es! Ich habe nichts mehr, wofür es sich zu leben oder zu kämpfen lohnt. Laß es uns zu Ende bringen. Das ist alles, was ich mir noch wünsche.«

Er sank auf seinen Stuhl zurück.

»Tut mir so leid, Mr. Ward«, sagte Chan sanft, »daß Besuch Ihres Heims so enden muß. Aber lassen Sie es uns zu Ende bringen, wie Sie gewünscht haben. Werde jetzt ein paar Ereignisse von vorgestern nacht detaillieren. Vielleicht sind Sie so freundlich, mich zu verbessern, wenn ich unrecht habe.

Sie und ich gingen mit Madame Landini ins Studio. Sie haben sie angeschuldigt, Ihren Sohn vor Ihnen verborgen zu haben. Sie hat alles geleugnet, aber Sie waren nicht zufrieden. Flugzeug näherte sich Haus, und Sie verschwanden, um Lichter auf Landebahn einzuschalten. Nachdem Sie gegangen waren, versuchte Ellen Landini wie wild mit John Ryder Verbindung aufzunehmen.

Sie konnten Lichter nicht einschalten, bevor Sie nicht Sing gefunden, der Schlüssel zu allem in diesem Haus hatte. Sie trafen ihn schließlich auf hinterer Veranda. Er war auf dem Weg, Lampen für Flugfeld einzuschalten. Sie ließen ihn ziehen und sagten ihm, später müßte er ins Studio Decke für Landinis Hund bringen.

Mit weiteren Fragen an Ellen Landini kehrten Sie ins Studio zurück. Die hatte unterdessen Brief an Ryder geschrieben, der sich geweigert hatte, sie zu sehen. Als Sie eintraten, steht sie auf dem Balkon und winkt dem Piloten zu.

›Oh – du bist es!‹ sagte sie. ›Mir ist kalt. Hol mir meinen Schal! Er liegt auf dem Bett nebenan. Der grüne.‹

Die große Landini gibt Befehle wie ehedem. Sie gehen in Zimmer nebenan und kehren mit rosa Schal zurück. Sie schnappt ihn sich. Hat sie Sie ausgescholten? Hat sie gesagt, ich hatte vergessen, daß du farbenblind bist? Nein – vermutlich nicht. Sie fand, Miß Beatons Schal tut es auch. Dann fällt Ihr Blick auf Schreibtisch – auf Brief, den sie an John Ryder geschrieben und adressiert hat.«

Charlie machte eine Pause.

»Frage mich, was in dem Brief gestanden hat«, sagte er dann langsam.

»Sie scheinen alles zu wissen«, erwiderte Ward. »Was glauben Sie denn, was dringestanden hat?«

»Glaube, daß er Nachricht vom Tode Ihres Sohnes enthalten hat.«

Ward schwieg einen Moment lang. Schließlich seufzte er müde und meinte: »Sie wissen tatsächlich alles.«

»Sie waren neugierig wegen des Briefes«, fuhr Charlie fort. »Vielleicht waren Sie immer ein bißchen eifersüchtig auf Ryder gewesen. Sie haben die Landini gefragt, was das zu bedeuten hätte. Ihr unheilvolles Temperament ging mit Ihnen durch. Sie rissen Umschlag auf und lasen. Ellen Landini hatte Ryder – Ihren besten Freund hier – gebeten, Ihnen schonend die Nachricht beizubringen, daß Ihr Sohn gestorben war.

Gestorben! Und Sie hatten ihn nie gesehen. Ihr Zorn war schrecklich. Mordgedanken bewegten Ihr Herz. Aus Schublade Ihres Schreibtisches holten Sie Revolver – eine Automatic – und wandten sich der Frau zu. Sie schrie, kämpfte mit Ihnen über dem Schreibtisch. Die Zigarettenschachteln kippten um, Deckel gerieten durcheinander. Pilot kreiste noch einmal direkt überm Haus. Der Lärm war schrecklich.

Sie stießen Ellen Landini von sich. Sie fiel hin. Sie schossen von oben auf sie. Und das Getöse des Flugzeuges verklang in der Ferne. Ebenso wie sich der tobende Zorn in Ihrem Gehirn verflüchtigte.

Sie waren benommen, schwach, unsicher. Da Sie ein ordentlicher Mensch sind, versuchten Sie unbewußt, Schreibtisch in Ordnung zu bringen. Dann ging Ihnen durch den Sinn, vielleicht war es gut, vorzutäuschen, die Landini sei vom Balkon aus erschossen worden. Sie zerrten sie zum Balkonfenster – und aus ihrer Handtasche, die sich geöffnet hatte, fiel ihr eigener Revolver. Sie untersuchten ihn. Dasselbe Kaliber wie Ihrer. Da betrat Sing das Zimmer, unter dem Arm eine kleine, blaue Decke.

Was ist dann passiert? Nun, auf jeden Fall ging alles sehr schnell. Wessen Idee war es – Alibi mit einem Schuß, den Sing abfeuert, zu schaffen? Aber spielt keine Rolle. Er war Ihr getreuer Diener. Sie wußten, er würde Sie beschützen, so wie er Sie von Kindheit an immer beschützt hatte. Er war Ihr Schlüsselwart . . .«

»Genau das drückt es aus!« rief der alte Sam Holt aufgeregt. »Schlüsselwart. Sechzig Jahre lang hat Ah Sing vor den Familiengeheimnissen der Wards die Türen zugeschlagen und die Schlüssel herumgedreht. Ich weiß Bescheid darüber, stimmt's, Dudley? Und er hätte es auch diesmal wieder getan, nur hatte Inspektor Chan seinen Fuß in der Tür.«

»Ja, ich fürchte, es war so«, gab Ward zu.

»Sie überließen also alles Sing«, fuhr Charlie fort, »und eilten hinunter zur Landebahn, um neuen Gast zu begrüßen. Oh, Ihre Manieren, Mr. Ward – sie waren immer so perfekt. Aber ein goldenes Bett kann Kranke nicht heilen, und gute Manieren machen keinen guten Menschen. Sie hießen Piloten willkommen, und wir gingen ins Haus. Während oben Sing die Treue hielt. Oder wie mein Freund, Inspektor Duff von Scotland Yard, sagen würde – er setzte sie fort.«

Charlie erhob sich. »Wir brauchen Szene nicht länger mit dunklen Bildern der Vergangenheit zu überschatten. Verweile nicht bei Mord an Swan. Sie werden nicht seinetwegen vor Gericht gestellt werden.«

»Das tut mir leid«, antwortete Ward grimmig. »Denn ich kann mir fast vorstellen, daß ich der Welt damit einen Dienst erwiesen habe. Ein gemeiner Erpresser. Er war an der Tür zum Studio, als ich ... Als Ellen starb. Als ich später zu ihm ging, um ihm Sachen für die Nacht zu bringen, bedrohte er mich und forderte Geld. Ich sagte ihm, ich würde ihm am nächsten Tag in Reno etwas holen. Und das tat ich auch. Gestern abend habe ich ihn angerufen und ihm mitgeteilt, er könnte es haben, wenn er sich mit Sing in dem Haus unten an der Straße treffen würde. Dann begann ich nachzudenken, und mir wurde klar, er würde mich aussaugen, wie ein Blutegel, mein Leben lang. Deshalb habe ich nicht Sing geschickt, sondern bin selbst hingegangen. Und als Swan dann kam, ganz gierig auf den ersten Blutstropfen, habe ich ihn erledigt. Ja – ich bin ziemlich stolz auf das, was ich Swan angetan habe.«

»Und ich bin sehr dankbar«, sagte Chan. »Wir brauchten Ihren Revolver, Mr. Ward – wie Kirschbäume die Sonne. Habe mich zuerst gewundert, warum Sie nicht Waffe in See geworfen haben, aber dann habe ich mich an das berühmte glasklare Wasser am Ufer des Lake Tahoe erinnert und Ihrer Klugheit applaudiert. Sie hatten geplant, später mit Boot zurückzukommen und sowohl Dr. Swan als auch Revolver weit draußen zu versenken –

jedoch wie oft enden auch beste Pläne in einem Disaster.« Charlie nickte Don Holt zu. »Sheriff – ich übergebe Ihnen diesen Mann. Habe nur noch eine einzige Frage auf dem Herzen: Wer hat in Nacht der Ermordung der Landini dem loyalen und getreuen Sing diesen grausamen Schlag ins Gesicht verpaßt?«

Ward baute sich vor dem Detektiv auf, und in seinen blutunterlaufenen Augen glomm ein gefährlicher roter Funke.

»Was hat das mit der Sache zu tun?« brüllte er. »Mein Gott – wissen Sie immer noch nicht genug? Sind Sie niemals zufrieden? Was hat das hiermit zu tun?«

»Nichts, Dudley«, sagte der alte Sam Holt besänftigend. »Überhaupt nichts. Mr. Chan, ich glaube, wir bestehen nicht auf einer Antwort hierauf.«

»Natürlich nicht«, entgegnete Charlie bereitwillig. »Habe jetzt nichts mehr mit dem Fall zu tun. Gehe meine Sachen holen.«

Zehn Minuten später stiegen die beiden Holts, Chan und der nunmehr schweigsame Ward in das Boot des Sheriffs. Ryder war zur Aufsicht in Pineview zurückgeblieben, und Don Holt hatte auch Ireland überredet, die Nacht noch dort zu bleiben.

Das kleine Boot bahnte sich seinen Weg durch das silbrig schimmernde Wasser. Auf den entfernten Gipfeln glitzerte der Schnee, was in den Augen des Detektivs aus Hawaii immer noch ein Wunder war.

Dann spazierten sie den Pier zur Taverne hoch.

»Ich habe den Coroner gebeten, sich bereitzuhalten«, sagte Don Holt zu Chan. »Wir fahren jetzt gleich in die Kreisstadt und nehmen Ward mit uns, aber ich würde gern noch kurz in die Taverne reinschauen. Können Sie und Dad mit Ward schon zur Auffahrt vorgehen? Das heißt – falls ich euch beiden trauen kann?«

»Wir haben kleines Vergehen sehr genossen«, erwiderte Charlie, »doch glaube ich, daß wir jetzt recht zuverlässige Wächter sind.«

»Ja, glaube ich auch. Und dieses Vergehen ... Ich bin dankbar dafür. Sechzig Jahre Loyalität und Liebe – wäre das Gefängnis nicht eine hübsche Belohnung dafür gewesen?«

Als der junge Holt die Empfangshalle der Taverne betrat, stürzten sich die beiden Zeitungsreporter aus San Francisco auf ihn. Der Coroner war augenscheinlich ein wenig unbedacht gewesen. Das Ergebnis war jetzt ein Schwall von Fragen.

»Ich habe nichts zu sagen«, erklärte der Sheriff. »Nur dies eine: Ich habe soeben Dudley Ward festgenommen, und er hat gestanden. Mehr sage ich nicht. Es ist voll und ganz Charlie Chans Verdienst.«

Rankin wandte sich seinem Kollegen zu. »Haben Sie das auch gehört? Ein Polizist von hier überläßt den ganzen Verdienst Charlie Chan!«

»Sie sind andersartig hier oben in den Bergen«, erwiderte Gleason. »Kommen Sie! Das Telefon steht im Büro. Wir knobeln, wer als erster anruft.«

Nachdem sie verschwunden waren, sah Holt, daß Leslie Beaton ganz in der Nähe saß.

»Wie schön!« rief er aus, als sie sich erhob und zu ihm trat. »Genau Sie habe ich gesucht.«

»Dudley Ward«, wiederholte sie mit großen Augen. »Aber das ist ja unglaublich!«

»Ich weiß. Aber ich kann jetzt nicht darüber diskutieren, denn ich bin in schrecklicher Eile. Wollte Ihnen nur sagen, daß Cash wahrscheinlich früh am Morgen hier aufkreuzen wird.«

»Sie meinen, er wird mir Gesellschaft leisten, während Sie weg sind?«

»Ja – ich fürchte, so wird es sein. Ich habe ihm zwar telegrafiert, daß er ein bißchen Urlaub in San Francisco machen soll, aber er ist der Typ, der das durchschauen wird. Ja, er wird bestimmt im Morgengrauen hier eintrudeln. Und als erstes wird er mit Ihnen zu der Lichtung reiten wollen, wo wir heute nachmittag gewesen sind.«

»Wirklich?«

»Ganz bestimmt. Und ich wünschte – Sie würden nicht mitreiten, sozusagen mir zu Gefallen.«

»Aber was soll ich dem armen Cash erzählen?«

»Nun, Sie könnten ihm sagen, daß Sie bereits dort gewesen sind.«

»Oh! Aber Cash wird sich kaum mit so einer Entschuldigung abspeisen lassen.«

»Nein, das glaube ich auch nicht.«

Der Sheriff drehte seinen Hut zwischen den Fingern und

starrte darauf, als wäre er etwas, das ihn sehr in Verlegenheit brächte. »Nun ja – dann könnten Sie ihm auch – einfach um mir einen Gefallen zu erweisen – erzählen, daß Sie vorhätten – mich zu heiraten.«

»Aber würde das der Wahrheit entsprechen?«

»Natürlich weiß ich, daß Sie bisher die Kreisstadt noch nicht gesehen haben...«

»Nein, das habe ich nicht. Aber ich habe den Sheriff gesehen.«

Er sah sie an, und seine schönen Augen strahlten. »Du meine Güte – ist das Ihr Ernst?«

»Ja, ich glaube schon.«

»Sie werden mich heiraten?«

Sie nickte.

»Aber das ist ja fantastisch!« rief Don Holt aus. »Ich muß mich jetzt beeilen, aber wir sehen uns bald.«

Er wollte loslaufen.

»Einen Moment noch!« rief das Mädchen ihm nach. »Daß ich Sie auch richtig verstanden habe – werde ich Sie heiraten oder Cash?«

Er kam lächelnd zurück.

»Mein Gott, ich wundere mich nicht, daß Sie etwas verwirrt sind.« Er nahm sie in die Arme und küßte sie. »Ich denke, das wird dir helfen, dich dran zu erinnern«, setzte er hinzu und verschwand.

Charlie und Sam Holt warteten neben dem Wagen, der Coroner saß bereits hinter dem Lenkrad, und auf dem Rücksitz kauerte eine blasse Gestalt.

»Ihr Gefangener hat mir gesagt, er würde sich schuldig bekennen, Sheriff«, sagte Chan und holte seine Brieftasche heraus, der er einen kleinen Zettel entnahm. »Kann mir vorstellen, Sie werden Scheck vor Gericht nicht als Beweismaterial brauchen.«

»Was ist das für ein Scheck?« fragte Holt.

Chan erklärte es ihm.

»Nein, wir werden ihn nicht benötigen. Behalten Sie ihn und geben Sie ihn aus!«

Aber Charlie war bereits dabei, ihn langsam zu zerreißen und die Papierfetzen in die Luft zu schmeißen.

Dudley Ward beugte sich plötzlich vor. »Das hätten Sie nicht tun sollen, Mr. Chan!«

»Tut mir so leid.« Chan verneigte sich. »Aber könnte keine Freude daran haben, Geld eines Mannes auszugeben, dessen Verbindung mit mir in Katastrophe für ihn endete.«

Ward ließ sich wieder in seinen Sitz fallen.

»Und ich hatte immer geglaubt, Don Quichote wäre ein Spanier gewesen«, murmelte er.

Der Sheriff hatte Chans Hand ergriffen. »Sie sind ein großartiger Kerl, Charlie. Werden Sie hier sein, wenn ich morgen zurückkomme?«

»Wenn Sie früh kommen – ja.«

»Verschwinden Sie nicht, bevor ich Sie gesehen habe! Bis dahin bin ich vielleicht in der Lage, Ihnen mit ein paar Worten zu sagen, was Ihre Hilfe für mich bedeutet hat.«

»Nicht der Rede wert«, wehrte Charlie ab. »In dieser Welt könnten alle Menschen einander helfen – wenn sie wollten. Ein Boot kann auf einem Wagen fahren, und ein Wagen auf einem Boot. Gute Nacht – und meine besten Wünsche für – allezeit!«

Charlie und der alte Sheriff verfolgten die Abfahrt des Wagens und spazierten dann um die Taverne herum und hinaus auf den Pier. Ganz weit vorn stand eine geschützte Gruppe von Bänken. Auf eine davon setzten sie sich.

»Ziemlich harter Fall«, bemerkte der alte Holt.

»In vielerlei Hinsicht«, stimmte Chan ihm zu. Er betrachtete die schneebedeckten Berge im Mondlicht. »Von dem Moment an, da mir klargeworden war, daß Schuß, den wir gehört hatten, nur zur Täuschung diente, war ich erschrocken ob der Möglichkeiten. War Hugh Beaton zum Balkon hinaufgeklettert und hatte die Landini getötet? Oder hatte seine Schwester Schuß abgegeben, um ihn zu schützen, wie sie das immer getan hat? Oder hatte Michael Ireland vom Flugzeug aus geschossen? Und hatte Cecile den Schuß wiederholt, um ihren Mann zu retten? Habe vorübergehend mit diesem Gedanken gespielt. Aber dann sagte ich mir, daß eifersüchtige Frauen nicht so gefällig sind. Bis ich mich an Servieren der Liköre vor erstem Dinner erinnerte – und endlich richtete sich mein Blick auf Schuldigen.«

»Er hat niemals was getaugt – dieser Dudley«, stellte Sam Holt nachdenklich fest. »Ich habe es seit den Tagen seiner Kindheit gewußt. Ein schrecklich hitziges Temperament und der geborene Trinker. Doch selbst die gigantischen Redwood-Bäume haben morsche Zweige. Und so auch die Ward-Familie. Dudley war der letzte und morscheste. Wenn sein Name früher ins Gespräch gekommen wäre, hätt' ich's Ihnen sagen können. Damals, als die Landini ihm weggelaufen ist – da hat er versucht, sie zu schlagen. Sing griff ein – der gute alte Sing – hat ihn in sein Zimmer eingesperrt – und Ellen Landini geholfen, zu verschwinden. Ich sag' Ihnen was, Mr. Chan, als die Landini erfuhr, daß sie ein Baby von Dudley bekam, da war ihr klar, was sie zu tun hatte. Sie hat gewußt, daß er nicht fähig war, dafür zu sorgen.«

»Arme Landini!« bemerkte Charlie. »Was für ein unglückliches Schicksal sie hatte, wenn es um Männer ging. Glaube, Romano war noch der beste und freundlichste – so habgierig er auch gewesen sein mag.«

»Das glaube ich auch.« Holt nickte.

»Vermute, daß Ward Sing in jener Mordnacht geschlagen hat?«

»Natürlich war er es. Ich hatte nur gedacht, daß wir ihn nicht noch mehr zu erniedrigen brauchen. Aber natürlich hat er Sing geschlagen. Und warum? Weil Sing die Schlüssel zum Büfett hatte, und Ward an den Schnaps heran wollte. Er wollte sich besaufen und vergessen, was er getan hatte, aber Sing hatte Verstand genug, um zu wissen, wie gefährlich das sein würde. Deshalb hat er sich geweigert, die Schlüssel herauszurücken, und Ward hat ihn niedergeschlagen. Als er noch ein kleiner Junge war, hab' ich oft solche Wutanfälle bei ihm erlebt. Er taugt nichts, Mr. Chan. Wir brauchen kein Mitleid an Dudley Ward zu verschwenden.«

»Doch Sing wäre gestorben für ihn. Hätte ihn niemals verlassen, hätte er nicht heute morgen Wards Revolver auf meinem Schreibtisch gesehen und geglaubt, sein Master sei in Gefahr. Als wir – wie er dachte – Fehler begingen und ihn als Mörder wählten, war er entzückt, sich aus dem Staub machen zu dürfen. Glaube, er wäre ebenso heiter zum Schafott geschritten.«

»Natürlich wäre er das. Aber Sing hat niemals mitbekommen, daß Dudley Ward erwachsen geworden war. Er hat in ihm immer den kleinen Jungen gesehen, der in der Küche um Reis und Bratensoße gebettelt hat.«

Sie standen auf und spazierten zurück. Das Wasser schwappte gegen die Planken des Piers.

»Nach einem Taifun müssen Birnen aufgesammelt werden«, bemerkte Charlie nachdenklich. »Von diesem Ort nehme ich kostbare Erinnerungen an zwei Menschen mit. Einer war loyal und treu – über alles Verständnis hinaus. Und war von meiner Rasse. Werde mich mit unziemlichem Stolz an ihn erinnern. Der andere – das sind Sie, Mr. Holt.«

»Ich? Verdammt, Mr. Chan, ich bin ein Nichts. Bin nie jemand gewesen. Habe einfach nur achtundsiebzig Jahre hinter mich gebracht und das Beste daraus zu machen versucht.«

»Größte chinesische Kaiser hat fast ähnlich geantwortet, als er eigene Grabinschrift vorschlagen sollte.«

Charlie lächelte.

In der Empfangshalle der Taverne sagte er dem alten Mann gute Nacht. Als er sich umwandte, sah er Leslie Beaton auf sich zukommen.

»Ah – sehe, daß meine Krawatte ernste Konkurrenz bekommen hat«, sagte er grinsend. »Spiele auf Ihre Wangen an, Miß Beaton.«

»Erregung«, erklärte sie. »Ich bin verlobt. Zumindest glaube ich, daß ich es bin.«

»Weiß es«, teilte ihr Charlie mit. »Habe gewußt, daß es so kommen würde, vom Augenblick an, da ich Blick des jungen Sheriffs aufleuchten sah, als er Sie anschaute.«

»Sie sind wirklich ein großer Detektiv«, bemerkte sie.

Chan verneigte sich. »Drei Dinge tut weiser Mann nicht: Er pflügt nicht den Himmel. Er malt keine Bilder auf dem Wasser. Und er diskutiert nicht mit einer Frau.«

HEYNE CRIME CLASSIC

Earl Derr Biggers
Charlie Chan und der chinesische Papagei
02/1952 – DM 4,80

Charlie Chan und das schwarze Kamel
02/2008 – DM 6,80

Charlie Chan und die verschwundenen Damen
02/2020 – DM 6,80

Vera Caspary
Laura
02/1891 – DM 4,80

Leslie Charteris
Kennen Sie den Heiligen?
02/1935 – DM 4,80

Der Heilige und die Dame Jill
02/1941 – DM 5,80

Der Heilige in New York
02/1980 – DM 5,80

Der Heilige über Bord
02/2004 – DM 5,80

Peter Cheyney
Rote Lippen – Blaue Bohnen
02/1887 – DM 3,80

Guten Abend, gute Nacht…
02/1899 – DM 4,80

Hiebe auf den ersten Blick
02/1911 – DM 4,80

Gut versteckt ist halb gewonnen
02/1927 – DM 5,80

Wer Lemmy eine Grube gräbt
02/1944 – DM 4,80

Eine Jungfrau liegt selten allein
02/1956 – DM 4,80

Achtung – Kurven
02/1972 – DM 5,80

Unter dunklen Sternen
02/1983 – DM 5,80

Lemmy läßt die Puppen tanzen
02/1988 – DM 5,80

Die dunkle Straße
02/1999 – DM 5,80

Dark Bahama
02/2016 – DM 4,80

1:0 für Lemmy
02/2036 – DM 5,80

Osso und Egon Eis
Gesucht wird Chester Sullivan
02/2012 – DM 5,80

HEYNE CRIME CLASSIC

E.W. Hornung
Raffles als Richter
02/1976 - DM 4,80

Raffles – Der Dieb in der Nacht
02/2032 - DM 6,80

Jonathan Latimer
Eine Leiche im Paradies
02/2044 - DM 4,80

Gaston Leroúx
Das geheimnisvolle Zimmer
02/1931 - DM 4,80

Das schwarze Schloß
02/1992 - DM 6,80

Die dunklen Nächte des Rouletabille
02/2028 - DM 5,80

Philip MacDonald
Haftbefehl für Unbekannt
02/1895 - DM 4,80

Max Murray
Eine nette, kleine Leiche
02/1996 - DM 5,80

Stuart Palmer
Das Rätsel der Perserkatze
02/1923 - DM 4,80

Das Rätsel des roten Hengstes
02/2040 - DM 4,80

Hugh Pentecost
Mit Blut gestempelt
02/1903 - DM 4,80

Patrick Quentin
Im Schatten des Verbrechens
02/1907 - DM 4,80

Craig Rice
Mord im Gerichtshof
02/1968 - DM 5,80

Sax Rohmer
Die Feuerzunge
02/1948 - DM 4,80

Henry Wade
Vorsicht vor echten Gaunern
02/1964 - DM 5,80

Cornell Woolrich
Der dunkle Pfad der Angst
02/1915 - DM 4,80

Am Ende dieser langen Nacht
02/1936 - DM 4,80

Wilhelm Heyne Verlag München